Anmerkung der Autorin:

Der Roman *Die verlorenen Kinder von Paris* basiert auf dem Leben der Madeleine Lévy, Enkelin von Alfred Dreyfus und Heldin der französischen Resistance. Ich habe weitestgehend die Chronologie ihres tragischen und zu kurzen Lebens, das der Rettung bedrohter jüdischer Kinder gewidmet war, berücksichtigt, jedoch auch die dichterische Freiheit in Anspruch genommen, Szenen und persönliche Beziehungen frei zu gestalten. Dabei habe ich mich auf zahlreiche Primärquellen gestützt, möchte jedoch besonders die folgenden würdigen: *Dreyfus: A Family Affair* von Michael Burns (HarperCollins, 1991) und *Suzanne's Children: A Daring Rescue in Nazi Paris* von Anne Nelson (Simon & Schuster, 2017).

Gloria Goldreich

DIE VERLORENEN KINDER VON PARIS

Roman

Aus dem amerikanischen Englisch von
Christiane Bowien-Böll

HarperCollins

Die Originalausgabe erschien 2021 unter dem Titel
THE PARIS CHILDREN: A NOVEL OF WWII
bei Sourcebooks LLC, Naperville, Illinois.

Dieses Buch ist dem Andenken an die anderthalb Millionen jüdischen Kinder gewidmet, die in der finsteren Zeit des zweiten Weltkriegs umgekommen sind.

ה ב צ נ ת

1. Auflage 2022

Deutsche Erstausgabe

Gesetzt aus der Stempel Garamond und der Modny
von GGP Media GmbH, Pößneck
Druck und Bindung von GGP Media GmbH, Pößneck
Printed in Germany
ISBN 978-3-7499-0316-0
www.harpercollins.de

PROLOG

Rot, weiß und blau tanzte das Feuerwerk über den kobaltblauen Abendhimmel. Aufgeregtes Kindergeschrei und schwungvolle patriotische Musik von umherziehenden Straßenmusikern vermischten sich mit spontan auflebendem Gesang. Wie immer in der Woche vor dem Vierzehnten Juli strömten die Pariser auf die Straßen, um zu feiern. Die Geräusche festtäglicher Ausgelassenheit drangen durch die offenen Fenster in den Salon der Levys, doch die versammelte Familie saß vor Kummer ganz still, gleichgültig gegenüber dem fröhlichen Treiben dort unten.

Die Hände verschränkt, die Köpfe gesenkt, wagten sie nicht, einander anzusehen, aus Angst, dass ein Blickwechsel eine Flut von Tränen auslösen könnte. Es fiel ihnen schwer, die warnenden Worte zu verarbeiten, die Dr. Pierre Paul Levy langsam, voll Bedauern und in gedämpftem Tonfall zu ihnen sagte, wobei er unbehaglich das Gewicht verlagerte. Der Schwiegersohn von Alfred Dreyfus hatte im Lauf seiner medizinischen Karriere schon vielen Familien das baldige Ableben einer geliebten Person angekündigt, doch an diesem Sommerabend verkündete er solch ein Urteil vor seinen eigenen Angehörigen.

»Ich habe euch hierhergebeten, um euch zu sagen, dass ihr auf das Unvermeidliche gefasst sein müsst. Er wird sterben. Bald. Sehr bald«, sagte er, wohl wissend, dass seine Stimme kaum zu hören war.

Jeanne Dreyfus-Levy, seine Ehefrau, drehte sich zu ihm um.

Alle Farbe war aus ihren feinen Gesichtszügen gewichen, und sie redete sehr leise.

»Bist du sicher, Pierre Paul?«, fragte sie, obwohl sie wusste, dass die Frage überflüssig war. Pierre Paul war bekannt für seine diagnostische Expertise und die Exaktheit seiner Voraussagen. Er war nur allzu vertraut mit dem unheimlichen Fortschreiten der Krankheit, die langsam, aber sicher das Leben von Alfred Dreyfus beenden würde.

»Es gibt keinen Zweifel«, wiederholte er entschieden. »Seine Nieren versagen. Der Tod wird schnell eintreten.«

Jeanne nickte, ging zum Fenster, schloss es und zog die purpurroten Samtvorhänge zu, um sowohl den Anblick als auch die Geräusche des ausgelassenen Treibens zu verbannen, das die Familie in ihrer gerade beginnenden Trauer störte. Was für eine Ironie, dachte sie, dass ihr Vater, der eine fälschliche Verurteilung wegen Spionage, fünf lange Jahre des Exils und der Gefangenschaft auf der Teufelsinsel und dann auch noch heldenhaft die blutigen Schlachten des großen Krieges überstanden hatte, jetzt an einem einfachen Bauchproblem sterben würde. Sie seufzte und kehrte zu ihrem Platz auf dem Sofa neben ihrer Mutter zurück. Zärtlich nahm sie Lucies kalte Hand und massierte sacht jeden einzelnen Finger der älteren Frau.

»Aber Grand-Père wird doch nicht vor dem Tag der Bastille sterben, oder?«, fragte Etienne, das jüngste der Levy-Kinder, und wurde im selben Moment rot angesichts der Nichtigkeit dieser Frage.

»Doch. Fast sicher noch vor dem Tag der Bastille«, erwiderte sein Vater traurig.

Pierre Paul Levy konnte und wollte seine Familie nicht belügen. Als Arzt war ihm der Tod, ob plötzlich oder zögernd, schon lange ein ständiger Begleiter. Sein eigener Kummer angesichts dieses neuen bevorstehenden Verlustes war begrenzt, doch er trauerte für Jeanne; für ihren Bruder Pierre, für Lucie, deren

Mutter; und für die Kinder der Familie, seine eigenen Söhne und Töchter, seine Nichten und Neffen, deren jugendliche Unbedarftheit durch den Tod ihres Großvaters erschüttert würde.

Auf deren Kummer gefasst legte er die Hand auf Jeannes Schulter, doch sein Blick haftete an Madeleine, seiner jüngeren Tochter.

Sie saß ihm gegenüber, neben ihrer Schwester Simone. Ihre Augen waren geschlossen. Lange, dunkle Wimpern, feucht von zurückgehaltenen Tränen, warfen Schatten auf ihre hohen Wangenknochen, und ihr dunkles Haar fiel ihr in einer Kaskade von Locken um die Schultern. Sie war siebzehn, sehr junge Siebzehn – zu jung, wie er fand, um einen so schweren Verlust zu erleiden. Er hatte längst das geheimnisvolle zärtliche Band zwischen Madeleine und ihrem Großvater bemerkt, das die beiden seit Madeleines frühester Kindheit tröstete und stärkte. Die starke Zuneigung zwischen ihnen war offensichtlich.

»Sie brauchen einander, sie verstehen einander«, hatte Simone einmal zu ihm gesagt. »Madeleine liest ihm von den Lippen ab, und Grand-Père aus ihrem Herzen.«

Pierre Paul hatte verstanden, wie sehr diese Worte zutrafen. Als Madeleine mit acht Jahren an Scharlach erkrankt war, hatte Alfred Dreyfus Tag für Tag, Nacht für Nacht an ihrem Bett verharrt. Als sie nach diesem lebensbedrohlichen Dämmerzustand wieder das Bewusstsein erlangt hatte, war ihr allererstes Wort *Grand-Père* gewesen. Und dieser Großvater, ein Mann, der selten Gefühle äußerte, hatte geweint, als er sich herabbeugte, um sie auf die Wange zu küssen. Doch als er Tage später dem frisch genesenen Kind erklärte, dass die Krankheit dessen Gehör geschädigt hatte, waren seine Augen trocken geblieben.

Er selbst und Jeanne, ihre Eltern, waren zu feige gewesen, wie Pierre Paul sich eingestand, und hatten diese schwierige Aufgabe Alfred überlassen. Aber sie hatten zugehört, als er ihrer Tochter die Wahrheit erklärte.

»Du musst deine Schwerhörigkeit als ein Geschenk betrachten. Du wirst lernen, dich zu konzentrieren und den Leuten, die mit dir sprechen, von den Lippen abzulesen. Diese Art von Konzentration wird dir zu einem tiefen Verständnis verhelfen für die Menschen und für das, was sie sagen«, hatte er erklärt, und Madeleine, mutig ihr Schicksal akzeptierend, hatte genickt.

Damals hatte sie noch nicht wirklich verstanden, was er sagte, aber seine Worte waren ihr im Gedächtnis geblieben, und sie konnte darauf zurückgreifen, wenn sie das brauchte. Vielleicht griff sie ja gerade jetzt darauf zurück.

Es war, wie er feststellte, zu einer seltsamen Umkehr der Rollenverteilung gekommen. So wie ihr Großvater an ihrem Bett gesessen hatte, als sie noch ein Kind gewesen war, hatte Madeleine während seiner Krankheit an seinem gesessen. In ihrem letzten Jahr am Lyzeum hatte sie den ganzen Frühling hindurch lange Nachmittage und Abende an seiner Seite verbracht, Stunden, die sie von ihren Schularbeiten und von ihrem Engagement für die Kinder ihrer jüdischen Pfadfindergruppe abgezwackt hatte. Die Kinder erfüllten sie mit Freude. Der sich ständig verschlechternde Gesundheitszustand ihres Großvaters jedoch erfüllte sie mit Verzweiflung.

Sie hatte gesehen, wie er zusehends abmagerte, wie sich seine Haut, brüchig wie Pergament, mit dem Einsetzen der Gelbsucht verfärbte. Als Arzttochter wusste sie, dass er im Sterben lag.

Pierre Paul blickte auf das hübsche Gesicht seiner Tochter und fragte sich, weshalb er immer nur an Madeleines Zerbrechlichkeit dachte und nie ihre bemerkenswerte Stärke würdigte. Er würdigte sie jetzt; er nahm Madeleines Hand und führte sie ins Esszimmer, wo die Familie sich um den Tisch herum versammelte, an kalt gewordenem Tee nippte und all die Angelegenheiten besprach, die angesichts des Unvermeidlichen zu erledigen waren. Vorbereitungen für die Bestattung. Ankündigungen in der Presse und beim Militär. Alfred Dreyfus war eine

Person von historischer Bedeutung, Chevalier der Ehrenlegion. Kondolenzlisten mussten aufgelegt, Zuständigkeiten verteilt werden.

Als das getan war, driftete das Gespräch unausweichlich wieder zu den bedrohlichen Nachrichten aus Deutschland, die die Familie zu jeder wachen Stunde quälten. Die Grausamkeit des Nazi-Regimes, die Realität des Bösen so nah an ihrer eigenen bedrohten Grenze, ließ sich nicht ignorieren.

Ein Krieg, dachte Pierre Dreyfus, steht uns ebenso bevor, so wie der Tod meines Vaters.

»Die Berichte aus Berlin machen Angst«, stellte Pierre düster fest. »Antisemitische Gesetze werden verabschiedet, und Juden leiden furchtbar. Berufe werden ihnen verwehrt. Kinder werden vom Schulbesuch ausgeschlossen und von den jugendlichen Schlägern der Hitlerjugend terrorisiert. Entsetzliche Dinge geschehen, und das Schlimmste kommt erst noch.«

»Man wird diese Gesetze wieder streichen. Hitler wird nicht lange bestehen im Land von Schiller, Goethe, Beethoven und Bach«, entgegnete Pierre Paul. »Du bist zu pessimistisch, Pierre.«

»Nein«, erwiderte Pierre entschieden. »Ich bin nicht pessimistisch genug. Vielleicht hast du vergessen, dass mein Vater im Land von Voltaire und Racine verfolgt wurde.«

»Und freigesprochen. Frankreich ist nicht Deutschland«, widersprach Pierre Paul.

»Aber jetzt ist Deutschland gleich Adolf Hitler. Erst heute hat er gesagt, dass er Italiens Invasion in Äthiopien unterstützt. Wenn Italien in Äthiopien einmarschieren kann, warum sollte Deutschland dann nicht in Frankreich einmarschieren? Hat er nicht bereits gesagt, Deutschland habe einen berechtigten Anspruch auf das Elsass?«

Ein Schauer überlief sie alle, als er das Elsass erwähnte. Alfred Dreyfus war in Mulhouse zur Welt gekommen, und ihre weitläufige Verwandtschaft lebte immer noch dort. Ein bedrohtes

Elsass bedeutete, dass die Familie Dreyfus bedroht war. Hitlers Drohungen stachen ihnen ins Herz.

Pierres Stimme wurde leiser, und er ließ die Schultern hängen. Seine Frage war rhetorisch. Die Sinnlosigkeit des Streits ermüdete ihn. So nahe sie einander auch standen, der Ehemann seiner Schwester und er waren politisch schon lange gegensätzlicher Meinung.

»Selbst in dem unwahrscheinlichen Fall einer deutschen Invasion – die Franzosen werden sich mutig und ehrenvoll verhalten«, beharrte Pierre Paul.

Madeleine zitterte. Die Erwähnung der Grausamkeiten, die jüdische Kinder in Deutschland aushalten mussten, erfüllte sie mit Angst. Wenn Deutschland in Frankreich einmarschierte, wären die Kinder, die sie betreute, derselben Gefahr ausgesetzt. Sie dachte an ihre strahlenden Gesichter, ihre niedlichen Kinderstimmen, und die Angst erdrückte sie fast.

Sie blickte über den Tisch zu Simone und zu ihren Brüdern. Simone, die ihre Not spürte, drückte beruhigend Madeleines Hand, und die Jungen lächelten. Als Mitglieder der *éclaireurs* Isrealites, der jüdischen Pfadfinder, teilten die Levy-Geschwister die Ansichten ihres Onkels, aber dies war kein Abend, um ihrem Vater Widerworte zu geben, noch war es ein Abend, an dem die Familie Dreyfus im Streit liegen sollte.

Lucie hob schließlich die Hand und sprach mit leiser Stimme. »Lasst uns nicht streiten«, sagte sie. »Lasst uns stattdessen beten für alles, was uns wichtig ist. Frieden für unser Land und unser Volk. Frieden für Alfred.«

Ihre Worte besänftigten sie und ließen sie verstummen. Madeleine half Lucie, ihre Pelerine zurechtzurücken.

»Wir sehen uns morgen, *grand-mère*«, sagte sie.

»Ja. Morgen. *A demain*«, sagte die alte Frau und küsste sie auf die Wange.

***

Am nächsten Morgen stand Madeleine früh auf und radelte schnell vom Haus ihrer Eltern zu dem kleinen Studentencafé im *Rive Gauche*, wo ihr enger Freund Claude Lehmann auf sie wartete. Er blätterte in der *Le Monde* und runzelte die Stirn.

»Wieder schlechte Nachrichten?« Sie setzte sich ihm gegenüber und tunkte dankbar ihr Croissant in die Schale mit *café au lait*, die er so vorausschauend für sie bestellt hatte.

»Wann gab es je gute Nachrichten?« Claude seufzte. »Es sind gefährliche Zeiten. Die *éclaireurs* müssen sich auf die Probleme einstellen, die auf sie zukommen.«

Sie nickte. Er sprach seine Schlussfolgerungen nicht direkt aus, aber sie verstand, worauf er hinauswollte.

»Ich kann nicht mehr sagen«, fuhr er fort. »Aber du verstehst. Die jüdischen Pfadfinder brauchen dich, Madeleine. Es gibt Arbeit.«

»Ich weiß«, sagte sie mit fester Stimme, aber geröteten Wangen.

»Natürlich.« Claude senkte den Blick. »Deinem Großvater geht es nicht besser?«, fragte er sanft.

»Er wird sich nicht erholen, Claude«, sagte sie tonlos. Er griff über den Tisch und berührte ihre Hand.

»Sei stark, Madeleine«, sagte er, stand auf und sammelte seine Bücher ein. »Es tut mir leid, dass ich gehen muss. Ich habe schon früh ein Seminar.«

Er suchte nach Worten, um sie zu trösten, doch es war sie, die die richtigen Worte fand, um den Abschied zu erleichtern.

»Mach dir keine Sorgen um mich, Claude«, sagte sie. »Kümmere dich um dein Studium. Wir treffen uns bald wieder. Jetzt erst einmal *au revoir*.«

»*Au revoir*«, wiederholte er und eilte davon.

Als er um die Ecke bog und zurückblickte, sah er, dass Madeleine regungslos am Tisch saß und in ihre leere Tasse starrte.

Er hätte sie nicht ermahnen sollen, stark zu sein. Madeleine war stark genug. Stattdessen hätte er sie auf beide Wangen küssen und zärtlich die Hand auf ihren Kopf legen sollen. Reue ließ ihn seine Schritte verlangsamen, und er verfluchte sich im Geist für seine Befangenheit.

Sich selbst überlassen genoss Madeleine die Stille und verlor sich in einem Strudel von Erinnerungen.

»Blumen, Mademoiselle, Blumen zum Tag der Bastille? Heutiges Sonderangebot: Rote, Weiße und Blaue.«

Ein kleiner Junge, an dessen mageren Schultern Körbe mit Blumen hingen, unterbrach ihre Tagträumerei und lächelte sie hoffnungsvoll an.

»Ja. Natürlich.« Sie griff nach ihrer Geldbörse und zählte zwei Franc-Noten ab.

Der Junge überreichte ihr ein großes, von einem dreifarbigen Band zusammengehaltenes Bouquet.

»Und von diesem schönen Flieder möchte ich auch etwas«, fügte sie hinzu und lächelte, als er ihr die duftenden lila Blüten gab.

Fliederblüten, das wusste Madeleine, waren die Lieblingsblumen ihrer Großmutter, und auch sie selbst mochte sie sehr. Sie flocht sich einen der Zweige in ihr langes dunkles Haar. Frisch gestärkt trank sie den inzwischen lauwarmen Rest ihres Kaffees, stieg aufs Rad und fuhr rasch zur Wohnung ihrer Großeltern in der Rue des Renaudes.

Wie immer öffnete Lucie Dreyfus die schwere Eichentür mit einem heiteren, sanften Lächeln. Selbst in diesem Moment der Krise bewahrte sie ihre ruhige, würdevolle Ausstrahlung. Ihr dichtes weißes Haar war ordentlich zu einem Chignon hochgesteckt, und sie hatte einen weißen, selbst gefertigten Spitzenkragen an ihr schwarzes Kleid geheftet. Madeleine bemerkte einen Schimmer von Rouge auf Lucies Wangen, obwohl ihr fein geschnittenes Gesicht blass war vor Erschöpfung. Sie nahm den

Fliederstrauß, den Madeleine ihr hinstreckte und sog dankbar den süßen Duft ein.

»Die sind schön, Madeleine«, sagte sie. »Ich bin froh, dass du da bist. Erst vor ein paar Minuten hat dein Grand-père nach dir gefragt.«

»Er ist also wach?«, fragte Madeleine.

»Es ist so eine Art Wachschlaf. Mal sind seine Augen offen. Dann schließen sie sich wieder. Er redet, dann verstummt er. Aber hab keine Angst, Madeleine. Er scheint keine Schmerzen zu haben.«

»Ich habe keine Angst«, versicherte Madeleine.

Claudes Worte fielen ihr wieder ein. *Gefährliche Zeiten*, hatte er gesagt. Das Leben, dachte sie traurig, ist wohl beängstigender als der Tod.

Sie nahm die Vase mit dem rot-weiß-blauen Strauß mit in das schwach beleuchtete Krankenzimmer, wo ihr Onkel Pierre am Bett seines Vaters saß.

»Schläft er?«, flüsterte sie und stellte die Vase auf einem kleinen Tisch ab.

»Er ist weder wach, noch schläft er. Ein Fugue-Zustand, meint dein Vater.«

Sie nickte und setzte sich neben ihn. Sie sprachen kein Wort mehr, aber von Zeit zu Zeit trafen sich ihre Blicke, und hin und wieder beugten sie sich vor zu dem kranken Mann, wenn er Worte flüsterte, die keiner von ihnen verstehen konnte. Sie blickten auf, als Lucie hereinkam, und sahen zu, wie sie ihrem Ehemann mit einem feuchten Tuch über die Stirn strich, seine trockenen Lippen mit Eisstückchen befeuchtete und sich dann vorbeugte und seine Wange küsste.

Alfred Dreyfus öffnete die Augen und richtete den Blick auf Madeleine.

»Ma Petite. Ma Madeleine.« Trotz seiner rauen Stimme klang all seine Liebe mit, als er ihren Namen aussprach.

»*Chantez*. Singt.« Er schloss die Augen und versank wieder in dem eigenartigen Halbschlaf, von dem sie wusste, dass er sehr bald mit dem Tod enden würde.

Sie summte leise, dann erhob sie die Stimme und sang das Wiegenlied, das Großvater ihr so oft gesungen hatte. Stets an ihr Hörproblem denkend, hatte er jedes einzelne Wort deutlich artikuliert, und sie hatte den Text in ihrem Gedächtnis bewahrt. Wie viele Menschen mit einem Hörproblem hatte sie keine Schwierigkeiten mit Musik und mit Melodien.

»*Entends-tu le coucou, Malirette?* Hörst du den Kuckuck, Malirette?«, sang sie.

Pierre begleitete ihre weiche Altstimme mit seinem kräftigen Tenor. In einem zärtlichen Duett sangen sie Alfred Dreyfus in seinen letzten Schlaf. Ihre Stimmen wurden immer leiser, während sein Atem stieg und fiel und schließlich aufhörte. Lucie kam herein, ging leise durchs Zimmer, legte die Hand auf Alfreds Herz, drückte ihre Wange auf seinen Mund und, als Abschiedskuss, ihre Lippen auf seine bleichen Augenlider.

»Er ist nicht mehr da«, sagte sie mit brechender Stimme. »Er hat uns verlassen.«

Pierre umfing sie mit seinen starken Armen, und sie legte den Kopf an seine Schulter. Stumm standen sie beisammen, vereint in ihrem Leid, in der Ungeheuerlichkeit ihres Verlustes. Madeleine wiederum legte ihrem Großvater drei Blüten, eine rot, eine weiß, eine blau, auf das Herz, das nie mehr schlagen würde.

Durch das offene Fenster hörte sie die Kirchenglocken und zählte die Schläge. *Un. Deux. Trois. Quatre. Cinq.* Für immer würde sie sich erinnern, dass am zwölften Tag des Monats Juli, um fünf Uhr nachmittags, als die Sonne noch hoch am Himmel stand, der Tod zu ihrem Großvater Alfred Dreyfus gekommen war.

***

Es war Lucie Dreyfus, die darauf bestanden hatte, dass das Begräbnis am Tag der Bastille stattfinden sollte.

»Unser Volk ehrt die Toten, indem es sie so bald wie möglich bestattet«, sagte sie entschieden, und ihre Familie nickte ergeben. Lucies stille Gelassenheit verlieh ihr eine Autorität, die ihre Kinder und Enkel anerkannten und akzeptierten.

»Ich bin froh, dass dein Großvater am Tag der Bastille beerdigt wird«, murmelte Pierre zu Madeleine. »Du weißt, wie sehr er sein Frankreich geliebt hat.«

»Ja«, erwiderte Madeleine, die gerade sorgfältig die französische Flagge auf dem schlichten Kiefernholzsarg arrangierte.

Der Leichenzug verließ die Rue des Renaudes bei Tagesanbruch und schritt langsam von den Champs-Elysées zum Friedhof von Montparnasse auf der anderen Seite der Seine. Selbst zu dieser frühen Stunde waren die Straßen bevölkert mit Menschen, die die Trikolore schwenkten. Rote, weiße und blaue Ballons schwebten durch die Luft. Kinder peitschten ihre Reifen; junge Paare tanzten zur Musik von Wandermusikanten, doch sie hielten respektvoll inne, als der Leichenwagen langsam vorbeirollte.

Am Place de la Concorde unterbrachen Kavalleriesoldaten ihre Übungen und richteten ihre Pferde so aus, dass ihr Blick auf den Wagen gerichtet war, der den Helden von Montmorency zu seiner letzten Ruhestätte brachte.

Auf dem Friedhof standen Madeleine und Simone – beide in einem Kleid aus schwarzem Leinen, einen schwarzen Strohhut auf dem sorgfältig hochgesteckten Haar balancierend – neben Simones Verlobtem Anatol und lauschten, während Rabbi Julien Weill die traditionellen hebräischen Gebete anstimmte. Es war Madeleine, die einen Schritt vorwärts machte, um ihre Großmutter Lucie zu stützen, als diese leicht schwankte; ihre Lippen bewegten sich, während sie lautlos die Liturgie mitsang.

Pierre Dreyfus sang das Trauer-Kaddisch, und Madeleine war tief bewegt vom Rhythmus des Gebets und der melodiösen, kraftvollen Stimme ihres Onkels.

»Amen« sang die kleine Gruppe von Trauernden, als Pierre mit gesenktem Kopf und tränenüberströmtem Gesicht zum Ende kam.

»Amen«, wiederholte Madeleine und fügte ganz leise die Worte hinzu, die Alfred Dreyfus so viel bedeutet hatten: *»Liberté, Egalité, Fraternité.«* Freiheit, Gleichheit, Brüderlichkeit. Sein Credo, sein Vermächtnis an sie.

Einer nach dem anderen traten Mitglieder ihrer Familien vor, um die Schaufel zu heben, die schwer war von der dunklen Erde, die das helle Holz des Sargs bedecken sollte. Es war eine jüdische Tradition, der letzte Beweis von Liebe und Respekt, den eine Familie einem geliebten Verstorbenen zollte.

»Du bist dran, Madeleine«, sagte ihr Bruder Jean Louis und reichte ihr die Schaufel.

Sie schüttelte den Kopf und ging stattdessen neben dem offenen Grab auf die Knie. Sie hob einen Ballen feuchter Erde und ließ ihn auf den Sarg fallen. »*Au revoir*, *grand-père*. Shalom, *grand-pére*«, murmelte sie. Auf der Rückfahrt in die Rue des Renaudes, wo Lucie Dreyfus jetzt allein leben würde, saß sie neben Simone.

»Geht es dir gut, Madeleine?«, fragte Simone.

Die Levy-Schwestern hatten von früher Kindheit an stets die Stimmung der anderen erspürt. Als beste Freundinnen, einander zärtlich liebende Schwestern, wollten sie sich gegenseitig beschützen. Sie teilten die gleichen Interessen und Neigungen und das Bedürfnis, für die vom Schicksal weniger Begünstigten tätig zu werden. Simone war im Begriff, ihr Studium der sozialen Arbeit abzuschließen, und Madeleine, die gerade das Lycée Molière beendet hatte, würde dieses Studium ebenfalls aufnehmen.

»Nein. Noch nicht. Aber das wird schon wieder«, antwortete sie.

»Ja. Gewiss«, stimmte Simone zu.

Die Schwestern machten sich in der Küche ihrer Großmutter zu schaffen, arrangierten Platten mit hart gekochten Eiern und runden Gebäckstücken, den traditionellen Speisen, die nach einem Begräbnis die Kontinuität des Lebens, selbst im Angesicht des Todes, symbolisierten.

Madeleine trug ein Tablett ins Speisezimmer, ging von dort ins Arbeitszimmer und schloss die Tür hinter sich. Die Fenster des halbdunklen, von Bücherregalen gesäumten Raumes, in dem sie so viele glückliche Stunden mit ihrem Großvater verbracht hatte, waren fest verschlossen, die Luft schwer von der Sommerhitze. Sie öffnete die Fenster, und eine duftende Brise, gesättigt von Primelduft, strich über ihre Wangen. Sie blickte hinab auf die Straße, in der es von Feiernden wimmelte, die in rührender Spontanität drauflos sangen. Unter dem Vordach des Hauses teilte sich eine Gruppe tanzender Kinder, um Besucher durchzulassen, die den Trauernden ihr Beileid bekunden wollten. Wie befremdlich, dachte Madeleine, aber auch wie wundervoll, dass die Freude der tanzenden Kinder und das Leid derer, die gerade einen schweren Verlust erlitten hatten, einfach so miteinander verschmelzen können. Das war ihr schon am Morgen bewusst geworden, als sie und ihre Großmutter den Tisch für die Mahlzeit des Trostes gedeckt hatten, die auf die Bestattung folgen würde.

Lucie hatte sie ermahnt, sorgfältig mit den goldumrandeten Serviertellern aus Sèvres umzugehen.

»Mein allerserstes Hochzeitsgeschenk«, hatte sie erklärt. »Ich hatte Angst, sie anzufassen. Ich war ja so ein unwissendes Ding. Eine Braut, mit neunzehn. So glücklich, so verliebt. So alt wie Simone jetzt. Und Alfred war vielleicht ein Jahr älter als Simones Anatol. Wir konnten nicht aufhören zu lächeln, Alfred und ich.«

Madeleine hatte genickt und sich gewundert, dass ihre Großmutter sich an diesem traurigen Tag daran erinnerte, wie sie und Alfred vor Freude gestrahlt hatten. »Simone hat eine kluge Entscheidung getroffen«, hatte Lucie noch gesagt. »Findest du nicht, Madeleine?«

»O ja.«

Es war eine ehrliche Antwort gewesen. Sie fand es wundervoll, dass Simone in Anatol, einem brillanten Jurastudenten, ihr Glück gefunden hatte, doch sie selbst sehnte sich nach dem Abenteuer eines eigenständigen Lebens, nach einer Karriere mit einer Art von Bedeutung, die, auf irgendeine bescheidene Art, die Welt zu einem besseren Ort machen würde. Sie wollte herausgefordert, geprüft werden vom Leben.

Sie nahm die gerahmte Zeichnung des von einem Birnbaum beschatteten Dreyfus'schen Familienanwesens in Mulhouse zur Hand. Das Bild war die Arbeit eines unbekannten Wanderkünstlers, aber Alfred Dreyfus hatte es gehütet wie einen Schatz. Madeleine betrachtete es, hob es ans Licht, und gerade in dem Moment öffnete sich die Tür, und Claude Lehmann trat ein. Wortlos hielt sie ihm die Zeichnung hin, und er lächelte. Aufgrund eines seltsamen Zufalls kam auch er aus Mulhouse, und seine Familie und die Dreyfus waren Nachbarn gewesen.

»Ah, der Birnbaum. Wie oft bin ich den hinaufgeklettert. Im Sommer habe ich oft in den Zweigen gesessen, eine Birne gepflückt und den Saft herausgesaugt.«

»Ich bin auch an ihm hinaufgeklettert, wenn wir im Sommer zu Besuch waren«, erwiderte sie. »Vielleicht hast du dich damals in den Zweigen versteckt, und ich habe dich nicht gesehen.«

»Vielleicht.«

Er lächelte, dieses liebenswerte Lächeln, das ihr bei ihrer ersten Begegnung aufgefallen war, als sie noch neu gewesen war bei den *éclaireurs* Israélites. Er hatte mit dieser seltenen Mischung aus leidenschaftlichem Ernst und einer wehmütigen Art von Belustigung geredet.

»Das Pfadfindertum ist eine großartige Tradition«, hatte er gesagt. »Wir lernen dabei Eigenständigkeit und Respekt für die Natur in all ihrer Schönheit und mit all ihren Herausforderungen. Und wir, die jüdischen Pfadfinder, werden bald mit Situationen konfrontiert sein, die all unseren Mut und all unsere Fähigkeiten erfordern. Was den jüdischen Pfadfindern in Deutschland, den Blau-Weißen, passiert, wird vielleicht bald auch hier in Frankreich passieren, und wir als Pfadfinder müssen auf so eine Gefahr vorbereitet sein.«

Noch während er redete, hatte sich gemurmelter Protest erhoben.

»Frankreich ist nicht Deutschland. Was dort geschieht, könnte hier niemals geschehen«, hatte ein hochgewachsener Junge trotzig gerufen.

Claude hatte gelächelt, dieses wundervolle, nachsichtige Lächeln.

»Das wollen wir hoffen«, hatte er gesagt. »Aber es schadet nichts, sich auf etwas vorzubereiten, das möglicherweise geschehen könnte.«

Dann hatte er vor den versammelten, begeistert mit einfallenden Pfadfindern die »Marseillaise« angestimmt, gefolgt vom »Hatikvah«, der Hymne des jüdischen Volkes.

Danach war Claude auf Madeleine zugekommen und hatte die Hand ausgestreckt.

»Ich hoffe, meine Worte haben dich nicht erschreckt«, hatte er gesagt.

»Nein. Ich hoffe, dass wir nie solchen Gefahren ausgesetzt werden, aber ich stimme zu, dass wir vorbereitet sein müssen. Wir dürfen uns nicht von der Angst lähmen lassen«, hatte sie in ernstem Ton erwidert.

»Ich glaube, dir macht nichts so schnell Angst.«

»Und dir auch nicht, schätze ich.«

Dieser erste Wortwechsel war zum Grundstein ihrer engen Freundschaft geworden. Ihre Blicke waren miteinander verschmolzen in gegenseitigem Anerkennen und Verstehen.

Simone, mit ihrem stets wachen Einfühlungsvermögen gegenüber ihrer Schwester, hatte die Nähe zwischen ihnen bemerkt.

»Claude und du, seid ihr vielleicht mehr als nur Freunde?«, hatte sie Madeleine geneckt und dabei von dem Zeichenblock aufgeblickt, auf dem sie Skizzen für ihre Hochzeitseinladungen machte.

Madeleine hatte sich vorgebeugt, um die kunstfertigen kalligrafischen Buchstaben ihrer Schwester zu bewundern, und dabei den Kopf geschüttelt.

»Claude und ich sind gute Freunde, mehr nicht«, hatte sie aufrichtig versichert.

Seine Freundschaft war ihr wichtig, doch er war nicht das Zentrum ihres Universums. Das Leben lag vor ihr, eine unerforschte, sonnenbeschienene Straße, die in eine unbekannte und nicht vorhersehbare Zukunft führte.

Trotzdem, an diesem traurigen Tag des Begräbnisses ihres Großvaters war sie dankbar, dass Claude bei ihr war und ihr unaufdringlich seine Unterstützung anbot, sein stummes Verständnis für ihren Kummer.

Er nahm ihr die Zeichnung aus der Hand und betrachtete sie eingehend.

»Vielleicht werden wir eines Tages gemeinsam auf diesen Birnbaum klettern, Madeleine«, sagte er. »Wir werden die Baumkrone erreichen, auf das Tal hinabblicken und genug Birnen pflücken, um süßes Elsässer Kompott zu machen. Es wird ein glücklicher Tag sein.«

»Werden wir jemals glücklich sein, Claude?«

Die Frage kam unaufgefordert und erfüllte sie mit Scham, aber sie überraschte ihn nicht. Er lächelte dieses wundervolle, eigenartige Lächeln, nahm ihre Hand und streichelte sie, zärtlich und sanft; er tröstete sie mit der Sanftheit seiner Berührung. Er verstand sie. Er verstand den Grund dieser plötzlichen Traurigkeit; er hatte die gleichen Ängste und Hoffnungen im Hinblick auf die Zukunft wie sie. An diesem Tag des Verlustes bot er ihr Kraft und Trost.

Sie gingen zum Fenster und sahen der Sonne bei ihrem langsamen Abstieg zu. Der Tag der Bastille ging zu Ende. Ganz Paris war eingetaucht in die azurne Melancholie der *Heure bleue*, der magischen Stunde zwischen Dämmerung und Dunkelheit. Sie wandten sich einander zu und erkannten wortlos, dass dieser Tag der Traurigkeit zu Ende war und ein neuer Anfang wartete.

1. KAPITEL

Dreißig Tage waren vergangen, und jeder Tag machte deutlich, dass die Familie Dreyfus in einer neuen Wirklichkeit lebte. Alfred war fort. An diesem dreißigsten Tag, in der hebräischen Sprache bekannt als *Shloshim*, versammelte sich die Familie erneut, um die alte jüdische Tradition der zweiten Trauerphase zu begehen.

Pflichtbewusst, wenn auch zögerlich, versammelte sich die Familie in der Wohnung in der Rue des Renaudes, wo Lucie sie mit ihrer üblichen heiteren Gelassenheit begrüßte. Der Duft ihres berühmten Lammeintopfs wehte von der Küche her. Madeleine, die sich wegen des Vorstellungsgesprächs im Institut für Soziale Arbeit verspätet hatte, betrat den überfüllten Raum und spürte die Wärme und Herzlichkeit, als sie von der Familie begrüßt wurde. Auch im Angesicht des Todes waren die Dreyfus vereint, lebendig, unerschütterlich.

Der Raum war erfüllt von dem gemurmelten Singsang der Erinnerungen. Ihre Cousins und Cousinen plapperten fröhlich über die glücklichen Sonntage, die sie gemeinsam im Salon zugebracht hatten. Aline Dreyfus, Pierres jüngere Tochter, erinnerte daran, wie Alfred ihnen die temperamentvolle *Tanzette a la Schellette* beigebracht hatte. Sie ergriff Etiennes Hand und vollführte fröhlich mit ihm die Sprünge dieses schnellen Elsässer Tanzes.

»Grand-père hat gelächelt, als er uns diesen Tanz beibrachte«, bemerkte Jean Louis. »Ich erinnere mich daran, weil er nicht oft gelächelt hat, nicht wahr, Madeleine?«

»Nein, das hat er nicht«, stimmte sie zu. »Er war oft sehr traurig.«

»Er hatte jeden Grund, traurig zu sein. Frankreich, sein geliebtes Frankreich, hatte ihn enttäuscht. Weil er ein Jude war, verletzlich und ungeschützt«, brummte Pierre.

Die Verbitterung in der Stimme ihres Onkels überraschte Madeleine. Pierre Dreyfus, selbst ein Held von Verdun und Mitglied der Ehrenlegion, war immer ein lautstarker Patriot der République gewesen.

Die Zeiten hatten sich geändert. »Frankreich schätzt und beschützt jetzt seine Juden. Unsere Kinder werden niemals Furcht und Hass kennenlernen«, versicherte ihr Vater.

Pierre zuckte mit den Schultern.

»Könnte ich dir doch glauben, Pierre Paul«, sagte er bitter. »Aber ich glaube, dass der Fluch des Antisemitismus immer noch sehr lebendig ist in den Herzen und Köpfen vieler unserer Mitbürger. Bald, allzu bald wird der Hass, von dem Deutschland infiziert ist, über unsere Grenze schwappen, und die, die meinen Vater verfolgt haben, werden alle Juden verfolgen. Du bist Arzt, und du weißt, dass Krebs nicht leicht einzudämmen oder gar zu heilen ist. Antisemitismus ist ein Krebs, und wir haben bereits seine Symptome erlebt. Erst letzte Woche gab es anti-jüdische Demonstrationen auf dem Grand Boulevard. Solche Demonstrationen werden sich ausbreiten. Eine Mitose irrationalen Hasses. Eine Kundgebung diese Woche. Zwei Kundgebungen nächste Woche. Eine Epidemie des Bösen.«

Er füllte sich ein großes Glas mit Brandy und trank ihn mit geschlossenen Augen.

Madeleine blickte zu Simone, die warnend den Kopf schüttelte. Sie sagten nichts, wollten ihrem Vater nicht widersprechen, obwohl sie die Wahrheit in den Worten ihres Onkels erkannten. Erst wenige Tage zuvor hatten sie die Aufführung eines neuen Theaterstücks mit dem Titel *Die Dreyfus-Affäre* besucht. Der

Theaterkritiker von *Le Monde* hatte es eine mitfühlende Darstellung von Alfred Dreyfus' Unschuld und seiner ungerechtfertigten Tortur genannt. Sie hatten sich bei den Händen gefasst, als die Schauspielerin, die Lucie spielte, geseufzt hatte: »Unsere Kinder können einem leidtun.«

Diese »Kinder«, das waren Jeanne, ihre Mutter, und Pierre, ihr Onkel. Simone und Madeleine hatten geweint, waren jedoch durch die feindliche Reaktion des Publikums aus ihrem Mitgefühl aufgeschreckt worden. Eine Kakophonie des Zorns war in dem Theater ausgebrochen.

»Kein Mitleid für diese Dreyfus-Kinder. Hatte der jüdische Verräter Mitleid mit Frankreich?«

»Nieder mit den Juden!«

Simone und Madeleine hatten rasch das Theater verlassen und waren vor dem Chor der Ignoranz und des Hasses geflohen. Jetzt, da sie im Salon ihrer Großmutter saßen, wurde die Angst, die sie an jenem Abend empfunden hatten, wieder lebendig.

Pierre ging zum Fenster und blickte düster hinab auf die Straße. Ihr Vater blieb grimmig schweigend sitzen.

Endlich sagte Jeanne Levy etwas. Sie drehte sich zu ihrem Bruder um, ihr Ton war halb flehend, halb bestimmend.

»Pierre, du weißt doch bestimmt, dass alles besser wird. In unserem Land herrscht gerade eine große wirtschaftliche Unsicherheit, deshalb suchen die Menschen nach einem Sündenbock. Aber sobald die Wirtschaft sich erholt und der Franc wieder stark ist, wird alles gut«, sagte sie.

Ihr Gesicht war fleckig. Nervös verschränkte sie die Finger und löste sie wieder, als ob sie versuchte, sich selbst vom Wahrheitsgehalt ihrer Worte zu überzeugen. Pierre seufzte. Es war für Geschwister schwierig, sich gegenseitig etwas vorzumachen, wie Madeleine wusste. Als Pierre seiner Schwester antwortete, war sein Blick weich, aber seine Worte nicht.

»Sieh der Wahrheit ins Auge, Jeanne. Frankreich ist ein Pulverfass. Ein paar Funken des Hasses von der deutschen Grenze, und das Feuer des Antisemitismus wird wieder auflodern. Die Juden von Frankreich, die Juden von Europa sind eine gefährdete Spezies. Es wird nicht besser werden. Nein. Es wird schlimmer werden. Viel schlimmer.«

»Pierre. Es reicht. Das ist jetzt nicht der richtige Moment, um zu streiten. Nicht der richtige Moment, um über unsere Pläne zu reden.«

Marie Dreyfus legte ihrem Mann beruhigend die Hand auf die Schulter. Er nickte stumm, wandte sich jedoch seiner Mutter zu, als deren zitternde Stimme das unbehagliche Schweigen beendete.

»Pierre, du denkst doch wohl nicht daran, Frankreich zu verlassen? Wie kannst du daran denken auszuwandern? Du und deine Familie, ihr seid hier sicher. Du bist ein Held der Republik, ein dekorierter Veteran. Würdest du mich verlassen? Sieh dich im Zimmer um. Würdest du Jeanne und ihre Familie verlassen und deine Cousins und Cousinen, alle, die dir lieb und teuer sind?«

Pierre trat zu seiner Mutter und umarmte sie.

»Es tut mir leid, Maman, aber ja, wir werden Frankreich wahrscheinlich verlassen. Nicht sofort, aber wenn die Deutschen einmarschieren, werden wir nicht zögern. Ich war schon bei der amerikanischen Botschaft und habe Visaanträge besorgt für meine Familie und für dich und für Jeanne und ihre Familie. Vorerst sind diese Visa nur eine Absicherung, aber wir werden sie benutzen, wenn es sein muss«, sagte er.

Madeleine, stets um Frieden bemüht, war entschlossen, der Spannung im Raum, dem angespannten Schweigen ein Ende zu setzen. Mit einem um Zustimmung heischenden Lächeln verkündete sie ihre Neuigkeit.

»Ich möchte, dass ihr alle wisst, dass ich offiziell am Institut für Soziale Arbeit aufgenommen bin. Wenn Simone ihren Abschluss macht, werde ich mit meiner Ausbildung anfangen.«

Ihre Augen strahlten, ihre Wangen waren vor Stolz gerötet.

»*Mazel Tov!*«

Lucie Dreyfus umarmte ihre Enkelin. »Das ist wundervoll. Du und Simone habt euch für so einen wichtigen Beruf entschieden. Euer Großvater wäre so stolz auf euch.«

Der Frieden war wiederhergestellt. Sie entspannten sich und versammelten sich um den elegant gedeckten Esstisch, wo sie ihre Teller mit Lucies duftendem Eintopf füllten und Familien-Erinnerungen austauschten.

Pierre wandte sich an seine Schwester. »Erinnerst du dich, Jeanne, wie wir uns immer vor der Tür dieses Zimmers versteckt und gelauscht haben, wenn Maman und Papa Versammlungen des *Comité de Bienfaisance*, des jüdischen Wohltätigkeits-Komitees, abhielten?«, fragte er sie.

»Ich weiß noch, wie ich husten musste wegen dem Rauch von Monsieur Rothschilds Zigarren.« Jeanne lächelte. »Du musstest die ganze Nacht das Fenster offen lassen, um den Geruch loszuwerden, Maman.«

Lucie lachte. »Ich habe Baron Rothschild das verziehen und seine Zigarren toleriert, weil er uns sehr große Schecks ausgestellt hat für die Unterstützung der Leute, die vor den entsetzlichen Pogromen in Osteuropa geflohen sind. Dein Großvater war sehr überzeugt von dem, was er als ›aktive Barmherzigkeit‹ bezeichnete. Das hat er auch in seinen Tagebüchern geschrieben.«

Sie deutete auf den kleinen Stapel mit Englischleder bezogener Notizbücher, die sie neben ihrem Teller platziert hatte, und öffnete eines davon an der Stelle, an der sie ein Band zwischen die Seiten gelegt hatte.

Sie reichte es weiter an Madeleine, die den markierten Absatz laut vorlas. »Wohltätigkeit allein reicht nicht aus. Was vor allem gebraucht wird, ist eine Offenheit des Herzens, ganz konkrete Handlungen.«

Ihre Stimme brach, und Tränen liefen ihr über die Wangen. Der Auftrag ihres Großvaters war ihr Vermächtnis.

»Und das ist genau der Grund, weshalb Madeleine und ich als Sozialarbeiterinnen arbeiten wollen«, sagte Simone und schaute Lucie an. »Wir glauben, so wie er, an die Tat. Als kleine Mädchen sind wir mit dir und Maman zum Pletzl gegangen, dem alten jüdischen Viertel im Marais, und haben Essen und Kleidung an die armen jüdischen Flüchtlinge aus Osteuropa verteilt. Aktive Wohltätigkeit. Konkrete Hilfeleistung.«

Lucie lächelte traurig.

»Und jetzt gehen wir ins Marais und nach Belleville, um jüdischen Familien zu helfen, die aus Deutschland fliehen. Es sind andere und sogar noch gefährlichere Zeiten, und unsere Hilfe ist bitter nötig«, sagte sie.

Madeleine wandte sich an ihren Onkel. »Siehst du, Onkel Pierre, es gibt so viel für uns zu tun für unsere Leute hier in Frankreich. Sie brauchen unseren Beistand, unseren Schutz.«

Simone nickte heftig.

Pierre Dreyfus blickte seine jungen Nichten an, gerührt von ihrer Schönheit und ihrem Mut. Er war stolz auf sie, und er hatte Angst um sie. Sorgfältig wählte er seine Worte. Er wollte nicht den Groll seiner Schwester oder die Angst seiner Mutter neu entfachen, jedoch auch nicht seine Absichten verleugnen.

»Jeder von uns muss der Stimme seines Herzens folgen, seines Gewissens, Madeleine. Meine Familie und ich, wir müssen unseren Weg wählen, und du musst deinen wählen. Wünschen wir uns gegenseitig *bonne chance*, viel Glück und viel Erfolg. Wir alle brauchen sehr viel Glück in den dunklen Zeiten, die uns bevorstehen.«

Auf seine unheilvollen Worte hin verfielen sie in starres Schweigen. Es war seine Frau, die die ernste Stimmung wieder in eine fröhliche verwandelte.

»Aber es gibt so viel, auf das wir uns freuen können. Simone, wie gehen deine Hochzeitspläne voran? Und wo ist dein gut aussehender Anatol?«

»Er ist auf einem wichtigen Treffen führender Pfadfinder, aber ich hoffe, dass er rechtzeitig fürs Dessert hier ist«, antwortete Simone und wurde rot, wie immer, wenn sie von Anatol redete.

»Das hoffe ich sehr. Ich habe meinen Apfelstrudel gemacht, weil ich weiß, dass er den am liebsten isst«, sagte Lucie. Sie berührte sacht Pierres Wange. Ihr Sohn jagte Schatten, die sich vielleicht niemals manifestieren würden. Deutschland würde nicht wagen, Frankreich anzugreifen.

Es klopfte an der Tür, und Simone beeilte sich, sie zu öffnen. Anatol und Claude kamen herein, die Gesichter gerötet vom Abendwind, die blau-weißen Halstücher der jüdischen Pfadfinder lose um den Hals geknotet. Anatol hielt eine weiße Rose, die er Simone gab.

Ihre Familie klatschte, und sie lächelte und schob sie sich hinters Ohr. Etienne glitt von seinem Stuhl neben Madeleine und nickte Claude zu, der grinste und seinen Platz übernahm.

Dr. Pierre Paul Levy drückte die Hand seiner Frau an seine Lippen. »Unsere Mädchen sind sehr schön«, flüsterte er.

Jeanne nickte. »So schön und so jung.«

Er bemerkte die Traurigkeit und die Angst in ihrer Stimme. »Alles wird gut«, sagte er leise. »Wir sind in Paris, der Stadt der Liebe, der Stadt des Lichts.«

»Dunkelheit kann Licht verdrängen«, erwiderte sie, doch sie hob ihr Glas, als Pierre Dreyfus einen Toast auf seinen Vater sprach, dessen Andenken zu ehren sie sich versammelt hatten, und auf die République, die sie alle so liebten.

»A la France. A la famille Dreyfus.« Ihre Stimmen klangen kräftig, ihre Augen glänzten verdächtig, Angst mischte sich mit Hoffnung.

Später am Abend gingen Claude und Madeleine durch die stillen Straßen. Claude erzählte von einem wichtigen Treffen der jüdischen Pfadfinder. »Viele leitende Pfadfinder finden, wir sollten uns den Tzofim anschließen, den Pfadfindern von Palästina«, sagte er.

»Und was meinst du?«, fragte Madeleine.

Er antwortete nicht, sondern blieb still, als eine Gruppe von Studenten vorbeiging, die »La Marseillaise« sangen. Madeleine stimmte mit ein.

»Und mein Onkel Pierre will, dass wir nach Amerika auswandern«, entgegnete Madeleine mit leiser Stimme. »Ach, Claude«, sagte sie. »Wie sollen wir denn unser Frankreich verlassen?«

»Wir müssen beten, dass Frankreich nicht uns verlässt«, erwiderte er, und bei diesen Worten erinnerte sie sich an die lärmenden Stimmen im Theater und daran, wie sie und Simone vor diesem unerwarteten Chor des Hasses geflohen waren. Sie schauderte.

»Dir ist kalt«, sagte Claude und legte ihr zärtlich seinen blauweißen Schal um die Schultern.

WINTER

2. KAPITEL

Madame Danier, die Dekanin des Instituts für Soziale Arbeit, blickte kurz auf die Aktenmappe auf ihrem Schreibtisch und dann lächelnd zu der dunkelhaarigen jungen Frau, die vor ihr stand.

»Guten Morgen, Mademoiselle Levy. Bitte setzen Sie sich.«

»Danke«, sagte Madeleine, froh, dass die Dekanin laut und deutlich redete. Sie setzte sich ganz vorne auf die Kante des Stuhls und beugte sich vor, den Blick auf Madame Daniers Gesicht gerichtet. Ihr Gehör war nur leicht beeinträchtigt, aber sie übte trotzdem das Lippenablesen, eine Vorsichtsmaßnahme, so sagte sie sich, die hoffentlich niemals notwendig wäre.

»Ich habe hier die Unterlagen über Ihre Kursarbeiten und Prüfungen. Ich gratuliere zu Ihren exzellenten Leistungen.« Madame Danier strahlte vor Stolz über ihre hervorragende Studentin.

Madeleine wurde rot.

»Ich habe sehr hart gearbeitet und gelernt, Madame«, erwiderte sie bescheiden.

»Ich stelle außerdem fest, dass heute Ihr Geburtstag ist.«

»Ja. Mein zwanzigster.«

Madeleine entspannte sich und nestelte an dem karmesinroten Halstuch, das heute neben ihrem Frühstücksteller gelegen hatte. Es war natürlich eine Handarbeit ihrer Großmutter. Madeleine hatte sich darüber gefreut, war jedoch nicht überrascht gewesen. Lucie Dreyfus vergaß niemals einen Geburtstag.

»Es ist reiner Zufall, dass Sie heute das hier bekommen. Betrachten Sie es als wohlverdiente, ganz besondere Geburtstagsüberraschung«, sagte Madame Danier.

Sie hielt ihr einen gefütterten weißen Umschlag hin. Madeleine griff danach, ihre Hände zitterten, als sie ihn sehr vorsichtig öffnete und eine geprägte Urkunde herauszog. Ihre Augen wurden feucht, während sie las.

»Mein Zeugnis!«, rief sie. »Ich habe nicht erwartet, dass ich es so früh bekommen würde.«

»Sie haben in Rekordzeit all Ihre Prüfungen bestanden und Ihre Hausarbeiten erledigt. Sie dürfen sich jetzt *Assistante Sociale* nennen, qualifizierte Sozialarbeiterin.«

Madame Danier griff über ihren Schreibtisch hinweg nach Madeleines Hand und hielt sie fest.

»Ich bin nicht überrascht. Ich wusste von dem Augenblick, als Sie mit dem Studium anfingen, dass Sie erfolgreich sein würden. Sie und Ihre Schwester Simone sind unsere eifrigsten und erfolgreichsten Studentinnen.«

Der Ton der Dekanin war ruhig und beherrscht. Sie war keine Frau, die leichtfertig Komplimente verteilte, aber die Levy-Schwestern hatte sie mit großer Bewunderung beobachtet. Madeleine war stets einsatzbereit, und Simone hatte anspruchsvolle Aufgaben erfüllt, trotz der gefährlichen Krankheit ihres Ehemanns und der Bedürfnisse ihrer kleinen Tochter.

»Es war für uns ein Privileg, hier studieren zu können, besonders in Zeiten wie diesen«, erwiderte Madeleine ruhig.

»Ja. Ihre Ausbildung wird eine große Rolle spielen, wenn die Ereignisse weiterhin so einen schrecklichen Verlauf nehmen.«

Ein paar Augenblicke saßen sie schweigend da. Es waren weiter keine Worte nötig. Sie waren von grauenvollen Nachrichten verfolgt worden, Woche für Woche, Monat für Monat, denn Adolf Hitlers teuflische Maßnahmen waren immer schneller aufeinander gefolgt und hatten die Welt in Angst und Schrecken versetzt. Frankreich hatte die Auswirkungen des Nazi-Regimes zu spüren bekommen, denn verängstigte deutsche Juden flohen über die Grenze, suchten Schutz vor der Sturzflut aus Brutalität und Hass in ihrem Heimatland. Konventionelle Mittel waren bald erschöpft, doch das Institut für Soziale Arbeit und die französische Gemeinschaft der Juden stellten rasch Hilfsprogramme auf die Beine.

Madeleines Vater und ihr Bruder Jean Louis, selbst Medizinstudent, leiteten eine Klinik im Marais, in der sie Unterernährung, Rachitis, durch bösartige Prügelaktionen verursachte Narben sowie entstellte Gliedmaßen, die nach Knochenbrüchen nicht richtig kuriert worden waren, kostenlos behandelten.

»Wir fragen nicht, woher die Narben und Frakturen kommen«, sagte Dr. Levy müde. Er sprach von Deutschland nicht mehr als dem Land Beethovens und Schillers.

Madeleine und Simone hatten Zeit abgezweigt, um ihre Mutter und Großmutter beim Verteilen von Essen und Kleidung zu unterstützen.

»Wie kommt Simone zurecht?«, erkundigte sich die Dekanin zögernd. »Wir haben von der Krankheit ihres Mannes gehört.«

»Ja, Anatol hat Meningitis, aber meine Schwester ist sehr stark«, erwiderte Madeleine. »Sie ist eine wundervolle Mutter, und wir tun unser Bestes, um ihr zu helfen. Meine Mutter, meine Großmutter, ich selbst.«

Madame Danier nickte.

»Natürlich. Es ist bekannt, dass die Frauen der Familie Dreyfus stark sind. Stark und tapfer.«

»Ich danke Ihnen«, sagte Madeleine.

Sie nahm sich vor, diese Worte nie zu vergessen. Sie würde sie an Simone und vielleicht an ihre Mutter und ihre Großmutter weitergeben. Solch eine Ermutigung war hilfreich in dieser traurigen Zeit des Beobachtens und Abwartens, während Anatol zwischen Leben und Tod schwebte. Madeleine seufzte und wünschte brennend, sie könnte selbst an ihre Kraft, an ihren Mut glauben.

Madame Danier beugte sich zu ihr vor. Ihr Ton war eigenartig zögernd.

»Mademoiselle Levy, ich habe einen besonderen Auftrag für Sie. Ein Notfall ist eingetreten, der einen sofortigen Hausbesuch erfordert. Eine Lehrerin im Pletzl hat berichtet, dass eine neu aus Deutschland angekommene jüdische Familie sich in einer großen Notlage befindet. Die drei Kinder sind dermaßen unterernährt, dass sie um ihr Leben fürchtet. Wir wollen ihnen Unterstützung aus dem Sonderfonds anbieten, den die jüdische Gemeinschaft gegründet hat, aber das können wir erst, nachdem eine akkreditierte Sozialarbeiterin eine Einschätzung der Situation vorgenommen hat. Außer Ihnen steht niemand zur Verfügung. Könnten Sie das heute noch tun?«

»Natürlich«, antwortete Madeleine sofort. »Schließlich bin ich ja jetzt eine *assistante sociale*. Das wird mein erster Fall.« Sie lächelte stolz.

»Dann bleibt mir nur, Ihnen *bonne chance* zu wünschen«, sagte die Dekanin und reichte Madeleine die dünne Mappe, die alle Angaben zu dieser Familie sowie ein Bewertungsformular enthielt.

»Und alles Gute zum Geburtstag«, fügte sie hinzu, doch Madeleine eilte schon hinaus, hatte den Kopf abgewendet und drehte sich nicht um, um sich für die guten Wünsche zu bedanken.

Zu spät erinnerte Madame Danier sich daran, dass ihre frisch qualifizierte Studentin ein leichtes Hördefizit hatte. Sie zuckte mit den Achseln.

Kein Problem. So eine Behinderung würde Madeleine Levy nicht bremsen in ihrer Entschlossenheit und ihrem Mitgefühl.

***

In einem überfüllten Waggon der Metro gelangte Madeleine zum Pletzl, wo der Duft von frisch gebackener Baguette sie daran erinnerte, dass sie hungrig war, sehr hungrig. Sie umklammerte ihre Aktentasche und bereute, nicht daran gedacht zu haben, neben ihren Papieren und Belegen ein Croissant einzupacken. Sie hatte keine Zeit fürs Mittagessen gehabt, und sie bezweifelte, dass sie zum Abendessen zu Hause sein würde, denn zu der Zeit war ein wichtiges Treffen der Pfadfinder angesetzt. Als sie die Metro verließ, stellte sie erleichtert fest, dass in der Rue des Rosiers eine füllige ältere Frau, die über ihrem schweren dunklen Wintermantel eine fettverschmierte weiße Schürze trug, neben einem Kohlenbecken stand und die Vorzüge der *Crêpes* hinausschrie, die sie zum Kauf anbot.

»*Crêpes, délicieuses. Fraises du bois. Pommes. Fromage! Crêpes délicieuses.* Erdbeermarmelade, Apfelmus. Käse!«, brüllte sie und wärmte sich die großen Hände über den glühenden Kohlen.

Madeleine eilte hinüber, deutete auf eine Erdbeer-Crêpe und reichte der Verkäuferin eine Franc-Note.

Die mollige Frau lächelte, gab die Crêpe in eine aus einem fettigen Stück Zeitungspapier gedrehte Tüte und streute eine großzügige Portion Staubzucker darauf.

Ein kleines Mädchen – ihr blondes Haar war verfilzt, die schmerzhaft dünnen Ärmchen stakten aus den Ärmeln ihres mehrfach geflickten karierten Mantels hervor, sie trug Knabenstiefel und dicke, schlammbespritzte Strümpfe – stellte sich neben den Verkaufswagen und starrte sehnsüchtig auf die ausgelegten Crêpes. Ihre Lippen waren trocken, und in ihren Augen konnte man den Hunger sehen.

»Würden Sie mir für drei Centimes eine halbe Crêpe verkaufen?«, fragte sie scheu.

Die Verkäuferin wandte den Blick ab, doch Madeleine zog eine weitere Franc-Note aus ihrem Geldbeutel.

»Möchtest du Erdbeere oder Blaubeere?«, fragte sie das Kind.

»Blaubeere.« Die Antwort wurde geflüstert, aber die Kleine lächelte, als sie in die süße Köstlichkeit hineinbiss.

»Danke, Fräulein«, murmelte sie und korrigierte sich dann schnell. *»Merci, Mademoiselle«*, sagte sie mit lauterer Stimme.

»Guten Appetit«, sagte Madeleine. »Aber vielleicht kannst du mir helfen. Ich suche die Rue Lascin.«

»Aber das ist meine Straße«, antwortete das Kind. »Ich wohne in der Rue Lascin. Ich bringe Sie dorthin.«

Madeleine ging neben ihr her, während sie ihre Crêpes kauten. Sie gingen durch ein Gewirr aus heruntergekommenen Häusern zu einer engen von überquellenden Mülleimern übersäten Gasse. Zerlumpte Kinder hüpften in eifrigem Spiel zwischen den Abfällen herum und verständigten sich schreiend in Französisch, Deutsch, Jiddisch und Polnisch.

»Das ist die Rue Lascin«, verkündete das Mädchen wichtigtuerisch. »Sie müssen mir sagen, zu welcher Hausnummer Sie wollen.«

Madeleine blickte auf das Informationsblatt.

»*Dix*. Nummer zehn.«

»Aber da wohne ich. In der Nummer zehn«, erwiderte das Mädchen.

»Kennst du die Familie Hofberg?«

Das kleine Mädchen straffte die schmalen Schultern und lächelte zum ersten Mal.

»Ich bin Anna Hofberg«, sagte sie stolz und führte Madeleine in den dunklen, muffigen Flur des Mietshauses.

Langsam stiegen sie die enge Treppe hinauf. Kinder mit großen Augen versammelten sich auf jedem Treppenabsatz. Eine Mischung aus Karbol und verkochtem Kohl drang aus offenen Wohnungstüren. Über dem Treppengeländer hingen feuchte Unterwäsche, vom vielen Tragen dünn gewordene Unterhemden und Hemden, geflickte und gestopfte Hosen und ausgeblichene Kleider.

»Wir wohnen ganz oben«, sagte Anna entschuldigend. »Meine Mutter sagt, das ist gut, weil wir dann nicht hören, wie andere Familien über unseren Köpfen herumlaufen. Daran sind wir nicht gewöhnt. In Berlin hatten wir unser eigenes Haus. Ein großes Haus. Ich hatte mein eigenes Zimmer. Und meine Brüder auch. Die Decke auf meinem Bett war rosa, und die Vorhänge an meinem Fenster hatten die gleiche Farbe. Meine Mutter hatte ein Nähzimmer und mein Vater ein Arbeitszimmer. Ich vermisse meine Bettdecke und meine Vorhänge. Es war ein schönes Haus.«

Ihre Stimme zitterte, und Madeleine befürchtete, sie könnte anfangen zu weinen. Unwillkürlich griff sie nach der Hand des Kindes.

»Das war es bestimmt, Anna. Aber es war klug von deinen Eltern, es zu verlassen. Ein Haus ist nur ein Haus. Deine Sicherheit ist wichtiger als irgendein Haus. Und Deutschland ist nicht sicher für unser Volk. Nicht jetzt. Vielleicht nie mehr.«

»Aber woher sollen wir wissen, ob wir hier in Paris sicher sind? Woher sollen wir wissen, ob wir jemals irgendwo sicher sind?«, klagte Anna.

Madeleine blieb stumm. Es war die gleiche Frage, die Pierre Dreyfus am Abend zuvor gestellt hatte, als er seine Entscheidung offenbarte, seine Familie nach Amerika zu bringen.

»Woher sollen wir wissen, dass wir in Paris sicher sind? Oder sonst irgendwo in Europa? Ich bin sicher, es wird Krieg geben, und ich will Sicherheit für meine Kinder.« Seine Stimme hatte düster geklungen vor Kummer, und seine warnenden Worte hatten sich in Madeleines Gedächtnis eingebrannt.

Hier, im Treppenhaus dieses maroden Wohnhauses wurde ihr klar, dass dieses heimatlose kleine Mädchen dieselben Vorahnungen, dieselbe verzweifelte Angst hatte wie ihr Onkel. Wie konnte die kleine Anna sich darauf verlassen, sicher zu sein in Paris oder, ja wirklich, irgendwo sonst in einem vom Nazi-

Regime bedrohten Europa? Madeleine berührte sacht Annas Schulter und zwang sich zu einem Lächeln, während sie nach Worten suchte, um sie zu beruhigen.

»Frankreich ist nicht Deutschland. Die Franzosen sind gute Menschen. Wir glauben an Liebe, nicht Hass. Hier bist du sicher, Anna. Wir werden dich beschützen«, sagte sie. »Das verspreche ich.«

Ein törichtes Versprechen, das wusste sie, aber sie würde versuchen es zu halten.

Sie kamen im obersten Stockwerk an. Eine magere Frau mit blondem Haar stand in einer offenen Tür und klopfte ungeduldig mit der Fußspitze auf den Boden. Ihre Lippen waren zusammengepresst, ihr Blick drückte Angst aus.

»Anna, wo warst du? Ich habe mir solche Sorgen gemacht.«

Sie redete Deutsch; Barschheit und Besorgtheit mischten sich in ihrem Ton, doch als sie Madeleine sah, wechselte sie zu dem gestelzten, rudimentären Französisch der Neuankömmlinge.

»Sie müssen mir verzeihen, Mademoiselle. Ich habe mir Sorgen gemacht um meine Tochter«, sagte sie entschuldigend.

»Ich verstehe. Anna war so nett, mich zu begleiten, als ich ihr sagte, dass ich den Auftrag habe, die Familie Hofberg zu besuchen«, erklärte Madeleine, vorsichtig darauf bedacht, leise und ruhig zu sprechen.

»Sind Sie sicher, dass es die Familie Hofberg ist, die Sie suchen?«, fragte Annas Mutter.

Ihre Frage klang zögernd, ängstlich. Madeleine verstand, dass ein Besuch für sie in diesem neuen Land etwas Unerwartetes war. Unerwartet und bedrohlich.

»Ja. Ich bin sicher. Darf ich hineinkommen und erklären, weshalb ich hier bin?«

»Sie ist eine nette Dame. So freundlich«, flüsterte Anna.

Ihre Mutter zögerte, schließlich nickte sie, und Madeleine folgte ihr in die Wohnung. Der nackte Fußboden war sauber geschrubbt, und kahle Matratzen lehnten an der abblätternden Wand. Die vorhanglosen Fenster glänzten. Aus einem Holzbrett und Zementblöcken war ein behelfsmäßiger Tisch erstellt worden, aber eine schöne Kristallvase mit einer einzelnen gelben Rose stand auf der gesplitterten Holzplatte. Die kleine Anna kauerte auf einem abgenutzten Sofa, aus dessen verblichenen Polstern mit Blumenmuster die Füllung herausquoll.

»Frau Hofberg, erlauben Sie, dass ich mich vorstelle«, begann Madeleine. »Mein Name ist Madeleine Levy, ich bin Sozialarbeiterin, *assistante sociale*.«

Sie nannte ihre Berufsbezeichnung mit unterdrücktem Stolz und wartete einen Moment, bevor sie weiterredete.

»Eine Lehrerin an der Schule Ihres Sohnes hat das Institut für soziale Arbeit kontaktiert. Ihr Sohn hat zu ihr gesagt, dass er hungrig ist und sich schwach fühlt, weil er nichts gegessen hat und es bei ihm zu Hause nichts zu essen gibt. Die Lehrerin ist um seine Gesundheit besorgt und hat sich an uns gewendet. Wir möchten Ihnen Unterstützung anbieten aus einem Fonds der Jüdischen Gemeinde von Paris, der *Kehillah*.«

Frau Hofberg nickte verstehend, als sie das hebräische Wort für *Gemeinde* hörte, doch ihre Stimme zitterte, als sie mit einer Mischung aus Stolz und Verlegenheit antwortete.

»Ich danke Ihnen, aber wir benötigen keine Almosen. Eine freundliche Nachbarin hat uns Geld geliehen für Brot und Milch. Wir werden es ihr selbstverständlich zurückzahlen, sobald mein Mann Arbeit gefunden hat. Er versteht sein Geschäft. Polsterei. Niemand ist krank bei uns. Ich halte alles sehr, sehr sauber.«

Die Worte strömten in einem Mischmasch aus Deutsch und Französisch aus ihr heraus. Frau Hofbergs Augen glänzten, und ihre Wangen waren gerötet. Anna griff nach der Hand ihrer Mutter, und die beiden Jungen rannten herbei und stellten sich beschützend neben sie. Ihre blassen Gesichter und die Wachsamkeit in ihren Augen machten Madeleine traurig.

»Das sind meine Brüder«, erklärte Anna. »Samuel und David.«

Madeleine streckte die Hand aus, und als die Kinder sie berührten, spürte sie die Zerbrechlichkeit ihrer Finger, die Knochen zeichneten sich unter der dünnen Haut ab. *Unterernährt*, hatte die Lehrerin in ihrem Bericht geschrieben. Madeleine würde dies ändern in *Hunger leidend*, wenn sie ihren eigenen Bericht schrieb.

Sie wandte sich ihrer Mutter zu.

»Frau Hofberg. Unsere Unterstützung ist kein Almosen. Die jüdische Gemeinde ist eine große Familie, und in Familien hilft man sich gegenseitig. Also möchte die französische jüdische Kehillah Ihnen helfen, so wie Sie bestimmt uns helfen würden, wenn die Situation umgekehrt wäre.« Madeleine zog Anna unwillkürlich an sich und tätschelte ihren Kopf.

Die Geste war an Annas Mutter nicht verschwendet. Ihr Ausdruck wurde weicher. Sie setzte sich auf das Sofa und bedeutete Madeleine, sich neben sie zu setzen.

»Natürlich. In Deutschland, bevor die schlimmen Zeiten kamen, hat unsere Familie getan, was sie konnte, für die Mitglieder unserer Gemeinde, die Hilfe brauchten«, sagte sie.

»Davon bin ich überzeugt«, versicherte Madeleine. »Dann verstehen Sie sicher, warum ich hier bin. Darf ich fragen, wie und warum Sie nach Paris gekommen sind?«

Sie kannte die Antwort, aber sie brauchte diese Informationen für ihren Bericht. Sie machte sich keine Notizen, sondern hörte zu, während die erschöpfte Frau seufzte und mit sehr leiser Stimme redete. In jedem Wort drückte sich ihr Kummer aus: »Der Name ›Hofberg‹ ist in Berlin nicht unbekannt. Die Familie meines Mannes lebt dort seit Generationen. Wir besaßen eine gut gehende Polsterei mit vielen Angestellten, jüdischen und nichtjüdischen. Mein Mann ist Veteran der deutschen Wehrmacht und wurde im großen Krieg mit dem Eisernen Kreuz ausgezeichnet. Unser Leben war schön, bis Hitler an die Macht kam.

Alles hat sich geändert in dieser finsteren Zeit. Alle Fröhlichkeit und Leichtigkeit ist aus unserem Leben verschwunden. Nichtjüdische Freunde und Nachbarn haben uns gemieden. Samuel und David wurden, wie alle jüdischen Kinder, von der Schule ausgeschlossen und wurden von Banden der Hitlerjugend terrorisiert. Hakenkreuze wurden an die Fenster unseres Geschäfts geschmiert. Wir haben sie abgewaschen. Wir waren entschlossen, geduldig zu bleiben und abzuwarten, bis diese Zeit des Hasses vorbei wäre. Wir waren sicher, dass uns keine Gefahr drohte, dass bald alles wieder besser würde. Wir legten das Eiserne Kreuz meines Mannes in das vordere Fenster unserer Wohnung in der Goethestraße. Konnte es Grausamkeit und Bedrohung geben in einer Straße, die nach Goethe benannt war?«

Frau Hofberg lachte bitter und fuhr fort.

»Dann kam ›die Nacht der Glassplitter‹, die Kristallnacht. Die großen Schaufenster unseres Geschäfts wurden zerschlagen, die Waren geplündert. Wir haben uns im Keller unserer Wohnung versteckt und zugesehen, wie die Scherben des vorderen Fensters wie ein Wasserfall auf das Pflaster der Goethestraße regneten. Das Eiserne Kreuz wurde aus der roten Samtschatulle gerissen, die Schatulle auf die Straße geworfen. Mein Sohn David ist hinausgerannt und hat sie aufgehoben, so verschmutzt wie sie war, und ein Mann mit einem Hakenkreuz-Armband hat ihn gejagt und geschrien: ›Morgen geht es noch weiter. Morgen wird jeder Jude tot sein, und unser Deutschland wird *judenrein* sein, frei von Juden.‹ Wir haben den Morgen nicht abgewartet. Wir sind noch in derselben Nacht nach Paris abgereist.

Wir haben nicht gewagt, zur Bank zu gehen und unser Geld abzuheben. Wir haben nur mitgenommen, was wir in unsere Koffer und Rucksäcke packen konnten. Ich habe meinen Schmuck in die Säume unserer Mäntel genäht. Was wir an Bargeld im Haus hatten, haben wir für die Zugfahrkarten verbraucht, und dann hier in Paris. Wir haben den Schmuck verkauft, um die Miete zu zahlen und Lebensmittel zu kaufen. Aber ich habe noch eine kleine Kristallvase, die meiner Mutter gehörte, in meine Tasche gepackt. Ich kaufe jeden Morgen eine Blume und stelle sie in diese Vase. Verrückt, so ein Luxus, denke ich, aber eine Rose kostet nur einen Centime, und sie erinnert mich an das Leben, das wir verloren haben. Sie erinnert mich daran, dass es Schönheit gibt auf der Welt. Wir haben nur noch wenige Schmuckstücke, deshalb kaufe ich nur sehr wenige Lebensmittel. Sie haben recht. Unsere Kinder haben Hunger. Und ja, sehr bald werden sie krank werden. Ich bin eine Mutter, die mit ansehen muss, dass ihre Kinder hungrig zu Bett gehen. Ich bin eine Mutter, die um das Leben ihrer Kinder fürchtet.«

»Ihre Kinder werden nicht mehr hungern, Frau Hofberg. Und sie werden nicht krank werden«, erwiderte Madeleine. »Ich finde nicht, dass Sie verrückt sind. Ich finde, Sie und Ihr Ehemann haben sehr mutig das Leben Ihrer Kinder gerettet.«

Sie öffnete ihre Aktentasche und zog ein Bündel Gutscheine vom Verband der jüdischen Gesellschaften heraus.

»Damit können Sie auf dem großen Markt in der Rue des Rosiers Lebensmittel kaufen. Der koschere Metzger und der Gemüsehändler an der Ecke werden sie ebenfalls annehmen, und ich werde Ihnen noch mehr davon geben, wenn Sie sie brauchen. Meine Großmutter und meine Mutter werden Sie besuchen und Ihnen bringen, was Sie an Kleidung für die Kinder benötigen. Der jüdische Verband wird Ihnen helfen, eine Anstellung für Ihren Ehemann zu finden. Das ist es, was wir Juden für unsere Familien tun, für alle, die in Not sind. Dasselbe würden Sie für uns tun, nicht wahr?«

Tränen der Dankbarkeit strömten über Frau Hofbergs Wangen.

»Das ist das erste Mal, dass wir Freundlichkeit erleben, seit der Kristallnacht«, murmelte sie.

Madeleine nickte.

Sie wusste von der Nacht des splitternden Glases.

Sie hatte an einer Kundgebung teilgenommen, bei der ihr Onkel Pierre eine Rede gehalten und das Nazi-Regime wegen seiner Zerstörung von jüdischem Eigentum, seiner Angriffe auf jüdisches Leben verurteilt hatte. Seine leidenschaftliche Anklage war unterbrochen worden durch ein paar Strolche, die antisemitische Parolen brüllten, doch Pierre hatte sich nicht beirren lassen. Belohnt worden war er durch einen mutigen Leitartikel in der weit verbreiteten Zeitung *Ordre* unter der Überschrift »Sohn von Hauptmann Dreyfus verurteilt scharf Verfolgung durch Nazis«.

Wer in Frankreich wird sich noch gegen die Grausamkeit der Deutschen aussprechen, wenn mein Onkel nach Amerika abgereist ist? fragte sich Madeleine.

Bedrückt blickte sie auf ihre Armbanduhr. Sie wollte sich nicht verspäten für das für diesen Abend angesetzte Treffen der jüdischen Pfadfinder.

»Darf ich Ihnen ein Glas Wasser anbieten, Mademoiselle?«, fragte David, der Ältere der beiden Hofberg-Brüder.

Als Madeleine zustimmend nickte, kam ihr eine Idee.

»Frau Hofberg, vielleicht könnten Ihre Söhne mich begleiten. Ich gehe zu einem Treffen der *éclaireurs* Israélites, der jüdischen Pfadfinder. Von denen haben Sie vielleicht schon mal gehört?«

Die Antwort kam von David.

»Natürlich haben wir schon von ihnen gehört. Samuel und ich waren Mitglieder bei den Blau-Weißen, den jüdischen Pfadfindern von Deutschland«, erzählte er stolz.

Frau Hofberg zögerte.

»Ich weiß nicht, ob das für die beiden sicher genug ist. Meine Söhne haben keine Papiere. Ich will nicht, dass sie Schwierigkeiten bekommen, wenn sie von Gendarmen angehalten werden. In Berlin haben sich die jüdischen Pfadfinder heimlich getroffen, und trotzdem sind viele von ihnen verhaftet und ins Konzentrationslager geschickt worden.«

»In Frankreich gibt es keine Konzentrationslager«, versicherte ihr Madeleine. »Es wird keine Probleme geben. Die Gendarmen von Paris machen kleinen Jungen keine Schwierigkeiten. Ich bin selbst jüdische Pfadfinderin und meine kleinen Brüder auch. Hier in Paris müssen wir uns nicht heimlich treffen. Wir sind einfach junge Menschen, die etwas über unser jüdisches Erbe und die wundervolle Welt der Natur lernen wollen. Wir machen Wanderungen und Ausflüge. Wir singen, wir tanzen. Jüdische Pfadfindergruppen gibt es überall in Frankreich – in Lyon, in Marseille, in Toulouse. Es gab sogar Pfadfinderstaffeln im Elsass. Aber das war natürlich davor.«

Davor. Sie sagte das Wort in einem bedauernden Flüsterton. Es musste nicht erklärt werden. Frau Hofberg verstand, dass ihre Welt sich in ein *Davor* und ein *Danach* geteilt hatte. *Vor* der Machtergreifung Hitlers. *Nach* dem Beginn seiner Terrorherrschaft.

Madeleine würde sich immer an die glücklichen Tage *davor* erinnern, als sie und Claude sich mit einer Gruppe Pfadfinderanführer nach Mulhouse aufgemacht hatten. Es war interessant gewesen, die Stadt zu sehen, die einmal die Heimat ihrer beiden Familien gewesen war. Sie hatten sich von der Gruppe weggestohlen und waren auf den Birnbaum gekletterte, der sowohl ihr als auch ihm während der Kindheit so oft als Versteck gedient hatte. Sie hatten in den dicht belaubten Zweigen gesessen und auf die idyllische Waldlandschaft hinabgeblickt, die so weit entfernt war von einem Paris, das seit Neuestem von der Angst vor dem Krieg heimgesucht wurde. Madeleine hatte Claude angeblickt und zögernd eine Frage gestellt, so naiv, dass die Verlegenheit über ihre eigene Unwissenheit sie erröten ließ.

»Ist das Glücklichsein, Claude? Du und ich, wie wir hier auf dem Baum sitzen, während uns die Sonne aufs Gesicht scheint?«

Wie zittrig ihre Stimme geklungen hatte und wie zärtlich seine Antwort.

»Ja. Ich glaube, das muss es wohl sein«, hatte er erwidert und sich eine Strähne ihres Haars um den Finger gewickelt.

Keiner von ihnen hatte etwas über die düsteren Vorboten gesagt, über ihre uneingestandenen Ängste, dass diese wenigen Stunden die einzige Glückserfahrung ihres Lebens sein könnten.

Madeleine seufzte und richtete ihre Aufmerksamkeit wieder auf die jungen Hofbergs.

»Bitte, Mama. Wir möchten so gerne gehen.«

Sie redeten gleichzeitig, und Anna warf sich auf den Schoß ihrer Mutter.

»Ich auch. Ich will Pfadfinder sein. Ich will singen und tanzen«, bettelte sie.

Alle lächelten – es war, als ob die Sonne aufginge.

»Anna, heute Abend findet ein Treffen für ältere Pfadfinder statt, aber wenn es deine Mutter erlaubt, nehme ich dich nächste Woche mit zu einer Gruppe für Kinder in deinem Alter«, versicherte Madeleine.

Frau Hofberg nickte und tätschelte Annas Kopf.

»Dieses Treffen – wo findet das statt?«, erkundigte sie sich.

»In der kleinen Synagoge an der Ecke der Rue des Rosiers. Wir werden Äpfel und Käse austeilen. Ihre Jungen werden etwas davon mit nach Hause nehmen können. Und heute Abend haben wir einen Redner aus Deutschland, Leon Cohn.«

»Aber Leon Cohn war unser Blau-Weiß-Anführer. Weißt du noch, welche Knotentricks er uns beigebracht hat, Samuel?«, fragte David aufgeregt, und sein Bruder nickte. Ein kleines Stück ihrer gestohlenen Kinderzeit war ihnen zurückgegeben worden.

»Kommt nicht zu spät nach Hause. Euer Vater wird sich Sorgen machen.« Frau Hofberg umarmte ihre Tochter.

»Mach dir keine Sorgen, Anna. Mademoiselle wird dich nicht vergessen«, flüsterte sie.

»Natürlich werde ich dich nicht vergessen. Ich habe es dir versprochen, oder?«

Madeleine lächelte und schaute zu, als Anna ihre Stiefel, bei denen die Schnürsenkel fehlten, auszog und an Samuel weiterreichte. Erst jetzt stellte sie fest, dass er barfuß war. Sie betrachtete seine Füße, schätzte seine Schuhgröße. Sie würde ihre Mutter bitten müssen, ein Paar in seiner Größe abzuzweigen.

Madeleine erhob sich und band sich ihren neuen karmesinroten Schal um den Hals. Das liebevoll selbst gemachte Geschenk ihrer Großmutter erinnerte sie daran, dass heute eigentlich ihr Geburtstag war. Sie lächelte, als sie daran dachte, was alles an diesem ersten Tag ihres einundzwanzigsten Lebensjahres geschehen war – sie hatte ihr Zeugnis bekommen, sie hatte etwas bewirkt im Leben der Familie Hofberg, und das vertrauensvolle Lächeln der kleinen Anna hatte ihr bestätigt, dass der Beruf, den sie gewählt hatte, wichtig und bedeutsam war, dass sie, Madeleine Levy, es in der Hand hatte, anderen das Leben zu erleichtern. Und der Tag war noch nicht zu Ende. Sie fragte sich, ob Claude daran gedacht hatte, ihr ein Geschenk zu kaufen, und schalt sich im selben Moment für diesen selbstsüchtigen Gedanken.

»Wir müssen uns beeilen«, sagte sie zu den Jungen.

Sie wollte sich nicht verspäten. Claude sollte sich keine Sorgen um sie machen. Natürlich begeisterte sie der Gedanke, dass er sich sorgen könnte. Sie lächelte und schaute nach, ob die geprägte Zeugnisurkunde, die sie als *assistante sociale* bestätigte, auch wirklich noch in ihrer Aktentasche steckte.

3. KAPITEL

Der Besprechungsraum im Keller der kleinen Synagoge war überfüllt, aber Claude stand in der Tür und führte Madeleine und die Hofberg-Brüder zu den Sitzplätzen in der vordersten Reihe, die er für sie reserviert hatte. Er wusste, sie saß am liebsten in der Nähe des Redners, damit sie sicher sein konnte, jedes Wort mitzubekommen.

Madeleine stellte die Jungen vor und zeigte ihnen den langen Tapeziertisch voller Platten mit Äpfeln und Käse. Stolz flüsterte sie Claude die Neuigkeit zu:

»Ich habe heute mein Abschlusszeugnis bekommen.«

Er grinste.

»Wunderbar. Das hast du dir in Rekordzeit verdient.«

»Nur weil ich im Sommer immer Kurse belegt und praktische Arbeit geleistet habe. Genau wie du. Es ist, als ob wir uns in einem Wettlauf gegen die Geschichte befänden.«

»Hoffen wir, dass es ein Wettlauf ist, den wir gewinnen«, erwiderte Claude.

Sie nickte und überlegte, wie wundervoll es wäre, wenn sie es zulassen könnten, dass ihr Leben in einem ruhigen Tempo verlief. Wie es wohl wäre, den Luxus der Muße zu haben und die sorglosen Freuden sonnenbeschienener Tage und sternenklarer Nächte? Sie seufzte. Vielleicht würden sie diesen Luxus und diese Freuden erleben, wenn Hitler besiegt und die Furcht, in der sie lebten, aus ihrem Leben verschwunden wäre. Oder vielleicht nie. Der ungebetene Gedanke prallte gegen Madeleines Herz.

Claude nahm ihre Hand, als wüsste er, was für düstere Bilder sie sich ausmalte. Er verstand sie nur allzu gut. Er wusste, falls Paris vom Krieg verschlungen würde – inzwischen eher wahrscheinlich als möglich –, dann würde die Sorbonne schließen, und der Universitätsabschluss, auf den er so lange hingearbeitet hatte, wäre verloren. Er schauderte angesichts der täglich immer unheilvolleren Pressemeldungen. Hitler hatte sich selbst zum Kriegsminister ernannt, der weitere Drohungen brüllte, noch während Deutschland das Sudetenland besetzte. Natürlich war Frankreich für ihn in Sichtweite. Diese Gewissheit bestärkte Claude und machte ihn noch entschlossener. Es gab so viel zu tun, so vieles, das seine Energie erforderte, sein Engagement.

Er lächelte Madeleine zu.

»Ich habe nicht vergessen, dass du heute Geburtstag hast. Lass uns nachher auf unsere bescheidene Art feiern.«

»Feiern?«, fragte sie erschrocken.

Allein das Wort, an diesem Ort, zu dieser Zeit, hatte einen fremdartigen Klang. Feiern, das gehörte zu einer Welt im Frieden.

»Ja. Feiern«, wiederholte Claude. »Carpe diem. Nutze den Tag.«

Sie lächelte. Das war ein Ausdruck, den Simone und Anatol benutzt hatten, als sie darauf bestanden, zu heiraten, trotz ihrer Jugend und trotz der Unsicherheit einer Zukunft, in der sich mehr Gefahr abzeichnete als Freude.

»Jetzt ist die Zeit, da wir den Mut haben müssen, den Tag zu nutzen«, hatte Simone verkündet, und sie und Anatol hatten wirklich den Tag genutzt. Atemlos vor Freude waren sie gewesen bei ihrer Hochzeit, überströmend vor Glück bei der Geburt ihrer Tochter. Doch Anatols verheerende Krankheit schwächte diesen trotzigen Optimismus. Arme Simone. Armer Anatol. Madeleine war schwer ums Herz, als sie den Hofberg-Brüdern bedeutete, sich auf den Sitz neben ihr zu setzen, und feststellte, dass sie sich nur einen Apfel und eine Scheibe Käse teilten. Sie verstand, dass sie den anderen für ihre Schwester aufhoben. Ihre Augen brannten von unterdrückten Tränen angesichts dieser kleinen liebevollen Geste.

Ihre Brüder Jean Louis und Etienne gesellten sich zu ihr, und sie stellte sie Samuel und David vor.

»Jean Louis studiert Medizin«, erklärte sie. »Bald ist er ein Arzt wie unser Vater.«

»Ich wollte mich auf die Aufnahmeprüfung für die medizinische Fakultät in Berlin vorbereiten«, sagte David. »Bis die Nazis alle jüdischen Schüler vom Gymnasium ausgeschlossen haben.«

»Dann kannst du ja vielleicht hier studieren«, schlug Jean Louis vor. »Ich helfe dir.«

»Vielleicht.«

Davids Antwort kam zögernd. Madeleine verstand, dass er sich nicht den Luxus der Hoffnung zugestehen wollte. Jean Louis hatte weiterstudiert, obwohl die französische Regierung ihre eigenen Reservisten einberief, seit die Bedrohung durch die deutsche Mobilmachung immer stärker wurde. Ihr Bruder musste vielleicht bald den weißen Kittel des Heilers gegen die graue Uniform des Todes tauschen. Das Herz wurde ihr noch schwerer, und sie rückte näher an Claude. Würde man auch ihn bald einberufen, Claude, ihren Freund, ihren Seelengefährten?

Weitere Neuankömmlinge strömten herein.

»Ich habe noch nie so ein überfülltes Treffen erlebt«, flüsterte sie.

»Das liegt daran, dass Robert Gamzon, der Gründer der *éclaireurs* Israélites, und Leo Cohn, der Leiter unserer deutschen Kameraden, sprechen werden. Der heutige Abend wird wahrscheinlich über die Zukunft des jüdischen Pfadfinderprogramms für ganz Europa entscheiden«, sagte Claude, und alle Leichtigkeit war aus seinem Ton verschwunden.

Er starrte geradeaus. Madeleine schauderte, erschreckt von

der ungewöhnlich düsteren Stimmung, die ihn so plötzlich befallen hatte. Welche Informationen verbarg er vor ihr? Warum dieser Pessimismus in seinem Ton? Er hatte schon oft zu ihr gesagt, ihre Generation würde mit außergewöhnlichen Herausforderungen konfrontiert werden, aber sie würden sie mutig bewältigen, denn sie hätten Jugend und Idealismus auf ihrer Seite.

Sie selbst war weniger zuversichtlich gewesen, sondern eher besorgt. Hatte Claude jetzt die gleichen Vorahnungen einer bevorstehenden Katastrophe wie sie? Sie glaubte es nicht. Sie zwang sich, Mut zu zeigen, doch ihm war das Mutigsein angeboren. Dennoch bemerkte sie die Traurigkeit, die sein kantiges Gesicht überschattete, als ihr Gespräch in Schweigen endete.

Ein hochgewachsener, sehr schlanker Mann ging zum Podium. Es war Robert Gamzon, der Begründer der französisch-jüdischen Pfandfinderbewegung, der *éclaireurs*. Er hatte bereits Geschichte geschrieben. Er war Kommunikationsoffizier der französischen Armee und trug zwar die entsprechende Uniform, aber auch das blau-weiße Halstuch der jüdischen Pfadfinder. Er begrüßte sein junges Publikum mit einem lässigen Winken und einem herzlichen Lächeln.

»Shalom«, sagte er. »Shalom, *Chaverim, Amis*. Willkommen, Freunde. Willkommen, Kameraden.«

Sie antworteten mit begeistertem Applaus und leidenschaftlichen Anfeuerungsrufen.

»Shalom, Robert Gamzon«, riefen sie. »Shalom, *Chaver*. Shalom, *Ami*! *Vive la France. Vive les éclaireurs* Israélites!«

Madeleine, die den legendären Anführer noch nie gesehen hatte, betrachtete sein gut aussehendes, lächelndes Gesicht. Sie war voller Bewunderung für die Geduld und Beherrschung, die er ausstrahlte. Er winkte rhythmisch mit der Hand, bis wieder Stille eintrat, und als er redete, vibrierte seine Stimme vor Überzeugung. Madeleine lauschte eifrig, aus jedem Wort sprach Vitalität und Engagement. Er war, wie ihr während seiner Rede klar wurde, der ideologische Architekt ihrer eigenen Zukunft, einer Zukunft, die der Rettung von Leben, der Rettung von Kindern gewidmet war.

»Liebe Freunde«, sagte er. »Wir treffen uns hier in gefährlichen Zeiten. Die Sturmtrupps von Nazi-Deutschland sind an unseren Grenzen versammelt. Wir beten, dass sie nicht in unser geliebtes Frankreich einmarschieren, aber uns ist klar, dass wir, die jüdische Jugend unserer tapferen République, uns auf das Schlimmste vorbereiten müssen. Wir brauchen einen Plan, um unsere Kinder zu beschützen. Wir müssen für unser Land kämpfen und für unser Volk, besonders für unsere Kleinsten, die zu jung und zu schwach sind, um für sich selbst zu kämpfen. Wir müssen uns solidarisch zeigen mit den tapferen Pionieren, die von einer jüdischen Heimat in Palästina träumen, von einem Zufluchtsort für Juden aus aller Welt, aber besonders für unsere Kinder, die unsere Zukunft sind. Wir haben bereits ein Transit-Camp für bedrohte Jugendliche in Algerien eingerichtet, aber das ist erst der Anfang. *Éclaireurs* Israélites – jüdische Pfadfinder Frankreichs – *enfants de la patrie* –, seid ihr bereit, euch uns anzuschließen?«

Seine Frage wurde mit einem dröhnenden Chor der Bestätigung beantwortet.

»*Oui!* Ja! Wir sind bereit. Wir stehen zu dir«, riefen sie laut.

Robert Gamzon lächelte erneut, sein Gesicht glühte vor Stolz. Er bedeutete ihnen zu schweigen und fuhr fort, jetzt mit ruhigerer Stimme.

»Wir werden jetzt hören, was einer der tapferen Leiter der Blau-Weißen, unserer jüdischen Pfadfinderbrüder in Deutschland, zu sagen hat. Er wird euch von den traurigen Vorfällen in seiner Gemeinde berichten. Begrüßen wir unseren mutigen Kameraden Leo Cohn!«

Ein Mann, ebenso hochgewachsen wie Robert Gamzon, das

hagere Gesicht von Trauer gezeichnet, ging zum Podium, und der Raum hallte erneut vom Applaus wider. Die Pfadfinder sprangen auf und sangen zur Begrüßung. Sie hakten sich gegenseitig unter und bewegten sich im Takt. Claude ergriff Madeleines Hand, und ihr Herz pochte wild. Verblüfft traten Samuel und David Hofberg näher ans Podium, um den Mann besser zu verstehen, der ihre Truppe in Berlin angeführt hatte. Sein magischer Auftritt in Paris verstärkte in ihnen das Gefühl, dass alle Juden eine Einheit bildeten.

Er begann zu reden, sein Französisch war unbeholfen, sein Akzent sehr stark. Die französischen Pfadfinder warfen sich gegenseitig zweifelnde Blicke zu, doch innerhalb von Minuten achteten sie nicht mehr auf seinen Akzent, sondern lauschten gebannt seinen Worten. Er war Augenzeuge des Albtraums gewesen, der ihre Träume heimsuchte.

»Ich war in Berlin in der Kristallnacht«, berichtete er. »Ich habe gesehen, wie ein alter Mann von einer Abordnung der Hitlerjugend geschlagen wurde, wie eine schwangere jüdische Frau zu Boden gestoßen wurde. Ich habe gesehen, wie ein Rabbi gezwungen wurde, das Straßenpflaster zu schrubben, erst wurde er an seinem weißen Bart gezerrt, dann wurde dieser grausam abgeschnitten. Ich bin durch Straßen gegangen, die mit Glasscherben bedeckt waren, den Überresten von Synagogenfenstern, jüdischen Wohnungen, jüdischen Geschäften. In jedem glitzernden Splitter sah ich die schreckliche Zukunft unseres Volkes. Nein – nicht die Zukunft, sondern die Gegenwart. Es passierte jetzt! Es gab Verhaftungen, Transporte in Konzentrationslager. Ich rannte zu unserer Zentrale und stellte fest, dass das Büro verwüstet war, unsere Bücher und Flugblätter verbrannt, die jüdische Flagge in Fetzen.«

Leo Cohn beugte sich vor, ein sarkastisches Lächeln huschte über sein Gesicht.

»Was haben sie zu finden gehofft an einem Versammlungsort

jüdischer Pfadfinder?«, fragte er. »Unsere gefährlichen Kompasse? Unsere tödlichen Liederbücher? Unsere giftigen hebräischen Fibeln?«

Die französischen Pfadfinder lachten bitter. Madeleine sah, wie Samuel Hofberg nach der Hand seines Bruders griff. Leo Cohns Worte, das wusste sie, weckten in ihm die eigenen Erinnerungen an das, was seine Familie erlebt hatte in dieser Nacht des Terrors, der letzten Nacht in ihrer Geburtsstadt.

»In jener Nacht haben wir erfahren, dass das jüdische Volk in schrecklicher Gefahr schwebt«, fuhr Leon Cohn fort. »Und wir Pfadfinder müssen auf diese Bedrohung reagieren. Wir müssen allen helfen, die eine Zuflucht brauchen. Wir müssen trainieren für gefährliche Situationen, und wir müssen uns Fähigkeiten aneignen, die uns – und denen, die auf uns zählen, besonders unseren Kindern – helfen zu überleben.«

Die jungen *éclaireurs* saßen ganz still. Sie hatten die Wanderausflüge in die Berge geliebt, das abenteuerliche Gefühl, wenn sie ihre Flaschen mit Wasser aus frei fließenden Flüssen und Bächen füllten, wenn sie wild wachsende Früchte und Beeren für ihre improvisierten Mahlzeiten pflückten. Aber diese fröhlichen Märsche hatten nun eine neue Bedeutung bekommen, eine neue Dringlichkeit. Leon Cohn hatte das unheilvolle Wort *überleben* ausgesprochen, und bei dieser Äußerung regte sich in ihnen zum ersten Mal echte Furcht.

Er blickte auf sie hinab, und da er die düstere Stimmung spürte, breitete er die Arme aus und erhob die Stimme zu einer triumphalen Anfeuerungsrede.

»Habt keine Angst, meine jungen Freunde! Wir werden nicht zulassen, dass Adolf Hitler triumphiert. Das Volk von Israel wird standhalten. Die jüdischen Pfadfinder, die Blau-Weißen, die *éclaireurs* Israélites, werden standhalten! Unsere Kinder werden standhalten!«

Ihre Stimmen vereinigten sich zu einem donnernden Ruf der

Bestätigung.

»Oui! Oui! Certainement. Certainement!«

Robert Gamzon hob die französische Flagge, und Leo Cohn schwenkte das blau-weiße jüdische Banner. Die jungen Leute hielten sich bei der Hand, ihre Gesichter strahlten. Sie sangen, als ginge es um ihr Leben. Sie sangen in Französisch. »La Marseillaise.« Sie sangen in Hebräisch. »Hatikvah«, die jüdische Nationalhymne, die Hymne der Hoffnung.

Claudes Finger stachen in Madeleines Handgelenk. Sie lehnte sich an ihn. David und Samuel Hofberg standen neben Jean Louis und Etienne Levy, Brüder, sie alle, Franzosen, Deutsche, vereint in ihrem Glauben und der Erkenntnis ihres gemeinsamen Schicksals. Madeline zitterte vor Angst um sie, um sich selbst, um alle, die sich so mutig in diesem Raum versammelt hatten. Claude zog sie zu sich heran und sang die »Hatikvah« auf Hebräisch, laut und mit voller Stimme.

»*L'hiyot Am chofshi b'artzeinu,*
B'eretz tzion, Yerushalyim.
Wir werden eine freie Nation sein in unserem eigenen Land,
dem Lande Zion, Jerusalem!«

Jedes Wort ein Versprechen, jedes Wort ein Gelöbnis.

Tränen liefen heiß über Madeleines Wangen. Sie würden niemals aufgeben. Die Hoffnung würde siegen, wie sie immer gesiegt hatte. Plötzlich fiel ihr ein, was ihr Großvater in den dunkelsten Tagen seiner Gefangenschaft niedergeschrieben hatte. *Bekämpfe Ungerechtigkeit mit Tapferkeit*, hatte er geschrieben.

Genau das würde sie tun, schwor sie sich. Das war ihr Geburtstagsvorsatz. Sie lächelte Claude zu. Er legte die Hand auf ihren Kopf, ein Geschenk in Form einer zärtlichen Geste. Ja, sagte sie sich, sie und Claude würden, wie Simone und Anatol, den Tag nutzen. Sie würden viele Tage nutzen. Und immer mit Mut und Tapferkeit. Und mit Freude. *Joie de vivre*, Lebensfreude.

Immer noch »La Marseillaise« singend, folgten Madeleine

und Claude den Pfadfindern, die die Synagoge verließen. Es war eine geordnete Prozession; mutig ließen sie ihre starken, melodischen Stimmen erklingen. Passanten blieben stehen und fielen mit ein, die Hand aufs Herz gedrückt, Tränen in den Augen. Frankreich mochte bedroht sein, aber der Tag der Herrlichkeit würde kommen.

4. KAPITEL

Madeleine und Simone saßen an Anatols Krankenhausbett, als er ruhig in den Tod hinüberglitt. Simone legte den Kopf auf das still gewordene Herz ihres jungen Ehemanns, während Madeline ihm ganz sacht die Lider schloss.

»Er war noch nicht einmal dreißig«, flüsterte Simone. »Es ist nicht fair, es ist nicht gerecht.«

Madeleine blieb stumm. Sie hatte keine tröstenden Worte für ihre Schwester. Fairness und Gerechtigkeit waren aus ihrer beider Welt verschwunden, Angst und Unsicherheit waren an ihre Stelle getreten.

»Anatol hat jetzt seinen Frieden«, sagte sie zu ihrer Schwester und führte sie aus dem Zimmer.

Es gab viel zu tun. Es musste für ein kleines Mädchen gesorgt, ein Begräbnis organisiert werden.

Wieder einmal kam die Familie Dreyfus auf dem Friedhof von Montparnasse zusammen. Wieder einmal stimmte Pierre Dreyfus das Kaddish an, doch ihm brach die Stimme, als Simone neben dem frisch ausgehobenen Grab kniete und einen Fliederzweig auf den schlichten Sarg aus Kiefernholz warf. Wieder einmal häufte jeder Trauernde dunkle, feuchte Erde auf eine Schaufel und bedeckte damit das helle Holz.

Dann wandten sie sich dem nahe gelegenen Grab von Alfred Dreyfus zu, und eines nach dem anderen legte jedes Familienmitglied kleine Steine darauf. Madeleine wählte einen Kiesel, den die Sonne alabasterfarben gebleicht und der Wind spiegelglatt geschliffen hatte. Simone wiederum fand einen tiefschwarzen Stein. Ihre Großmutter bewegte die Lippen in einem lautlosen Gebet.

»Manchmal denke ich, unsere Familie wird vom Tod verfolgt«, murmelte Simone.

»Nein«, protestierte Madeleine. »Wir sind eine Familie, die das Leben liebt, wir wollen das Leben für die Menschen um uns herum besser machen. Papa in seiner Klinik, Maman und *grand-mère* mit ihrer Arbeit im Pletzl. Und du und ich als Sozialarbeiterinnen und als *éclaireurs*. Sogar Frederica mit ihrem Lachen und ihren Spielen. Wir alle lieben das Leben.«

Als sie ihren Namen hörte, lächelte die Kleine tapfer, und Simone drückte sie fest an sich.

»Ja. Unsere Tochter ist ein wunderbares Kind. Aber Anatol und ich, wir waren immer besorgt, es könnte zu egoistisch von uns gewesen sein, sie in unsere gefährliche Welt zu bringen. Wir machten uns Sorgen, dass wir unser jüdisches Kind nicht beschützen könnten. Ab jetzt bin ich allein mit diesen Sorgen.«

»Du bist nicht allein«, widersprach Madeleine. »Wir sind zusammen. Frederica wird beschützt. Sie wird überleben. Wir alle werden überleben. Es ist ja möglich, dass die deutsche Armee gar nicht in Frankreich einmarschiert. Churchill hat seinen Beistand zugesagt. Premierminister Reynaud hat erst gestern Abend in seiner Radio-Rede gesagt, dass eine englisch-französische Koalition alle Chancen auf Erfolg hat. Das wird Hitler sicher abschrecken.«

»Ich möchte dir glauben, Madeleine«, sagte Simone müde. »Aber ich glaube, Monsieur Reynaud leidet an trügerischem Optimismus. Seit der deutschen Invasion in Polen geht es nicht mehr um die Frage, *ob* die Deutschen in unser Frankreich einmarschieren, sondern *wann* sie einmarschieren.«

Madeleine antwortete nicht. In Wahrheit teilte sie Simones düstere Einschätzung, die wiederum Claudes pessimistische

Prognose widerspiegelte, doch sie schreckte davor zurück, es einzugestehen. Es schadete nicht, wenn man sich für die Hoffnung entschied, so trügerisch sie auch sein mochte.

Sie kehrten für das trostspendende Trauermahl in Lucies Wohnung in der Rue des Renaudes zurück und wurden sich erneut der schweren Verluste bewusst. Nahestehende Dreyfus-Cousins und -Cousinen hatten Frankreich bereits verlassen, nachdem sie Visa für unterschiedliche Zielorte erstanden hatten, die, wenn auch zögerlich, Zuflucht gewährten.

Pierre und seine Familie erschienen nur kurz. Ihre lange hinausgezögerte Abfahrt nach Amerika stand kurz bevor, und sie mussten noch einiges vorbereiten, bevor sie Paris verlassen würden, um in Marseille auf ihre Überfahrt zu warten.

Mit gedämpfter Stimme wurde darüber gesprochen, dass man in dem Versuch, ein Visum zu bekommen, Tage damit verbracht hatte, eine Botschaft nach der anderen aufzusuchen, um festzustellen, dass nur wenige Länder jüdische Emigranten aufnahmen.

Furcht und Anspannung waren in dem Zimmer mit Händen zu greifen. Claude kam, als ein Levy-Cousin gerade einen vergeblichen Besuch in einer amerikanischen Botschaft beschrieb. »Wo ist Costa Rica?«, fragte er und lachte bitter.

»Deshalb brauchen wir ein eigenes jüdisches Land«, flüsterte Claude Madeleine zu. »Wenn wir in Palästina ein Heimatland hätten, wenn England das Versprechen der Balfour-Erklärung gehalten hätte, dann wäre kein Jude und keine Jüdin staatenlos.«

Sie nickte zustimmend. Die Schaffung eines jüdischen Staates war nicht länger nur ein entferntes Traumbild. Sie war eine dringende Notwendigkeit.

»Wir werden morgen Abend bei einem Treffen der Pfadfinder-Leiter über eine Fluchtroute nach Palästina reden«, fügte Claude hinzu. »Kommst du?«

»Ich versuche es«, versprach Madeleine, obwohl sie sich innerlich krümmte, als er das Wort *Flucht* benutzte. Sie verspürte einen Anflug von Zorn angesichts seiner Verzweiflung. Wusste er denn nicht, dass sie ihn brauchte, stark und resolut, hoffnungsvoll und optimistisch? Eine unrealistische Fantasie, wie ihr klar wurde, und sie schalt sich wegen ihres Grolls.

Sie stand auf, um Familie Hofberg zu begrüßen, die gekommen war, um ihr Beileid zu bekunden.

Madeleines Mutter und Großmutter besuchten die Hofbergs oft in der Rue Lascin und brachten willkommene Kleider- und Lebensmittelspenden. Pierre Dreyfus hatte über eine jüdische Wohlfahrtsorganisation eine Arbeit für Herrn Hofberg gefunden, und Etienne und Jean Louis begleiteten Samuel und David immer zu den Treffen der *éclaireurs*.

Besonders stolz war Madeleine jedoch auf die kleine Anna, die nun das jüngste Mitglied ihrer eigenen Junior-Pfadfindergruppe war. Das kleine Mädchen ähnelte kaum noch dem mageren Flüchtlingskind, das einst so sehnsüchtig neben dem Crêpe-Verkaufsstand gestanden hatte. Jetzt war ihr blondes Haar zu einem langen, dicken Zopf geflochten, ihre Schuluniform war sauber und ordentlich, und ihre halbhohen Stiefel waren stramm geschnürt und poliert.

Wie immer eilte sie in Madeleines ausgestreckte Arme und plapperte übermütig drauflos über Dinge, die sie in der Schule erlebte, und darüber, wie geschickt sie sich schon als Pfadfinderin anstellte.

»Ich kann schon alle Knoten, nicht nur die, die du uns beigebracht hast«, verkündete sie stolz. »Kriege ich jetzt ein neues Abzeichen, Madeleine?«

»Natürlich«, erwiderte sie. »Gut gemacht, *petite sœur*, kleine Schwester.«

Sie empfand eine starke Bindung zu Anna, ja, sie stellte sich vor, das kleine Mädchen sei ihre jüngere Schwester, die sie vor so vielen Jahren verloren hatte, damals, als Jeanne, ihre Mutter, schwanger gewesen war und ihr versichert hatte, das Kind würde ein Mädchen sein.

»Eine kleine Schwester für dich, Madeleine«, hatte Jeanne gesagt: »So wie du Simones kleine Schwester bist.«

Das Baby war tatsächlich ein Mädchen gewesen, eine Steißgeburt, totgeboren, die Haut ganz blau. Einen ganz kurzen Augenblick hatten Madeleine und Simone, die am Bett ihrer Mutter kauerten, einen Blick auf das winzige, bläulich verfärbte Gesicht erhascht.

Madeleine war bitter enttäuscht gewesen und hatte geweint um die kleine Schwester, die sie niemals haben würde. Anna, das war ihr klar, hatte irgendwie eine sich niemals schließende Lücke in ihrem Leben gefüllt. Ihre Verbundenheit mit dem Kind war eigentlich unbegründet, das wusste sie. Es war etwas Unvernünftiges, das sie sich einfach erlaubte. Es schadete niemandem. Es verursachte keinen Schmerz.

Claude stand auf, um sich zu verabschieden.

»Bitte versuch, zu dem Treffen zu kommen. Es gibt dringliche Probleme zu bereden. Dinge, die dich betreffen. Bitte versuch, da zu sein«, sagte er.

»Natürlich.« Ihr Lächeln war ein Versprechen.

***

Madeleine wurde die Bedeutung des Treffens klar, sobald sie den kleinen Raum an der Rückseite der Synagoge betrat, der den Pfadfindern als Büro diente. Jeder Platz war besetzt, und Robert Gamzon, der nur in Krisenzeiten herkam, saß hinter einem ramponierten Tisch und paffte nervös an einer Gauloise, während er ein Papierbündel durchblätterte und einen blass-blauen Luftpostbrief herauszog. Er bedeutete den anderen mit einem Wink, ruhig zu sein, und sagte, was er zu sagen hatte, in traurigem, sonorem Ton.

»Wir haben eine Nachricht aus Palästina«, sagte er. »Die Briten sind entschlossen, das Whitepaper umzusetzen, das die jüdische Einwanderung begrenzt, also suchen die dortigen Pfadfinder versteckte Zugangsmöglichkeiten. Bestechungsgelder müssen gezahlt und Spenden gesammelt werden. Alle Informationen deuten darauf hin, dass Frankreich bald von Deutschland angegriffen wird. Falls die deutsche Invasion erfolgreich ist, sind die Juden in Frankreich in großer Gefahr. Wir wissen, was mit den Juden in Deutschland geschehen ist. Wir gehen davon aus, dass es französische Bürger gibt, die mit den Nazis kollaborieren.«

»Aber das wird nicht passieren. Nicht hier in Frankreich. Premierminister Reynaud hat versprochen, dass unsere Gemeinschaft beschützt wird«, widersprach ein hochgewachsener Jugendlicher.

»Premierminister Reynaud glaubt nicht mehr an seine eigenen Versprechungen«, entgegnete Robert Gamzon. »Ihm ist inzwischen klar, dass sie nicht eingehalten werden können. Wir müssen also auf das Beste hoffen und mit dem Schlimmsten rechnen. Wir sind Pfadfinder, und wir werden tun, was Pfadfinder immer schon getan haben. Wir werden Vorbereitungen treffen. Für die Rettung der jüdischen Kinder in Frankreich. Wir müssen auf unsere eigene Überlebenskraft vertrauen und darauf, dass wir unseren Kindern helfen können zu überleben. Wir müssen trainieren, um ihnen bei der Flucht aus Frankreich und bei der sicheren Überfahrt nach Palästina zu helfen. Wir müssen, jeder von uns, stark sein, geistig und körperlich. Habt ihr mich verstanden, meine *éclaireurs* Israélites?«

Ein Chor der Zustimmung ertönte. »Wir haben verstanden!«

Madeleine ergriff Claudes Hand und lauschte angespannt der folgenden Diskussion darüber, wie das Training organisiert werden sollte. Sie hatte Angst, ihr könnte auch nur ein Wort entgehen. Dankbar stellte sie fest, dass Claude sich Notizen machte, die er später an sie weitergeben würde. Sie wollte nicht mit ihrer

Hörschwäche, so gering sie bis jetzt war, die Bemühungen der anderen beeinträchtigen.

Es wurde ein Komitee ausgewählt, das genaue Lagepläne der Fluchtrouten durch die Alpen und die Pyrenäen anfertigen würde. Kontakte waren hergestellt worden in der Schweiz und in Spanien. Für sichere Unterkünfte in diesen Ländern war bereits gesorgt. Man würde einen Kader aufbauen für die Fälschung von Dokumenten. Pässe, Personalausweise, Visa. Es würden qualifizierte Kalligraphen benötigt.

»Simone«, flüsterte Madeleine Claude zu. Das elegante Hobby ihrer Schwester, ihr geschickter Umgang mit der Feder würde nun im Kampf gegen das Böse genutzt werden.

»Natürlich«, stimmte Claude zu.

»Wir werden Waffen benötigen«, fuhr Robert Gamzon fort. »Pistolen, Granaten. Messer. Was immer wir finden können. Wir beten, dass keine Gewalt nötig sein wird, aber wir müssen bereit sein, uns und unsere Kinder zu verteidigen, wenn es sein muss.«

Madeleine erschauerte. Es würde zu Gewalt kommen. Es würde Tote geben. Sie dachte an das militärische Schwert ihres Großvaters, das ihre Großmutter hin und wieder aus der Scheide nahm und auf Hochglanz polierte. Sie schalt sich im Geist. Ein lächerlicher Gedanke. Gamzon war auf der Suche nach Waffen, die man verdeckt mit sich führen oder leicht verbergen konnte. Sie erinnerte sich, dass die Pistole, die ihr Vater im großen Krieg benutzt hatte, sich immer noch in der untersten Schublade seines Schreibtischs befand. Konnte sie sie von dort wegnehmen? Sollte sie? Würde er es erlauben? Sie quälte sich noch mit diesen Gedanken, als ihr Name aufgerufen wurde.

»Madeleine Levy, wirst du die Verantwortung für das Training von einigen der jüngeren Kinder übernehmen?«

Die Frage erschreckte sie. Sie hatte gar nicht gewusst, dass Robert Gamzon ihren Namen kannte oder etwas über ihre Qualifikationen wusste.

»Ja«, sagte sie. »Ja, natürlich.«

Sie lehnte sich zurück und fragte sich, worin so ein Training bestehen würde.

Aber sie würde lernen. Und sie würde unterrichten. Es gab keine andere Wahl.

Sie und Claude verließen das Treffen gemeinsam. Wie immer gingen sie über die Pont de l'Alma und blieben stehen, um auf das vom Mondlicht versilberte Wasser der Seine hinabzublicken.

»Wie friedlich«, sagte sie. »Kann es wirklich sein, dass der Krieg nach Paris kommt, Claude?«

Er drehte sich zu ihr um, antwortete jedoch nicht, sondern runzelte nur die Stirn.

»Stimmt etwas nicht?«, fragte sie zögernd.

Er nickte und gab ihr das Blatt, auf dem er sich Robert Gamzons Anweisungen notiert hatte. Der Pfadfinder-Chef hatte schnell geredet, und Claude wusste, dass Madeleine wegen ihrer Hörschwäche manchmal nicht alles richtig verstand.

»Ich mache mir Sorgen«, sagte er.

»Natürlich. Wir alle machen uns Sorgen. Es sind gefährliche Zeiten.«

»Aber ich mache mir Sorgen um dich. Hast du gehört, wie Robert Gamzon betont hat, dass wir stark sein müssen? Körperlich stark?«

»Ja, das habe ich gehört.«

»Ich mache mir Sorgen wegen deines Problems.« Er sprach langsam, zögernd, und sie sah ihn verwirrt an.

»Mein Problem?«, wiederholte sie wütend, denn jetzt verstand sie, was er meinte.

»Deine Hörschwäche. Das ist ein Schwachpunkt, der sich als gefährlich erweisen könnte«, fuhr er fort, ohne auf ihre Verärgerung zu achten.

»Aber ich höre sehr wohl. Ich höre dich jetzt, oder?«

Ihre Lippen waren trotzig verzogen. Er zuckte zurück angesichts ihres zornigen Tons. Doch er würde nicht nachgeben.

»Ja. Du hörst mich jetzt, weil ich dich dabei ansehe, und wenn meine Stimme dich nicht erreicht, kannst du von meinen Lippen lesen. Aber es gibt Momente, in denen du weder hören noch die Lippen des Sprechenden sehen kannst. Das könnte deine Sicherheit beeinträchtigen. Und die Sicherheit derer, für die du verantwortlich bist. Unsere Kinder.«

»Glaubst du, ich würde die Kinder in Gefahr bringen?« Sie blickte ihn ungläubig an.

»Ich weiß, dass du das nicht tun würdest. Aber es passieren unvorhersehbare Dinge. Nicht voraussagbare Gefahren treten auf. Ich halte es für wichtig, dass du einen Facharzt konsultierst, der dir vielleicht helfen kann«, fuhr er fort.

»Das ist lächerlich«, sagte sie. »Für mein Gehör kann nichts mehr getan werden. Der Arzt, der mich nach meiner Scharlacherkrankung behandelt hat, hat uns das erklärt. Und mein eigener Vater ist Arzt. Glaubst du nicht, er wüsste es, wenn es eine Heilung gäbe?«

Sie spuckte jedes Wort aus, aber Claude formulierte seine Antwort sanft, in gemessenem, liebevollem Ton.

»Du warst acht Jahre alt, als dein Gehör geschädigt wurde. Bestimmt ist seitdem viel geforscht worden. Ich habe den größten Respekt für deinen Vater, aber er ist Internist und hat in seiner Praxis sehr viel zu tun. Ich bezweifle, dass er die Zeit hatte, immer die neuesten Veröffentlichungen im Bereich Ohrenheilkunde zu lesen. Es würde nicht schaden, wenn du dich einem Spezialisten vorstellen würdest«, beharrte er.

»Ich habe keine Zeit für so etwas«, gab sie zurück.

Er nickte. Er wusste, dass jede Stunde ihres Tages randvoll war mit Verpflichtungen. Ihr Alltag als *assistante sociale* war erdrückend, denn der Zustrom von jüdischen Flüchtlingen aus Deutschland nahm zu. Ihre freien Stunden und Wochenenden waren für die Treffen mit den jüngeren Pfadfindern reserviert, die auf ihre Führung vertrauten. Kostbare Zeit wurde darauf verwendet, Simone zu unterstützen, die bereits dem Kader von *éclaireurs* angehörte, der Dokumente fälschte, um Kämpfer der Résistance mit neuen Identitäten auszustatten. Ihre rare Freizeit reservierte Madeleine oft für kleine Ausflüge mit Anna Hofberg.

»Nimm Anna mit«, schlug Claude vor. »Ich habe einen Termin für dich bei Dr. Levin arrangiert, er ist Audiologe und der Vater eines unserer Pfadfinder. Seine Praxis ist nicht weit von dem Café entfernt, das ihr so gerne mögt, Anna und du.«

»Ganz schön raffiniert, Claude«, sagte Madeleine.

Sie gab sich empört, obwohl sie sich zögernd eingestand, dass ihr seine Besorgnis gefiel. Sie lächelte und legte ihre Hand in seine. Seite an Seite lehnten sie sich an das Geländer der Pont de l'Alma und blickten hinab auf das silbergesäumte Wasser der Seine.

5. KAPITEL

In der darauffolgenden Woche begleitete Anna Madeleine in Dr. Levins Praxis und saß geduldig im Wartezimmer, während der freundliche, mit sanfter Stimme redende Arzt seine Untersuchung durchführte. Er war sehr gründlich, schaute Madeleine mit seinem Sichtgerät in jedes Ohr und überprüfte ihre Hörfähigkeit.

Er seufzte.

»Ich nehme an, es ist schwierig für Sie, alles zu verstehen, wenn Sie dem Sprechenden nicht direkt ins Gesicht sehen können«, sagte er. »Ist das so, Mademoiselle Levy?«

»Ja. Ich habe gelernt, Lippen zu lesen, aber ich dachte, vielleicht könnte mir ein Hörgerät helfen.«

Der Arzt schüttelte bedauernd den Kopf.

»Ich fürchte, nein. Der Scharlach, den Sie als Kind durchgemacht haben, hat Nerven geschädigt, und wir haben bis jetzt noch kein Verfahren, um das zu heilen. Natürlich wird geforscht, aber vorerst gibt es keine erleichternden Maßnahmen, die ich Ihnen anbieten könnte.«

»Wird sich mein Gehör weiter verschlechtern?«, fragte sie zögernd.

»Das lässt sich nicht sagen. Sie haben Glück, dass so viel von Ihrer Hörfähigkeit erhalten geblieben ist, aber man kann nicht voraussagen, ob und wie solch ein Hördefizit sich weiterentwickelt. Es gibt einzelne Berichte, aus denen hervorgeht, dass Stress sich negativ auswirken kann. Mein einziger Ratschlag an Sie wäre, Anspannung und Stress möglichst zu vermeiden.«

Dr. Levin lächelte bitter, wohl wissend, wie absurd dieser Ratschlag war.

Madeleine schüttelte müde den Kopf.

»Ich verstehe, was Sie meinen, aber wie vermeidet man im heutigen Paris Stress? Stress ist die Luft, die wir atmen. Aber darf ich Sie hin und wieder anrufen und mich erkundigen, ob es neue Erkenntnisse in der Ohrenheilkunde gibt, die etwas mit meinem Problem zu tun haben?«, fragte sie.

Er schüttelte den Kopf.

»Ich fürchte, nein. Ich verlasse Paris sehr bald. Meine Frau hat Verwandte in Australien, man hat Visa für uns besorgt. Ich fürchte, Juden sind in Frankreich nicht mehr sicher«, sagte er bedrückt.

Madeleine nickte und blickte zur Tür, die ein klein wenig offen stand. Ganz kurz sah sie Annas Gesicht, ihre Augen waren vor Angst geweitet, und ihre Lippen zitterten. Das Kind hatte die düstere Prophezeiung des Arztes gehört. Madeleine drehte sich zu ihm um und streckte die Hand aus.

»Ihnen und Ihrer Familie *bonne chance*, viel Glück«, sagte sie.

»Die Juden von Frankreich werden mehr brauchen als Glück. Ich mache mir Sorgen um die Kinder. Wenn wir doch nur sicherstellen könnten, dass den Kindern nichts passiert«, murmelte er.

»Wir bei den *éclaireurs* arbeiten hart daran, die Kinder zu beschützen, sie darauf vorzubereiten, was vielleicht auf sie zukommt«, versicherte sie.

Sie fügte nicht hinzu, dass sie selbst all ihre Kraft in dieses Projekt steckte. Anna und die anderen Kinder in ihrer Gruppe wurden sorgfältig darin geschult, sich die neuen Identitäten anzueignen, die vielleicht ihr Leben retten würde. Sie mussten den Katechismus auswendig lernen, für den Fall, dass sie als Christen auftreten müssten. Es wurden lange Wanderungen unternommen als Vorbereitung für die zu erwartenden Märsche über die Bergpässe der Alpen oder der Pyrenäen. Sie waren kleine Geiseln eines Schicksals voller Gefahren und Unsicherheiten. Madeleine konnte und wollte dieses Wissen nicht mit Dr. Levin teilen. Wie alle Pfadfindergruppenführer war sie zur Geheimhaltung verpflichtet. Vertrauen war ein seltenes Gut. Man hatte sie gewarnt, dass jeder verdächtig war.

»Verrat kann überall passieren, selbst unter unseren eigenen Leuten«, hatte Robert Gamzon gesagt.

»Ich wünsche Ihnen alles Gute«, sagte Dr. Levin und gab ihr einen versiegelten Umschlag.

»Ein kleiner Scheck. Für die *éclaireurs*. Ich weiß, dass Sie Geld brauchen«, sagte er, und sie lächelte dankbar.

Sie und Anna verließen die Praxis. Anna war sichtlich erschüttert. Sie umklammerte Madeleines Hand viel zu fest, und in ihren blauen Augen glitzerten Tränen.

»Ich habe gehört, was der Doktor gesagt hat«, flüsterte das Kind. »Aber versprich, dass mir nichts passiert. Versprich, dass du mich beschützt, Mademoiselle Madeleine.«

»Natürlich werde ich dich beschützen. Du bist meine *petite sœur*. Komm, gehen wir ein Eis essen. Bald ist Juni, und das ist der Monat, in dem du Geburtstag hast, also müssen wir feiern.« Sie zwang sich zu lächeln.

»Ja. Im Juni werde ich zehn«, sagte die Kleine stolz.

»Dann tun wir einfach so, als wäre heute dein Geburtstag«, scherzte Madeleine.

Es wäre klug, dachte sie traurig, alle Anlässe vorzeitig zu feiern. Es war ein Wettlauf gegen die Zeit. Jeder Augenblick der Freude war ein erfolgreicher Etappensieg.

»Und wann hast du Geburtstag?«, wollte Anna wissen, als sie in einem Café saßen und eine großzügige Portion Schokoladeneis aßen.

»Am achtzehnten November. Ich bin ein Winterkind«, erwiderte Madeleine.

Sie fügte nicht hinzu, dass sie genau eine Woche nach dem Waffenstillstand zur Welt gekommen war, der den großen Krieg beendet hatte. Es gab ein Familienfoto, das die Dreyfus-Männer zeigte, wie sie sich, immer noch in Uniform, um ihre Wiege drängten und die Gläser hoben, um zu feiern.

»Auf was haben sie getrunken?«, hatte sie einmal ihre Mutter gefragt.

»Auf den Frieden natürlich. Auf das Ende des alle Kriege beendenden Krieges«, hatte Jeanne Dreyfus geantwortet, und Madeleine hatte niemals diese mit so viel Optimismus ausgesprochenen Worte vergessen.

Welch eine Ironie, dachte sie, dass kaum zweiundzwanzig Jahre später die deutsche Armee an der französischen Grenze stand. Der Krieg, der allem Krieg hätte ein Ende setzen sollen, hatte stattdessen einen noch gefährlicheren Flächenbrand hervorgebracht.

»Vielleicht sollten wir deinen Geburtstag im Voraus feiern«, sagte Anna fröhlich.

»Ja, vielleicht sollten wir das«, stimmte Madeleine zu. »Aber vielleicht ist das auch nicht nötig.«

Der November war schließlich noch Monate entfernt, und der Frühling war die Jahreszeit der Hoffnung.

6. KAPITEL

André, ihr kleiner Blumenverkäufer, rannte Madeleine hinterher, als sie nach einem Arbeitstag nach Hause eilte, der zu früh begonnen und sich bis in den frühen Abend hingezogen hatte. Angesichts der schrecklichen aktuellen Ereignisse verliefen ihre Tage stets nach demselben Muster. Deutschland hatte den hoffnungsvollen Frühling in eine Zeit der Verzweiflung verwandelt.

Sie lächelte dem Jungen zu, der sie immer an glücklichere Zeiten erinnerte.

»Ich habe den besten Flieder für Sie aufgehoben«, rief er.

Sie ging langsamer und betrachtete die Blumen in seinen Körben.

»Wie nett von dir, André. Natürlich. Flieder im Juni. Sogar diesen Juni.«

Sie sah hinauf zum kobaltblauen Himmel und schauerte unter dem heftigen, gar nicht frühlingshaften Wind, der den Parisern schon seit einer Woche zusetzte. Irgendwie passte dieses unfreundliche Wetter zu den traurigen Nachrichten aus Dünkirchen und dem Entsetzen, das die Menschen in der Stadt seit dem ersten furchtbaren Bombenangriff der Deutschen ergriffen hatte. Der Krieg, ein inoffizieller, nicht erklärter Krieg – von der Regierung als *faux*, als nicht korrekt angeprangert, jedoch von der schutzlosen Bevölkerung als nur zu real wahrgenommen – war nach Paris gekommen. Menschen waren ums Leben gekommen; in den Krankenhäusern wurde man kaum der Zahl der Verletzten Herr. Madeleines Vater Jean Louis hielt seine Klinik Tag und

Nacht geöffnet. Und dennoch, trotz all dem Chaos und der Zerstörung – blühte unverdrossen der Flieder. Madeleine beneidete die wunderschönen Blüten.

»So tapfere, närrische Blüten«, flüsterte sie, als sie das Gesicht in die Sträuße steckte, die André ihr freundlich aufgedrängt hatte, und ihren Duft einatmete.

»Du musst schnell nach Hause gehen, André. Du weißt, Premierminister Reynaud hat angeordnet, dass jeder vor Einbruch der Dunkelheit zu Hause sein muss«, ermahnte sie den Jungen.

Die vom Premierminister verhängte Ausgangssperre war eine weise und notwendige Maßnahme, das wusste sie. Die Nazis, diese Kreaturen der Finsternis, warteten auf den Einbruch der Nacht, um ihre mörderischen Überfälle auf eine Stadt, die das Licht liebte, zu starten.

»Ich habe keine Angst vor den blöden Boches«, erklärte André verächtlich, während er ihre Sträuße in angefeuchtete Blätter der *Le Monde* wickelte.

»Natürlich hast du keine Angst. Aber du willst nicht, dass deine Mutter sich Sorgen macht.«

Madeleine gab ihm drei Francs und blickte ihm nach, als er durch die einsetzende Dämmerung flitzte und nur kurz stehen blieb, um seinen letzten Strauß einer Bettlerin zu geben, die ihn an die Brust drückte.

Madeleine beschloss, trotz der Ausgangssperre noch an diesem Abend ihre Großmutter zu besuchen. Lucie Dreyfus liebte Fliederblüten, und Madeleine sehnte sich danach, sie lächeln zu sehen.

Als sie nach Hause kam, öffnete zu ihrer Überraschung ihre Großmutter die Tür und bedeutete ihr, schnell hereinzukommen. Ihre Überraschung verwandelte sich in Besorgnis, als sie feststellte, dass sich die gesamte Familie versammelt hatte, was ungewöhnlich war an einem Wochentag. Simone, mit bleichem Gesicht und traurigem Blick, sah kurz von den Etiketten auf, die sie beschriftete. Madeleines Herz sank, als sie sich vorbeugte, um ihre Schwester zu umarmen, und las, was diese schrieb: *Kochutensilien. Leinen. Bücher.* Es war eine Familientradition, die Kartons mit Besitztümern, die sie in ihr Feriendomizil mitnahmen, zu beschriften, aber sie wusste nichts von irgendwelchen Urlaubsplänen. Was machte Simone da? Was war los?

Selbst ihr Onkel Pierre und seine Familie, die bald in die Vereinigten Staaten abreisen würden, saßen am Esstisch, holten ein Dokument nach dem anderen aus einem Aktenkarton, lasen jedes sorgfältig und verteilten sie auf getrennte Stapel.

Ihre Brüder Etienne und Jean Louis standen vor den Bücherregalen, die die Wände des Salons bedeckten, und leerten sie methodisch, wobei sie manche Bände in offene Kartons legten und andere wegwarfen.

»Nur medizinische Bücher«, rief ihr Vater. »Wir nehmen nur medizinische Bücher mit.«

»Und alles von Zola und über *l'Affaire*«, fügte Mutter hinzu.

Lucie Dreyfus nickte zustimmend.

»Natürlich. Wir wollen unsere Familiengeschichte nicht hinter uns lassen.«

Madeleine blickte zu ihrer Großmutter, die resolut den Saum eines langen Rocks mit einem Rasiermesser auftrennte und dann an Pierres Frau Marie weiterreichte. Madeleines Tante stopfte gefaltete Geldscheine und Schmuck in den geöffneten Saum und nähte ihn zu. Madeleine dachte an Frau Hofberg, die ihr erzählt hatte, wie sie vor ihrer überstürzten Abreise nach Berlin genau dasselbe getan hatte. Vielleicht hatte sich ja die Geschicktheit beim Verstecken von Schmuck und Geld im kollektiven Gedächtnis jüdischer Frauen eingeprägt, das sich weitervererbte, um das Überleben sicherzustellen.

»Was ist passiert?«, fragte sie mit zitternder Stimme. »Warum macht ihr das alles?«

Sie hielt ihre Fliedersträuße noch fester. Plötzlich wurde ihr schwindlig von dem Duft und dem unerwarteten Chaos, das ihr sonst so ordentliches Zuhause beherrschte.

Alle waren ganz ruhig gewesen, als sie am Morgen zur Arbeit aufgebrochen war. Ja, man war unglücklich wegen der Luftschlacht über Frankreich, aber ihr Vater hatte beharrlich versichert, dass die Engländer zusätzliche Geschwader schicken würden. Deutsche Truppen rückten tatsächlich in Richtung Rouen vor, aber Rouen war weit weg von Paris. Sie hatten sich gegenseitig beruhigt und in Ruhe gefrühstückt, warme Baguette mit reichlich Butter, eine großzügige zweite Tasse *café au lait*. Madeleine fragte sich, was in den Stunden dazwischen geschehen sein mochte und was der Grund war für diesen Ausbruch hektischer Aktivität, die Demontage ihres Zuhauses, das Verstecken ihrer Wertgegenstände.

Schließlich unterbrach ihr Vater das Prüfen der Dokumente, die ihm von Pierre weitergereicht wurden, und beantwortete ihre Fragen.

»Die französische Armee hat heute Nachmittag unsere Wohnung requiriert«, erklärte er düster. »Unsere Soldaten werden aus Le Havre und Cherbourg evakuiert. Die Armee wird gerade über die Seine zurückgedrängt. Der Offizier, der den Requisitionsbefehl überbrachte, hat mir erklärt, dass man unsere Wohnung als Planungsbasis für Operationen zur Verteidigung von Paris nutzen wird, und hat uns geraten, die Stadt sofort zu verlassen. Natürlich befolgen wir das. Wir reisen nach Süden, zu meiner Familie in Toulouse. Dort sind wir sicherer, und hoffentlich wird unsere Familie nicht getrennt.«

Madeleine nickte. »Natürlich. Ich verstehe«, murmelte sie. *La Famille*, geeint und gemeinsam, das war immer ihrer aller Priorität gewesen. Es war ein Wahlspruch der Dreyfus-Familie.

»Wirst du mit uns kommen können, Madeleine? Kannst du eine Beurlaubung von deiner Arbeit erwirken?«, fragte Lucie Dreyfus ängstlich.

»Ja. Ich werde meine Vorgesetzten sofort informieren«, sagte sie.

Sie hatte ganz instinktiv geantwortet. Ihre erste Verpflichtung galt ihrer Familie, ihren Eltern, ihren Brüdern und Simone, mit der sie jeden Tag ihres Lebens verbracht hatte. Das Büro der Assistance Sociale würde für eine kurze Zeit ohne sie auskommen.

Dass sie ihre Arbeit mit den jüdischen Pfadfindern unterbrechen musste, bereitete ihr mehr Sorgen. Es war beschlossen worden, dass die Pfadfinder, falls die deutsche Armee Paris besetzen sollte, mit der Umsetzung der Pläne beginnen und ihre jüngsten Schützlinge – die meisten davon Flüchtlingskinder ohne Papiere – über die Grenze in die Sicherheit der Schweiz oder Spaniens schmuggeln würden. Zu ihrer eigenen Gruppe gehörte Anna Hofberg.

Madeleine hatte die Kinder für den mühsamen und gefährlichen Marsch in die Sicherheit trainiert. Sie waren im lautlosen, heimlichen Marschieren geübt, kannten alle Tricks, hatten viel über Katholizismus gelernt und konnten das Ave-Maria auswendig, für den Fall, dass sie ihr Judentum verleugnen müssten. Sie waren immer und immer wieder in den Überlebenstechniken gedrillt worden. Jeder von ihnen besaß eine Garnitur Unterwäsche, in der ein von Simone perfekt gefälschter Ausweis steckte, verborgen in einem wasserdichten Stoffbeutel. Kompasse und Landkarten hatte man an geheimen Orten versteckt, die nur einer ausgewählten Gruppe von Pfadfinderleitern bekannt waren. Madeleine und ihre Kameraden und Kameradinnen hatten bei einem geheimen Treffen die Hand aufs Herz gelegt und einander einen Treueeid geschworen. Die Worte hatten sich in ihr Gedächtnis eingebrannt.

»Ich schwöre, zu kämpfen bis zum völligen Zusammenbruch von Nazi-Deutschland. Für Ehre, Freiheit und das Recht auf ein Leben als Jude.«

Claudes Stimme war mit ihrer verschmolzen, als sie diese

Worte wiederholten, ein Duett der Einsatzbereitschaft und der Treue, das sie noch enger verband. Claude und Madeleine, Kameraden und Freunde. Sie wagte nicht, über diese beiden Worte hinaus zu denken. *Camarade. Ami.* Alles, was darüber hinausging, befand sich in der Schwebe.

Sie wusste, Claude würde ihren Platz einnehmen, falls ihre kleine Kindergruppe während ihrer Abwesenheit in Gefahr geriet. Bemüht, die Ruhe zu bewahren, versicherte sie sich selbst, dass sie ja nicht sehr lange von Paris weg wäre. Sie würde ihre Familie begleiten, ihnen helfen, einen sicheren Hafen im Süden zu finden, und dann so bald wie möglich in die Hauptstadt zurückkehren. Und doch, im Geiste sah sie Anna Hofbergs schmales Gesicht, bleich vor Angst, und rief sich in Erinnerung, was sie dem Kind versprochen hatte.

»Ich werde dich immer beschützen«, hatte sie gesagt.

Ein Versprechen, das zu halten sie mit aller Kraft versuchen würde.

Simone reichte ihr einen Stift und ein Blatt Papier.

»Schreib an Claude«, sagte sie leise.

Doch als Madeleine zum Stift griff, klopfte es an der Tür, und Claude kam herein. Kastanienbraune feuchte Locken quollen unter seiner Studentenkappe hervor, und sein Vogelgesicht glänzte von Schweiß. Er musste durch die verlassenen Straßen der Stadt gerannt sein, ohne einmal zu dem sich bedrohlich verdüsternden Himmel aufzublicken.

»Ich habe gerade gehört, dass eure Wohnung requiriert wurde, und bin so schnell ich konnte gekommen. Ich hatte Angst, ihr könntet schon weg sein«, keuchte er.

»Ich wäre nicht abgereist, ohne Kontakt zu dir aufzunehmen«, sagte sie. »Das weißt du doch.«

»Natürlich weiß ich das. Mach dir keine Sorgen. Ich werde mich um deine Kindertruppe kümmern, bis du wieder da bist«, sagte er.

Er fragte nicht, wann das sein würde. Er wusste, dass sie darauf keine Antwort hatte. Alle ihre Zukunftspläne waren zerstört worden.

»Claude, bitte sag Anna, dass sie mich bald wiedersehen wird, dass ich ihr in Toulouse ein Geburtstagsgeschenk kaufen werde.«

Ein närrisches Versprechen, das war ihr klar. Würde es überhaupt Spielzeug zu kaufen geben in einer Stadt, die sich für den Krieg rüstete? Trotzdem, sie würde etwas finden, irgendetwas. Anna sollte keine Angst haben, alleingelassen zu werden.

»Natürlich«, sagte Claude. »Ihre Brüder sind in meiner Truppe. Ich werde sie morgen sehen.«

»Morgen«, wiederholte Madeleine und fragte sich, wo sie wohl sein würde, wenn der nächste Tag herandämmerte.

Claude blieb bei ihnen, half ihrer Familie beim Packen. Später am Abend begleitete er Lucie Dreyfus zurück zu ihrer Wohnung in der Rue des Renaudes und füllte mit ihr Kartons mit den Lebensmitteln, die sich noch in ihrer Speisekammer befanden.

»Auf dem Weg nach Süden wird es kaum etwas zu essen geben«, sagte er. »So viele Pariser fliehen aus Paris, sie haben Angst, weil Reynaud die Stadtregierung ins Loire-Tal verlegt hat. Es wird sehr schwierig werden, auf dem Weg nach Toulouse Essen und Unterkunft zu finden.«

»Ich weiß, Claude«, erwiderte Lucie Dreyfus ruhig. »Das ist nicht das erste Problem, vor dem ich in meinem Leben stehe.«

Sie sprach mit einer Ruhe, die sie ihrer langjährigen Vertrautheit mit Gefahren und Schwierigkeiten verdankte. Lucie würde die Nazibedrohung bewältigen und überleben, so schrecklich und bösartig diese auch sein mochte, so wie sie die schrecklichen und grausamen Angriffe gegen ihren Ehemann und ihre Familie vor all den Jahren bewältigt und überlebt hatte.

Methodisch wählte sie aus, was sich in den vor ihnen liegenden schwierigen Tagen als nützlich erweisen würde. Gemeinsam mit Claude riss sie Betttücher in Streifen.

»Die brauchen wir vielleicht als Verbandsmaterial«, erklärte sie.

Sie wickelte ihre Schmuckstücke in Zeitungspapier und versteckte sie in Mehl- und Zuckerbehältern. Dann reichte sie ihm einen großen Diamantring.

»Verkauf den«, befahl sie. »Du brauchst das Geld für die Kinder.«

Da begriff er, dass sie von dem gefährlichen Rettungsprojekt wusste, an dem er und Madeleine beteiligt waren. Erstaunlich, dass sie nicht dagegen protestiert hatte, so leidenschaftlich, wie sie auf den Schutz ihrer Familie bedacht war. Andererseits war sie eine Frau, die darin geübt war, mutig und tapfer zu sein. Er nahm den Ring ohne Widerrede.

»Und bitte«, fügte sie hinzu. »Pass gut auf meine Madeleine auf.«

»Immer«, sagte er. »Immerzu.«

Sein Freund Marcel erschien mit einem verbeulten Citroën. Die beiden jungen Männer trugen die Kartons zum Auto. Lucie drehte sich kurz um und blickte zum Fenster ihres verlassenen Salons hoch. Sie hatte eine kleine Lampe brennen lassen und lächelte angesichts des goldenen Schimmers, der den eleganten Raum, in dem ihre Familie so viele glückliche Stunden verbracht hatte, so sanft beleuchtete. Sie war getröstet. Das Zimmer war nicht wichtig. Sie hatte ihre Erinnerungen. Sie hatte ihre Familie.

Sie kehrten zur Wohnung der Levys zurück, wo Madeleine die Kontrolle übernommen hatte, von einem Raum zum anderen eilte und dabei energisch ihre jüngeren Cousins und Cousinen herumdirigierte, sodass die verzweifelte Pack-Aktion zu einem Spiel wurde.

»Sie kann so wunderbar mit Kindern umgehen«, sagte Simone und blickte zu ihrer Schwester.

»Ja. Ich weiß«, stimmte Claude zu.

Er dachte daran hinzuzufügen, dass er hoffte, eines Tages könnte sie so wundervoll mit ihren eigenen Kindern, vielleicht ihren gemeinsamen Kindern, umgehen, doch er schwieg. Der Gedanke war unaufgefordert gekommen, und er verbannte ihn sofort, verärgert über sich selbst, weil er in einer solchen Zeit überhaupt so etwas dachte. Zwischen ihm und Madeleine gab es eine stillschweigende Übereinkunft. Obwohl sie sich einander immer stärker verbunden fühlten, würden sie nicht über die Zukunft sprechen. Etwas zu planen war gefährlich. Enttäuschung lauerte in der Dunkelheit, die sich weiter verdüsterte.

Er lächelte Simone wehmütig zu und gesellte sich zu Madeleine und ihren Brüdern, die die Medizinschränke ihres Vaters durchforsteten und über die Anweisungen auf den verschiedenen Flaschen lachten.

»Hier, das ist gut«, rief Etienne. »Eine Pille jede Stunde mit einem klaren, heißen Getränk. Wir müssen den Deutschen einfach sagen, dass sie sich zurückhalten sollen, während wir uns ein klares, heißes Getränk zubereiten.«

Sie lachten, dankbar für alles, was die Tristesse dieser Vorbereitungen linderte.

Madeleines Eltern studierten Geschäftsbücher, ihre Gesichtszüge waren angespannt. Es gab Patienten, die Dr. Levy noch Geld schuldeten, doch es gab keine Hoffnung, die ausstehenden Summen einzutreiben, obwohl sie dringend Geld benötigten. Vielleicht wäre es möglich, aus der Ferne Zugriff auf ihre Konten zu erhalten. Es war jetzt keine Zeit, um sich wegen Geld Sorgen zu machen. Jeanne schlug energisch ihr Haushaltsbuch zu.

Pierre blickte von den Papieren auf, die er sortierte.

»Mein Freund in der amerikanischen Botschaft könnte vielleicht doch noch Visa für dich und deine Familie beschaffen, Jeanne. Willst du es dir nicht doch überlegen?«, fragte er.

Sie hörte das Flehen in seiner Stimme. Sie und Pierre waren nicht nur Bruder und Schwester, sondern seit ihrer Kindheit auch beste Freunde, die sich um einander sorgten. Es war Pierre gewesen, der sie getröstet und beruhigt hatte, als sie erfuhr, dass Madeleines Gehör Schaden erlitten hatte.

»Mach dir keine Sorgen um die kleine Madeleine«, hatte er gesagt. »Sie ist eine Dreyfus. Sie wird den Mut haben, jede Schwierigkeit zu überwinden, die auf sie zukommt.«

Und er hatte recht gehabt. Nichts war Madeleine jemals zu schwierig gewesen. Damals war Pierre vorausschauend gewesen, aber jetzt war sein Ratschlag bedeutungslos.

»Ich kann nicht unser Land, unser Frankreich verlassen«, sagte Jeanne. »Glaubst du, unser Vater wäre fortgegangen?«

»Unser Vater ist tot. Wir müssen für uns selbst entscheiden. Ich glaube, ich kann mehr tun für unser Volk, und für Frankreich, wenn ich in den Vereinigten Staaten als ihr Fürsprecher auftrete. Maßgebliche amerikanische Juden haben mir geschrieben, dass sie glauben, ich als der Sohn von Alfred Dreyfus könnte vielleicht Präsident Roosevelt beeinflussen, damit er zumindest die Visabeschränkungen aufhebt und so mehr Juden einreisen können, um sich dem Kampf gegen Hitler anzuschließen. Ich muss der Stimme meines Gewissens folgen, Jeanne«, erwiderte er.

»Du meinst, du musst deine Kinder beschützen«, gab sie zurück.

»So wie du bestimmt auch deine beschützen wirst«, sagte er. »Aber sei versichert: Ich werde nicht abreisen, bevor ich sicher sein kann, dass ihr in Sicherheit seid, Maman und deine Familie.«

Sie wandten sich Lucie zu, die gerade mit doppeltem Faden ihre Hochzeitsperlenkette in den Saum von Etiennes Hosen nähte.

»Diese Perlen habe ich nie gemocht«, murmelte sie, und Jeanne und Pierre lächelten sich verschwörerisch zu, der Friede zwischen ihnen war wiederhergestellt.

Claude verabschiedete sich, und Madeleine begleitete ihn zum äußeren Tor. Sie standen nebeneinander, das Mondlicht versilberte ihre Gesichter, als sie zum Sternenhimmel blickten. Der Wind rauschte sanft, und die Luft war erfüllt vom Fliederduft.

»Wenigstens die Natur ist friedlich«, bemerkte Madeleine wehmütig.

»Wir werden auch eines Tages Frieden haben«, erwiderte Claude. »Du und ich. Hab keine Angst, Madeleine.«

Sie sahen einander an, verdrängten die Worte, die sie nicht zu sagen wagten, die Gesten, die sie einander bis jetzt nicht gestattet hatten. Das Bedauern wurde übermächtig, und plötzlich drückte Claude Madeleine an sich, vergrub die Finger in ihrem dichten, dunklen Haar und küsste sie mit großer Zärtlichkeit.

»Geht es dir gut, meine Madeleine?«, fragte er.

»Besser als gut«, erwiderte sie, die Worte von seinen Lippen lesend.

Er hatte die Arme um sie gelegt und redete ganz leise, er wusste ja, dass sie mit den Augen die Worte verstehen würde, die ihre Ohren vielleicht nicht erreichten.

»Wenn dieser Krieg zu Ende ist, gehen wir ins Elsass und klettern auf unseren Birnbaum.«

»Und pflücken die goldenen Früchte«, ergänzte sie.

»Und kochen ein wunderbares süßes Kompott.«

Sie lächelten über ihre unisono gemurmelten Worte, ihr gemeinsames hoffnungsvolles Versprechen der Hoffnung, in einer von Hoffnungslosigkeit beherrschten Nacht des Abschiedes.

»A bientôt, chérie«, sagte er.

»A bientôt, mon cher.«

Er drückte ihr einen Zettel in die Hand.

»Eine Telefonnummer«, sagte er. »Benutze sie nur, um mir zu versichern, dass du in Sicherheit bist.«

Sie nickte und blickte ihm nach, als er die Straße hinabging. An der Ecke drehte er sich um und winkte. Sie lächelte, während ihr die Tränen über die Wangen liefen. Sie zwang sich zur Ruhe und kehrte dorthin zurück, wo ihre Mutter eine Kanne mit duftendem Tee aufgesetzt und ihre Familie sich um den Tisch versammelt hatte, in einem Zimmer, das sie nie wiedersehen würden.

7. KAPITEL

Sie verließen Paris in einem skurrilen Konvoi, jedes Familienfahrzeug beladen mit Koffern und Kartons, riesigen Reisetaschen, Körben mit Lebensmitteln und Wasserbehältern. Die Levys und Lucie Dreyfus in einem Auto, Pierre und seine Familie in einem weiteren und die Mercier- und Reinach-Cousins und -Cousinen dicht gedrängt in dem großen Kombi, der sie in glücklicheren Zeiten zu ihren Elsässer Ferienhäusern gebracht hatte. Sie fuhren durch die milchige Dämmerung, durchquerten langsam die vertrauten, wohlhabenden Viertel der Stadt, noch unberührt von der Bedrohung durch den Krieg. Doch jeder Anschein von städtischer Ordnung und Frieden verschwand, als sie das Hôtel de Ville in der Nähe des Pletzl erreichten. In dem armen Judenviertel herrschte Chaos und Verwirrung.

Gerüchte von dem bevorstehenden Einmarsch in Paris hatten Angst ausgelöst und die Verzweiflung der jüdischen Flüchtlinge aus Nazi-Deutschland explosionsartig wachsen lassen. Sie hatten erlebt, dass Verwandte, Freunde, Nachbarn verhaftet, die Fenster ihrer Häuser und Geschäfte zerschlagen, ihre Synagogen zerstört wurden. Sie hatten geweint, als ihre heiligen Thorahs verbrannt und ihre Bücher in Freudenfeuer geworfen wurden. Sie waren vor Hitlers Regime geflohen, waren aus Deutschland geflohen, doch sie wussten nur zu gut, dass jene Juden, denen die Flucht nicht gelungen war, gelitten hatten – Massenverhaftungen, Erniedrigung, Konzentrationslager. Der Terror prägte ihre Erinnerungen; der Tod verfolgte sie in ihren Träumen. Sie rannten, wieder einmal, ums Überleben, wollten aus Paris fliehen, bevor deutsche Soldaten im Gänsemarsch durch die Stadt des Lichts trampelten.

Scharen von Männern und Frauen eilten aus der Stadt, ihre Besitztümer in plumpe Jutesäcke gestopft, die sie über der Schulter trugen. Koffer wurden unsicher auf ramponierten Kinderwagen und rostigen Fahrrädern balanciert. Frauen trugen Babys; Männer wiegten schluchzende Kleinkinder. Die Alten und die Kranken wurden in Rollstühlen ratternd übers Kopfsteinpflaster geschoben. Hausbesitzer standen in ihren Türen, ihre Gesichter waren zu grimmigen Masken aus Trotz und Verunsicherung erstarrt. Sollten sie bleiben? Sollten Sie fliehen?

Madeleine beobachtete eine Gruppe bärtiger Männer in langen schwarzen Mänteln mit der hohen Kopfbedeckung der Chassiden und mit Gebetsschals um die gebeugten Schultern. Sie gingen gemächlichen Schrittes zu einer kleinen Synagoge. Ihr Vater betrachtete sie, die Lippen verächtlich geschürzt.

»Die haben keine Angst, weil sie auf göttlichen Schutz vertrauen. Sie sind auf dem Weg zum Früh-Gottesdienst, wo sie zu ihrem Gott beten werden, der nicht hört und sich nicht kümmert«, sagte er bitter.

»Er ist auch unser Gott, Pierre Paul«, entgegnete Lucie Dreyfus, während sich das Auto langsam aus der Stadt hinausbewegte.

Er antwortete nicht. Er betrachtete sich selbst als stolzen und säkularen Juden, doch er würde nicht mit Jeannes Mutter streiten, die, trotz allem, was sie durchgemacht hatte, nie von ihrem Glauben abgelassen hatte.

»Mir ist heiß«, jammerte Etienne, als sie die Stadt endlich hinter sich ließen und der nach Süden fahrenden Karawane aus ramponierten Lastwagen und maroden Taxis, aus neuen und alten Autos folgten. Jeder Gepäckträger war mit Koffern und Rucksäcken beladen.

Madeleine öffnete das Fenster, und genau in dem Moment rasten zwei Motorräder vorbei. Die Motoren brüllten, und die Auspuffe spuckten giftige Dämpfe aus, die ihr den Atem nahmen. Dennoch lächelte sie, als sie den kleinen blauen Wagen sah, der ihnen folgte. Ein Rollstuhl und ein Kinderwagen waren auf dem Dach festgeschnallt.

»Keine Generation wird zurückgelassen«, brummte Jean Louis sarkastisch und deutete auf das überladene Gefährt.

»Darauf sollten wir stolz sein«, mahnte sie ihn. »Wir sind anders als die Nazis. Wir kümmern uns sowohl um Babys als auch um Alte.«

»Die Stimme ist die Stimme von Madeleine Levy, aber die Worte sind die Worte von Claude Lehmann«, scherzte Etienne.

Madeleine wurde rot. Ja, sie hatte gerade Claude zitiert, aber sie würde ihren Brüdern weder sagen, dass sie seine Worte gern wiederholte, noch würde sie ihnen verraten, dass schon die Erwähnung seines Namens ihr ein Trost war. Sie lehnte sich zurück, dankbar, dass die Luft wieder klar wurde, als sie die offene Landstraße erreichten.

In einer kleinen Waldlichtung machte die kleine Kolonne halt. Während sie ihr verspätetes Frühstück aßen, suchte Pierre im Autoradio einen Nachrichtensender. Sie lauschten der schwachen Übertragung, für kurze Zeit froh über die Nachricht, dass England seine Luftunterstützung verstärkt hatte. Diese Freude wurde schnell zunichtegemacht durch das neue Bulletin, das darauf folgte. Winston Churchill hatte Premierminister Reynauds leidenschaftlichen Appell abgelehnt, Bodentruppen zur Unterstützung der Pariser Verteidigung zu senden.

»Churchill hat keine andere Wahl«, sagte Pierre. »England benötigt jeden einzelnen Mann. Wenn die Briten besiegt sind, dann ist Frankreich gewiss verloren.«

»Frankreich ist immer noch frei. Es wird frei bleiben«, beharrte Madeleines Vater.

Madeleine schauderte. Die Uneinigkeit zwischen ihrem Onkel und ihrem Vater beunruhigte sie. Eine gespaltene Familie verlor an Kraft, genau wie ein gespaltenes Volk. Sie blickte zu Simone, die nickte und ihre kleine Tochter an sich drückte.

Ein blauer Schmetterling ließ sich für einen Sekundenbruchteil auf dem goldenen Haar des Kindes nieder. Die Schwestern saßen ganz still und sahen zu, wie er vor ihren Augen wieder in die Luft stieg. Sie lächelten. Auch wenn Krieg drohte und Streit ausbrach, die zarte Schönheit eines blauen Schmetterlings lebte weiter.

Hand in Hand kehrten sie zum Auto zurück, um die beschwerliche Reise nach Süden fortzusetzen. Von Zeit zu Zeit nahm Madeleine, die noch nicht lange Autofahren konnte, den Platz ihres Vaters hinterm Lenkrad ein. Sie war dankbar für seine behutsamen Korrekturen ihres Fahrstils, die sich vielleicht in den bevorstehenden schwierigen Zeiten als nützlich erweisen würden.

»Bis wir in Toulouse ankommen, bist du eine hervorragende Fahrerin«, versicherte er, ohne zu erwähnen, dass sie zu abrupt auf die Bremse trat, wenn sie die drängende Sirene eines Krankenwagens oder das warnende Klingeln eines Radfahrers nicht rechtzeitig hörte. Jemand würde sie schon darauf hinweisen. Er wollte ihr Selbstvertrauen nicht erschüttern, indem er ihre Hörschwäche erwähnte. Es war keine große Sache, nicht wichtig, sagte er sich.

Sie übernachteten unterwegs in Gasthöfen, doch je weiter sie vorankamen, desto schlimmer wurden die Nachrichten. Holland fiel. Französische Truppen kehrten aus Belgien zurück. Rommels Armee marschierte weiter vor. Hitler hatte das Dreieck Chateau-Thierry-Metz-Belfort als sein nächstes Ziel aufgegeben und lenkte seine Truppen jetzt Richtung Paris. Die Dreyfus hörten auf, Radio zu hören. Sie kauften keine Zeitungen. Sie suchten Zuflucht in Unwissenheit.

An einem sonnenüberfluteten Tag parkten sie die Fahrzeuge auf einer Wiese und versammelten sich zum Picknick, das zu einem wesentlichen Bestandteil ihres Tagesablaufs geworden war. Es verhalf ihnen zu der Illusion von Normalität. Lebensmittel waren auf dem Land immer noch relativ leicht zu bekommen. Lucie verteilte Rohkost, Früchte und aromatischen Käse auf einer abgewetzten Decke.

Madeleine schnitt Äpfel auf, die sie auf einem Bauernhof gekauft hatten. Sie hatte nach Birnen gefragt, doch die Frau des Bauern hatte bedauernd erwidert, dass Birnen noch nicht reif seien.

»Kein Problem«, hatte Madeleine geantwortet und sich ermahnt, dass sie mehr als genug Birnen bekäme, sobald der Krieg vorbei wäre. Sie und Claude würden durchs Elsass wandern und die goldenen Früchte pflücken, und der Saft würde triefen, sodass sie ihn schmecken würden, wenn ihre Lippen sich träfen. Sie lächelte. Warum sollte sie sich nicht den Luxus des Träumens gönnen an diesem strahlenden Tag? Bestimmt hatte sie doch ein Recht auf ihre Träumereien.

Ihre Brüder und ihre jüngeren Cousins warfen sich gegenseitig einen Ball zu.

»Ich glaube, wir sollten uns die Nachrichten anhören«, sagte Pierre zögernd.

Jeanne nickte, und sie setzten sich nebeneinander in das einzige Auto, das über ein funktionierendes Radio verfügte. Pierre drehte an den Knöpfen und fand endlich einen Sender. Sie öffneten die Fenster, damit die Stimme des Nachrichtensprechers von den anderen gehört werden konnte. Madeleine und Simone rückten näher und lauschten angestrengt, während die Übertragung schwächer wurde und dann wieder stärker.

Sie wappneten sich innerlich, um sich von den Nachrichtenfetzen keine Angst einjagen zu lassen. Die Deutschen, so hörten sie, waren in Dijon, aber das hatten sie bereits gewusst. Reims war besetzt, aber auch das hatten sie gewusst. Verdun, wo Pierre im großen Krieg mit solcher Tapferkeit gekämpft hatte, war wieder in Gefahr, aber auch das war nicht neu.

Es war die plötzliche Meldung, die deutsche Armee sei im Begriff, in Paris einzumarschieren, die sie veranlasste, sich aneinander zu klammern. Gelähmt vor Entsetzen, erstarrt in ihrer Fassungslosigkeit, hörten sie weiter zu. Ihre schlimmsten Albträume waren jetzt Wirklichkeit.

»Frankreich ist gefallen!« Die Stimme des Nachrichtensprechers zitterte und wurde still.

Der Äther verstummte. Das Radio gab nur noch Rauschen von sich. Von Kummer erstickt konnte keiner etwas sagen.

»Welches Datum haben wir heute«, fragte Simone.

»*Juin, Quatorze*. Den vierzehnten Juni«, erwiderte Madeleine.

Ein Datum, das sie niemals vergessen würden.

Die Übertragung ging weiter. Der Sprecher redete, stolperte jedoch über jedes Wort. Sie befürchteten, er könnte anfangen zu weinen, bevor er seine Nachrichten beendete.

»Marshal Philippe Pétain, der stellvertretende Premierminister spricht davon, eine neue Regierung zu bilden. Er ruft zu einem Waffenstillstand mit Deutschland auf.«

»Niemals!«, schrie Pierre. »Was für ein Verrat wäre so ein Waffenstillstand. Frankreich kann sich nicht den Nazi-Bastards unterwerfen. Wir müssen Widerstand leisten.«

»Und von wo willst du Widerstand leisten, Pierre? Von den Straßen New Yorks? Von den Hallen Washingtons? Wird Roosevelt dich hören? Werden deine Worte dein Land retten?«, fragte Madeleines Vater wütend.

Madeleine drehte sich von ihrem Vater zu ihrem Onkel um.

»Lasst uns nicht streiten«, sagte sie ruhig. »Das ist unsere kostbare gemeinsame Zeit. Es ist keine Zeit, um sich zu ärgern.«

»Es ist eine Zeit zum Beten«, fügte Lucie hinzu. »Eine Zeit, um für Frankreich zu beten, um für unser Volk zu beten und für alle, die unter diesem schrecklichen Krieg leiden.«

Lucie stellte sich zwischen ihren Sohn und ihre Tochter und ergriff deren Hände, und eines nach dem anderen gesellten sich die übrigen Familienmitglieder dazu. Sie formten einen Kreis im goldenen Licht der Nachmittagssonne. Mit geschlossenen Augen beteten sie schweigend und bestätigten sich gegenseitig ihre Liebe zueinander und zu ihrem Land. Die Zukunft mochte bedrohlich und unsicher sein, aber sie waren zusammen, darauf verschworen, einander zu beschützen.

Madeleine blickte hinauf zu dem wolkenlosen Himmel und fragte sich, was Claude wohl gerade machte. Sie hoffte gegen alle Wahrscheinlichkeit, er möge bei Anna Hofberg sein, an diesem traurigen Tag, an dem aus Frankreich – dem gelobten Land der Zuflucht für dieses Kind – eine vom Krieg heimgesuchte Nation geworden war, ein verlassener Hafen im Belagerungszustand.

8. KAPITEL

Schweren Herzens, bedrückt von der Vorstellung, dass deutsche Stiefel frech unter dem Arc de Triomphe hindurch und die Champs Élysées hinabtrampelten, fuhren sie weiter. Auf der Straße wimmelte es von Autos und Motorrädern. Benzin war knapp, und es kam zu langen Verzögerungen, wenn sie versuchten, etwas davon zu ergattern. Lucie zog Franc-Scheine aus ihrem Bustier und gab sie, feucht und wohlriechend, mürrischen Bauern, die ihnen das Benzin, das sie für ihre Traktoren horteten, zu exorbitanten Preisen verkauften.

»Jetzt wissen wir, dass wir uns tatsächlich im Krieg befinden«, sagte Pierre sarkastisch, als er ein Bündel Banknoten an eine schweigsame Frau weiterreichte, die ihnen, sehr widerstrebend, Eier und Käse verkaufte.

Sie erreichten Bordeaux und fanden Unterkunft in einer kleinen Pension, die von einer jüdischen Familie geführt wurde. Madeleine tätigte einen Anruf unter der Nummer, die sie auswendig gelernt hatte. Sie ließ es klingeln und klingeln, bis es am Ende der Leitung merkwürdig still wurde. Das Herz wurde ihr schwer. War Claude verhaftet worden? War er verletzt oder gezwungen worden, Paris zu verlassen? Und was würde dann aus Anna, die zu beschützen sie geschworen hatte?

Die schlimmsten Möglichkeiten überfluteten Madeleines Fantasie, und um diese Vorstellungen zu verscheuchen, wanderte sie durch Bordeaux, das sich so rasch in eine Festungsstadt verwandelt hatte. Lebensmittelgeschäfte waren verschlossen,

Cafés und Bistros verlassen. Verdunkelungsdecken verbargen die Fenster der eleganten Häuser am Grand Boulevard. Die nächtlichen Angreifer der Luftwaffe würden auf eine Finsternis stoßen, die ihnen das Zielen schwermachte. Straßenschilder waren mit Lampenruß übermalt worden, ein eigenartiger Versuch, den deutschen Invasoren die Orientierung zu nehmen, wenn sie in die Stadt eindringen würden. Die französische Résistance hatte ihre Arbeit aufgenommen. Madeleine fühlte sich verloren, wie in einer Wüste des Krieges, und eilte zurück zur Pension.

Noch einmal, wenn auch ohne viel Hoffnung, wählte sie die Nummer und keuchte überrascht, als Claude schon nach dem ersten Klingeln antwortete. Ihr Herz schlug schneller, als sie ihn ihren Namen sagen hörte.

»Madeleine. Bist du es wirklich?«

»Claude. Claude.«

Sie lächelte und lauschte seinem raschen Atemholen, seinem Seufzer der Erleichterung, erstaunt, dass sie ihn mit solcher Klarheit hören konnte. Es hatte sie lange Zeit verwirrt, dass sie Telefongesprächen so leicht folgen konnte. Es habe etwas mit der Nervenverschaltung im Gehirn und mit Nervenenden zu tun, hatte der sanftmütige Audiologe ihr erklärt, doch sie konnte sich nicht an seine genauen Worte erinnern. Es reichte, dass sie Claude so deutlich verstehen konnte.

»War die Reise schwierig? Geht es allen gut? Und dein Onkel Pierre. Ist alles in Ordnung bei ihm? Hier in Paris machen wir uns Sorgen um ihn.«

»Es geht uns allen gut. Aber warum bist du so besorgt wegen meines Onkels?«

Claude schwieg, dann senkte er die Stimme, als ob er befürchtete, ihr Gespräch könnte überwacht werden.

»Kannst du mich hören?«

»Ja.«

»Du weißt ja, dass dein Onkel Vorstandsmitglied bei vielen jüdischen Organisationen war, wie zum Beispiel bei den *éclaireurs* Israélites, den jüdischen Pfadfindern. Er hatte die Dokumente dieser Organisationen bei sich zu Hause. Bevor er mit deiner Familie Richtung Süden abgereist ist, gab er mir den Schlüssel zu seiner Wohnung in der Rue l'Alboni, damit ich Zugang zu den *éclaireurs*-Papieren hatte. Es gab Verzeichnisse mit Namen, Treffpunkten, Finanzunterlagen. Es war wichtig zu verhindern, dass solche vertraulichen Informationen in die Hände der Nazis gelangten.

Ich bin schnell in die Rue l'Alboni geeilt, als die Deutschen in Paris einmarschierten, aber als ich die Tür öffnete, sah ich schon, dass ich zu spät gekommen war. Alles war durcheinander. Aktenschränke umgekippt, Bücher und Papiere verstreut, jede Schublade geöffnet, sogar Lebensmittel auf den Boden geworfen. Die verdammten Faschisten haben auch die Speisekammer und den Eisschrank nach versteckten Dokumenten durchsucht. Sie sind sehr schnell vorgegangen und haben jede Akte, die auch nur die geringste Bedeutung für die jüdische Gemeinde hatte, mitgenommen.«

»Aber wie konnten sie von seinem Engagement wissen? Und wie konnten sie seine Wohnung so schnell finden?«, fragte Madeleine, ihr Herz raste.

Sie stellte sich das elegante Appartement ihres Onkels vor, die Fenster gingen hinaus auf den stillen, von Bäumen beschatteten Alboni-Platz, überall standen hohe Vasen mit frischen Blumen, dicke Teppiche lagen auf den Parkettböden. All das war nun besudelt. Alles verseucht von sinnlosem Hass.

»Der Name Dreyfus ist bei französischen Faschisten schon lange nur allzu bekannt. Die Geschichte hat einen langen Arm und ein noch längeres Gedächtnis. Die Judenhasser in Berlin und in Paris wissen, dass der Sohn von Alfred Dreyfus tief in jüdische Angelegenheiten involviert ist. Die alten Feinde deines

Großvaters und deren Nachkommen, die Anti-Dreyfusards, sind die Hasser von heute und begierig darauf, mit den Nazis zusammenzuarbeiten. Die haben geduldig die deutsche Besetzung abgewartet, und jetzt ist ihre Propagandamaschinerie in Gang gesetzt. Ihre Journalisten füllen die Seiten von *Le Matin* mit antisemitischem Müll, so abscheulich wie das, was in *Der Stürmer* erscheint. Gamzon glaubt, dass französische Faschisten vielleicht sogar schlimmer sind als die Deutschen.«

Claudes Stimme wurde leiser, so als hätten seine eigenen Worte ihn geschwächt.

»Französische Faschisten?«

Die Worte klangen fremd. Natürlich wusste sie, dass es französische Faschisten gab – sie hatte schließlich deren Schreie im Theater gehört, hatte ihre in Metro-Stationen gekritzelte Graffiti gesehen – aber sie hatte geglaubt, das wären harmlose, unreife dumme Jungen. Sie hatte sich geweigert zu glauben, dass sich der Verstand französischer Bürger – durchdrungen von den Idealen der Freiheit, Gleichheit und Brüderlichkeit – so leicht von dem irrationalen Hass und der Grausamkeit des Faschismus vergiften lassen könnte.

»Ja. Französische Faschisten«, antwortete Claude, und seine Stimme zitterte vor Ungeduld und Wut. »Dank der Informationen, die sie den Akten deines Onkels entnommen hat, verfügt die Gestapo jetzt über die Namen jedes jüdischen Aktivisten in Paris, auch über deinen und meinen.«

»Und die Namen von jedem, der zur Familie gehört«, bestätigte sie. »Vielleicht haben sie es auf Simones kleine Tochter abgesehen. Die Urenkelin von Alfred Dreyfus ist bestimmt eine große Bedrohung für das Dritte Reich und seine französischen Kollaborateure, auch wenn sie noch ein Baby ist.«

Madeleine lachte, erleichtert, dass Claude ihr Lachen erwiderte. Absurdität war eine starke Waffe gegen die Verzweiflung.

»Aber du verstehst, dass wir vorsichtiger als je zuvor sein

müssen. Sag es an deinen Onkel weiter und an deine Eltern«, fuhr Claude fort. Seine Stimme hatte einen neuen, beängstigenden Ton angenommen. »Paris ist gefährlich für Juden. Robert Gamzon hat die meisten Stützpunkte der jüdischen Pfadfinder Richtung Süden verlagert und mehrere Gruppen nach Algerien geschickt. Aber unsere Arbeit geht weiter.«

Er zögerte, und da verstand sie, dass er selbst über diese sehr sichere Telefonleitung nicht über ihr höchst geheimes Rettungsprogramm, das harte Trainingsprogramm für die Kinder, die sie unbedingt in die Sicherheit der Schweiz und Spaniens und dann nach Palästina schmuggeln wollten, sprechen würde.

»Ja. Natürlich. Es muss weitergehen«, stimmte sie zu und dachte an Anna Hofberg, das Gesicht bleich, die blauen Augen schimmernd von Tränen, nachdem sie nun erneut gezwungen wäre, um ihr Leben zu fliehen.

»Deiner kleinen Anna geht es gut. Sie vermisst dich, aber es geht ihr gut«, versicherte Claude, und sie wunderte sich, dass er selbst über eine so große Distanz und nur über eine fragile Telefonleitung ihre Gedanken lesen konnte. War das etwas Einzigartiges zwischen Liebenden? Sie verbannte diesen Gedanken. Sie und Claude waren Freunde, die sich sehr gern mochten, ermahnte sie sich, kein Liebespaar. Nicht in einer solchen Zeit, da ihre Zukunft von Unsicherheit überschattet und die Gegenwart nicht ihre Gegenwart war. Freundschaft war möglich; Liebe wäre zu viel. Damit hatten sie sich abgefunden. Das sahen sie ein. Trotz des Abschiedskusses in dem dunklen Torweg, einer Erinnerung, die sie niemals loslassen würde.

War es falsch von ihr, sich gegen diese Genügsamkeit, diese Einsicht aufzulehnen? An sich selbst und an ihre Gefühle zu denken, während die Welt im Leid versank? Nein, entschied sie. Sie war schließlich keine Heilige, nur eine junge Frau mit Sehnsucht im Herzen.

Ich darf das, dachte sie trotzig.

»Madeleine, wann glaubst du, wirst du nach Paris zurückkehren können?«, fragte Claude mit einer neuen Dringlichkeit in seinem Ton.

»Sobald meine Familie sich eingerichtet hat. Es heißt, der Süden bleibt vorerst eine unbesetzte Zone. Die Verwandten meines Vaters versuchen in Toulouse eine Wohnung für uns zu finden. Und ich will sicher sein, dass meine Großmutter sicher untergebracht ist. Wenn das erledigt ist, komme ich zurück.«

»Ich habe Angst, dass deine Fahrt zurück nach Paris riskant wird«, warnte er sie.

Sie hörte die Besorgnis in seiner Stimme und war dankbar, dass er sie nicht drängte, in der relativen Sicherheit des Südens zu bleiben.

»Alles ist riskant. Aber ich habe keine Angst«, versicherte sie.

»Natürlich. Das weiß ich. Also dann, bis wir uns wiedersehen, *à bientôt, mon amie.*«

»A bientôt, mon ami«, erwiderte sie.

»Ma chérie«, fügte er hinzu, und ihr Herz tat einen Sprung.

»Mon chéri«, echote sie.

Sie hielt den Hörer noch fester, doch der Anruf war beendet. Der stille Hörer lag schwer in ihrer zitternden Hand.

Eine Stunde später saß sie neben Pierre Dreyfus in einem Café und teilte ihm Claudes traurige Neuigkeiten mit.

»Chaos in deiner schönen Wohnung«, sagte sie. »Es tut mir so leid, Onkel.«

»Die Wohnung ist mir völlig egal. Möbelstücke. Gemälde. Teppiche. Was spielen sie für eine Rolle? Aber ich hätte niemals meine Akten zurücklassen dürfen. Ich dachte, ich hätte genug Zeit zurückzukehren und sie zu holen, aber natürlich war das ein Irrtum. Ich wusste, unsere Familie musste Paris sofort verlassen. Wir sind die Dreyfus, das bedeutete, unser Leben war in Gefahr, also bin ich das Risiko eingegangen.«

Trauer und Bedauern schwangen in seiner Stimme mit.

»Unser Name wurde nicht vergessen«, fuhr er fort. »Diejenigen, die deinen Großvater wegen des Verbrechens, Jude zu sein, hassten, gaben diesen Hass an ihre Kinder und Enkel weiter.«

»Aber ich kann nicht glauben, dass es Landsleute gibt, die mit den Nazis kollaborieren«, entgegnete sie.

»Madeleine, wir müssen realistisch sein. Der Gefahr ins Auge sehen. Es gibt Franzosen, die vielleicht von Patriotismus reden, aber dabei glauben, sie könnten ihr Land tatsächlich schützen, indem sie sich mit den Nazis verbünden. Und dann gibt es noch die, die einfach käuflich und gierig sind und nur am eigenen Vorteil interessiert. Pétain ist ein alter Mann, aber immer noch ehrgeizig. Er hat keine Zeit verloren, als er sich an den Feind verkauft hat. Der Held von Verdun hat eine neue Flagge gewählt. Er möchte der Herrscher im ›neuen Frankreich‹ sein, wie er es nennt. Ich werde mit aller Kraft für ein freies Frankreich kämpfen, während du und dein Claude, Simone und deine Brüder euch weiterhin dem Bösen widersetzt, das sich in unser Leben gedrängt hat. Wir werden, jeder von uns, kämpfen, und wir werden siegen. Die Wahrheit wird triumphieren.«

Er lehnte sich zurück, erschöpft von seinen eigenen Worten, und niedergeschmettert, weil die Tür zu seinem Heim in der Rue l'Alboni für ihn für immer verschlossen war.

Madeleine saß ganz still.

»Dein Claude«, hatte ihr Onkel gesagt.

Sie erhob Anspruch auf seine Worte. Sie würde sie nicht vergessen.

»Lass uns einander *bonne chance* wünschen, viel Glück, Onkel«, sagte sie und schmiegte sich in seine starken Arme.

An jenem Abend versammelte sich die Familie im Salon der Pension und lauschte Charles de Gaulles von London aus gehaltene Ansprache an sein Volk.

»Frankreich hat eine Schlacht verloren, aber Frankreich hat nicht den Krieg verloren«, verkündete er trotzig. »Unsere *Patrie*, unser geliebtes Vaterland, befindet sich in tödlicher Gefahr. Lasst uns alle weiterkämpfen, um es zu retten. *Résistance!* ist unser Schlachtruf.«

Lucie nickte.

»Charles de Gaulle ist ein tapferer Mann«, sagte sie. »Der Sohn seines Vaters. Ich kannte seinen Vater. Er hat Alfred auch dann noch verteidigt, als das riskant geworden war. Wie sein Vater ist auch Charles de Gaulle der Wahrheit verpflichtet, er hat sich der Rettung Frankreichs verschrieben«, sagte sie. »Wir müssen seiner Führung folgen.«

»Werden wir Frankreich retten können?«, fragte Etienne, seine Stimme zitterte.

Madeleine kniete vor ihrem kleinen Bruder nieder und suchte nach Worten, um ihn zu beruhigen. Sie redete mit so viel Gelassenheit und Überzeugung, wie sie aufbringen konnte.

»Wir werden alle hart arbeiten, dann wird unser Land gerettet. Wir werden unsere Kinder beschützen. Denk daran, wir sind alle *éclaireurs*. Pfadfinder müssen immer mutig sein und bereit, für Gerechtigkeit zu kämpfen und das zu tun, was richtig ist.«

»Ich bin mutig«, sagte Etienne. »Ich bin mindestens so mutig wie Jean Louis.«

»Nun ja, vielleicht wirst du das sein, wenn dieser blöde Krieg vorbei ist«, sagte sein älterer Bruder lakonisch, und die anderen lachten, dankbar für das Geplänkel, das die Anspannung löste.

***

Niemand lachte am nächsten Morgen, als sie sich im Garten der Pension zu einem Frühstück im Freien trafen. Lucie hatte wie immer Wunder gewirkt und rare Köstlichkeiten organisiert – frisch gebackene Croissants und Baguettes, die sie mit reichlich Butter und Marmelade bestrich, welche sie der Frau des Lebensmittelhändlers entlockt hatte. Sie redeten ohne Begeisterung über die Quartiere, die Verwandte in Toulouse arrangiert hatten, und Pierre verkündete, traurig und sorgenvoll, dass er und seine Familie noch an diesem Tag nach Marseille fahren würden.

Sie aßen schweigend, überwältigt von dem bestürzenden Wissen, dass dies vielleicht die letzte Mahlzeit wäre, die sie miteinander teilten.

Lucie weinte nicht, als ihr Sohn ihre Hand an die Lippen hob und jeden ihrer zitternden Finger küsste.

»Au revoir, Maman«, murmelte er, dieselben Worte, die er all die Jahre zuvor geflüstert hatte, als er fortgegangen war, um im großen Krieg zu kämpfen, der allen Kriegen hätte ein Ende setzen sollen. An diesem Frühlingsmorgen, ein knappes Vierteljahrhundert später, befürchtete er, dass dieser neue Krieg womöglich der Welt, ihrer schönen Welt, ein Ende setzen würde.

Seine Schwester Jeanne drückte ihn an sich, und er und Pierre Paul Levy umarmten sich, vergewisserten sich gegenseitig ihrer Bruderliebe. Ihrer beider Liebe galt gleichermaßen ihrer Familie und ihrem Land.

Als er seinen Nichten und Neffen Lebwohl sagte, brannten Pierre Dreyfus die Augen von unterdrückten Tränen. Er liebte die Kinder seiner Schwester, und er hatte Angst um sie. Seine Hand blieb einen langen Augenblick auf Madeleines Kopf liegen, und seine Finger spielten mit ihrem vollen, dunklen Haar. Er bestritt nicht, dass sie sein Liebling war, so wie sie seines Vaters Liebling gewesen war. Vielleicht deshalb, weil sie seine leidenschaftliche Wahrheitsliebe teilte, seine Zärtlichkeit des Herzens. Vielleicht einfach, weil sie Madeleine war, so schön, so sanft, so mutig und großzügig und stets aufrichtig zu sich selbst und einfühlsam gegenüber anderen.

»*Au revoir*, Madeleine«, murmelte er.

»*L'Hitraot*, Onkel«, erwiderte sie auf Hebräisch.

»Ja. *L'Hitraot*. Vielleicht in Palästina, meine Träumerin.«

Sie lächelte. Er lächelte.

»Vielleicht sehen wir uns ja auch noch einmal in Marseille«, sagte sie.

Er winkte seiner Frau Marie und seinen Kindern, sich ins Auto zu setzen. Rasch fuhr er davon und wagte kein einziges Mal zurückzublicken.

9. KAPITEL

Die Strecke von Bordeaux nach Toulouse war den Levys vertraut. Pierre Paul war in Toulouse geboren, und sie hatten dort ein paar Jahre gelebt, bevor sie nach Paris gezogen waren. Doch Madeleines heitere Kindheitserinnerungen an diese friedliche Stadt verflüchtigten sich, als ihr Vater während der langsamen Fahrt durch die engen Straßen immer wieder ausweichen und bremsen musste. Sie blickte aus dem Fenster zu den erschöpften Wanderern, die sich ziellos von einer Ecke zur nächsten bewegten, gebückt unter der auf dem Rücken festgezurrten Last und mühsam blinzelnd, halb blind vom Sonnenlicht und vor Kummer. Massen von verzweifelten Flüchtlingen schwärmten über die breiten Boulevards auf der Suche nach Unterkunft und Nahrung. Kleinkinder schliefen auf Parkbänken, ihre Eltern hockten daneben auf dem Boden.

Eine Kakophonie von Sprachen schwappte auf sie zu. Fahrende Gemüsehändler schoben behelfsmäßige Wagen vor sich her, schrien auf Spanisch und übertönten die Stimmen von Müttern, die in niederländischer und wallonischer Sprache nach ihren Kindern riefen. Der Einmarsch der Deutschen hatte eine Welle der Angst ausgelöst und dazu geführt, dass Massen von Menschen aus Holland, Belgien und Luxemburg nach Frankreich strömten. Toulouse, zum Glück in der »unbesetzten Zone« gelegen und mit relativ leichtem Zugang zu den Pyrenäen und der spanischen Grenze, war jetzt ein Ziel, das Fliehenden aus den Niederlanden eine Hoffnung bot, so schwach diese auch sein mochte.

Madeleines Vater bremste wegen einer Familie, die, ohne auf den entgegenkommenden Verkehr zu achten, die Straße entlangging. Madeleine blickte nach Süden und zu den Pyrenäen, die sich in der Ferne erhoben. Sie dachte an Robert Gamzons kühnen Plan, Gruppen von jüdischen Kindern durch Pfadfinder über diese respekteinflößenden Gebirgspässe hinweg nach Spanien bringen zu lassen. Ihr Mut sank. Es würde ein beängstigendes Unterfangen werden. Beängstigend und vielleicht unmöglich. Aber es war ein Krafteinsatz, den sie nie, niemals aufgeben würde. Sie hatte einen Schwur geleistet. Sie hatte sich selbst zur Hoffnung verpflichtet.

Sie blickte zu Simone, deren Blick ebenfalls auf die entfernten Berggipfel gerichtet war.

»Es wird schwierig werden«, murmelte sie, als hätte sie Madeleines Gedanken gelesen.

Die Schwestern brauchten weder Worte noch Gesten, um einander zu verstehen.

»Wir werden es schaffen. Irgendwie werden wir es schaffen«, fügte Simone noch hinzu.

»Was werdet ihr schaffen?«, wollte Jeanne wissen.

»Nur ein alberner Scherz, Mama«, erwiderte Simone.

Madeleine lächelte. Sie und Simone waren Komplizinnen, wenn es darum ging, ihre Eltern vor zusätzlicher Belastung zu bewahren. Sie waren sich bewusst, dass Jeanne und Pierre Paul, ohnehin schon von Sorgen gequält, von Ängsten überwältigt würden, wenn sie wüssten, dass ihre Töchter im Begriff waren, sich in Gefahr zu begeben.

Ihr Vater hielt den Wagen an, um einen Leichenzug die Rue de Périgord überqueren zu lassen.

»Folgt uns der Tod überallhin?«, fragte Jeanne.

Madeleine ignorierte die Frage ihrer Mutter. Sie öffnete das Fenster und feilschte mit einem der vielen spanischen Gemüseverkäufer, die die Straßen bevölkerten, um ein paar glänzende graugrüne Avocados.

An jenem Abend stellte sie Simone die Frage, die sie beunruhigte, seit sie bemerkt hatte, wie zahlreich spanisch sprechende republikanische Emigranten aus Spanien in den Straßen unterwegs waren.

»Wenn so viele spanische Republikaner hier in Frankreich Zuflucht suchen, werden unsere jüdischen Kinder dann überhaupt in Spanien unter Franco sicher sein?«

»Genau die Frage habe ich Robert Gamzon auch gestellt«, antwortete Simone. »Er hat gesagt, auch wenn Franco selbst ein Faschist ist, hegt er eine merkwürdige Sympathie für das jüdische Volk. Es heißt, er stamme selbst von Juden ab. Vielleicht stimmt das, vielleicht nicht. Wir müssen unsere Retter akzeptieren, wo wir sie finden.«

»In der Not frisst der Teufel Fliegen«, stimmte Madeleine ironisch zu.

»Besonders der jüdische Teufel«, ergänzte Simone, und sie lachten in einvernehmlichem Unbehagen.

Wie gut es ist zu lachen, dachte Madeleine. Sie hatte fast vergessen, wie das ging.

***

Die ersten Tage in Toulouse waren von Schwierigkeiten und Enttäuschungen geprägt. Das Haus, das die Verwandten ihres Vaters für sie erworben hatten, war zu klein, um die ganze Familie aufzunehmen. Sie waren gezwungen, sich zu trennen. Simone beschloss, über Südfrankreich nach Grenoble weiterzureisen, wo Anatols Eltern nur zu gern die Witwe ihres Sohnes und ihre Enkelin willkommen hießen. Madeleine selbst fand ein kleines Zimmer in einer von einer Pfadfindergruppe angemieteten Wohnung.

Dennoch betrachtete sie sich und ihre Familie als Glückspilze. Erschöpfte Flüchtlinge erhaschten selbst die kleinsten Hütten in Toulouse. Im allgemeinen Chaos wurden Familien getrennt, Kinder gingen verloren. Ihr brach das Herz, als sie die langen, an Hauswände angeschlagenen Listen vermisster Personen sah. Sie hatte Angst, sie zu lesen, besessen von der irrationalen Sorge, sie könnte auf einem der zerfledderten Blätter ihren eigenen Namen gekritzelt sehen.

Nach der Trennung von ihrer Familie verspürte sie schuldbewusst Erleichterung. Fern von deren ständiger Besorgtheit hatte sie nun ihre Privatsphäre zurückgewonnen und konnte sich ganz ihrer Traurigkeit, ihrer Einsamkeit und ihrer Müdigkeit überlassen, die zu jeder Stunde des Tages an ihr klebten wie ein hauchdünner Schatten.

Ich bin müde, dachte sie, als sie in einer dunklen, mondlosen Nacht wach lag. *Ich will das nicht mehr. Ich kann nicht mehr.*

Sie hätte gern geweint, doch die Tränen wollten nicht kommen. Sie hatte sich nicht das Recht verdient zu weinen. Stattdessen klopfte sie ihr dünnes Kopfkissen zurecht und suchte Erleichterung in Wachträumen. Der Krieg würde zu Ende gehen, Frieden würde kommen, sie und Claude würden zu einem sonnigen Himmel aufblicken.

Aber das Sonnenlicht wollte sich nicht so recht einstellen, während die Nachrichten unaufhaltsam immer schlechter wurden.

Marshal Pétain verlegte seine neue Regierung nach Vichy und erklärte die Kurstadt zur Hauptstadt der Unbesetzten Zone. Einst bekannt als Held von Verdun, strebte er nun schamlos einen Waffenstillstand mit Deutschland an. Es war ein Verrat, der den erbitterten Zorn Charles de Gaulles und seiner Anhänger in London auslöste; er ließ die Résistance in Frankreich neu erstarken.

Madeleine lauschte de Gaulles grimmiger Verurteilung der Vichy-Regierung im Radio Anglaise und dachte an eines ihrer Lieblingsgedichte von Kipling, das sie während ihrer Schulzeit am Lycée Molière auswendig gelernt hatte. Sie erinnerte sich an einzelne Sätze.

»Wenn kannst du dich mit Sieg und Sturz abfinden«, sagte sie laut. »Und einsteckst, wenn du siehst dein Werk zerbrochen, und baust es auf von vorn auf allen vier'n.«

Die Worte gefielen ihr. Sie war schließlich eine *éclaireuse*, eine Pfadfinderin, vorbereitet, sowohl auf Sieg als auch auf Sturz, und sie würde ihr Werk immer wieder von vorn aufbauen, egal, wie. Es kam ihr in den Sinn, dass sie Claude dieses Gedicht beibringen sollte, und der Gedanke ließ sie lächeln. Ja, eines Tages würden sie füreinander ihre Lieblingsgedichte rezitieren.

Am folgenden Tag rief er an, über die geheime Telefonleitung in der Toulouser Zentrale der *éclaireurs*.

»Madeleine, es ist wichtig, dass du zurück nach Paris kommst. Die Nazis drohen jetzt, den nördlichen Sektor zu schließen. Bitte komm, solange es noch relativ sicher ist. Wir brauchen dich.«

Der flehende Ton in seiner Stimme ließ sie zittern.

»Wir?«, fragte sie neckisch.

»Ja. Die Pfadfinder. Und Anna Hofberg natürlich. Jedes Mal, wenn ich sie sehe, fragt sie nach dir. Die Führung der Résistance benötigt dringend eine qualifizierte Sozialarbeiterin.«

Sie blieb still.

»Und, Madeleine, ich brauche dich auch«, fügte er zerknirscht hinzu.

Sie lächelte. Sie hatte auf diese Worte gewartet, hatte darauf gewartet, sie in einem zärtlichen Ton zu hören, auch wenn Claude dabei lauter redete, damit sie ihn ohne Probleme verstehen konnte, weil er vergessen hatte, dass ihr bei Telefonaten das Verstehen leichtfiel.

»Ja. Natürlich werde ich kommen, sobald ich kann, sobald ich Toulouse verlassen kann. Meine Familie ist immer noch nicht richtig untergebracht, und ich will sicher sein, dass das

Programm, das ich für die jüdischen Flüchtlingskinder aus den Niederlanden organisiert habe, anläuft«, sagte sie.

»Ich verstehe. Natürlich musst du deine Familie unterstützen und deine Arbeit mit den *éclaireurs* Israélites du Sud, den jüdischen Pfadfindern des Südens, ist wichtig. Aber du wirst hier in Paris wirklich sehr gebraucht. Verstehst du?«

»Ich verstehe. Ich komme sobald ich kann.«

Er schwieg. Sie wusste, er konnte nicht mehr sagen. Man hatte sie gewarnt, dass sogar Gespräche auf ihrer eigenen geheimen Leitung abgehört werden könnten. Claudes Zurückhaltung erklärte sich selbst. Madeleine wurde dringend benötigt für ein bestimmtes geheimes Projekt.

»A bientôt«, sagte sie leise und legte auf.

Dann fragte sie sich, warum sie ihm nicht gesagt hatte, wie sehr sie ihn brauchte, wie sie ihn vermisste.

»Claude, mein Freund, *mon cher ami*, mein geliebter Freund, ich vermisse dich. Ich brauche dich.«

Sie seufzte und wiederholte für sich selbst die Worte, die sie nicht ausgesprochen hatte. Eines Tages würde sie es tun. Ja, natürlich würde sie das.

***

Da sie wusste, wie dringend sie in Paris gebraucht wurde, beeilte sie sich in den folgenden Tagen sehr, sie arbeitete unermüdlich, um in Toulouse die Projekte, die sie ins Leben gerufen hatte, voranzubringen. Sie half ihrem Vater, eine Klinik und Medikamentenausgabe zu etablieren, und organisierte Programme für neu angekommene jüdische Kinder aus den Niederlanden und Belgien. Sie traf sich mit den Pfadfinderleitern, die Robert Gamzon nach Toulouse geschickt hatte. Die Vereinigung französischer Juden unterstützte seine Bemühungen, in Südfrankreich ein Netzwerk aus Unterkünften und Werkstätten für Kinder zu schaffen. Sie erreichten ihre Ziele mit erstaunlicher Schnelligkeit. Pläne, die bei einem abendlichen Treffen besprochen wurden, wurden am Morgen danach in die Tat umgesetzt.

Es war jetzt allgemein bekannt, dass die Vichy-Regierung sich offen und unverhohlen mit Nazi-Deutschland verbündet hatte. Die Juden in Frankreich befanden sich in derselben tödlichen Gefahr, in der sich das deutsche Judentum schon zuvor befunden hatte. Worte des Grauens wurden in düsterem Ton ausgesprochen. Drancy. Pithiviers. Beaune-la-Rolande – Internierungslager, von denen aus Juden nach Osten verschickt wurden, die man in willkürlichen *rafles* – plötzlichen, blindwütigen Massenverhaftungen – festgenommen hatte. Es wurde von »Konzentrationslagern« geflüstert und über deren Standorte spekuliert und darüber, was sich innerhalb der dunklen Mauern abspielte. Von »Zwangsarbeit« wurde ahnungsvoll gemurmelt und auch von »Todeslagern« – Worte, die zu gefährlich waren, um sie laut zu äußern.

Madeleine ging über den Marktplatz von Toulouse und staunte, mit welch verblüffender Geschwindigkeit Frankreich zu einer gespaltenen Nation geworden war. Kunden gingen sich gegenseitig aus dem Weg; Händler wiesen Kunden ab, die nicht ihre Meinung vertraten. Man hatte sich für eine Seite entschieden. Anhänger der Résistance, die sich für de Gaulle und das Freie Frankreich aussprachen, gegen faschistische Kollaborateure. Nachbarn verdächtigten sich gegenseitig. Familien wurden getrennt. Pfadfinder aus dem Süden berichteten Madeleine, dass Falschheit und Misstrauen die Einwohner selbst kleinster Ortschaften, selbst abgelegenster Marktflecken, spaltete.

Sie und ihre Brüder standen an einer Straßenecke und beobachteten eine Brigade pickeliger Jugendlicher, in flaschengrünen Uniformen und mit Schlagstöcken bewaffnet, die über den Grand Boulevard marschierten.

»Die französische Garde Junge Front«, bemerkte Etienne spöttisch. »So ein langer Name für eine Gruppe von Möchtegern-Schlägern, dumme Nachahmer der Hitler-Jugend.«

»Gefährliche Nachahmer«, entgegnete Madeleine besorgt.

Es war bekannt, dass die faschistischen Jugendlichen randalierend durch die Straßen der Stadt zogen, Flüchtlinge attackierten, Schulkinder bedrängten, Händlerkarren umwarfen und die Fenster von jüdischen Geschäften mit den Worten *jüdische Firma* beschmierten. Es hieß, diese Jugendlichen würden mit kleinen Franc-Beträgen, Blechorden und gekürzten, in schlechtes Französisch übersetzten Exemplaren von *Mein Kampf* bestochen und dazu angehalten, ihre eigenen Eltern zu verraten, ihre Nachbarn und Verwandten.

Pétain hatte eingewilligt, das französische Motto *Liberté, Égalité, Fraternité* durch *Travail, Famille, Patrie* – Arbeit, Familie, Vaterland! zu ersetzen. Die neue Parole wurde auf Plakate gedruckt, tönte aus den Radioapparaten und wurde von den Männern der Vichy-unterstützten *Gendarmerie* gegrölt, wenn sie durch die Straßen stolzierten.

»Das Nazi-Lexikon, übersetzt ins Französische«, bemerkte Madeleines Vater bitter. »*Travail – Arbeit.* Ich habe gehört, die Inschrift *Arbeit macht frei* steht über den Torpfosten von Auschwitz. Vielleicht will Pétain sie am Arc de Triomphe eingravieren lassen.«

Die ganze Familie Levy begleitete Pierre Paul zum Ufer der Garonne an dem Tag, an dem die Vichy-Verwaltung verkündete, die Francisque, Streitaxt von Gaul, sei jetzt das offizielle Abzeichen der faschistischen Regierung. Sie war eingraviert auf dem Orden, mit dem er und jene, die mit ihm gedient hatten, im großen Krieg ausgezeichnet worden waren. Dr. Levy hatte diesen Orden mit Stolz getragen, aber er würde ihn niemals wieder tragen. Er stand mit einer Gruppe anderer Veteranen am Ufer, und sie warfen ihre Orden samt Bändern in das träge dahinfließende

Wasser, und danach stellten sie sich in militärischer Formation auf und sangen »La Marseillaise«. Madeleine empfand Stolz, als eine Gruppe jüdischer Pfadfinder mit ihren frischen jungen Stimmen in den patriotischen Chor mit einfielen.

Die *éclaireurs* Israélites du Sud, Pfadfinder des Südens, arbeiteten eng mit der hoch organisierten Résistance zusammen. Sie schlossen sich Einheiten an, die dafür trainierten, RAF-Piloten zu retten und in Sicherheit zu bringen. Sie nahmen an Seminaren über Sprengstoffe und die Konstruktion von Brandsätzen teil. Sabotageakte dienten der Verteidigung der Freiheit. Madeleine baute die Teilnahme an solchen Seminaren in ihren hektischen Zeitplan ein. Eilig radelte sie von einem anstrengenden Treffen zum nächsten, und dabei gelang es ihr noch, die Näharbeiten ihrer Mutter an kleine Boutiquen auszuliefern, die diese weiterverkauften. Die finanziellen Reserven der Familie schwanden dahin, und sie brauchten die Francs, die diese geringen Verkaufserlöse einbrachten.

Claude rief erneut an.

»Wann?«, fragte er, und die Frage klang wie ein Flehen.

»Bald«, versprach sie, und es klang wie ein Schwur.

Doch Zweifel quälten sie.

»Wer wird Mamans Arbeiten verkaufen, wenn ich nach Paris zurückkehre?«, fragte sie eines Abends ihre Brüder.

»Wir«, erwiderten sie einstimmig.

»Kein Ladenbesitzer kann uns widerstehen«, fügte Jean Claude hinzu und zwinkerte Etienne zu, der einen gespielt eleganten Bückling machte.

Madeleine lachte. Ihre Brüder machten sie froh, wie immer. Der Krieg hatte Etienne auf eine neue und liebenswerte Art reifer werden lassen, und er hatte Jean Claude nicht daran gehindert, sein Medizinstudium mit Unterstützung seines Vaters weiterzuverfolgen. Beide waren sie begabte und engagierte Pfadfinder. Madeleine wusste, sie würden viele ihrer Verpflichtungen übernehmen können. Ja, es war Zeit, nach Paris zurückzugehen. Aber sie konnte den Süden nicht verlassen, ohne nach Grenoble zu fahren und Simone noch einmal zu sehen. Sie lächelte bei dem Gedanken an ihre Schwester. Konnte es sein, dass sie eine gemeinsame Seele hatten? Sie lachte über ihre närrischen Ideen und begann, die Reise zu planen.

Eine Bitte von Jeanne änderte ihre Pläne.

»Mutter besteht darauf, nach Marseille zu fahren, damit sie ein paar Tage mit Pierre und seiner Familie verbringen kann, bevor sie nach Amerika abreisen. Könntest du mit ihr nach Toulouse zurückfahren?«, fragte Madeleines Mutter zögernd.

»Natürlich«, antwortete sie, bemüht, sich nichts von ihrem Ärger über diese Forderung anmerken zu lassen. Ihre Reaktion beschämte sie. Natürlich würde sie immer tun, was sie konnte, für ihre geliebte Großmutter Lucie. Familie geht vor – das Motto der Familie Dreyfus.

10. KAPITEL

Madeleines Reise nach Grenoble war schwierig und anstrengend. Es gab militärische Kontrollpunkte, an denen sie ihre *carte d'identité* vorzeigen, den Grund ihrer Reise angeben und die Adresse ihrer Schwester sowie die Namen und Adressen jedes Mitglieds ihrer Familie nennen musste.

»Warum sind diese Informationen wichtig?«, fragte sie den jungen Gendarm.

»Wir befinden uns im Krieg«, erwiderte er entrüstet.

»Natürlich«, sagte sie entschuldigend und fragte sich, ob die Information, dass ihre Brüder Jean Claude und Etienne hießen und ihre Mutter eine Hausfrau war, wohl eher schädlich oder nützlich für den Krieg war.

Aber es war wundervoll, Simone wiederzusehen, wundervoll, mit ihr im Garten zu sitzen, wundervoll, mit Frederica zu spielen, die mittlerweile ein fröhliches, rotwangiges Kleinkind geworden war, das unermüdlich plappernd im Garten ihrer Großmutter Schmetterlinge jagte. Beglückt pflückte sie einen Strauß wilder Blüten und schenkte ihn Madeleine.

»Fleurs, Tante Madi«, krähte sie fröhlich, und Madeleine drückte sie an sich und kitzelte sie im Nacken mit einer langstieligen Glockenblume. Die Kleine prustete vor Lachen.

»*Chantez!* Sing!«, befahl sie.

Madeleine nickte und sang das Wiegenlied, das ihr Großvater am liebsten gemocht hatte.

»Entends-tu le coucou, Malirette?« Sie schürzte die Lippen

und imitierte den Ruf des Kuckucks, bis ihre kleine Nichte in die Hände klatschte und davonrannte, um einem Kaninchen nachzujagen, das von der Wiese herübergekommen war.

»Du kannst so gut mit Kindern umgehen. Du wirst eine wunderbare Mutter sein, Madeleine«, bemerkte Simone.

»Meinst du?«, fragte Madeleine wehmütig und wandte den Blick ab.

Simones Worte erfüllten sie mit der Traurigkeit, die sie oft befiel, wenn sie allein im Bett lag und darüber nachdachte, dass sie noch nie zärtliche Nähe erlebt, noch nie den Atem eines Geliebten gespürt hatte, der sich mit ihrem vermischte, noch nie seine Hände, sinnlich und zärtlich, auf ihrem Körper. Der Krieg hatte ihren Eintritt in ein erfülltes Frauenleben verzögert. Ehe und Mutterschaft schienen weit entfernt zu sein, vielleicht sogar unwahrscheinlich. Unweigerlich landeten ihre Gedanken bei Claude, wenn sie in solch eine Stimmung verfiel. Und ebenso unweigerlich verschlimmerten die Gedanken an ihn ihre Melancholie.

Sie kämpfte gegen die drohende Schwermut und fragte Simone, ob sie das Kellerstudio sehen durfte, das Anatols Eltern ihr zur Verfügung gestellt hatten. In dem fensterlosen Bereich, an einem improvisierten Arbeitstisch mit Kartons voller Papiere, ordentlich aufgereihten Tintenfässchen, Federhaltern mit verschiedenen Federn, Klebstofftuben und Aquarell-Palletten fälschte Simone die Dokumente, die die Résistance so dringend benötigte. Ihr kalligrafisches Talent war von entscheidender Bedeutung im Kampf gegen den Faschismus.

Stolz erklärte Simone die Feinheiten ihrer Arbeit. Ein Résistance-Mitglied, das über eine Schreibwarengroßhandlung verfügte, belieferte sie mit geprägtem Papier. Fotos für gefälschte Pässe und Personalausweise waren in den automatischen Fotokabinen leicht zu bekommen, doch sie hatte bis jetzt nicht die chemische Eintauchflüssigkeit gefunden, die die Fotos so verändern konnte, dass sie leicht unscharf, aber immer noch passabel wären.

Simone öffnete einen verschlossenen Schrank.

»Hier sind die Papiere, die ich für dich vorbereitet habe«, sagte sie. »Und hier die für Claude und die Hofbergs. Pässe, Personalausweise, Gesundheitszeugnisse, Rationskarten, alle mit christlichen Namen.«

»Aber diese Namen lassen sich doch bestimmt zurückverfolgen.« Madeleine betrachtete prüfend die Resultate der Handarbeit ihrer Schwester.

»Nicht sehr wahrscheinlich. Gruppen von Pfadfindern gehen auf Friedhöfe und schreiben die Namen von Grabsteinen ab. Das sind die Namen, die ich verwende. Christliche Tote retten jüdische Leben.«

»Aber hast du keine Dokumente für Jean Claude? Etienne? Und unsere Eltern?«

»Ihre Namen sind nicht auf der Liste, die ich von Robert Gamzons Zentralbüro bekommen habe«, sagte Simone bedauernd. »Ich muss die Anweisungen befolgen.«

»Natürlich.«

Madeleine verstand, dass Simone den Auftrag hatte, Dokumenten für jene den Vorrang einzuräumen, die demnächst an einem der Gebirgsmärsche in die Freiheit teilnehmen würden. Zum ersten Mal spürte Madeleine eine Anwandlung von Furcht. Würden Anna und ihre Brüder genügend Ausdauer haben, um einen so gefährlichen und mühsamen Marsch durchzuhalten? Wenn Claude sie anführte, würde er wohlbehalten zurückkehren? Sie zitterte angesichts der Fragen, die sie nicht zu stellen wagte.

Beim Durchblättern der Ausweispapiere fiel ihr auf, dass es Abweichungen in der Tintenfarbe und der Papierqualität gab. Sie runzelte die Stirn. Ein aufmerksamer Grenzwächter könnte diese Ausweise zu intensiv prüfen und Verdacht schöpfen.

Simone spürte ihr Unbehagen.

»Ich weiß, meine Arbeit ist nicht perfekt«, sagte sie entschuldigend. »Ich tue mein Bestes, aber ich brauche mehr Übung. Es gibt chemische Verfahren, um Tinte zu verändern und Stempel zu fälschen, die ich noch lernen muss. Ich will in Paris an einer Schulung teilnehmen, die von Adolfo Kaminsky geleitet wird, einem Meisterfälscher, der sein Geheimwissen weitergibt. Anatols Eltern werden Frederica hüten, aber ich weiß nicht, wie ich die Reise organisieren soll.«

»Ich schon. Wir fahren gemeinsam nach Paris.« Madeleines Stimmung besserte sich.

»Wann?« Simone war genauso begeistert wie sie.

Sie lachten voller Vorfreude. Für einen winzigen Augenblick war der Krieg vergessen, und sie waren einfach zwei junge Frauen, die einen Ausflug in die Hauptstadt ihres Landes planten.

»Vorher muss ich noch nach Marseille«, erklärte Madeleine. »Ich habe Maman versprochen, dafür zu sorgen, dass Lucie sicher nach Toulouse zurückkommt. Wenn ich zurückfahre, treffen wir uns in Toulouse, und dann reisen wir gemeinsam nach Paris.«

»Hervorragend«, stimmte Simone zu.

An jenem Abend saßen die Schwestern zusammen, trennten den Saum von Madeleines Mantel auf und nähten sich Taschen an ihre Mieder. Dort versteckten sie die gefälschten Papiere.

»Wie gut, dass *grand-mère* uns das Nähen beigebracht hat«, stellte Simone mit einem Augenzwinkern fest, während sie die Nähte mit doppeltem Faden vernähten.

Am nächsten Morgen bedeckte Madeleine ihre kleine Nichte mit Küssen, umarmte Simone und reiste ab. Die Schwestern waren sich, wie immer, so nah wie engste Freundinnen, erspürten gegenseitig ihre Gedanken und Träume. Tränen liefen ihnen über die Wangen, als sie sich aneinanderklammerten, doch das Wissen, dass sie bald zusammen durch die Straßen von Paris gehen würden, gab ihnen Kraft.

11. KAPITEL

Als Madeleine in Marseille ankam, sah sie sofort, dass in der Hafenstadt Aufruhr herrschte. Massen von Geflüchteten bevölkerten die Straßen und standen ungeduldig Schlange, um kleine Mengen an Lebensmitteln zu erstehen, verzweifelte Mütter brachen eine einzige Baguette in kleine Stücke, um damit hungrige Kinder zu füttern, die zu schwach waren, um zu protestieren. Familien schliefen in Parks, auf Plätzen, auf den Stufen vor Gebäuden, die Köpfe auf Koffer und Rucksäcke gebettet. Menschen versammelten sich vor dem Hôtel Splendide und forderten lautstark Zutritt zu den Büros des American Relief Centers, wann immer das Gerücht umging, dass man dort Visa bekommen könnte. Die enttäuschten Schreie hallten in der Straße wider, wenn die Türen zugeschlagen wurden.

Madeleine zuckte zusammen, wenn wieder so ein schmerzlicher, kummervoller Chor ertönte, so laut, dass sie ihn deutlich hören konnte.

Wäre ich doch völlig taub, dachte sie bitter, als sie zu der kleinen Wohnung eilte, die Pierre hatte anmieten können, während er und seine Familie auf das Schiff warteten, das sie in die Vereinigten Staaten bringen würde.

Ihr Onkel war erfreut, sie zu sehen, und merkwürdig optimistisch gestimmt. Lucie sah zu, als er Madeleine das Bündel Briefe zeigte, das er aus Amerika bekommen hatte. Seine Sponsoren in der jüdischen Gemeinde freuten sich darauf, ihn und seine Familie zu begrüßen. Eine Wohnung in New York war für sie angemietet worden.

»Wir hoffen, sie wird der Familie des großartigen Alfred Dreyfus gerecht«, hatte ein die Sache unterstützender Philanthrop geschrieben.

Madeleine stellte nicht die Frage, warum so ein einflussreicher Philanthrop sich nicht stärker für die Juden engagierte, die vor den Türen des amerikanischen Konsulats in Marseille weinten.

Einladungen, als Redner aufzutreten, kamen aus allen Städten, wie Pierre stolz verkündete. Er und Madeleine studierten eine Landkarte der Vereinigten Staaten, eingeschüchtert durch die Größe des Territoriums, auch wenn die Städtenamen sie amüsierten. Milwaukee. Walla Walla. Peoria. Sie kämpften mit der Aussprache, lachten sich gegenseitig aus. Ihr Lachen überdeckte ihre Angst; es linderte ihre Traurigkeit und Verunsicherung.

Pierre hatte an die *New York Times* und andere Zeitungen geschrieben und vorgeschlagen, Artikel über die verzweifelte Situation europäischer Juden zu veröffentlichen, jedoch nur vom Herausgeber einer jüdischen Zeitschrift Antwort erhalten, der ihn gebeten hatte, einen Augenzeugenbericht über die Auswirkungen der Nazi-Besetzung in Frankreich zu liefern.

»Es besteht die Hoffnung, dass ein solcher Artikel, aus der Feder des Sohnes von Alfred Dreyfus, dessen Geschichte in Amerika wohlbekannt ist, unseren Kongress und Präsident Roosevelt zu einer aktiveren Rolle im Kampf gegen Hitler bewegen wird«, hatte der Herausgeber geschrieben. »Zumindest glauben wir, dass er das Außenministerium dazu veranlasst, mehr Visa für gefährdete Juden zu erteilen.«

»Aber jeder Jude in Europa ist gefährdet«, bemerkte Madeleine ironisch. »Werden die Vereinigten Staaten sechs Millionen Visa erteilen?«

»Das ist zu hoffen, aber unwahrscheinlich«, antwortete Pierre. »Obwohl – schau dir diese Karte an. Das Land ist so groß, dass es ohne Problem jeden Antragsteller aufnehmen könnte.«

Er deutete auf South Dakota und las die Koordinaten laut.

»Sieh nur, Madeleine, South Dakota ist siebenundsiebzigtausend Quadratmeilen groß und hat nur sechshunderttausend Einwohner. Es bietet Platz für die gesamte jüdische Bevölkerung Frankreichs.«

»Zumal der Name seiner Hauptstadt Pierre lautet«, bemerkte Marie Dreyfus, und sie lachten.

Madeleine und ihre Cousins und Cousinen dachten zurück an die glücklichen Tage, die sie als Kinder gemeinsam erlebt hatten. Sie hatten sich damit abgefunden, dass sie einander vielleicht nie wiedersehen würden, aber sie bemühten sich, ihre Traurigkeit zu unterdrücken, und versicherten sich gegenseitig, dass es für alle gut werden würde.

»Vielleicht kannst du ja tatsächlich etwas bei Präsident Roosevelt ausrichten, Pierre«, sagte Lucie.

Wie immer wankte sie nicht in ihrer Zuversicht und im Vertrauen in ihren Sohn.

»Natürlich kannst du das, Papa«, riefen seine Kinder.

Madeleine und ihre Cousins und Cousinen klammerten sich an Strohhalme der Hoffnung, sogar noch als die verrauschte Stimme des Nachrichtensprechers von *Radio Anglaise* über eine Zunahme der *rafles* berichtete. Die brutalen und zufälligen Verhaftungen von Juden durch die Gestapo gehörten jetzt in Nordfrankreich zum Alltag. Ein jüdischer Mann konnte morgens zur Arbeit gehen und kam vielleicht nie wieder nach Hause. Frauen wurden auf dem Wochenmarkt festgenommen, auf dem Spielplatz von ihren Kindern weggerissen. Kinder verschwanden, Aufenthaltsort unbekannt, Eltern fassungslos, niedergeschmettert. Es gab Mütter, die sich das Leben nahmen, Väter, die vor Kummer den Verstand verloren.

»Wagt es nicht, nach Paris zu fahren«, warnte Pierre seine Mutter und Madeleine.

Lucie nickte, aber Madeleine sagte nichts. Sie würde ihrem Onkel nicht verraten, dass sie und Simone bald in die besetzte Stadt fahren würden.

Der Tag der Abreise brach an, mit hellem Sonnenschein, als wollte er sich lustig machen. Am Pier bemühte sich Lucie tapfer, ihre Verzweiflung zu verbergen, als ihre Enkel und ihre Schwiegertochter Marie sie küssten.

Pierre drückte sie an sich.

»*Ma mère*«, murmelte er, und die Stimme versagte ihm fast. »Meine Mutter.«

»*Mon fils, mon cœur.* Mein Sohn, mein Herz.«

Madeleine las die Worte von den Lippen ihrer Großmutter. Sie kämpfte darum, die Tränen zurückzuhalten, als sie ihren Onkel umarmte, ihre Tante und ihre Cousins.

»Wir sind jung. Wir sind stark. Wir werden wieder vereint sein, Madeleine«, versicherte ihr Françoise, Pierres älteste Tochter.

»Natürlich. Deshalb sagen wir *au revoir*«, erwiderte sie. »*Revoir*. Wir werden uns wiedersehen.«

Die Worte klangen hohl, schon beim Aussprechen. Sie klangen unglaubwürdig. Alles konnte geschehen. Alles würde geschehen.

Pierre Dreyfus sagte nicht *au revoir* zu ihr.

»*Adieu*«, murmelte er. »Geh mit Gott. Gottes Segen mit dir.«

Er wiederholte die Worte auf Hebräisch.

»*HaShem y'vorach otach.*«

Sie standen auf dem Pier, die salzige Meeresbrise strich über ihre Gesichter, Onkel und Nichte weinten.

»Shalom«, flüsterte sie.

Sie sah die Bewegung seiner Lippen, als er antwortete, doch seine Worte entgingen ihr, denn das Schiffshorn dröhnte, als letztes Signal an die Reisenden.

12. KAPITEL

Simone war bereits in Toulouse, als Madeleine und Lucie zurückkehrten. Gemeinsam halfen die beiden Schwestern beim Umzug der Familie in eine Wohnung, die sie dank zahlloser Bestechungszahlungen erhalten hatten. Sie war sehr eng und lag im vierten Stock eines Hauses ohne Aufzug, aber sie befand sich in der Rue de la Dalbade, und die etwas ältere Concierge, Madame Leonie, war dafür bekannt, dass sie der Résistance zuneigte. Jeanne war erleichtert, dass es neben dem Schlafzimmer eine große Abstellkammer gab.

»Hier kann ich die Kleidung lagern, die ich für bedürftige Kinder sammle«, erklärte sie und schob sogleich einen Karton mit gespendeten Pullovern in den leeren Raum. Solche Kleidungsstücke würden gebraucht werden, wenn kleine Wanderer den Fluchtrouten über die schneebedeckten Berge folgen würden. Unterkühlung war genauso tödlich wie die Gewehre der Nazi-Soldaten.

Die Wohnung lag ideal, da waren sie sich einig. Wegen ihrer Nähe zum Ostufer der Garonne konnten sie zu Fuß gehen, Dr. Levy und Jean Claude zu ihrer Klinik, Etienne zu seiner Schule und Jeanne zum Markt und zu den Geschäften, die ihre feinen Stickarbeiten kauften. Ihre Handarbeiten waren eine wichtige Einkommensquelle für die Familie. Ihre Ressourcen waren leider von der Vichy-Regierung aufgebraucht worden, die angeordnet hatte, dass französische Juden verpflichtet wurden, eine Geldstrafe von insgesamt einer Milliarde Francs zu zahlen, wegen Attacken auf deutsche Soldaten im Norden. Der volle Betrag sollte vom jüdischen Zentralrat aufgebracht werden. Eine Weigerung würde mit Erhängen in der Öffentlichkeit geahndet werden. Der jüdische Zentralrat hatte, aus Angst vor drakonischen Repressalien, schnell reagiert.

Zwanzigtausend Francs vom Pariser Bankkonto der »Witwe Madame Lucie Dreyfus« und ein ähnlicher Betrag vom Konto des »jüdischen Arztes Pierre Paul Levy« sind zu pfänden, lautete seine Anordnung.

»Unser Familienname scheint sowohl beim jüdischen Zentralrat als auch bei den Vichy-Verrätern gut bekannt zu sein«, sagte Lucie, ohne ihren Kummer zu verbergen.

»Trotzdem, es gibt viele, die zu uns halten«, entgegnete Madeleine beruhigend.

Sie tröstete sich selbst mit dem Wissen, dass Mitglieder der Résistance und de Gaulles Freie Französische Streitkräfte in London die jüdischen Pfadfinder unterstützten. Sie sagte zu ihrer Großmutter nichts von den Vichy-Spionen, die sich auf den Marktplätzen und in Cafés herumtrieben und dort Informationsbruchstücke ergatterten, die sie zum Verkauf anboten. Sie wusste, dass die kleinsten Veränderungen eines Tagesablaufs in Dossiers festgehalten wurden. Die Familie hielt zusammen, wenn es darum ging, Lucie Ängste zu ersparen.

Sie waren sich einig, dass Lucie in Anbetracht ihres Alters Schwierigkeiten haben würde, die Treppen zur neuen Wohnung hinaufzugehen. Deshalb organisierte Madeleine für ihre Großmutter ein Zimmer mit Zentralheizung in einer Pension in der Nähe der Kirche St. Etienne.

»Ich will, dass du es warm hast, *grand-mère*«, sagte sie. »Dass du es warm hast und in Sicherheit bist.«

»Ach, Madeleine. Du machst dir Sorgen um alle. Bitte nimm dir Zeit, einmal für dich selbst zu sorgen.«

»Mir wird nichts passieren, *grand-mère*«, sagte sie. Die beruhigende Lüge ging ihr allzu leicht über die Lippen.

Sie wagte nicht darüber zu sprechen, wie oft es in ihr brodelte vor Wut, weil sie ihre eigenen Bedürfnisse wegen ihrer Verantwortung für andere immer wieder opfern musste. Dies war keine Zeit, in der man an sich denken durfte. Aber würde es so eine Zeit jemals geben? Würde sie jemals die Muße haben, nur an Madeleine Levy zu denken? *Madeleine Levy und Claude Lehmann*. Sie empfand ein seltsames, heimliches Vergnügen daran, im Geist ihre Namen zusammenzufügen, während sie zurück in die Rue de la Dalbade eilte.

Ein Autobus nach Paris sollte in der nächsten Stunde abfahren. Simone und Madeleine umarmten ihre Eltern, und Jean Louis und Etienne trugen ihr Gepäck zur Bushaltestelle.

»Passt auf euch auf, Madeleine, Simone«, sagte Jean Claude.

»Wir lieben euch.«

Etiennes Stimme war sehr schwach, aber Madeleine drückte die Finger auf seine Lippen und spürte seine liebevollen Worte ganz zart an jeder zitternden Fingerspitze.

Während der ganzen langen Fahrt nach Norden zitterten die Schwestern im ständigen Gefühl von Gefahr. Die gefälschten Papiere, die Simone vorbereitet hatte, befanden sich in greifbarer Nähe in ihren Handkoffern, und sie hatten jedes Detail ihrer falschen Identitäten auswendig gelernt. Das war eine notwendige Vorsichtsmaßnahme, denn gemäß einer Verordnung der deutschen Besatzungsbehörde war der gesamte nördliche Sektor für Juden geschlossen worden. An jedem Kontrollpunkt der Gestapo wurde der Bus angehalten, Ausweispapiere wurden flüchtig betrachtet, und die Passagiere ertrugen die bohrenden Blicke der Polizisten, die durch den Bus trampelten. Während der Durchsuchungen tat Madeleine, als schliefe sie, und Simone hob den Blick nicht von dem aufgeschlagenen Buch auf ihrem Schoß. In Bourges jedoch stiegen drei Mitglieder der Feldgendarmerie, der Militärpolizei, ein, schwangen ihre Schlagstöcke und schrien die erschrockenen Passagiere an.

»*Ausweise! Cartes d'identité!*«, verlangten sie. Sie gingen von einer Sitzreihe zur anderen, gleichgültig gegenüber flehenden Müttern und schreienden Kindern. Zwei Familien wurden zum Aussteigen gezwungen. Durch die schmutzverkrusteten Fenster sahen Madeleine und Simone, wie sie in einen wartenden Lastwagen getrieben wurden. Die Mütter hielten ihre völlig verängstigten Kinder bei der Hand, die Väter standen dabei, bleich, die Lippen zusammengepresst, die Schultern gebeugt unter der Scham, die Männer empfinden, wenn sie machtlos sind und ihre Familie nicht beschützen können.

Wie mit Tentakeln griff die Angst nach Madeleines Herz, als die Soldaten sich ihren Sitzen näherten. Sie atmete mühsam, doch Simone bewegte sich ganz ruhig auf ihrem Sitz und reichte ihr ein kleines Täschchen, das vollgestopft war mit Schminkutensilien.

Sie verstand. Wie Simone kurz zuvor, kämmte sie ihr Haar, legte Rouge auf und bemalte ihre Lippen mit knallrotem Lippenstift. Sie hielt einen Miniaturspiegel und betrachtete ihr frisch geschminktes Gesicht. Eigentlich nicht eitel, erfreute sie sich zum ersten Mal am Zauber ihrer eigenen Schönheit. Sie übte ein Lächeln und schlüpfte erstaunlich leicht in ihre neue Identität.

Sie war nicht mehr Madeleine Levy. Sie war Adele Valheur, Zimmermädchen in einer Pension in Neuilly. Die Geschichte, die sie und Simone sich ausgedacht hatten, war einfach, und sie erzählte sie gut, während sie einem Offizier, der so jung war, dass Akne auf seinen sehr roten Wangen spross, ihre Ausweispapiere reichte.

Sie erklärte, dass sie und ihre schlafende Freundin Emilia, die leider stumm war, nach einem kurzen Urlaub im Süden wieder an die Arbeit zurückkehrten. Sie waren Gäste bei sehr bedeutenden Gestapo-Offizieren gewesen. Madeleine kicherte. Sie hatte versprochen, deren Namen nicht zu nennen, aber falls unbedingt nötig, würde sie es tun.

»Non. Non.« Der junge Offizier lehnte das Angebot ab. Er studierte ihre Arbeitserlaubnis.

»Lesen Sie die Adresse meines Arbeitgebers genau«, sagte sie. »Vergessen Sie sie nicht. Besuchen Sie mich einmal abends. Fragen Sie nach Adele. Ich weiß, wie ich es nett für Sie machen kann.«

Sie bewegte den Kopf nah an sein Gesicht, damit sie seine Lippen genau sehen und sich seiner Antwort sicher sein konnte, sicher, dass sie und Simone, die er sorgfältig ignorierte, außer Gefahr waren.

Er nickte und antwortete in langsamem, schwerfälligem Französisch.

»Vielleicht mache ich das, Madmasell Adele.«

Er lächelte lüstern und gab ihr die Papiere zurück.

»Sie müssen sich ein neues Foto machen lassen. Das auf Ihrer Arbeitserlaubnis wird Ihnen nicht gerecht.«

»Ich werde es versuchen. Aber alle guten Fotografen haben Paris verlassen.«

»Nur die jüdischen. Aber bald werden deutsche Fotografen kommen und deren Läden übernehmen. Haben Sie Geduld. Vielleicht werde ich Sie begleiten, wenn Sie Ihr neues Foto machen lassen. Mir fallen viele Posen für Sie ein.«

Er grinste, der Speichel glänzte auf seinen Zähnen, und gelber Eiter rann aus den Pickeln auf seinen zu stark geröteten Wangen.

»Das wäre ein Spaß«, sagte sie und kämpfte gegen die aufsteigende Galle, die ihre Kehle verätzte. Sie klimperte mit den Wimpern und schob die Ausweispapiere zurück in ihren Handkoffer.

»Ich werde Ihre Freundin nicht beim Schlafen stören«, sagte er.

»Sehr freundlich.«

Sie behielt das falsche Lächeln im Gesicht, als er weiterging und barsch ein älteres Ehepaar befragte, dessen Papiere glücklicherweise in Ordnung waren.

Erst als der Bus wieder losgefahren war, lehnte sie sich zurück, erschöpft und ausgelaugt.

Simone lächelte ihr zu.

»Aus dir wird noch eine exzellente Schauspielerein, Madeleine«, stellte sie fest. »Aber die Qualität des Fotos hätte uns verraten können. Ich muss lernen, wie man diese Automatenfotos so retuschiert, dass sie authentischer wirken. Ich hoffe, dieser Adolfo Kaminsky, der ja ein Meisterfälscher sein soll, kann mir das beibringen.«

»Das hoffe ich auch«, erwiderte Madeleine vage, ihr war immer noch schwindlig von der Angst, die zu unterdrücken sie während dieser kurzen, gefährlichen Begegnung mit aller Kraft versucht hatte. Kalter Schweiß bedeckte ihren Körper, aber sie ergriff Simones Hand und zwang sich zur Ruhe. Irgendwie hatte sie sich verstellt, und irgendwie hatte sie überlebt. Sie staunte, wie gut sie ihre Rolle gespielt hatte, staunte, dass ihr aufgesetztes sinnliches Lächeln diesen blöden Feldgendarmen getäuscht und sie ihn so klar verstanden hatte. Wie enttäuscht wäre er wohl, wenn er herausfände, dass es keine Pension Royale in der Rue des Rois in Neuilly gab. Ja, es gab nicht einmal eine Rue des Rois. Frisch belebt blickte sie aus dem Fenster und sah zu, wie eine Karawane von deutschen Lastwagen schwerfällig die enge Straße entlangrumpelte.

Die Schwestern trennten sich, als sie in Paris ankamen, und verabredeten sich für den Abend in dem kleinen Hotel in der Rue Jacob, wo sie ein Zimmer teilen würden. Simone eilte zur Rive Gauche, wo Adolfo Kaminsky, der geübte Fälscher der Résistance, die Schulung abhalten würde, während Madeleine sich im Büro der *éclaireurs* mit Claude treffen wollte.

Die neue Pfadfinderzentrale befand sich über einem Café in

der Rue des Grands-Augustins, das von dem Maler Pablo Picasso favorisiert wurde. Es hieß, der Maler bestelle laut brüllend eine Crème Caramel, sobald ein Trupp Deutscher das Café beträte, eine vereinbarte Warnung an die Pfadfinder im oberen Stockwerk, sofort jedes Gespräch und jede Bewegung zu unterlassen.

Claude war überglücklich, Madeleine zu sehen, doch er war eher verärgert als belustigt, als Madeleine ihm von ihrer Befragung im Bus erzählte.

»Was, wenn er gemerkt hätte, dass deine Papiere gefälscht sind? Du hättest verhaftet und nach Drancy geschickt werden können. Warum hast du dich solch einer Gefahr ausgesetzt?«

»Was hätte ich denn sonst tun können?«, fragte sie. Ihre Augen blitzten, denn ihr Ärger stand seinem nicht nach.

Sie verstand, dass sich hinter seinem Zorn Sorge verbarg. Sie wusste, dass es nicht nötig war, ihn daran zu erinnern, dass die Gefahr jetzt ihr ständiger Begleiter war, dass sie Vorsicht walten lassen mussten, bei jedem Schritt, den sie machten, jedem Wort, das sie sagten. Weil sie Juden waren. Nur weil sie Juden waren. Es war irrational, absurd, eine Absurdität, eine Sinnlosigkeit, die sie und Claude als solche wahrnahmen, gleichzeitig jedoch begriffen, welche Gefahr damit verbunden war.

Der kurze Moment des Zorns zwischen ihnen löste sich so schnell auf, wie er entstanden war. Madeleine nahm Claudes Hand und drückte sie an ihre Wange in einer Geste der Vergebung. Er hatte recht gehabt, von Gefahr zu sprechen, und sie hatte nicht unrecht gehabt, wütend zu reagieren.

»Vichy-Spione sind überall«, sagte er leise. »Sie treiben sich in Cafés herum und belauschen Gespräche, in der Hoffnung, noch so kleine Fetzen von Résistance-Informationen zu ergattern. Wir müssen sehr vorsichtig sein.«

»Ich bin immer vorsichtig«, versicherte ihm Madeleine. »Aber gibt es einen Grund, jetzt besonders vorsichtig zu sein?«

»Ja, den gibt es«, erwiderte er. »Wir wurden gebeten, eine schwierige und wichtige Mission zu erfüllen. Du und ich. Bist du bereit?«

Ihr Herz schlug schneller. Ihre Atemzüge wurden unregelmäßig und flach. Sie schloss die Augen und kämpfte darum, ruhig zu bleiben. Aber als sie antwortete, war ihre Stimme fest.

»Wenn wir dabei zusammenbleiben, Claude, dann bin ich bereit«, erwiderte sie und lehnte sich zurück, ergab sich endlich der Erschöpfung, die sie schon den ganzen langen, von Gefahr überschatteten Tag quälte.

»Wir werden zusammenbleiben«, erwiderte Claude. »Das ist alles, was ich bis jetzt sagen kann. Wir müssen auf Anweisungen warten.«

Sie nickte. Sie stellte keine Fragen. Er bot keine Antworten an. Eine Stimme durchdrang die Stille zwischen ihnen.

»Crème caramel!«, brüllte der Künstler, und sein spanischer Akzent war sofort zu erkennen.

Sie warteten. Claude spähte durchs Fenster und beobachtete die deutschen Soldaten, die mit langen Schritten die Straße überquerten. Er und Madeleine blieben regungslos sitzen, bis der kahlköpfige Maler sich auf seinem Stuhl zurücklehnte und seinen Skizzenblock hochhielt, das vereinbarte Zeichen dafür, dass die Gefahr vorüber war.

Hand in Hand verließen sie das Büro der *éclaireurs* und schritten durch das verblassende Licht der Abendsonne. An der Rue Jacob wartete Simone auf sie in dem kleinen Gartencafé des Hotels, das Gesicht aufwärts gerichtet in die langsam herabfallende Dämmerung. Sie folgten ihrem Blick. Ein einzelner Stern war zu sehen. Sie blickten einander nicht an, während ihre Wünsche, jeder für sich, zum Himmel hinauf schwebten.

13. KAPITEL

Am nächsten Morgen verließen die Schwestern das Hotel und gingen direkt zu dem Boulevard, der neben der Rue Jacob lag. Passanten warfen ihnen Blicke zu, gerührt von ihrer Anmut und Schönheit. Simone, zierlich und blond, wirkte wunderbar frisch in einem hellblauen Baumwollsommerkleid mit weiten Ärmeln, das sich um ihre Knie bauschte. Madeleine, dunkelhaarig, mit ausdrucksstarken Gesichtszügen, trug ein rosa Etuikleid aus Leinen, das ihren Teint zur Geltung brachte. Sie hatten beide breitkrempige Strohhüte auf dem Kopf zum Schutz vor dem grellen Sonnenlicht, das sich über das schattenlose Kopfsteinpflaster ergoss. Sie lächelten und gingen in gemächlichem Schritt, die Gesichter einander zugewandt, fröhlich plaudernd. Damit befolgten sie den Rat ihrer Großmutter. Lucie hatte oft gesagt, dass fröhliche, gut gekleidete junge Frauen niemals Verdacht erregten. An einer belebten Ecke blieben sie stehen, warteten geduldig auf eine Lücke im Verkehr und hofften, dass Lucies Ratschläge immer noch Gültigkeit besaßen.

Sie warfen den Gendarmen, die an der Metro-Station Wache hielten, ein kokettes Lächeln zu und beeilten sich, den Zug zu erreichen, der sie zur Rive Gauche bringen würde. Simone hatte darauf bestanden, dass Madeleine sie zu der Schulung unter der Leitung von Adolfo Kaminsky begleitete, und Claude hatte diese Idee hervorragend gefunden.

»Fälschen ist ein praktisches Talent«, hatte er gesagt, und Madeleine hatte zwar protestiert, sie sei zu ungeschickt, aber dann doch zugestimmt. Jedes kleinste Bisschen an Kenntnissen könnte sich als Munition erweisen in dem schrecklichen ungewöhnlichen Krieg, den sie ausfochten. Sie fragte sich, ob es irgendeinen Nutzen haben würde für die geheimnisvolle Aufgabe, die sie übernehmen sollten, wusste jedoch, dass es gefährlich wäre, darüber zu reden. Simones Unwissenheit war ihr Schutz in diesen seltsamen, heimtückischen Zeiten.

Sie und Simone verließen die Metro, schlenderten durch die Straßen, als wären sie Touristinnen; betrachteten Schaufenster und nippten in einem kleinen Café so lange an ihrem Kaffee, bis sie sicher waren, nicht verfolgt zu werden. Schließlich betraten sie ein Wohngebäude, das von einem Gerüst umgeben war. Als sie Simone die von Abfällen übersäte Treppe hinauf folgte, wurde Madeleine von Übelkeit befallen, ein überwältigender Gestank stieg ihr in die Nase, der mit jeder Stufe aufwärts zunahm. Sie blieb stehen und würgte.

»Der Geruch kommt von den Chemikalien, die Kaminsky, unser Meisterfälscher, benutzt«, erklärte Simone. »Er betreibt hier ein Labor. Säuren. Pulver. Chemische Verbindungen. Fälschen kann sehr kompliziert sein. Und, leider, sehr übel riechend.«

»Wie halten die anderen Mieter diesen Gestank aus?«, fragte Madeleine.

Simone zuckte mit den Schultern.

»Sie glauben, er ist Künstler und die Gerüche kommen von seinen Ölfarben. Sie nehmen an, all seine Besucher sind Künstler. In Paris wird Künstlern alles verziehen. Und im besetzten Paris stellt natürlich niemand zu viele Fragen.«

Sie betraten den Raum, in dem sich zwei junge Männer und eine Frau über einen Bunsenbrenner beugten, während ein dunkelhaariger junger Mann ihnen die Elemente einer Verbindung erklärte. Der junge Lehrer war zierlich gebaut, ein Jugendlicher, er redete selbstbewusst und engagiert mit einem Akzent, den Madeleine nicht recht identifizieren konnte.

Sie warf Simone einen fragenden Blick zu.

»Ja. Das ist Adolfo Kaminsky, unser Fälscher-Guru. Er ist Argentinier«, erklärte Simone flüsternd. »Seine Eltern sind russische Juden, die von Frankreich nach Südamerika ausgewandert und zurückgekehrt sind, als er ein kleiner Junge war. Die Familie war so arm, dass sogar Adolfo, obwohl er noch ein Kind war, arbeiten musste, erst als Laufbursche in einer Molkerei und dann in Reinigungsfirmen, wo er sich viele chemische Kenntnisse aneignen konnte. Er kaufte sich gebrauchte Chemie-Lehrbücher und lernte daraus, wobei er mit allen möglichen Arten von Flecken experimentierte und Tinten analysierte. Als die Deutschen in Paris einmarschierten, wurden er und seine Eltern verhaftet und nach Drancy geschickt.«

»Drancy.«

Madeleine zitterte bei der bloßen Erwähnung des gefürchteten Übergangslagers, von dem aus Juden unweigerlich weiter nach Auschwitz transportiert wurden. Sie kannte Drancy aus einem anderen Leben ihrer jetzt so weit entfernten Kindheit. An einem sonnigen Nachmittag, vor langer Zeit, hatte Alfred Dreyfus mit ihr einen Überraschungsausflug zu einem damals noch im Bau befindlichen Stadtteil namens Drancy gemacht, der eine eigenständige Gemeinde mit allen sozialen Einrichtungen werden sollte. Welche Ironie, dass aus so einem idealistischen Plan ein gefürchtetes Internierungslager geworden war.

»Aber ich dachte, Drancy sei ein Ort ohne Wiederkehr«, sagte sie. »Wie haben es die Kaminskys geschafft freizukommen?«

»Sie wurden entlassen, weil sie argentinische Pässe haben. Da wurde Adolfo klar, wie wichtig Ausweispapiere sind und wie nützlich seine Chemiekenntnisse für die Résistance sein könnten, wenn er unsere Fälschungen perfektionieren würde. Seitdem arbeitet er mit uns zusammen. Ich kann viel von ihm lernen«, erklärte Simone. Sie schlüpfte in einen fleckigen Kittel und stellte sich zu der Gruppe, die sich um den jungen Argentinier an dem behelfsmäßigen Labortisch drängte. Madeleine folgte ihr.

Sie sahen zu, wie er den Inhalt eines Reagenzglases in einen Glastiegel goss. Sie beobachteten, wie sich die Färbung langsam veränderte. Einer nach dem anderen wiederholten sie die Prozedur.

Madeleine zögerte kurz, dann tat sie es ihrer Schwester gleich. Sie verfügte nicht über Simones kalligraphische Begabung, aber sie könnte dennoch etwas lernen. Sie unterdrückte ihren Ekel wegen der Gerüche, die den engen Raum erfüllten, schaute genau zu und machte sich sorgfältig Notizen in ihrem Notizbuch.

Sie betrachtete die Ansammlung von Gegenständen, die jede Fläche bedeckten – Federkiele, Tintentöpfe, Gummistempel, Unmengen von Papier in allen Größen, unverschlossene Gläser mit stinkenden Chemikalien. Sie sah, wie man gebrauchte Pässe geschickt veränderte und künstlich altern ließ. Milchsäure entfernte blaue Tinte. Gummistempel wurden mit den Zinken einer Gabel abgeschabt und durchstochen, dann auf Stempelkissen gedrückt, die zuvor gebleicht worden waren, sodass die Stempelabdrücke auf den Ausweisen in beeindruckend authentischer Weise ausgeblichen erschienen.

Adolfo Kaminsky beschrieb die »Magie der Farben«, wie er es nannte, und demonstrierte, wie Farben durch den Einsatz verschiedener chemischer Verbindungen verändert werden konnten.

»Den Trick mit der Milchsäure habe ich gelernt, als ich in der Molkerei gearbeitet habe«, sagte er. »Als mein Chef in der Reinigung von einer Braut gebeten wurde, einen Tintenfleck aus ihrem Brautkleid zu entfernen, gab ich ihm den Tipp, den Stoff in Milch einzuweichen. Es hat bei dem Brautkleid funktioniert, und jetzt funktioniert es auf Rationskarten und Ausreisevisa.«

Er lachte, das ansteckende Lachen eines jungen Mannes, der jung genug war, sich über Zaubertricks zu amüsieren, aber auch alt genug, um zu wissen, dass solche Tricks vielleicht Leben retten würden. Madeleine schaute zu, als er der kleinen Versammlung zeigte, wie man ein Dampfbügeleisen und mehrere Lagen Papier benutzte, um Pergament älter aussehen zu lassen, wie Federkiele angespitzt und Fotos behandelt wurden. Indem er Chemikalien miteinander vermischte und auf einer elektrischen Kochplatte zum Kochen brachte, demonstrierte er, wie aus Braun Schwarz wurde und aus Grün Violett. Er zeigte ihnen das Rad eines Fahrrads, aus dem er eine Zentrifuge gebaut hatte, mit der er Struktur und Farbe von Pergament veränderte.

Seine Zuhörer applaudierten. Seine Fähigkeiten wurden zu ihren Fähigkeiten. Sie würden die Tricks, die er ihnen beigebracht hatte, mitnehmen zu ihren Résistance-Zellen in Lyon und Lille, in Rouen und Avignon. Simone würde sie im Keller ihrer Schwiegereltern in Grenoble üben. Menschenleben würden gerettet werden mithilfe modifizierter Farben und Papiere.

Madeleine war sehr stolz auf die Fähigkeiten und den Mut dieses kleinen Fälscher-Kaders. Sie waren alle so eifrig und tapfer, alle so befeuert von dem Wissen, dass die Dokumente, die sie aufbereiteten, Männer, Frauen und Kinder retten würden, die sie niemals kennen würden. Ihre Selbstlosigkeit war erstaunlich. Madeleine stellte erstaunt fest, dass die Gerüche der Chemikalien ihr keine Übelkeit mehr verursachten.

Sie sah, wie Simone nach vorne trat, ein Dokument zur Hand nahm, auf das in großen, hässlichen Lettern das Wort JUDE gekritzelt war, und das Wort mit einem in ein geheimnisvolles Öl getauchten Pinsel entfernte. Es folgte ein kleiner Applaus, und Simone lächelte stolz und wischte sich die tintenverschmierten Finger an ihrem Kittel ab, dessen Stoff bereits teilweise von Säure verätzt war.

Die Teilnehmergruppen zerstreuten sich, wobei sie Beutel mit Chemikalien und anderen Utensilien, die Kaminsky anbot, an sich drückten. Er winkte ihnen zum Abschied, blickte dabei jedoch kaum von dem kleinen Stapel Ausweise auf, die er eifrig aufbereitete. Es hatte sich herumgesprochen, dass dringend Ausweispapiere benötigt wurden für eine Gruppe jüdischer Kinder, die in einem Kloster versteckt gewesen waren und Gefahr liefen, nach Drancy geschickt zu werden. Er würde die Nacht durcharbeiten, hatte er gesagt. Die Dokumente mussten bei Morgengrauen fertig sein, wenn die Kinder gerettet werden sollten.

Simone reiste am späten Nachmittag nach Grenoble, sie verzichtete auf den kurzen Urlaub in Paris, den sie und Madeleine für sich geplant hatten, denn sie wollte unbedingt das neu Gelernte üben. Die Schwestern umarmten sich.

»Mein erstes Projekt wird darin bestehen, ein neues Foto für Adele Valheur herzustellen«, erklärte sie Madeleine lachend. »Es sei denn, natürlich, du möchtest lieber einen anderen Namen.«

»Nein. Ich bleibe Adele«, antwortete Madeleine. »Ich möchte nicht all die schönen Lebensmittelkarten verschwenden, die du für sie gemacht hast.«

Die Schwestern lachten. Sie wagten es nicht, zu weinen. Tränen waren Luxus.

14. KAPITEL

Claude wartete in dem Gartencafé auf Madeleine. Sie erkannte sofort an dem ernsten Ausdruck in seinen Augen und der Anspannung in seinem Körper, dass die geheimnisvollen Anweisungen angekommen waren. Er brachte ein schmales Lächeln zustande, als er ihr winkte, sich neben ihn zu setzen. Im Bewusstsein, dass sie möglicherweise von dem Vichy-Polizisten beobachtet wurden, der an einem der Nachbartische vor einem Glas Absinth saß, blickte sie Claude schüchtern an und küsste ihn auf beide Wangen.

»Hast du lange gewartet, *Cousin*«, fragte sie, mit etwas zu hoher Stimme.

Der Polizist runzelte die Stirn. Ein Treffen zwischen Cousin und Cousine interessierte ihn nicht, doch er blieb sitzen, hob langsam sein Glas und rückte mit dem Stuhl etwas näher zu ihrem Tisch.

»Nicht sehr lange«, sagte Claude, und jetzt war sein Lächeln breit und freundlich. Aber beim Reden achtete er darauf, leise zu sein. Er gab Madeleine einen Umschlag.

Sie nickte und öffnete ihn, er enthielt mehrere Automaten-Schnappschüsse von kleinen Jungen und Mädchen.

»Meine Mutter wollte, dass du die neuesten Bilder meiner Brüder und Schwestern siehst«, sagte er, diesmal laut genug, dass der Vichy-Polizist ihn hören konnte. »Leonie hat einen Zahn verloren. Marc hat einen neuen Haarschnitt.«

»Oh, wie niedlich sie sind.« Madeleine verteilte die Fotos auf dem Tisch.

Der Polizist gähnte, legte einen Franc-Schein auf den Tisch und verließ das Café. Fotos von kleinen Kindern mit fehlenden Zähnen interessierten ihn schon gar nicht.

»Wir haben unsere Anweisungen«, sagte Claude ruhig. »Was wir tun müssen, ist nicht so kompliziert, wie ich befürchtet habe. Es sind fünf Kinder, jüdische Kinder aus Polen, deren Eltern bei einer Razzia verhaftet wurden und die in einem kleinen Kloster in der Nähe des Palais Royale versteckt werden. Sie sprechen kein Französisch; sie haben keine Ausweise. Die Nonnen haben von ihrem eigenen Informanten erfahren, dass ein Installateur, den sie engagiert hatten, ein Mann, der von kleinen Bestechungszahlungen der Gestapo lebt, den Deutschen verraten hat, wo die Kinder sind. Die Nonnen glauben, dass sie morgen früh aus dem Kloster geholt und nach Drancy geschickt werden. Unsere Aufgabe ist es, sie zu retten, und genau das müssen wir tun«, sagte Claude.

»Aber wie?«, fragte sie. »Fünf Kinder. Ohne Papiere. Wohin sollen wir sie bringen?«

»Sie werden Papiere haben«, versicherte Claude. »Was immer gebraucht wird. *Cartes d'identité*, Lebensmittelkarten, sogar Reisegenehmigungen. Die Dokumente werden gerade vorbereitet, und die Nonnen haben dafür gesorgt, dass an einem Fotoautomaten Fotos von ihnen gemacht wurden, die wir den Papieren hinzufügen können.«

»Ah, die Fotos, die du mir gezeigt hast.« Madeleine dachte an den über seinen Arbeitstisch gebeugten Adolfo Kaminsky. Ihr wurde klar, dass er zufällig die Dokumente für genau die Kinder vorbereitete, die sie und Claude irgendwie und irgendwo in Sicherheit bringen würden.

»Ja. Diese Fotos. Wir sind die *convoyeurs*, die Begleiter dieser armen Kinder. Wir werden vor Morgengrauen im Kloster ankommen und die Papiere dabeihaben. Man hat mir eine Liste mit Adressen von Leuten in der Stadt gegeben, die jeweils ein

Kind verstecken werden, sowie von zwei Bauern, die auf dem Land kräftige Jungen aufnehmen wollen.«

Madeleine seufzte.

»Fünf separate Fahrten. Fünf gefährliche Fahrten.«

»Wir sind Pariser«, entgegnete Claude. »Wir kennen die Stadt gut. Wir werden den Wegen unter der Brücke folgen. Wir kennen jede Gasse, jedes freie Feld. Ich habe Wegbeschreibungen zu jeder Adresse in der Stadt, und wir werden ein Auto benutzen können, wenn wir aufs Land fahren.«

»Und wenn wir angehalten werden, wie erklären wir, was wir tun, mit fünf Kindern?«

»Das ist überhaupt die wunderbarste Täuschung. Wir erklären, dass wir von der Vichy-Regierung gebeten wurden, sie auf die Mitgliedschaft in der Garde Française Jeune Front, der Hitlerjugend von Paris, vorzubereiten. Ich habe sogar Abzeichen für jeden von uns, die uns als Anführer der Bewegung ausweisen. Gute Idee, oder?«, fragte Claude stolz.

»Nur wenn es funktioniert«, erwiderte sie, doch ihr zustimmendes Lächeln war so breit wie seines.

»Es wird funktionieren.«

Um Mitternacht klopfte es an der Tür von Madeleines Hotelzimmer. Sie öffnete sie. Ein Jugendlicher drückte ihr einen großen braunen Briefumschlag in die Hand und rannte davon.

»Die Ausweispapiere«, sagte Claude und lächelte. »Alles verläuft nach Plan.«

»Ja«, stimmte sie zu und wünschte, sie verfügte über die gleiche Zuversicht wie er. Seinen Mut und seine Zuversicht. Aber das würde noch kommen, beruhigte sie sich selbst, während sie ihm half, die Dokumente zu ordnen. Sie bestaunten Kaminskys fachkundige Arbeit.

Es war immer noch dunkel, als sie durch die Stadt zum Palais Royale gingen. Das Kloster lag im Dunkeln, doch als sie sich näherten, öffnete sich die schwere Eingangstür, und eine junge

Nonne bedeutete ihnen einzutreten. Fünf Kinder, drei kleine Mädchen und zwei Jungen, kauerten im Vorraum, die Gesichter bleiche Masken der Angst. Die Oberin stand bei ihnen und redete leise. Madeleine merkte, dass sie betete und das gemurmelte Latein die verängstigten jüdischen Kinder beruhigte.

»Danke für Ihre Gebete und für Ihre Fürsorge«, sagte sie zu der Nonne und erntete ein müdes Lächeln.

Die Kinder wurden vorgestellt, und sie und Claude beeilten sich, die Fotos mit dem Klebstoff, den Kaminsky mitgeliefert hatte, in die jeweiligen Ausweise zu kleben. Dann befestigen sie die Abzeichen der Garde Française an den Jacken der Kinder. Madeleine krümmte sich innerlich, als ihre Finger die Form der schwarz-roten Hakenkreuze auf den billigen Filzflecken nachzeichneten.

»Die verbrenne ich, sobald ich kann«, sagte sie.

»Behalten Sie sie. Sie brauchen sie vielleicht wieder«, sagte die Oberin und lächelte, obwohl Tränen in ihren Augen standen, als sie nacheinander jedes Kind umarmte.

»Kommt sicher und wohlbehalten an«, befahl sie. »Denkt daran, dass Gott bei euch ist.«

»Ihr Gott oder unserer?«, fragte der Größere der beiden Jungen in gebrochenem Französisch.

»Wir haben nur einen Gott«, antwortete sie. »Und Er ist bei uns allen.«

Sie gingen los. Madeleine ging voraus, Claude am Schluss, sie waren *convoyeurs*, verpflichtet für den Schutz der Kinder in ihrer Obhut.

Sie bahnten sich ihren Weg durch die dunklen Straßen, wählten kaum benutzte Straßen und abgelegene Wege. Noch bevor die Sonne aufging, war es ihnen gelungen, alle drei Mädchen zu den Familien zu bringen, die versprochen hatten, sie zu beschützen. Die sanft blickenden Kinder weinten nicht, als Madeleine sie zum Abschied küsste.

»Sie haben keine Tränen mehr«, sagte sie traurig zu Claude, als sie die Schotterstraße unter dem Pont de l'Alma hindurcheilten zu der verlassenen Straße, in der ein Auto der Résistance auf sie wartete.

»Es ist nur eine Stunde Fahrt von der Stadt zum Bauernhof«, versicherte Claude ihr, als die Jungen auf die Rücksitze kletterten.

»Schon gut«, sagte sie.

Claude nickte, den Blick auf die Straße gerichtet. Er nahm Madeleines Hand und hielt sie für einen ganz kurzen Augenblick fest, ein stummes Eingeständnis, dass der gefährlichste Teil ihres gewagten Unternehmens vor ihnen lag. Gestapo-Leute waren an allen Zu- und Ausfahrten der Stadt stationiert, und sie mussten jeden Checkpoint passieren, ohne Verdacht zu erregen. Die beiden Jungen klammerten sich aneinander, als spürten sie die Anspannung, und wagten nicht einmal aus dem Fenster zu blicken.

Sie bogen in die Ausfahrt zu der Straße ein, die sie nach Süden zu der Farm in der Nähe von Sainte-Savine bringen würde. Wie erwartet, blockierte ein Gestapo-Wachmann den Weg und befahl ihnen, anzuhalten.

»Papiere«, verlangte er.

Claude reichte ihm den Führerschein, den Simone so sorgfältig hergestellt hatte, einschließlich des letzten Eintrags wegen zu schnellen Fahrens. (»Damit es echter wirkt«, hatte sie lachend erklärt. »Kein Franzose, der etwas auf sich hält, hat einen total sauberen Führerschein.«)

»Carte d'identité«, bellte der Deutsche.

Claude lächelte, wühlte im Handschuhfach und lächelte erneut, als er den Ausweis überreichte.

»Ich wusste nicht mehr, wo ich ihn hingetan hatte. Da hätten Sie womöglich ein Problem gehabt«, sagte er entschuldigend.

»Nein«, gab der Wachmann zurück. »Sie hätten ein Problem gehabt.«

Er musterte den Ausweis sorgfältig, blickte von dem Foto zu Claude, sah ihm direkt ins Gesicht und studierte dann sein Profil.

»Und Ihre Freundin? Wo sind ihre Papiere?«

Madeleine zuckte ungeduldig mit den Achseln, knöpfte ihre Bluse auf und zog die *carte d'identité* von Adele Valheur aus ihrem Mieder. Sie wusste, die Wärme ihrer Brüste und der Duft ihrer Haut würden daran haften, und stellte fest, dass der Deutsche anerkennend schnupperte.

»Und die Jungen?«

»Pfadfinder. Neu in meiner Garde-Française-Truppe.« Claude berührte sein Abzeichen, und Madeleine kicherte kokett und deutete auf ihres. »Wir bringen sie zu einem Trainingslager. Möchten Sie die Genehmigung ihrer Eltern sehen?«

»Nicht nötig«, erwiderte der Wachmann kurz. Er hielt ihre Ausweise noch immer in der Hand, als er zum Wachhäuschen ging und mit einem anderen Wachmann redete. Beide gestikulierten und nickten.

Madeleine sank der Mut.

»Er glaubt uns nicht. Er wird uns verhaften«, murmelte sie.

»Ruhig«, befahl Claude. »Mal dir die Lippen an. Lächle.«

Gehorsam tat sie, was er sagte, obwohl sie befürchtete, ihr Gesicht könnte erstarren.

Der Wachmann kehrte zurück. Er gab ihnen ihre Ausweise und dazu ein kleines Päckchen.

»Zwei Messer für Ihre neuen Rekruten«, sagte er. »Mein eigener Sohn ist in der Hitlerjugend. Freut mich zu sehen, dass französische Jugendliche Deutschland unterstützen wollen. Das ist die Belohnung.« Er lächelte breit.

»Merci«, sagte Claude und nahm das Päckchen. »Wie nett von Ihnen. Wir wünschen Ihrem Sohn alles Gute. Unsere Jungs werden die Messer zu nutzen wissen.«

»Sagen Sie ihnen, sie sollen damit ein paar Zhids aufschlitzen«, sagte der Deutsche und winkte sie durch.

Madeleine lehnte sich zurück. Sie hörte auf zu lächeln, ihr Herz pochte langsamer, und ihr Atem ging wieder leicht. Sie waren durchgekommen. Sie waren in Sicherheit. Die kleinen Jungen lachten und klatschten in die Hände. Claude trat aufs Gas, und innerhalb einer Stunde hatten sie ihr Ziel erreicht. Der Bauer und seine Frau begrüßten sie herzlich.

»Sind Sie hungrig? Bleiben Sie zum Frühstück?« Die mütterliche Bäuerin legte bereits die Arme um die Schultern der Jungen.

Madeleine blickte zu Claude. Natürlich waren sie hungrig. Sie hatten seit dem Abend zuvor nichts gegessen. Und hatten bis jetzt überhaupt nicht an Essen gedacht. Sie lachten.

»Nicht bloß hungrig, Madame«, sagte sie zu der lächelnden Frau, »kurz vor dem Verhungern.«

Das Mahl, das sie an dem blankgescheuerten Holztisch in der Bauernhofküche zu sich nahmen, war für Madeleine das köstlichste Frühstück ihres ganzen Lebens.

15. KAPITEL

Claude schlug vor, ihre sichere Rückkehr nach Paris mit einem Abendessen im Bistro zu feiern. Es wäre eine trotzige Geste der Normalität, wie er lachend erklärte. Als sie das kleine Restaurant betraten, stellte Madeleine erstaunt fest, dass deutsche Offiziere sich ungezwungen und frei unter die französischen Gäste mischten. Die uniformierten Soldaten redeten höflich mit den Kellnern, standen für ältere Gäste auf, boten ihren Stuhl an und lächelten den wenigen kleinen Kindern wohlwollend zu. Der Kommandant, dessen Schulterklappen der Totenkopf der SS schmückte, öffnete einer Schwangeren die Tür.

»In Paris steckt man unter einer Decke aus unechter Ruhe«, sagte Claude sarkastisch. »Jeder tut so, als ob. Deutsche und Franzosen gleichermaßen. Eine friedliche Zeit, aber der Sturm braut sich am Horizont zusammen. Die Nazis gehen langsam vor. Sie umwerben die Franzosen, aber die Flitterwochen werden bald vorbei sein. Heute haben sie verkündet, dass jeder exekutiert wird, der irgendeine Verbindung zur Résistance hat. Langsam machen sie deutlich, über welche Macht sie verfügen, zeigen das wahre Gesicht ihrer Grausamkeit, erinnern uns daran, dass wir ein besetztes Land sind. In unseren Bistros lächeln sie. In ihren Hauptquartieren stellen sie dann die Hinrichtungsbefehle aus. Nächsten Winter wird ganz Paris frieren, weil französische Kohle über die Grenze geschafft wird, um Häuser in Berlin zu heizen. Und jeden Tag erleben wir neue Drohungen gegen die jüdische Gemeinde. Sie haben etwas eingerichtet, das sie als *Commissariat Général aux Juives* bezeichnen, eine Behörde für jüdische Angelegenheiten. Alle Juden sind aufgefordert, sich dort zu melden und registrieren zu lassen.«

»Registrieren lassen?«, wiederholte Madeleine. Allein schon das Wort verwirrte sie.

»Ja. Eine Anordnung von André Tulard, der sich ein Registratursystem ausgedacht hat, das wir *fichier Tulard* nennen. Alle Juden sind dort nach ihren Berufen aufgeführt, einschließlich ihrer Adressen und anderer Einzelheiten. Wenn du in Paris bleiben willst, musst du dich registrieren lassen. Ich habe es schon getan. Und als der Vorgang beendet war, hat man mir dieses obszöne Abzeichen gegeben und gesagt, dass ich es ständig tragen muss«, sagte Claude.

Nervös blickte er sich in dem verrauchten Raum um, bevor er seine Jacke öffnete und ihr den Davidstern aus gelbem Filz zeigte, der an sein Hemd geheftet war.

»Ich trage ihn nicht an meiner Überbekleidung, aber wenn ich angehalten werde, kann ich meine Jacke öffnen und zeigen, dass ich mich an ihr verdammtes Gesetz halte. Das ist mein stummer und alberner Protest«, sagte er sarkastisch.

»Aber mit so einem Verzeichnis, mit solchen Registrierungen wird es für die Nazis ganz einfach, Juden ausfindig zu machen und willkürlich zu verhaften«, wandte Madeleine ein.

»Das ist natürlich genau ihre Absicht. Wir wissen das, aber wir müssen gehorchen. Die Registrierung zu verweigern ist ein Verbrechen, das mit Tod durch Erhängen bestraft wird. Und so eine Bestrafung wurde bereits ausgeführt. Ein Vater und sein junger Sohn, einer von unseren *Eclaireur*-Jungen, wurden neben dem Arc de Triomphe gehängt. Eine symbolische Warnung, das ist uns klar, und wir nehmen sie ernst. Wir Pfadfinder können nicht das Risiko eingehen, uns nicht registrieren zu lassen.« Er schwieg und nahm die Speisekarte zur Hand.

»So viel zu dieser unwirklichen, oberflächlichen Ruhe«, sagte er bitter und schaute zu, als ein Gestapo-Offizier aufsprang und einem älteren französischen Paar die Eingangstür des Bistros öffnete.

»Aber vergiss nicht, unsere Willfährigkeit ist auch oberflächlich. Wir tragen den gelben Stern, aber wir tragen auch das blau-weiße Halstuch der jüdischen Pfadfinder. Wir lassen uns registrieren, aber wir machen Pläne. Wir gehorchen, und wir leisten Widerstand.«

Er lächelte und zeigte Madeleine sein unter dem Kragen verstecktes Halstuch.

»Ich geniere mich, dir meins zu zeigen«, erwiderte sie neckisch.

Wie immer steckte das blau-weiße Baumwollquadrat zwischen ihren Brüsten in ihrem Mieder.

Er grinste.

»Eines Tages wirst du schamlos und übermütig genug sein, es mir zu zeigen«, neckte er sie.

»Ich glaube, wir müssen warten, bis wieder Frieden herrscht«, sagte sie und bestätigte damit, ohne es auszusprechen, dass ihre Gefühle füreinander weiterhin eine Geisel der unleugbaren und allgegenwärtigen Gefahr waren, die ihr Leben beherrschte.

Nicht fair, dachte sie zornig, in kindlichem Trotz, während Claude nickte und zwei Mal *vin ordinaire* bestellte. Sie prosteten sich zu und ließen die Gläser klingen.

»L'Chaim«, flüsterten sie. »Auf das Leben.«

»A France«, sagten sie zusammen mit normaler Stimme, pathetisch und hörbar.

Ihr Prosit auf Frankreich wurde im ganzen Bistro gehört, und andere Gäste wiederholten es in einem stolzen, trotzigen Chor. Die deutschen Offiziere saßen grimmig schweigend dabei und hatten jegliches Vortäuschen von Höflichkeit aufgegeben. Madeleine und Claude lächelten sich an. Eine winzig kleine Schlacht in einem überwältigenden Krieg war gewonnen.

Am nächsten Morgen ging sie mit Claude zum Büro des Commissariat Général Aux Juives, um sich registrieren zu lassen und der widerlichen Anordnung der widerlichen deutschen Besatzer ihrer geliebten Stadt Folge zu leisten, wie Claude es getan hatte.

Als sie durchs zweite Arrondissement gingen, wurden die Straßen immer vertrauter. Madeleine blickte zu einem Straßenschild hinauf.

»La Place des Petits«, sagte sie. »Natürlich. Ich bin als Kind oft hierhergekommen.«

»Dieses Haus haben die Deutschen requiriert, um ihr verdammtes Kommissariat darin unterzubringen.« Claude deutete auf ein eindrucksvolles rotes Backsteingebäude in der Mitte der Straße.

»Wie ironisch«, sagte Madeleine. »Dieses Gebäude hat einmal unserer Familie gehört. Der Name Dreyfus steht an der Fassade.«

Sie gingen näher, und Madeleine fuhr mit den Fingern über die Lettern ihres Familiennamens, die dekorativ auf einer Marmorsäule eingraviert waren.

»War es nicht großzügig von meinem Großonkel, extra für die Gestapo ein Gebäude zu errichten?«, fragte sie und lachte.

Ihre Frage war sarkastisch, ihr Lachen zornig.

Hand in Hand betraten sie das Gebäude. Die blutrote Nazi-Flagge, mit einem schwarzen Hakenkreuz in der Mitte, hing über dem Empfangstresen aus schwerem Walnussholz, der den kunstvoll getäfelten Eingangsbereich dominierte. Der Rand des billigen synthetischen Stoffs streifte den Namen Dreyfus, der so kunstvoll in das dunkle Holz geschnitzt war.

Madeleine nahm ihren Platz in einer Schlange von älteren jüdischen Männern und Frauen ein, die lederne Aktenmappen an sich drückten, in denen sich die Dokumente befanden, die ihre Existenz bestätigten, Urkunden, die ihr Eigentum an einem Haus bewiesen, Bescheinigungen über Gräber, die ihnen eine Ruhestätte nach dem Tod zusicherten. Vielleicht auch Abschlusszeugnisse. Oder berufliche Zertifikate. All das definierte ihr Leben. Als französische Bürger. Als Juden.

Ein weißbärtiger Mann, der sich schwer auf einen Stock stützte, hatte das Croix de Guerre an seine Jacke geheftet. Madeleine erinnerte sich daran, wie Frau Hofberg ihr erzählt hatte, dass das Eiserne Kreuz, das sie im Fenster ihres Zuhauses platziert hatte, in der Kristallnacht gestohlen worden war, und überlegte, ob sie den alten Mann nicht wegen der Sinnlosigkeit seiner Geste warnen sollte, doch sie schwieg.

Endlich war sie an der Reihe. Claude trat zur Seite, als sie sich vor der übergewichtigen Französin mit der barschen Stimme aufstellte, die die flaschengrüne Uniform der Vichy-Polizei trug. Die dicken Finger der Beamtin strichen über die Hakenkreuzbrosche auf einer Seite ihres Kragens und glitten dann zur anderen Seite, um die Vichy-Medaille zu liebkosen, auf der die Streitaxt von Gaul eingraviert war. Sie sah kaum zu Madeleine, die sich zu ihr vorbeugte, um besser von ihren Lippen lesen zu können, während sie in aggressivem Stakkato ihre Fragen stellte.

»Name?«

»Madeleine Levy.«

»Geburtsort?«

»Paris.«

»Religion?«

»Jüdisch.«

»Sind beide Eltern jüdisch?«

»Ja.«

»Wie viele Ihrer Großeltern sind oder waren jüdisch?«

»Alle vier.«

Madeleine zögerte, dann erweiterte sie kühn ihre Antwort und wählte dabei den herablassenden Ton, den ihre Großmutter für unhöfliche Hausierer reserviert hatte.

»Sie kennen sicherlich den Namen meines Großvaters, Alfred Dreyfus. Er war Chevalier de la République, ein Held des großen Krieges, genau wie mein Onkel, Pierre Dreyfus. Der Name unserer Familie ist berühmt in Frankreich. Er steht sogar an diesem Gebäude und ist in das Holz direkt über Ihrem Tresen geschnitzt«, sagte sie.

Die Vichy-Beamtin zuckte gleichgültig mit den Achseln. Sie blickte nicht einmal auf. Der Name Dreyfus war ihr fremd und von geringem Interesse. Sie hatte nie bemerkt, dass er über dem Tresen stand, an dem sie jeden Tag saß. Hinweise auf den großen Krieg waren an sie verschwendet, er gehörte zu einer vergangenen Ära. Sie hob nur ihren Stift, füllte eine Reihe von Formularen aus und schob Madeleine eine neue *carte d'identité*, ein Faltblatt mit Vorschriften und einen gelben Davidstern aus Filz zu.

»In Anbetracht der Tatsache, dass alle vier Ihrer Großeltern Juden waren, sind Sie gemäß dem *Statut des Juifs*, dem Gesetz über Juden, eine Jüdin«, brummte sie.

»Natürlich. Ich bin stolz darauf, Jüdin zu sein«, erwiderte Madeleine und freute sich diebisch, als sie sah, dass der Federhalter der Frau undicht war und ihre Finger von Tinte verschmiert waren.

»Beachten Sie genau den Eintrag auf Seite sechs des Faltblatts. Dort heißt es, dass es Ihnen als Jüdin verboten ist, in den Bereichen Erziehung und Bildung, Verwaltung und militärisches Nachrichtenwesen zu arbeiten. Es gibt ein Quotensystem, das die Anzahl von Juden begrenzt, die als Anwalt oder Arzt tätig sein dürfen.«

Sie redete roboterhaft, aber mit sadistischem Vergnügen.

»Haben Sie verstanden, Mademoiselle Levy?«, fragte sie, wobei sie den Nachnamen verächtlich ausspuckte.

»Ich habe verstanden«, erwiderte Madeleine.

Sie blickte auf die Karte, die sie als Jüdin identifizierte, wohnhaft im vierten Arrondissement von Paris, und schob sie in die wasserdichte Hülle in ihrer Handtasche, die ihre eigenen Ausweispapiere und die der nicht-existierenden Adele Valheur enthielt. Beide Dokumentensätze würden schnell greifbar sein, wann immer sie sie benötigte, was, wie sie wusste, der Fall sein würde. Sie fragte sich, wie sie die neue Registrationskarte an Simone weiterleiten könnte, damit Kopien gemacht werden könnten, doch dann fiel ihr natürlich ein, dass der gewiefte jugendliche Meisterfälscher Adolfo Kaminsky das wahrscheinlich schon getan hatte.

»Vergessen Sie nicht, den Davidstern an Ihrer Oberbekleidung zu tragen«, bellte die Beamtin, als Madeleine sich zum Gehen wandte.

Sie drehte sich um und lächelte lakonisch.

»Selbstverständlich. Ich werde ihn mit Stolz tragen«, sagte sie, doch ihre Worte verhallten ungehört. Die Beamtin schnauzte bereits eine ältere Frau an, die ihre Fragen mit vor Angst zitternder Stimme beantwortete.

Schnellen Schrittes verließen Madeleine und Claude das Gebäude.

»Wenigstens ist Juden nicht die Sozialarbeit verboten«, sagte sie bitter.

»Zum Glück hattest du deinen Abschluss schon vor der Besetzung«, bemerkte Claude. »Deine Rückkehr nach Paris war deshalb so dringend notwendig, weil du Sozialarbeiterin bist. Madame Danier wird morgen die Einzelheiten erklären. Du hast Glück. Meine Situation ist ganz anders. Jüdische Studenten sind an der Sorbonne nicht mehr willkommen. Das ergibt Sinn, schätze ich. Wenn es Juden verboten ist, als Anwälte zu arbeiten, warum sollte es ihnen dann erlaubt sein, Jura zu studieren?«

»Oh, Claude. Es tut mir so leid.«

Sie wusste, wie viel er geopfert hatte, um Jura studieren zu können.

»Was wirst du jetzt tun?«

»Wir haben mutige Professoren an der Sorbonne. Die halten im Geheimen Seminare für jüdische Studenten und schmuggeln uns Gesetzestexte zu. Es gibt Franzosen, die immer noch an *Liberté, Egalité, Fraternité* glauben«, sagte er.

»Natürlich gibt es die.«

Sobald sie eine Postadresse von Onkel Pierre hätte, würde sie ihm schreiben, von den Bemühungen der Professoren an der Sorbonne, von der Gutherzigkeit des Bauern, der zwei jüdische Jungen bei sich aufgenommen hatte, von den Nonnen, die in ihrem abgeschiedenen Nonnenkloster jüdische Kinder beschützt hatten. Pierre sollte wissen, dass nicht alle Franzosen vor Pétain kapituliert hatten.

Pierre Dreyfus hatte seit seiner Ankunft in New York nichts von sich hören lassen, und die Familie führte das darauf zurück, dass er wohl viel zu beschäftigt damit war, Artikel zu schreiben und Reden zu halten. Es war natürlich auch möglich, dass er geschrieben hatte, seine Briefe jedoch noch in den Postsäcken der international verkehrenden Ozeanfrachter steckten, die von deutschen U-Booten torpediert worden waren. Eine weitere Sorge, die Madeleine für sich behielt, um ihren Eltern und ihrer Großmutter keine Angst zu machen.

Sie seufzte und fragte sich, warum es so wichtig war, dass sie sich mit Madame Danier traf, auch wenn sie sich darauf freute, ihre kluge und mitfühlende Mentorin wiederzusehen.

***

Die Dekanin des Instituts für soziale Arbeit war entzückt, Madeleine wieder in Paris begrüßen zu können. Sie begrüßte sie herzlich und freute sich, dass ihre ehemalige Studentin, die früher so scheu und zurückhaltend gewesen war, zu einer selbstbewussten, attraktiven jungen Frau erblüht war. Madeleines braunes Haar, dicht und seidig glänzend, fiel ihr glatt auf die

Schultern. Ihre dunklen Augen hatten goldene Pünktchen, und ihr Lächeln war großzügig. Die Dekanin nahm an, dass Madeleine Levys neues Selbstvertrauen höchstwahrscheinlich etwas mit ihren Erfahrungen als Jüdin in einem von Nazis besetzten Frankreich zu tun hatte.

Sie führte Madeleine zu einem Sessel und servierte Kaffee für sie beide aus einer Karaffe, die stets auf ihrem Schreibtisch stand.

»Mehr Zichorien als Kaffee«, sagte sie entschuldigend. »Unser Kaffee scheint zum größten Teil den Weg in die Speiseräume deutscher Offiziere genommen zu haben, die ihre Vorliebe für unseren *café au lait* entdeckt haben.«

Sie wartete auf Madeleines Lächeln und fuhr fort.

»Ich freue mich so, Sie zu sehen. Sie haben viel verpasst. Wir hatten Sorge, Sie könnten vielleicht gar nicht zurückkommen wegen dieser absurden Einschränkungen gegen Juden«, sagte sie.

Dass ihre Mentorin das Wort *absurd* benutzte, freute Madeleine. Sie nippte an dem bitteren Getränk und nickte.

»Ja. Absurd«, wiederholte sie. »Und bösartig.«

»Wir leben in einer Zeit der Absurdität und der Bösartigkeit«, stimmte die Dekanin zu und gab noch einen Teelöffel Zucker in ihre Tasse, als wollte sie damit die Bitterkeit des Gesagten versüßen.

»Aber wir alle müssen gegen die Bösartigkeit und die Absurdität ankämpfen«, fuhr sie fort. »Wir am Institut für Soziale Arbeit haben uns verpflichtet, Projekte durchzuführen, die an sich sehr bescheiden sind, aber sehr wichtig für die, die davon profitieren. Für mich sind solche Projekte wie das Entzünden kleiner Kerzen gegen die Finsternis der Besatzungsbehörden. Viele kleine Kerzen können einen mächtigen Lichtschein hervorbringen. Finden Sie nicht?«

Madeleine dachte über diese Worte nach.

»Aber eine einzelne kleine Flamme wird leicht von der geringsten Brise ausgeblasen«, entgegnete sie.

»Sollte man sie deshalb nicht anzünden?«

»Doch, doch. Natürlich.«

Sie wartete ab, wurde langsam ungeduldig wegen dieser umständlichen Einleitung zu der Aufgabe, die die Dekanin ihr gleich, wie sie wusste, präsentieren würde. Aber ihr war klar, dass das Madame Daniers pädagogische Methode war. Ihre Studenten der Sozialarbeit waren stets dazu angehalten worden, Arbeitseinsätze sowohl nach ihrem abstrakten Wert als auch nach ihrem praktischen Nutzen einzuschätzen.

»Ich bin bereit, eine Kerze anzuzünden, egal wie klein«, fügte Madeleine hinzu.

»Sehr gut. Das hatte ich gehofft, von Ihnen zu hören. Ihre Kameraden von den *éclaireurs* haben mir versichert, dass Sie genau das sagen würden. Deshalb war es so wichtig, dass Sie in den Norden zurückgekehrt sind, trotz der Gefahr. Solch eine kleine Kerze ist aufgetaucht. Und wir hoffen, Sie erklären sich bereit, sie anzuzünden. Das Institut hat von einem anonymen Unterstützer der Résistance eine Geldsumme erhalten für die Organisation eines Bildungs- und Sportprogramms für die Kinder von Zwangsarbeitern in einer Waffenfabrik in Gentilly. Es ist eine grausame Situation.

Die Nazi-Behörde hat Männer und Frauen, die meisten von ihnen jüdisch, zwangsrekrutiert. Sie haben ganze Familien entwurzelt und in rohen Baracken in der Nähe der Fabrik untergebracht. Das ist Teil eines Programms, das sie als Arbeitsdienst bezeichnen, Zwangsarbeit für den Staat. Für den deutschen Staat, natürlich, nicht für Frankreich. Die Kinder dieser Arbeiter und Arbeiterinnen haben keinen Zugang zu Bildung oder Sport. Es gibt überhaupt keine Einrichtungen für sie, keine Gesundheitsfürsorge, keine ausreichende Ernährung. Sie leiden an Mangelernährung und Depression. Sie sehen ihre Eltern kaum.

Als Sozialarbeiterinnen wissen wir, was für traumatische Auswirkungen so eine Trennung auf junge Menschen hat. Wir können über eine solche Situation nicht hinwegsehen.«

Sie redete mit der Gewissheit und Überzeugung einer professionellen Sozialarbeiterin, die unbedingt einem dringenden Bedarf gerecht werden möchte.

»Natürlich nicht. Darüber kann man nicht hinwegsehen«, sagte Madeleine.

»Wir wissen, dass Sie besonders gut mit kleinen Kindern umgehen können und über Organisationstalent verfügen. Es war ein maßgeblicher Angehöriger der jüdischen Pfadfinder, der vorgeschlagen hat, Ihnen die Leitung unseres Projekts in Gentilly zu übertragen. Wir wollen verschiedene Programme für die Kinder einrichten. Es ist unser Wunsch, dass Sie das Projekt übernehmen.«

»Einverstanden«, antwortete Madeleine, ohne zu zögern.

»Wunderbar. Mit öffentlichen Verkehrsmitteln kommt man schlecht nach Gentilly, aber ich habe gehört, dass die jüdischen Pfadfinder da etwas arrangieren können. Stimmt das?«

Sie warf Madeleine ein verschwörerisches Lächeln zu, und Madeleine nickte. Offenbar wusste die Dekanin, dass es den jüdischen Pfadfindern mit der Unterstützung der französischen Pfadfinder gelungen war, eine kuriose Sammlung von Fahrzeugen – sehr alte Autos, verrostete Lastwagen, ramponierte Wohnwagen – zu requirieren. Sie konnten nicht mit den deutschen Panzern und den Autos der Vichy-Polizei konkurrieren, aber sie wurden sorgfältig gewartet und waren leicht zu bekommen.

»Es wird für mich kein Problem sein, nach Gentilly zu kommen«, sagte Madeleine.

Claude konnte das arrangieren, das wusste sie. Sie selbst war noch Anfängerin hinterm Lenkrad, auch wenn sich unter Simones gefälschten Papieren ein Führerschein von Adele Valheur befand. Sie hatte ihrer Schwester versichert, dass sie wegen ihrer

Hörschwäche nur im Notfall fahren würde. Claude würde das Steuer übernehmen, entschied sie und verspürte schuldbewusst einen freudigen Schauer. Die gemeinsamen Fahrten zu diesem Stadtteil waren ein unerwartetes Geschenk an kostbarer, gemeinsam verbrachter Zeit.

Madame Danier reichte ihr einen Aktenordner.

»Das ist ein Verzeichnis der Kinder, für die Sie zuständig sein werden. Ich denke, Sie werden erleichtert sein, dass die kleine Anna Hofberg und ihre Brüder gelistet sind. Ich weiß, Sie mögen sie besonders.«

»Das stimmt«, erwiderte Madeleine.

Sie fügte nicht hinzu, dass sie tatsächlich vorgehabt hatte, an genau jenem Tag nach Anna, ihrer kleinen Fantasie-Schwester, zu suchen. »Die Situation der Familie Hofberg ist besorgniserregend«, sagte Madam Danier. »Sie sind nicht nur jüdisch, sie sind auch Flüchtlinge ohne gesetzlichen Status in Frankreich. Absolut keine Ausweisdokumente.«

Madeleine schwieg. Zu gern hätte sie Madame Danier gesagt, dass sie Simones Dokumente für die Hofberg-Kinder bei sich hatte, doch dieses Wissen durfte sie nicht weitergeben. Wie alle Pfadfinderleiter hatte sie Geheimhaltung geschworen. Wer nichts wusste, konnte nichts verraten.

»Weiß die Vichy-Regierung von den Aktivitäten des Instituts in Gentilly?«, fragte sie.

»Wir haben ein Memo geschickt an das Büro, das sie als Sozialdienst bezeichnen. Da ein solches Büro fast sicher überhaupt nicht existiert, können wir davon ausgehen, dass es nie gelesen wurde, aber die Kopie in unseren Akten bietet uns vielleicht einen gewissen Schutz.«

Ihre Antwort überraschte Madeleine nicht. Es war notwendig, dass das Institut sich mit einem Schutzwall der Verstellung umgab. Robert Gamzon hatte den Pfadfinderleitern eingebläut, dass ihr Mut keineswegs zum Selbstmord führen sollte.

»Ich nehme an, dass mein Name in dem Memo nicht erscheint«, sagte Madeleine.

»Natürlich nicht.« Die Antwort klang empört. »Wir sind vorsichtig, nicht töricht, Madeleine.«

»Ich wollte nur sicher sein, dass die Gefahr möglichst gering ist«, sagte Madeleine abwehrend.

»In dieser Zeit spüren wir die Gefahr morgens beim Aufwachen und selbst wenn wir schlafen. Ich kann Ihnen keine Sicherheitsgarantie geben. Aber natürlich haben Sie die Freiheit, den Einsatz abzulehnen«, sagte Madame Danier.

Jetzt war es an Madeleine, empört zu sein.

»Es ist mir nicht in den Sinn gekommen abzulehnen«, erwiderte sie, und sie lächelten einander zu in dem gegenseitigen Verständnis der Risiken und Verpflichtungen, die sie beide auf sich nahmen.

Madame Danier ging mit Madeleine zur Tür und ergriff ihre Hand.

»*Adieu, ma fille*«, sagte sie leise.

»*Au revoir, ma maîtresse*«, erwiderte Madeleine.

Mit diesen Worten, so ernst gesprochen, und mit dieser Berührung, so zögernd ausgeführt, gestanden sie sich ein, dass es durchaus möglich war, dass ein Revoir, ein Wiedersehen, vielleicht niemals stattfinden würde.

16. KAPITEL

Claude organisierte eine uralte Limousine, mit der sie an einem düsteren Tag im Oktober von Paris zu dem Industriekomplex in Gentilly fuhren. Mit klopfendem Herzen präsentierte Madeleine einem ruppigen Milizoffizier ihre Referenzen als akkreditierte Sozialarbeiterin. Die Miliz war eine Polizeitruppe aus Vichy-Frankreich, die mit der Nazi-SS kooperierte, sie hatten beide dieselben Vorurteile und dieselben grausamen Methoden. Madeleine war erleichtert, als der Offizier ihre Papiere kaum beachtete und ihre vorgebrachte Erklärung ignorierte, sie sei offiziell beauftragt, sich um die Kinder der patriotischen Arbeiter und Arbeiterinnen im Industriebetrieb des Führers zu kümmern.

Madame Daniers Formulierung war sowohl falsch als auch gut gewählt. »Die Kinder der Zwangsarbeiter des Führers« wäre wohl eine genauere Beschreibung gewesen, dachte Madeleine bissig, als der Offizier ihr die Papiere zurückgab.

»Diese Kinder sind krimineller Abschaum. Jüdisches Gesindel«, brummte er. »Ihr Fahrer?«, fragte er und blickte kurz zu Claude, ohne sich die Mühe zu machen, ihn zu befragen oder seine Papiere zu verlangen. Er war ein bedeutender Mann, der keine Zeit hatte für so untergeordnete Menschen wie Fahrer.

»Ja, mein Fahrer«, antwortete Madeleine. Sie und Claude folgten ihm zu einem heruntergekommenen Nebengebäude.

Die Fensterscheiben waren zerbrochen, der unbearbeitete Boden schmutzverkrustet. Spinngewebe hingen von einer rissigen, verwitterten Decke, und der Gestank von tierischen Exkrementen vergiftete die Luft.

»Sie können dieses Gebäude benutzen«, bellte der Milizoffizier. »Viel Glück. Das werden Sie brauchen. Sie versuchen, wilde Tiere zu bändigen. Aussätzige. *Untermenschen.*«

Er ging hinaus und schlug die Tür hinter sich zu.

Madeleine zitterte, obwohl weder seine Worte noch seine Haltung sie überraschten. Die Feindseligkeit der Miliz gegenüber der jüdischen Gemeinde war allgemein bekannt. Madeleine nahm an, dass für das bescheidene Programm, das sie organisierte, große Bestechungssummen an den Kommandanten der Miliz gezahlt worden waren.

Claude legte ihr beruhigend die Hand auf die Schulter, ließ die Finger durch ihr dunkles Haar gleiten und wischte die aschegrauen Asbestkörnchen weg, die auf sie herabregneten.

»Vergiss den Bastard«, sagte er. »Lass uns erst einmal hier saubermachen, bevor wir noch ersticken.«

Vorausschauend wie immer, hatte er daran gedacht, den Kofferraum des Wagens mit Reinigungsutensilien zu füllen. Sie machten sich sofort an die Arbeit, kehrten den Boden, wischten die Wände ab und bedeckten die zerbrochenen Fensterscheiben mit Pappe. Während sie arbeiteten, kamen Kinder in Grüppchen herbei und schauten zu. Eines nach dem anderen begannen die Jungen und Mädchen zu helfen. Nach wenigen Minuten tauchten die Hofberg-Kinder auf.

»Madeleine, bist du es wirklich?«

Anna rannte auf sie zu, die dünnen Ärmchen ausgestreckt, das Gesicht leuchtend vor unerwartetem Glück. Madeleine umarmte sie und küsste sie auf beide Wangen, erleichtert, dass das Kind trotz seiner Blässe nicht krank zu sein schien.

»Und bist das wirklich du, meine Anna?«, fragte sie ihrerseits und wurde mit einem Kichern belohnt.

»Ich bin es wirklich«, erwiderte Anna. »Wir hassen diesen

schrecklichen Ort, aber wenigstens ist unsere Familie noch zusammen.«

Samuel und David streckten die Hand aus zur Begrüßung. Ihr Training bei den *éclaireurs* hatte die schüchternen, verängstigten Jungen zu selbstbewussten Gruppenführern gemacht. Sie blickten Madeleine dankbar an, und sie verstand, dass sie ihnen allein mit ihrer Anwesenheit ein Minimum an Hoffnung schenkte.

Schnell teilten sie die versammelten Kinder in kleine Einheiten mit bestimmten Aufgaben ein. Eine Gruppe half Claude, die Fenster abzudecken, während eine andere den angehäuften Dreck beseitigte. Eine Gruppe Mädchen schloss sich Madeleine an, die mithilfe von Stiften und Bastelpapier, das sie von befreundeten Lehrerinnen erbettelt hatte, Dekorationen bastelte. Schaukeln aus rohen Brettern wurden mit ausgefransten Schnüren an den blattlosen Ästen abgestorbener Bäume befestigt. Mit Schwung und Energie errichteten sie einen Spielplatz, und die freudigen Schreie der Kinder, die auf den Schaukeln durch die Luft flogen und sich auf improvisierten Wippen vergnügten, durchdrang die düstere Stille. Bis zum Ende des Tages war aus dem düsteren, abweisenden Flecken ein einladender Platz geworden. Die Eltern der Kinder, die erschöpft von ihrem langen Arbeitstag zu ihren Barracken stapften, lächelten dankbar, weil ihre Kinder, wenn auch nur für kurze Zeit, ein wenig Freude erfahren hatten.

Die deutschen Soldaten und Milizoffiziere brüllten wütend und schwangen drohend ihre Stöcke, wenn das eine oder andere Kind die Grenzen der Spielplatzzone überschritt.

»Unsere faschistischen Landsmänner sind überrascht darüber, was die Kinder von *Untermenschen* zustande gebracht haben«, sagte Claude.

»Unsere Kinder sind wunderbar«, stimmte Madeleine zu. »Sie sind unsere Zukunft.«

»Ja. Unsere Zukunft.«

Sie lächelten einander an. *Zukunft* war ein Wort, das sie selten aussprachen. Jede Zeitspanne, die über ihre düstere Gegenwart hinausging, war verbotenes Terrain, undefiniert, gestaltlos. Sie wagten nicht zu denken, was am nächsten Tag oder in der nächsten Woche geschehen könnte. Ihr Morgen war verborgen hinter einem Vorhang aus Unsicherheit und Gefahr.

Auf der Rückfahrt nach Paris nach diesem ersten anstrengenden Tag belohnte Madeleine sich, indem sie den Kopf an Claudes Schulter lehnte. Sie genossen die Stille des zu Ende gehenden Tages, die melancholischen, in der untergehenden Sonne blass wirkenden Farben. Es war ein Aufatmen nach der hektischen Anspannung ihrer wachen Stunden, die auch in ihren schlaflosen Nächten nicht nachließ.

»Wäre es nicht wundervoll, zu fliehen? Nur wir beide«, murmelte sie schläfrig.

»Sag das nicht; denk es nicht einmal«, erwiderte Claude unwillig. »Denke es nicht einmal. Wir sind unserem Volk verpflichtet. Unseren Kindern. Du musst an den Schwur denken, den du geleistet hast.«

»Ich denke daran, und es tut mir leid«, sagte Madeleine, obwohl sie sich eingestand, dass es ihr nicht leidtat. Sie hatte das Recht, sich ein bisschen der Träumerei hinzugeben, so feige und schändlich das auch sein mochte.

***

In den folgenden Wochen arbeitete Madeleine unermüdlich daran, für die Kinder in dem Industriekomplex eine freundliche Umgebung zu schaffen. Sie warb jüdische Lehrer und Lehrerinnen an, die von der Vichy-Regierung entlassen worden waren, und organisierte eine Schule. Bezahlt wurden die Lehrer mit einem kleinen Gehalt aus der Spende, die das Institut erhalten hatte.

Jeden Morgen quetschten sie und ihr neu rekrutiertes Personal sich in eines der ramponierten Autos, das Nummernschild absichtlich mit mehreren Schmutzschichten unlesbar gemacht, und fuhren nach Gentilly. Der einst ruhige Stadtteil, von den Deutschen in ein hässliches Industriegebiet umgewandelt, befand sich nur wenige Kilometer südlich von Paris, doch die Fahrt war jedes Mal aufregend. Wenn sie an den Checkpoints von der Vichy-Polizei angehalten wurden, deuteten Madeleine und ihre Mannschaft auf die gelben Sterne an ihren Jacken und zeigten die gefälschten Papiere, die sie als jüdische Arbeiter auswiesen, die sich bei einem Straßenräumungstrupp melden sollten. Sie beteten, dass sie den Kofferraum des Wagens, vollgestopft mit Unterrichtsmaterial, Kinderkleidung und Lebensmitteln, nicht öffnen mussten. Erstaunlicherweise passierte das nie. Ihre optimistischeren Kollegen und Kolleginnen schrieben ihr tägliches Glück dem Mitgefühl der Vichy-Polizei zu.

»Es sind immerhin Franzosen. Söhne Frankreichs, sie stehen zu uns«, behauptete eine Lehrerin.

»Nein, sie machen sich nicht die Mühe, uns anzuhalten, weil sie faul sind«, entgegnete eine andere. »Faul im Frieden, faul im Krieg. Wer geht schon zur Vichy-Polizei? Der Abschaum der Pariser Gassen. Herzlose Rüpel. Widerliche Antisemiten, alle miteinander.«

Madeleine schüttelte warnend den Kopf.

»Ich würde eher sagen, sie erlauben uns, an den Checkpoints weiterzufahren, weil sie insgeheim an ein freies Frankreich glauben«, sagte sie.

Sie glaubte natürlich selbst nicht, was sie sagte, aber sie sagte es, weil sie einen Ausbruch von Angst und Wut bei ihren Mitfahrerinnen verhindern wollte. Sie wusste, ihre unbeeinträchtigte Fahrt war – selbstverständlich – Bestechungsgeldern zu verdanken, diskret geleistet und gierig entgegengenommen.

Innerhalb von Monaten wurde das Gentilly-Projekt zu einem anerkannten Erfolg, bewundert vom Personal des Instituts für soziale Arbeit und der Führungsriege der Résistance. Madeleine war erschöpft, aber froh. Sie freute sich über den Klang von Kinderlachen, und ihr Herz tat jeden Morgen einen Sprung, wenn Anna auf sie zu rannte und sie zur Begrüßung umarmte.

Anna spielte. Anna lernte. Sie und ihre Brüder schliefen in dem vollgestopften Ein-Zimmer-Abteil in den Barracken. Aber so vollgestopft und deprimierend es auch sein mochte, für Anna war es ein Wunder, dass sie zusammen waren.

»Und du«, sagte sie glücklich zu Madeleine, »du hast das Wunder vollbracht.«

Die Wärme des aufkommenden Frühlings erfüllte Madeleine mit einer hoffnungsfrohen Gelassenheit. An einem sonnigen Morgen im April saß sie hinterm Steuer, weil Claude einen anderen Arbeitseinsatz hatte. Sie hielt neben einem Forsythienbusch an, der in einem wilden, vernachlässigten Garten blühte.

»Lasst uns den Kindern Blumen bringen. Sie sollten ein wenig Schönheit im Leben haben«, sagte sie zu den Lehrerinnen, die mit ihr im Wagen saßen.

»Blumen werden nicht für ihre Sicherheit sorgen«, sagte Edith, eine abgemagerte Lehrerin, deren junger Ehemann bei einer Massenverhaftung festgenommen worden war, bitter.

Madeleine verstand Ediths verächtlichen Ton. Sie widersprach nicht. Sie konnte ihren Kindern keine Sicherheit bieten, aber sie hatten zumindest das Recht, die ersten Vorboten des Frühlings zu riechen und anzufassen. Edith blieb im Auto sitzen, als Madeleine und die anderen ihre Arme mit blühenden Zweigen füllten.

Sie parkte den Wagen in einer abgeschiedenen Ecke, die sowohl von den Deutschen als auch von der Miliz sorgfältig gemieden wurde. Sie konnte es kaum erwarten, Anna ihr Wildblüten-Bouquet aus langstieligen goldenen Blüten zu zeigen.

Sie eilte zum Spielplatz, der sonst immer, selbst zu der frühen Stunde, von lärmenden, lachenden, singenden Kindern bevölkert war. Aber niemand lachte oder sang.

Madeleines Herz blieb stehen. Es herrschte Stille. Der Platz war verlassen. Die Schaukeln baumelten sinnlos und leer im Wind. Es gab keine lärmende Warteschlange vor der Wippe, kein sorgloses Fangen-Spiel. Madeleine blieb stehen und blickte sich um. Sie kämpfte gegen den eisigen Schauer der Angst, der sie trotz des warmen Morgens zittern ließ. Ein Falke flog tief, ein unheilvolles Vorzeichen. Sie eilte ins Gebäude zurück.

Kleine Gruppen von Kindern hatten sich um ihre Lehrerinnen versammelt, aber keine Klasse hielt wirklich Unterricht. Die Kinder waren bedrückt und blickten ängstlich, wann immer die Tür aufgestoßen wurde. Eine große Gruppe von Kindern, die normalerweise am frühen Morgenunterricht teilnahmen, war verschwunden, einschließlich Samuel, David, und Anna Hofberg.

»Was ist passiert?«, fragte Madeleine.

Das Forsythien-Bouquet glitt ihr aus der Hand, landete geräuschlos auf dem rauen Boden, sodass sich die gelben, wie Tränen geformten Blütenblätter verstreuten.

François, ein hochgewachsener Junge, trat vor. Madeleine kannte ihn, sie wusste, er war erst ein paar Monate zuvor dreizehn geworden. Sie hatte bei seiner Bar Mitzwa getanzt, bei der ein mutiger junger Rabbi die Zeremonie geleitet hatte. Er hatte eine Thorarolle in ihre improvisierte Schule geschmuggelt. Die Mutter von François, erneut schwanger, hatte gestrahlt vor Stolz, als er seinen Thora-Abschnitt sang.

Er nahm Madeleine beiseite und sprach langsam und laut. Sie verstand, dass Anna ihm wohl von ihrer Hörschwäche erzählt hatte.

»Sie sind gestern Abend gekommen«, sagte er. »Eine *rafle*, eine Massenverhaftung. Es war die Gestapo, nicht die Vichy-

Polizei. Nicht die Miliz. Deutsche. Sie haben Leute zusammengetrieben. Leute ohne Papiere. Sie haben Leute genommen, die krank waren. Schwangere Frauen. Meine Mutter.« Seine Stimme brach. »Meinen Vater. Meinen Bruder.«

Er schauderte und wurde still.

Rina, ein kleines Mädchen, Annas beste Freundin, deren Vater schon Wochen zuvor deportiert worden war, eilte zu ihm. Sie blickte zu ihm hoch, sah, dass der Kummer ihm die Stimme genommen hatte, und redete mit sehr leiser Stimme für ihn weiter.

»Sie hatten Lastwagen. Die Deutschen. Sie haben die Leute auf diese hässlichen, großen Lastwagen geschubst. Sie hatten Gewehre, diese Soldaten, diese Nazis. Sie hatten Stöcke. Sie haben meine Mutter geschlagen, als sie mich umarmen, sich von mir verabschieden wollte. Warum haben sie sie geschlagen? Warum sind sie so grausam? Jetzt bin ich ganz allein. Wer kümmert sich um mich?«

Rinas schwache Stimme wurde lauter, verwandelte sich in Wehklagen. Tränen liefen über ihre bleichen Wangen. Madeleine drückte sie an sich, strich ihr übers zerzauste Haar und murmelte Worte, von denen sie wusste, dass es Lügen waren.

»Du wirst deine Mutter wiedersehen. Aber jetzt werden wir uns erst einmal um dich kümmern. Wir, die *éclaireurs* Israélites, die jüdischen Pfadfinder. Wir passen auf euch auf. Du kannst uns vertrauen, meine Kleine.«

Langsam wurde das Kind ein wenig ruhiger.

»Anna Hofberg? Ihre Brüder? Ihre Eltern? Wurden sie mitgenommen?«, fragte Madeleine François.

»Ihre Mutter und ihr Vater wurden auf den ersten Lastwagen geschubst. Ich habe gehört, wie ihre Mutter Annas Namen gerufen hat. Ich habe gehört, wie ihr Vater geschrien hat, sie sollten fortlaufen. Es war dunkel, aber sie haben ein Versteck gefunden«, sagte François. »Sie sind in großer Gefahr. Sie haben keine Papiere. Und jetzt haben sie auch keine Mutter und keinen Vater mehr.«

»Weißt du, wo sie sind?«, fragte Madeleine.

»Ja. Ich bringe Sie zu ihnen. Kommen Sie.«

Sie staunte über die feste Stimme des Jungen, die Klarheit seiner Anweisungen. Seine kürzlich erfolgte Bar Mitzwa hatte ihn zu einem erwachsenen Mitglied der jüdischen Gemeinde gemacht, aber es war die Grausamkeit der Nazis, die ihn gezwungen hatte, ein Mann zu werden. Seine eigenen Eltern, sein Bruder waren verschwunden, doch er stand bereit, den Hofberg-Kindern zu helfen.

»Nehmen Sie etwas zu essen mit«, riet er.

Madeleine stopfte ihre Taschen mit Brötchen und Obst voll und folgte ihm über den Spielplatz, auf dem zu spielen sich die Kinder jetzt fürchteten. Er rannte zum hinteren Ende des Gebäudes, und Madeleine hielt mit ihm Schritt. Sie keuchte, und das Atmen tat ihr weh. Ihr Herz raste. Der Junge blieb an einem verlassenen Lagerschuppen stehen, der zwischen Bergen von Industrieabfällen kaum zu sehen war. Weggeworfene Metall- und Glassplitter glitzerten im Sonnenlicht. François kickte verrostete Zaunteile und Drahtstücke aus dem Weg und klopfte laut an die Tür. Dreimal, Pause, wieder dreimal. Ein Kode, dachte Madeleine und lächelte bitter über die Schlauheit der Kinder, die für ihre eigene Flucht vorgesorgt hatten. Sie selbst hatte nicht daran gedacht, ihnen das beizubringen.

Die Tür öffnete sich. Schnell traten sie ein und schlossen sie hinter sich. Madeleines Augen gewöhnten sich an die Dunkelheit. Sie sah die Hofberg-Kinder in einer Ecke kauern. Ihre Gesichter waren bleiche Masken des Entsetzens. Anna lag zusammengerollt auf dem Boden, ihr zierlicher Körper bedeckt von einer grauen Jacke, die Madeleine wiedererkannte. Sie hatte ihrem Bruder Jean Louis gehört. Ihre Mutter hatte sie David Hofberg gegeben.

»Madeleine, du bist gekommen«, flüsterte Anna.

»Natürlich bin ich gekommen«, sagte sie und zwang sich zu lächeln. »Lass uns Picknick spielen.«

Sie verteilte, was sie mitgebracht hatte, doch niemand lächelte. Sie konnten Anna und ihren Brüdern nichts vormachen, um sie zur Fröhlichkeit zu verleiten. Sie blickten auf die Sachen, machten jedoch keine Anstalten zu essen. Schließlich drückte Madeleine jedem ein Brötchen und einen Apfel in die Hand.

»Wie wissen nicht, was wir tun sollen, wo wir sicher sein können. Was ist mit unseren Eltern passiert? Unsere Mutter hat geweint«, sagte Samuel.

»Das kann ich euch nicht beantworten«, erwiderte Madeleine. Sie kniete neben Anna nieder und drückte sie so fest an sich, dass die Krümel des Brötchens, das das Kind aß, auf ihren Schoß fielen. »Ich kann euch nur sagen, dass die, die bei *rafles* verschleppt werden, oft nach Drancy gebracht werden, ein Überganslager im Norden von Paris. Ich nehme an, eure Eltern sind dort.«

»Übergang. Wohin werden sie von dort aus gehen?«, fragte David.

Madeleine zögerte. Sie hatte Angst, ihnen die Wahrheit zu sagen, aber sie würde sie auch nicht belügen.

»Die meisten, die in Drancy interniert sind, werden nach Osten transportiert. Nach Polen.«

»Polen.«

Sie flüsterten das Wort gleichzeitig, mit geschlossenen Augen. *Polen* war ein Begriff in ihrem Lexikon des Terrors. Sie hatten von einem Konzentrationslager dort gehört, das Auschwitz genannt wurde. Von einem anderen, das Treblinka genannt wurde. Sie wussten, was Juden in Polen passierte, in dem Land von Auschwitz und Treblinka, im Reich des Todes.

»Drancy ist so nah an Paris. Sie können gerettet werden. Kann die Résistance sie nicht retten? Können die Pfadfinder nicht etwas tun?«, fragte Samuel mit vor Verzweiflung heiserer Stimme.

Madeleine schüttelte den Kopf.

»Wir *éclaireurs* sind keine Zauberer. Wir können kein Lager befreien, das von schwer bewaffneten deutschen Soldaten und vom Vichy-Militär geschützt wird. Aber wir können euch retten. Alle drei. Wir können euch helfen, zu entkommen, aus der Besatzungszone, weg von den Nazis.«

»Wie wollt ihr das tun? Wir haben keine Papiere. Wir haben kein Geld. Keine Beziehungen. Wir sind Juden, Flüchtlinge ohne Zuflucht. Wir werden von der Vichy-Polizei gejagt werden und von der Gestapo«, widersprach David.

Madeleine blickte zu François. Der hochgewachsene Junge verstand ihr Schweigen.

»Ich werde gehen. Es ist das Beste, wenn ich nichts von euren Plänen weiß«, sagte er.

Es war offensichtlich, dass er wusste, dass jedes einzelne Mitglied der Résistance zur Geheimhaltung über geheime Operationen verpflichtet war. Was niemandem bekannt war, konnte nicht verraten werden. Es war bekannt, dass durch stundenlange grässliche Folterung selbst standhafteste Widerstandskämpfer zur Herausgabe von Geheimnissen gezwungen wurden.

»Ihr müsst auf Mademoiselle Levy hören. Ihr müsst ihr vertrauen«, riet François den Hofberg-Kindern.

Er beugte sich vor und tätschelte Annas Kopf, schüttelte ihren Brüdern die Hand und verließ den Schuppen. Wieder staunte Madeleine über seine Selbstbeherrschung und seinen Mut. Keine vierundzwanzig Stunden waren vergangen, seit seine eigenen Eltern und sein Bruder aus seinem Leben verschwunden waren, doch er verschwendete keine Zeit für Traurigkeit. Traurigkeit war ein Luxus, der ihm nicht vergönnt war. Mut und Tapferkeit waren an deren Stelle getreten. Er schloss die Tür hinter sich.

»Was ist dein Plan?«, fragte Samuel Madeleine.

Sie öffnete ihre Handtasche, öffnete den inneren Reißverschluss im Futter und zog die wasserdichte Wachstuchmappe hervor, die die von Simone für die Hofberg-Kinder gefälschten Papiere enthielt.

»Mit diesen Ausweispapieren kommt ihr sicher nach Paris. Ihr werdet bei mir sein. Die Vichy-Polizei an den Kontrollpunkten kennt mein Auto. Sie wurden bestochen und werden wahrscheinlich nicht einmal auf eure Ausweise gucken. In Paris wird man euch in einem sicheren Unterschlupf der *éclaireurs* verstecken, zusammen mit anderen jüdischen Jungen und Mädchen. Ihr werdet trainiert und geschult werden zur Vorbereitung auf den Marsch über die Alpen in die sichere Schweiz.«

»Die Alpen? Die Schweiz?«

Die Jungen starrten sie angsterfüllt an; ihre Stimmen zitterten. Madeleine wusste, sie stellten sich schneebedeckte Bergpässe vor, feindselige Grenzposten, schwieriges Terrain und eine unfreundliche Bevölkerung.

»Ihr habt Angst. Das ist ganz normal«, sagte sie sanft. »Es ist gefährlich, aber ihr werdet gut darauf vorbereitet und gut beschützt. Die *éclaireurs* haben *passeurs* engagiert, Wanderführer aus der Schweiz. Ein älterer Pfadfinder wird die ganze Zeit über bei euch sein. Wir haben hervorragendes Kartenmaterial, zuverlässige Kontakte. Genug Geld, um die Grenzpolizei zu bestechen. Wir sind voller Hoffnung. Und ihr müsst den Mut haben, unsere Hoffnung zu teilen. Solange ihr in Frankreich bleibt, seid ihr in großer Gefahr. Aber wenn ihr erst einmal in der Schweiz seid, wird es einen Weg geben, um euch nach Palästina in Sicherheit zu bringen.«

»Aber was ist mit Anna?«, fragte David. »Sie ist so klein. Sie wäre nicht stark genug für so einen Marsch.«

»Anna bleibt bei mir. Ich bringe sie zu meiner Familie nach Toulouse. Wenn sie stärker ist, wenn sie bereit ist, werden sie und ich uns einer anderen Gruppe anschließen. Wir werden über die Pyrenäen nach Spanien fliehen. Wenn ich überlebe, überlebt sie auch. Und ich habe natürlich vor zu überleben.«

Sie lächelte, und diesmal erwiderten sie ihr Lächeln. Die Traurigkeit war nicht verschwunden, doch sie hatte einen Hoffnungsfunken entzündet.

Sie reichte Samuel das Päckchen mit den Dokumenten. »Lernt Namen und Geburtsdaten auswendig. Passt sehr gut auf diese Papiere auf. Das sind eure Versicherungsscheine.«

»Das werden wir«, versprachen sie.

»Wenn es Gottes Wille ist, werden sie euch bis nach Palästina bringen. Und dort wird Anna wieder bei euch sein«, fügte sie hinzu.

»Wenn es Gottes Wille ist«, echoten sie. In ihren Stimmen drückte sich Verzweiflung aus, in ihren Blicken Skepsis, doch in ihrer Haltung eine neue Entschlossenheit.

Als der lange Tag zu Ende ging, kletterten sie alle in Madeleines Auto. Anna saß zwischen ihren Brüdern auf der Fahrt nach Paris. Niedergedrückt von Kummer, zitternd vor Angst, brachte das kleine Mädchen trotz allem den Mut auf, den Gestapo-Offizier freundlich anzulächeln, der am Kontrollpunkt ihren Wagen stoppte.

»Guten Abend, mein Herr«, sagte sie, und er lächelte, als er die Sprache seines Vaterlands aus dem Mund eines so hübschen blonden Kindes hörte. Er nahm an, sie sei die Tochter eines Gestapo-Offiziers, die von Haushaltsbediensteten gefahren wurde. Er gab ihr ein Stück Schokolade und winkte sie durch.

»Gut gemacht, Anna«, sagte Madeleine, doch Anna war eingeschlafen, eine Hand lag auf Davids Schulter, die andere umklammerte die von Samuel. Drei Geschwister, die vielleicht bald für immer getrennt wurden.

Madeleine konzentrierte sich auf die Straße, auf die gerade hereinbrechende Dunkelheit, silbern bestäubt von einem mitleidlosen Mond.

17. KAPITEL

In der Pariser Pfadfinderzentrale erfuhr Claude von der *rafle* in Gentilly, aber es gab keine Nachricht von Madeleine. Er wusste nur, dass sie an dem Morgen mit einer Gruppe von Lehrern und Lehrerinnen nach Gentilly gefahren war und dass sie alle nichts gewusst hatten von den Ereignissen des Abends zuvor. Er machte sich Sorgen, die Gestapo könnte immer noch dort gewesen sein, als sie ankamen, was möglicherweise bedeutete, dass sie alle verhaftet worden waren. Er schauderte bei dem Gedanken, was solch eine Verhaftung bedeuten mochte. Folter. Deportation. Grauen. Unvorstellbares Grauen. Galle verätzte ihm die Kehle. Er erbrach sich, spuckte seine Ängste aus, versuchte, ruhig zu bleiben, und wiederholte Madeleines Namen wie ein tröstendes Mantra: Madeleine, Madeleine, Madeleine.

Zerknirscht dachte er an die Neuigkeiten, die er ihr so gern mitgeteilt hätte. Angesichts ihres Erfolgs in Gentilly hatte die nationale Résistance sie für einen wichtigen Einsatz in Toulouse angefordert. Er wusste, sie wäre überglücklich, wieder bei ihrer Familie zu sein, aber würde es zu diesem Wiedersehen überhaupt kommen? War sie frei und unversehrt? War es ihr gelungen, einem Verhör auszuweichen? Würde er sie jemals wiedersehen? Er zitterte. Sein ganzer Körper war von kaltem Schweiß bedeckt. Den ganzen langen Tag wuchs in ihm Stunde um Stunde die Überzeugung, dass sie für ihn verloren war, dass sie aus seinem Leben verschwinden würde.

Grässliche Bilder verfolgten ihn. Er sah Madeleine in einem

Gestapo-Gefängnis. Er stellte sich vor, wie verängstigt und allein sie wäre. Er gab sich die Schuld daran, dass er ihr zugeredet hatte, das Gentilly-Projekt zu übernehmen. Er warf sich vor, niemals über seine Gefühle für sie gesprochen zu haben, an ihrer stillschweigenden Übereinkunft festgehalten zu haben, dass alle Zärtlichkeit, die sie füreinander empfanden, warten müsse, bis die Gefahr des Krieges vorüber wäre. Madeleine hatte mehr verdient. Er hätte ihr mehr geben sollen.

Am späten Nachmittag verließ er das Büro der Pfadfinder und wanderte durch Les Halles. Ausflüge zum Obst- und Gemüsemarkt hatten ihn schon immer von Abstürzen in die Melancholie abgelenkt. Impulsiv kaufte er eine Tüte Kirschen, weil er wusste, dass es Madeleines Lieblingsfrüchte waren.

Er nahm sie mit in sein Zimmer, schüttete sie in eine bernsteinfarbene Glasschale und dachte dabei, wie sehr das Zusammenspiel der Farben Madeleine entzücken würde. Sie hatte einen wachen Blick für Schönheit und zeigte ihm oft visuelle Nuancen, die er gar nicht wahrnahm. Dieses Talent, so fand er, war ein Ausgleich für das, was ihr an Hörgenuss versagt blieb.

Er trat ans Fenster und blickte auf die enge Straße hinab, in der es keinen Verkehr gab, da die deutsche Besatzungsbehörde sämtliche Fahrzeuge außer ihren eigenen und denen der Vichy-Kollaborateure untersagt hatte. Das umtriebige, kosmopolitische Paris war zu einer Geisterstadt geworden. Aus Angst vor Bombenangriffen der Royal Air Force hatten die Deutschen angeordnet, dass die Glühbirnen der Straßenlaternen mit Kobaltfarbe gestrichen wurden. Die daraus resultierenden, unheimlich anmutenden blauen Lichtkegel fielen auf die vom Regen dunklen Pflastersteine. Hin und wieder glitt ein Polizeiwagen vorbei. Ein betrunkener Clochard stand an einen Zaun gelehnt und sang ein Lied, das Claude nicht kannte. Traurigkeit befiel ihn, als er so stand, gebannt von der bedrohlichen Dunkelheit. Er dachte daran, eine Lampe anzuzünden, doch er rührte sich nicht, wollte seinen Wachposten nicht verlassen.

Plötzlich klopfte es an der Tür, und er erschrak. Er zögerte. Sein Herz pochte. Unerwartete Besucher waren zu oft Überbringer von schlechten Nachrichten. Er stand ganz still, gelähmt vor Angst und verfluchte seine Feigheit. Es klopfte erneut, stärker, nachdrücklicher. Er wusste, er konnte es nicht länger hinauszögern. Er öffnete die Tür, innerlich gewappnet für welche Katastrophe auch immer.

Madeleine fiel ihm in die Arme, ihr Gesicht war ganz bleich.

Er hielt sie fest, Erleichterung durchströmte ihn, sein Herz schlug schneller.

»Ich habe mir solche Sorgen gemacht«, sagte er. »Ich war verrückt vor Angst. Ich dachte, ich hätte dich verloren, bevor ich dich überhaupt gehabt habe.«

Die Worte sprudelten nur so aus ihm heraus. Er küsste Madeleine, presste seine Wange an ihre. Seine Tränen vermischten sich mit ihren.

Sie weinte und nahm still seine Worte hin, die ihre eigenen Gedanken widerspiegelten. Gefühle, die viel zu lange verheimlicht worden waren, hatten sich endlich Bahn gebrochen. Claude hatte ausgesprochen, was sie selbst sagen wollte.

Er nahm ihre Hand und führte sie ins dunkle Zimmer. Madeleine schaltete die Lampe ein, und dann saßen sie Seite an Seite auf dem ramponierten Sofa in dem goldenen Lichtkreis. Sie streckte die Hand aus und berührte die bis zum Rand mit glänzenden roten Kirschen gefüllte Bernsteinschale.

»Wie schön«, sagte sie. »Manchmal vergesse ich, dass es immer noch Schönheit gibt in unserer Welt.«

Sie dachte an die Forsythien, die schönen Blüten, von denen sie geglaubt hatte, sie würden ein Lächeln in Anna Hofbergs Gesicht zaubern, und seufzte. Selbst von dieser kleinen Gabe, die nur aus Schönheit bestand, hatte das Kind nichts gehabt.

Sie schmiegte sich in Claudes Arme und berichtete von den Ereignissen des Tages, von der Tragödie der *rafle* in Gentilly, der gefährlichen Fahrt nach Paris und bis hin zum sicheren Unterschlupf in der Rive Gauche.

»Es tut mir leid, dass du dir Sorgen gemacht hast«, entschuldigte sie sich. »Aber die Zeit war entscheidend. Die Kinder mussten in jemandes Obhut gebracht werden. Ich selbst war nie wirklich in Gefahr. Der einzige Gendarm, der mich stoppte, wollte nur ein Streichholz. Aber ich bin erschöpft und sterbe vor Hunger.«

Er lächelte.

»Das Problem lässt sich leicht beheben. Wir werden ausgehen und wundervoll essen. Du bist unverletzt. Wir sind zusammen. Das müssen wir feiern.«

»Und wie feiert man im besetzten Paris?« Sie nahm eine Kirsche aus der Schale und ließ zu, dass der süße Saft an ihrem Kinn herablief.

Sachte wischte Claude ihn weg.

»Wir werden in dem Bistro zu Abend essen, das du so gerne magst, in den Champs-Élysées.«

»Eine sehr gute Idee«, stimmte sie zu.

Ein paar knappe Stunden des Glücks wären ein Ausgleich für diesen langen und schlimmen Tag. Sie würden so tun, als wären sie ein ganz normales junges Paar, das einen Frühlingsabend in der Stadt der Liebe genoss. Sie hatten sich diese Vortäuschung des Glücks verdient. Claude schlüpfte in sein Jackett. Madeleine war bestürzt, als sie sah, dass der gelbe Filzstern auf der Jackentasche festgenäht war.

»Ich gehorche jetzt dem Befehl unserer deutschen Freunde«, sagte er ironisch. »Anordnung der Résistance. Wir können es nicht riskieren, verhaftet zu werden.«

Sie nickte, doch ihr eigener gelber Stern verblieb in ihrer Handtasche.

Hand in Hand schritten sie langsam durch die Straßen der verstummten Stadt. Verdunkelungsdecken hingen hinter jedem Fenster. Die Scheinwerfer einiger weniger Autos, die an ihnen vorbeiglitten, waren ebenfalls mit Lampenruß bedeckt. Passanten redeten mit leiser Stimme und bewegten sich zu schnell. Eine Wolke aus Angst lastete auf der dunklen, stillen Stadt.

Sie kamen zu dem Bistro und blieben zögernd im Eingang stehen. Fast im selben Moment bemerkten sie die kalten Blicke und die ernsten Gesichter der anderen Gäste, die sich zu ihnen umdrehten. Alle blickten direkt auf Claudes gelben Stern.

Madeleine lächelte Maurice, dem Oberkellner, der ihre Familie stets mit Freundlichkeit umworben hatte, zu. Wann immer sie und ihr Großvater hereingekommen waren, hatte er sie zum besten Tisch geführt, und er hatte es niemals versäumt, ihre übliche *chocolat* mit einer doppelten Portion Schlagsahne zu krönen.

»*Bonsoir*, Maurice«, sagte sie, doch er schien sie weder zu erkennen noch zu begrüßen. Gleichgültig wies er ihnen einen Tisch in einer dunklen Ecke neben den Toiletten zu.

Zwei in der Nähe sitzende Gestapo-Offiziere glotzten sie an und hielten sich die Nase zu. Die aufgetakelten Französinnen, die neben ihnen saßen, kicherten boshaft. Madeleine erkannte, dass die aufgesetzte Liebenswürdigkeit in den ersten Tagen der deutschen Okkupation, *la guerre faux*, der falsche Krieg, verschwunden war. Der echte Krieg hatte begonnen. Feindschaft lag in der Luft.

»Bald dürfen Juden nicht einmal mehr in ein Bistro gehen«, brummte Claude.

»Es hat keine Bedeutung«, sagte Madeleine. »Lass uns gehen.«

Feindselige Blicke folgten ihnen, als sie hinausgingen und sich dabei einen Weg an Tischen vorbeibahnten, die mit deutschen Offizieren und sehr jungen, aufreizend gekleideten *demoiselles* besetzt waren. Ihr Lachen klang schrill, und ihre Stimmen waren so laut, dass Madeleine sie problemlos verstehen konnte.

»Juives!«

»Juden.«

Sie ignorierte sie, auch wenn ihr Herz pochte. Sie hob den Kopf, ging langsam, lächelte und berührte Claudes gelben Stern, als wäre er eine kostbare Zierde.

»Jetzt sieht man, dass Paris sich verändert hat. Schneller, als mir klar war«, sagte Claude traurig, als sie zum Fluss gingen. »Was in Gentilly passiert ist, *rafles* und Deportationen, das passiert auch hier im Herzen der Stadt. Du musst die besetzte Zone verlassen und nach Toulouse zurückkehren. Ein Einsatz wartet dort auf dich.«

Madeleine stellte keine Fragen. Sie gingen weiter, genossen die Ruhe des Abends, versuchten erneut, das Glück ihres Zusammenseins zu genießen.

An einem Straßenstand kauften sie sich Crêpes und aßen sie langsam, während sie in Richtung Pont de l'Alma gingen, von allen Pariser Brücken ihre liebste. Claude lehnte sich über die Balustrade – das Mondlicht schien auf das dunkle Wasser des Flusses – und reichte Madeleine eine Handvoll Kirschen, er hatte sie beim Verlassen seines Zimmers aus der Bernsteinschale genommen.

»Nachtisch«, sagte er. »Die ersten dieser Saison. Ich habe mich erinnert, dass du Kirschen liebst.«

Er sagte nichts von den Ängsten, die ihn zu dem Kauf veranlasst hatten. Sie lächelte und schob eine der Früchte in den Mund, beglückt, den Geschmack des Frühlings auf der Zunge zu spüren. Sie spuckte den Kern in das silbern glänzende Wasser und drehte sich zu ihm um.

»Aber ich muss in Paris bleiben. Da ist meine Arbeit in Gentilly. Meine Verpflichtungen gegenüber den *éclaireurs*. Ich gehöre nach Paris.«

Und zu dir, dachte sie, wagte aber nicht, es auszusprechen.

Claude schüttelte den Kopf.

»Du hast Wunder gewirkt in Gentilly. Dein Programm wird reibungslos weiterlaufen, und wir haben andere, die es weiterführen können. Aber die Résistance ist der Meinung, dass du in Toulouse noch nützlicher wärest. Wir planen dort eine große Rettungsaktion, und du wurdest dafür ausgewählt, sie zu leiten. Dein Beruf bietet dir eine hervorragende Deckung, einen hervorragenden Zugang. Eine Position als leitende Sozialarbeiterin wurde für dich im Secours National geschaffen, dem Sozialdienst der Regierung.«

»Der Secours National?«, wiederholte Madeleine entrüstet. »Ich arbeite doch nicht für so eine hinterhältige Einrichtung. Sie nennt sich Wohlfahrtsorganisation des französischen Staates, aber wir wissen, dass sie von der Vichy-Regierung bezahlt wird. Sie verwendet Geld, das aus liquidiertem jüdischem Besitz stammt, Geld, das meiner Familie gestohlen wurde. Erwartest du von mir, dass ich für Pétain und seine Vichy-Nazis arbeite?«

Ihre Augen glühten vor Zorn, ihre Wangen waren fast so rot wie die Kirschen, die sie in der Hand hielt. Claude fand, sie hatte noch nie so schön ausgesehen, und er wünschte, er könnte ihr das sagen. Aber es war nicht der Augenblick dafür. Es gab Wichtigeres zu sagen, lebenswichtige Pläne zu besprechen. Er seufzte.

»Hör mir genau zu, Madeleine«, sagte er mit erzwungener Ruhe. »Du wirst nicht für Pétain und Vichy arbeiten. Du wirst nicht einmal als Madeleine Levy arbeiten. Du wirst andere Pfadfinder in der Résistance anleiten. Unsere Leute haben den Secours infiltriert, und unsere geheimen Operationen sind sicher. Sozialarbeiter sind nicht verdächtig. Als Secours-Angestellte mit Vichy-Papieren und -Genehmigungen kannst du dich überall im Süden frei bewegen. In der Unbesetzten Zone werden Fluchtrouten aus Frankreich geplant. Landkarten, gefälschte Papiere, Bargeld in verschiedenen Währungen – all das muss überbracht werden. Du wirst ein Kurier sein und höchstwahrscheinlich unbehelligt bleiben. Du wirst von einer Zelle der Résistance zur anderen reisen.«

Madeleine zitterte.

»Das hört sich sehr viel gefährlicher an als meine Arbeit in Gentilly.«

»Aber hast du nicht gerade gesagt, du hast keine Angst vor der Gefahr?«, neckte er sie und schob ihr eine Kirsche in den Mund.

»Stimmt«, sagte sie. »Ich habe keine Angst vor der Gefahr, aber …«

Sie zögerte.

»Aber was?«, fragte er sanft.

»Ich habe Angst davor, dich nicht zu sehen. Ich habe Angst davor, dass wir unser Leben in großem Abstand voneinander leben.«

Sie hatte den Mut auszusprechen, was er sich selbst nicht gestattete, wie er feststellte.

»Aber wir sind niemals wirklich getrennt, oder, meine tapfere Madeleine?«, murmelte er.

Er drückte sie an sich und küsste sie sehr behutsam, er schmeckte das Salz ihrer Tränen, das sich mit der Süße des roten Saftes auf ihren Lippen vermischte. Ihm selbst kamen die Tränen. Er weinte vor Erleichterung, weil Madeleine sicher und wohlbehalten in seinen Armen war. Er weinte vor Kummer, weil sie bald getrennt wären.

Sie hob einen Finger und wischte eine Träne von seiner Wange. Sie verstand, warum er traurig war, sie war ja aus demselben Grund traurig.

»In unseren Gedanken und in unseren Herzen sind wir immer zusammen. Und ja, eines Tages werden wir wirklich für immer zusammen sein. Wir sind jung. Wir haben Zeit«, flüsterte sie.

Ich werde meine Angst überwinden, sagte sie sich.

»Alle Zeit der Welt«, stimmte er zu, aber sie hatte sich weggedreht. Sie hörte ihn nicht und konnte seine Lippen nicht sehen.

Sie gingen schweigend weiter.

»Ich bestreite nicht, dass es gefährlich wird«, sagte er.

»Ja. Ich mache mir Sorgen deswegen. Aber hauptsächlich mache ich mir Sorgen, dass ich nicht genug Mut aufbringe, um mich der Herausforderung zu stellen.« Sie beantwortete seine Offenheit mit Offenheit.

»Das wirst du«, erwiderte er entschlossen. »Du bist die Enkelin von Alfred Dreyfus.«

»Ja. Ich will es versuchen.«

Sie verspürte eine neue Entschlossenheit. Sie würde den Mut aufbringen, und der würde ihr Halt geben. Sie würde die Angst, die sie bedrückte, niederkämpfen. Sie würde es versuchen. Auf jeden Fall.

»Dann wirst du also nach Toulouse gehen?«, fragte er ruhig.

»Du weißt, dass ich gehe«, erwiderte sie. »Du weißt, dass ich alles tun werde, worum du mich bittest.« Sie drückte ihre zitternden Finger auf seine Lippen, um die Worte zu erfassen, die er als Nächstes sagen würde.

»Je t'aime«, sagte er.

Sie musste nicht antworten. Ihr Herz tat einen Sprung. Ein von Traurigkeit verdüsterter Tag endete überraschend mit einer großen Freude.

TOULOUSE

18. KAPITEL

Gleich am nächsten Morgen organisierte Claude einen alten Citroën aus der geheimen Fahrzeugflotte der Résistance, und er und Madeleine fuhren zum geheimen Unterschlupf an der Rive Gauche, wo Anna Hofberg auf sie wartete. Sie sahen weg, als Anna und ihre Brüder sich verabschiedeten, die Gesichter nass von Tränen, die Stimmen heiser vor Gram. Sie redeten leise über ihre Eltern, die gerade erst aus ihrem Leben verschwunden waren. Mit gedämpfter Hoffnung sprachen sie über die Zukunft. Samuel und David umarmten Anna.

»Palästina«, flüsterten sie. »In Palästina werden wir wieder zusammen sein.«

»Palästina«, wiederholte sie. Sie kämpfte darum, ihre Schluchzer zu unterdrücken. Ihre schmalen Schultern bebten.

Madeleine suchte vergebens nach tröstenden Worten und umarmte sie fest. Anna schlief in ihren Armen während der ganzen Fahrt nach Toulouse, wo sie von der gesamten Levy-Familie willkommen geheißen wurde.

Überglücklich begrüßte Madeleine Simone, die jetzt aus Grenoble zurückgekehrt war. Die Résistance-Leitung hatte sie gebeten, in Toulouse ein Team von Fälschern in Adolfo Kaminskys einzigartigen Methoden zu schulen. Ausweispapiere zur Schaffung falscher Identitäten wurden dringend benötigt, da die Repressalien der Deutschen immer schlimmer wurden. Es hieß, dass Kaminsky oft die Nacht durcharbeitete. Es gab Nächte, so vertraute Simone Madeleine an, in denen sie bis zum Tagesanbruch arbeitete.

In der Wohnung in der Rue de la Dalbade herrschte emsige Geschäftigkeit wie in einem Bienenstock, alle arbeiteten für die Résistance. In der kleinen Küche türmten sich gefälschte Pässe neben gestapelten Kartoffelsäcken; Personalausweise, die Tinte noch nass und glänzend, lagen neben frisch gebackenen Baguettes auf dem Küchentresen. Der Salon, ein oft genutzter Versammlungsort für regionale Untergrundkämpfer, wurde von Zeit zu Zeit in eine geheime Klinik verwandelt, hier kümmerten sich Pierre Paul und Jean Louis Levy, Vater und Sohn, um verletzte und kranke Résistancekämpfer.

Jeanne verbrachte Stunden in der Kammer neben dem Schlafzimmer mit dem Sortieren der gespendeten warmen Winterjacken und robusten Kinderschuhe. Angesichts der eisigen Temperaturen auf den Bergpässen der Pyrenäen in den Wintermonaten wollte sie sicher sein, dass jeder der kleinen Marschteilnehmer gut geschützt war. Sie führte sorgfältig eine genaue Bestandsliste, die Kartons waren etikettiert und jedes Stück in einem der Verzeichnisse aufgeführt, die sie unter ihrem Bett versteckte.

Anoraks. Zehn für Kinder. Zwölf für Erwachsene, schrieb sie.

Wanderstiefel. Vier Größe sechs. Zwei Größe acht. Sechs Größe zwölf.

Es gab Spalten für Pullover, für Handschuhe, für grobe Socken. Sie führte sorgfältig Buch, in dem Bewusstsein, dass die Kleidung, die sie sammelte und weitergab, junge Leben retten könnte.

Mit großer Begeisterung wurde Madeleine von Madame Leonie begrüßt, der Concierge des Hauses. Sie war eine mürrische ältere Witwe, die sich am allerersten Tag der deutschen Besatzung bei der Résistance eingeschrieben hatte.

»Mein Mann ist nicht 1917 gefallen, damit die Boches in einem weiteren schrecklichen Krieg, den sie angefangen haben, in Frankreich einmarschieren«, sagte sie grimmig.

Claude war überrascht und erfreut, dass sein enger Freund

Serge Perl, ein bekannter Widerstandsführer, der jetzt für die Einheiten in Toulouse zuständig war, bei den Levys häufig zu Gast war.

»*Un fils de maison*«, flüsterte Jeanne. »Ein Sohn des Hauses.«

Serge war groß und muskulös, mit markanten Gesichtszügen. Wie viele kräftig gebaute Männer bewegte er sich mit raubkatzenhafter Anmut. Seine Stimme klang barsch, doch sein Lachen war ansteckend. Seine lang bewimperten grauen Augen nahmen einen weicheren Ausdruck an, wenn er Simone anblickte.

Madeleine stellte schnell fest, dass ihre Schwester rot wurde und lächelte, wann immer Serge den Raum betrat. Simone achtete darauf, neben sich einen Platz für ihn freizuhalten, wenn er eine Mahlzeit bei der Familie einnahm. Er wiederum sprang auf und begleitete sie, wenn sie mit ihrer kleinen Tochter einen Spaziergang unternahm.

»Jetzt, da Madeleine und Simone wieder zu Hause sind, sind wir Levys die vier Musketiere«, verkündete Etienne.

»Kann ich nicht auch ein Musketier sein?«, fragte die kleine Anna, dann runzelte sie die Stirn. »Was ist ein Musketier?«

Alle lachten, als Jean Claude ihr eine holprige und völlig ungenaue Erklärung gab, und sie lachten erneut, als sie ihr versicherten, dass aus den vier jetzt fünf Musketiere geworden waren.

Madeleine zwinkerte ihr zu.

Hör zu, wollte sie damit sagen. *So klingt es, wenn man lacht. Du darfst nicht vergessen, wie man lacht.*

Es war schon schlimm genug, dass Anna ihre Familie verloren hatte, dass der Krieg ihr die kindliche Unbedarftheit genommen hatte. Das Vermächtnis des Lachens sollte ihr, würde ihr nicht auch noch genommen werden.

Anna, die Unverwüstliche, lachte tatsächlich und drückte Madeleine einen sehr nassen Kuss auf die Wange.

»Ich freue mich so, ein Musketier zu sein, was auch immer das ist«, sagte sie.

»Spielt keine Rolle. Wichtig ist nur, dass wir alle eine Familie sind«, erwiderte Madeleine, und Claude lächelte ihr zu.

»Der Tag wird kommen«, sagte er später am Abend, als sie am Ufer der Garonne entlanggingen, »da werden wir tatsächlich eine vereinte Familie sein.«

»Bald. Lass diesen Tag bald kommen«, sagte sie und ergriff seine Hand.

Am nächsten Tag kehrte er nach Paris zurück, und für sie fing ihr neues Leben in Toulouse an.

***

Die Maskerade begann, Madeleines Verkleidung waren das dunkle Kostüm und die weiße Bluse, die für eine Sozialarbeiterin im Dienst der Vichy-Regierung angemessen erschienen. Das volle dunkle Haar trug sie zu einem strengen Chignon gebunden. Gemäß den Anordnungen traf sie sich mit Vertretern des Secours National und gelobte der wohltätigen Regierung des Marschall Pétain ihre Treue. Sie war selbst überrascht, wie mühelos sie in die Rolle der Doppelagentin schlüpfte. Sie war eine Résistance-Kämpferin, die, äußerst effizient, die Anweisungen ihrer Vichy-Vorgesetzten befolgte.

Als leitende Sozialarbeiterin war sie verantwortlich für das Wohlergehen bedürftiger Kinder. Sie überwachte alle Beschlagnahmungen und ergänzte Routine-Eingaben kühn um zusätzliche Anfragen. Sie forderte Lieferungen und fügte Erklärungen für die zusätzlichen Anforderungen bei, von denen keine jemals in Frage gestellt wurde.

Sie bestand darauf, dass ein Dutzend Paar Stiefel geliefert wurden, mit der Begründung, dass die Kinder in ihrem Stadtteil lange Schulwege hätten und die Stiefel Schäden an ihren Füßen verhinderten, was andernfalls medizinische Kosten verursachen würde. Die Stiefel wurden geliefert und wanderten sofort in

Jeannes Lager für die Kinder, die über die wenig einladenden Pyrenäen in die Freiheit marschieren würden.

Madeleines Bruder Jean Louis übergab eine Liste von medizinischen Artikeln, die sie ihren Anforderungen beifügte, wobei sie ihren Vichy-Vorgesetzten erklärte, dass dank der Verfügbarkeit solcher Artikel in lokalen Kliniken Fahrten ins Hospital seltener erforderlich wären und damit Kosten gespart würden. Man lobte sie für ihr wirtschaftliches Handeln, und die Vichy-Bürokraten steckten fröhlich die offenbar eingesparten Gelder ein. Salben, Tabletten und Verbandsmaterial wurden in die Rucksäcke der spanischen Marschführer und der *convoyeurs*, der Pfadfinder-Eskorten, gepackt, von denen jede Kindergruppe begleitet wurde.

Madeleine erfand eine Schar von Suzannes, Maurices, Brigittes und Andrés und trug deren Namen in die Listen bedürftiger Waisenkinder ein. Simone wiederum fälschte für sie Kennkarten, Genehmigungen, Rationsstempel und andere Dokumente. Eine Vielzahl gefährdeter, jüdischer Kinder ohne Papiere standen plötzlich unter dem Schutz der Vichy-Regierung.

Mithilfe Kaminskys einzigartiger Tinten erstellten die Fälscher von Toulouse auch Lebensmittelkarten und verteilten sie an ihre Résistance-Kameraden. Die bunten Kartenabschnitte berechtigten zum Bezug von Ein-Liter-Flaschen mit Wein, nachfüllbar alle zehn Tage, und Packungen mit Gauloises und Tabak, die jeweils bei spontanen nächtlichen Festen konsumiert wurden. Sie entschuldigten sich nicht für ihre fröhlichen Zusammenkünfte. Schließlich waren das ihre wilden Jahre, die ihrer Jugendzeit. Sie würden sich nicht von den Deutschen ihre kurzen, viel zu kurzen Stunden des Glücks nehmen lassen. Warum sollten sie nicht ein Glas Wein trinken, eine Zigarette rauchen oder einander in den Armen liegen und tanzen? Bald, sehr bald wäre es vorbei mit dem Lachen. Auf den gefrorenen Bergpfaden konnten sie nicht tanzen.

Ein Pilotversuch war geplant, um die Machbarkeit dieser Fluchtmärsche zu prüfen. Serge Perl sagte Madeleine, dass Claude als Führer für diese erste Gruppe von Flüchtlingen ausgewählt worden war.

»Es wird eine sehr kleine, gut trainierte Einheit sein. Alles Jungen, die in Paris Überlebenstechniken trainiert haben. Claude und ein spanischer Kurier werden sie über die geheimen Pässe in den Pyrenäen zu einem Grenzlager in Spanien führen. Tsofim, Pfadfinder aus Palästina, werden sie dort erwarten, und Claude wird dann nach Frankreich zurückkehren. Ich teile dir das mit, weil Simone mir gesagt hat, dass du mit Claude besonders befreundet bist.«

Madeleine lächelte dankbar.

»Ja«, sagte sie. »Claude ist mir besonders lieb.«

»Simone hält große Stücke auf ihn«, sagte Serge. »Ich auch.«

Seine barsche Stimme wurde weicher, wenn er den Namen ihrer Schwester nannte, und Madeleine lächelte froh. Sie wusste, dass Serge in der Résistance für seinen Mut und seine Kraft verehrt wurde. Sie hatte ihn beim Umgang mit kleinen Kindern beobachtet und erkannt, dass sich hinter seiner Grimmigkeit Sanftheit verbarg. Er konnte ganz unerwartet witzig sein, beispielsweise wenn er von deutschen Absurditäten erzählte wie etwa der Gestapo-Verordnung, dass jüdische Tierärzte keine Haustiere behandeln dürften, deren Besitzer nicht Juden waren.

»Sogar Papageien und Sittiche sind ehrbare Arier«, sagte er. »Wir müssen aufpassen, dass wir sie nicht vergiften mit unseren jüdischen Arzneimitteln.«

Simone hatte Madeleine erzählt, dass Serge der Sohn einer orthodoxen Familie war, ein glühender Zionist. Heldentum und Treue, Sachverstand und Engagement waren seine zweite Natur geworden, hatte Simone stolz erzählt.

Der Gedanke an ihre Schwester ließ Madeleine tief Luft holen und kühn hinzufügen: »Irre ich mich, oder seid ihr füreinander auch etwas Besonderes, du und meine Schwester?«

Er lächelte scheu.

»Nein. Du irrst dich nicht. Und ich muss dich fragen, ob ich dir recht wäre als Schwager?«

Es belustigte sie, dass er rot wurde, obwohl sein Blick standhaft war.

»Ich würde mich geehrt fühlen, deine Schwägerin zu sein«, erwiderte sie und nahm seine Hand. Sie freute sich für ihre Schwester. Simone war viele lange, einsame Jahre Witwe gewesen, hatte Entbehrung und Alleinsein ertragen und dabei für ihre Tochter gesorgt und unermüdlich an den Fälschungen gearbeitet, die so viele Leben gerettet hatten. Ihre Finger waren mit Tinte verschmiert, ihre Haut vernarbt von den Chemikalien, die beim Arbeiten zu oft auf ihre Arme und Handgelenke getropft waren.

»Ich fälsche Dokumente schon im Schlaf«, hatte sie Madeleine einmal anvertraut. »Ich träume, dass ich in einer Flut aus Tinte ertrinke oder auf Rollen von Pergament in die Sicherheit drifte.«

»Und träumst du auch von Serge?«, hatte Madeleine gefragt.

Simone hatte genickt.

»Ich träume von ihm. Ich denke an ihn. Anatol ist in meiner Erinnerung, aber Serge ist in meinem Herzen.«

Madeleine hatte stumm zugehört. Sie sagte ihrer Schwester nicht, dass Claude sowohl in ihrer Erinnerung als auch in ihrem Herzen wohnte. Stattdessen sagte sie, es sei ein Wunder, dass Simone von der Liebe überrascht worden war, obwohl sie doch nur von Hass umgeben waren. Sie behielt die Neidgefühle für sich, die sie überkamen, wenn Simone und Serge abends Hand in Hand gingen, während sie selbst alleine dasaß und sich nach Claudes Berührung sehnte, nach dem beruhigenden Klang seiner Stimme.

Wenn sie wach lag, bemühte sie sich, ihre Gedanken zu ordnen. Natürlich würden Simone und Serge heiraten. Sie hatten den Mut, ein gemeinsames Leben einzufordern, trotz der Gefahren, denen sie ausgesetzt waren. Könnten sie und Claude es genauso machen? Hatten sie nicht auch das Recht auf ein wenig Glück?

Sofort schlug sie mit der Faust aufs Kopfkissen und tadelte sich für diesen Gedanken. Für sie beide lagen die Dinge anders. Serge und Simone lebten beide in Toulouse, während Claude in Paris arbeitete. Sie hatten vereinbart, dass sie ihr Leben zuallererst der Résistance widmen mussten, trotz ihrer tiefen Gefühle füreinander. Geduld üben zu müssen, das wäre ihr Schicksal, solange der Krieg wütete, aber die Zukunft gehörte ihnen. Der Frieden würde kommen. *La paix. Frieden.* Und mit ihm die Liebe. *L'amour.*

»*Paix. L'amour*«, flüsterte Madeleine in die Dunkelheit.

Doch noch während sie dieses beruhigende Mantra wiederholte, versank sie in eine Traurigkeit, die sie nicht kontrollieren konnte.

»Es ist nicht fair! Es ist nicht fair«, klagte sie und fiel in einen traumlosen Schlaf.

Es war Serge, der ihr von Claudes bevorstehender Ankunft in Toulouse berichtete. Er und seine Kindergruppe würden von hier aus ihre gefahrvolle Reise antreten.

Madeleine stockte der Atem vor Aufregung. Die Angst schnürte ihr fast die Kehle zu.

Nach wenigen Tagen betrat Claude die Wohnung ihrer Eltern, sein schmales Gesicht war gebräunt, sein Körper schlank und muskulös, ein Beweis seines wochenlangen körperlichen Trainings. Wortlos schmiegte sie sich in seine Arme.

»Wir haben so wenig Zeit«, sagte er. »Ich gehe heute Abend los.«

»Wir haben Glück, dass wir überhaupt etwas Zeit haben«, murmelte sie.

Sie verbrachten ein paar kurze, wertvolle Stunden in einem kleinen Café und redeten leise miteinander, ihre Hände berührten sich leicht auf dem kleinen Tisch mit der rot-weiß karierten Decke. Sie erzählte ihm, dass Serge und Simone beschlossen hatten, so bald wie möglich zu heiraten.

»Was für ein Glück sie haben«, sagte Claude wehmütig.

»Wir sind jung. Unsere Zeit wird kommen«, erinnerte sie ihn und merkte dabei, wie falsch ihre Worte klangen.

Sie war jung, oder? Ja, sowohl ihre Mutter als auch ihre Großmutter hatten geheiratet und waren Mutter geworden, als sie selbst noch sehr jung gewesen waren. Aber damals war kein Krieg in die Zeit ihres jungen Frauseins eingebrochen. Sie und Claude lebten im Schatten von Gefahr und Unsicherheit. Es war dumm, deren Vergangenheit mit ihrer Vergangenheit zu vergleichen.

»Unser Leben wird bald uns gehören«, versicherte sie Claude. Er führte ihre Hand an seine Lippen.

Um Mitternacht, der Stunde, zu der er seine jungen Schützlinge treffen sollte, gingen sie zusammen zu dem geheimen Treffpunkt am Südrand der Stadt.

»Ich will mit dir gehen«, sagte sie. »Warum kann ich nicht mit dir gehen?«

»Weil die Arbeit, die du hier leistest, zu wichtig ist«, erwiderte er geduldig. »Die Résistance du Sud, der Widerstand des Südens, verlässt sich auf deine Arbeit. Genau wie ich.«

»Wirst du zurückkommen?«, fragte sie wehmütig. »Du musst zurückkommen«, forderte sie.

Er hielt sie fest, schwang gleichzeitig seinen Rucksack über die Schulter und ließ seine Finger durch ihr dichtes dunkles Haar gleiten. Dann drehte er sich um und verschwand in der Nacht. Die Abordnung der Kinder, deren Gesichter sie nicht sehen konnte, folgte ihm in einer geisterhaften Prozession.

Während sie zurückging in die Rue de la Dalbade, wurde ihr

bewusst, dass er ihre Frage nicht beantwortet hatte.

Eine Woche verging, noch eine. Sie hörte auf, die Tage zu zählen. Sie befürchtete das Schlimmste. Zwang sich, das Beste zu denken. Und dann, eines Abends, als sie nach Hause kam, stand Serge draußen und streckte die Hand aus.

»Was?«, fragte sie und fürchtete seine Antwort.

Er lächelte.

»Kämm dir die Haare«, sagte er. »Claude ist hier.«

Blass vor Erschöpfung saß er im Salon, und Madeleine, ganz schwach vor Erleichterung, sank neben ihn und küsste seine schwieligen Finger, einen nach dem anderen.

An jenem Abend beschrieb er vor der gesamten Levy-Familie seine Erfahrungen.

»Es war nicht leicht«, sagte er. »Von Anfang an war das Wetter gegen uns. Zwei schlimme Regenstürme haben die *filieres*, die Bergpässe überflutet, aber unsere Kuriere, unsere tapferen spanischen Führer, brachten uns in Höhlen und Klüften in Sicherheit. Wir warteten die Stürme ab und marschierten weiter nach Tarbes, wo uns eine Résistance-Gruppe mit Lebensmitteln und Kleidung erwartete. Einer unserer Jungen wurde krank, er hatte Fieber, und wir warteten zwei Tage in einem Bergdorf, bis es ihm besser ging. Dann wanderten wir nach Perpignan und gingen über die Grenze nach Spanien. Wie verabredet, trafen wir dort drei Tzofim, Pfadfinder aus Palästina, die die Führung übernahmen. In einer geheimen Unterkunft in Perpignan habe ich, glaube ich, zwei Tage und Nächte geschlafen und dann den Marsch zurück angetreten. Wie ihr seht, bin ich sicher und wohlbehalten zurückgekommen.«

Er lächelte; er lachte.

»Aber zwei Tage zu warten, damit der kranke Junge gesund wird, hat euch und die Schützlinge in große Gefahr gebracht«, bemerkte Dr. Levy.

»Ich hätte ihn nicht zurücklassen können. Wir haben geschworen, alle Kinder in unserer Obhut zu beschützen. Und dieser kranke Junge war David Hofberg, Annas Bruder.«

»Dann ist David also in Sicherheit«, rief Anna.

»Beide, David und Samuel. Sie werden bald in Palästina ankommen.«

Anna hüpfte auf seinen Schoß und schlang die Arme um seinen Nacken.

»*Merci*, Claude. *Merci*«, trällerte sie dankbar, und ihr Gesicht strahlte vor Erleichterung.

Claude lächelte und streckte sich auf dem Sofa aus. Fast sofort fielen ihm die Augen zu, und er schlief ein. Einer nach dem anderen verließ die Familie das Zimmer. Madeleine wartete und kniete dann neben ihm. Sie sah, wie sein Atem in kleinen Stößen kam und ging, wie er lächelte, als ob er etwas Schönes träumte. Diese stille intime Nähe erfüllte sie mit Zärtlichkeit. Noch nie hatte sie Claude im Schlaf gesehen. Sie dimmte das Licht herunter, schob ihm ein Kissen unter den Kopf und deckte ihn mit einer Decke zu. Es war wichtig, dass er sich ausruhte. Bei Tagesanbruch musste er nach Paris abreisen, wieder eine Reise voller Gefahren. Aber für diese wenigen Stunden war er in Sicherheit, und sie waren zusammen. Sie legte eine Decke auf den Boden und streckte sich neben Claude aus.

Sie schliefen die ganze Nacht und erwachten im milchigen Licht der Morgendämmerung. Er nahm sie in die Arme und hielt sie fest, bis sie, zögernd, aufstanden und wortlos die morgendliche Routine absolvierten. Sie machte Wasser heiß, und er wusch und rasierte sich. Sie gab ihm ein frisches Hemd, suchte für ihn einen warmen Pullover in der Kleiderkammer ihrer Mutter. Sie teilten ein hastiges Frühstück. Der aus Zichorien gebrühte Kaffee schmeckte sauer, die Baguette war trocken und fade, die Margarine ranzig. Lebensmittel zu bekommen, wurde immer schwieriger, doch sie genossen das karge Mahl. Es genügte, dass sie es gemeinsam verzehrten. Madeleine schob ein Paket mit Brot und Käse in seinen Rucksack. Unten auf der Straße hielt ein Auto.

Die Glocken der Basilika von St. Sernin schlugen sechs Uhr.

»Ich höre die Kirchenglocken. Ich muss los«, sagte er.

»Wie gut, dass ich sie nicht hören kann«, sagte sie und drückte ihn an sich.

Eng umschlungen gingen sie zur Tür.

»Adieu, ma chérie«, sagte er.

Seine Lippen strichen über ihre Wange.

»Adieu, mon cher.« Mit zitternden Fingern zeichnete sie die dunklen Bögen seiner Augenbrauen nach.

»Shalom«, flüsterte sie, als sich die Tür hinter ihm schloss. Die Kirchenglocken läuteten weiter, wie um sie zu verspotten, da wurde Madeleine bewusst, dass sie sie sehr wohl gehört hatte, wenn auch nur sehr schwach.

19. KAPITEL

Ein Brief kam von Lucie Dreyfus und übertönte mit angestrengt heiterem Ton eine Traurigkeit, die die Familie dennoch wahrnahm. Jeanne schlug vor, dass Simone und Madeleine ihre Großmutter besuchen sollten. Das wäre, fand sie, für ihre Töchter eine kurze Verschnaufpause von ihrer gefährlichen und anstrengenden Arbeit und für ihre Mutter ein wenig Trost und Beruhigung.

Lucie, die sich jetzt Madame Duteil nannte, weil der Name Dreyfus zu leicht zu identifizieren war, war im Gästehaus der Schwestern von Valence, einem mutigen Orden katholischer Nonnen, Unterschlupf gewährt worden. Sie war glücklich, Simone und Madeleine zu sehen, und tat schuldbewusst wegen ihrer neu angenommenen Identität.

»Das ist mein zweiter Kampfname«, erklärte sie. »Während der *Affaire Dreyfus* nannte ich mich Madame Valabregue, und deine Mutter und dein Onkel Pierre verwendeten auch diesen Namen, damit sie nicht von den Kindern der Anti-Dreyfusards schikaniert wurden. Der Name Dreyfus bringt uns wieder einmal in Gefahr. Die Geschichte wiederholt sich. Alfred ist tot, aber die Vichy-Faschisten werden jeden verfolgen, der seinen Namen trägt. Ich bin dem Rat der Résistance-Führung gefolgt und nenne mich jetzt Madame Duteil. Ein netter Name und etwas einfacher auszusprechen als Valabregue, *n'est-ce pas*?« Sie lächelte verschmitzt.

»Auf jeden Fall leichter von den Lippen zu lesen«, versicherte Madeleine. »Der Name Levy gilt auch als gefährlich, zu leicht als jüdisch erkennbar, deshalb nennt sich unsere ganze Familie jetzt Dupuy. Wir haben es, mit Madame Leonies Unterstützung, geschafft, das Gerücht zu verbreiten, dass die Familie Levy aus Toulouse geflohen ist und jetzt die Familie Dupuy in der Wohnung in der Rue de la Dalbade lebt. Madame Leonie beschwert sich bei jedem, der es hören will, dass die zu oft Besuch hat und dass sie gar nicht weiß, wohin mit den Briefen, die immer noch für die Levys ankommen. Ihr Getue und die wundervollen neuen Ausweispapiere, die Simone für uns erstellt hat, sorgen für unsere Sicherheit.«

Sie zeigte Lucie die Ausweise, die Simone so sorgfältig gefälscht hatte.

»Ich habe sogar eine neue ärztliche Lizenz für unseren Vater erstellt, komplett mit goldenem Siegel und der Signatur der Préfecture des Médecins. Pierre Paul Levy wurde ersetzt durch Monsieur le Professeur André Dupuy. Letzte Woche wurde er sogar von einem Gestapo-General aufgesucht. Der meinte, er sei erleichtert, dass ein nicht-jüdischer Arzt die Praxis des Juden Levy übernommen hat. Er hätte sich diesem jüdischen *Untermenschen* niemals mit seinem Leistenbruch anvertrauen können. Unser Vater freute sich, ihm mitteilen zu können, dass dieser Leistenbruch in Wirklichkeit ein Krebstumor war, der besser in Berlin behandelt wurde. Am nächsten Tag ist er abgereist, es gibt jetzt also einen Gestapo-Offizier weniger in Toulouse«, erzählte Simone.

Lucie lachte.

»Gut für unseren Pierre Paul«, erwiderte sie. »Und welchen Namen trägst du, Simone?«

»Ich nenne mich Madame Dupuy. Ganz einfach. Ich sage, ich bin Witwe und mein verstorbener Ehemann Anatol war ein entfernter Verwandter unserer Familie.«

Madeleine bemerkte, dass ihre Schwester jetzt Anatols Namen ohne die herzzerreißende Wehmut wegen seines traurigen und viel zu frühen Todes aussprechen konnte.

»Heute nennst du dich Madame Dupuy, aber ich hoffe, dass dein richtiger Name bald Madame Perl ist. Als du und Serge mich das letzte Mal besucht habt, habe ich gemerkt, wie nah ihr euch seid. Ich hoffe, ihr werdet bald heiraten«, sagte Lucie.

Die Schwestern blickten sich überrascht an. Ihre Großmutter, die ihre Entscheidungen stets unterstützte, gab selten einen direkten Ratschlag.

Simone zögerte, und als sie sprach, klang ihre Stimme sehr weich, ihre Erwiderung zaghaft.

»Du hast natürlich recht, *grand-mère*. Serge und ich empfinden sehr viel füreinander, und wenn es normale Zeiten wären, würden wir bestimmt heiraten. Aber wegen dem Krieg und der Gefahren, denen wir ausgesetzt sind, denken wir, es wäre besser zu warten.«

Lucie schüttelte den Kopf.

»Das Leben ist nie frei von Gefahr. Gerade *wegen* des Krieges solltet ihr heiraten und nach dem Glück greifen, das das Leben euch bietet, solange es möglich ist.«

Sie bedeckte Simones tintenbefleckte Hand mit ihrer.

»*Ma* Simone, *ma* Madeleine, denkt daran, dass der Name Dreyfus einen besonderen Platz in der französischen Geschichte hat. Die Geschichte eures Großvaters gehört in die Vergangenheit, aber die Zukunft gehört euch. Formt sie nach eurem Willen«, sagte sie. »Du und dein Serge, ihr solltet diese Zukunft für euch beanspruchen.«

Simone seufzte.

»Eigentlich können wir an die Zukunft gar nicht denken. Wenn wir morgens aufwachen, sind wir nicht sicher, ob wir am Ende des Tages noch leben. Die jungen Ehefrauen in meiner Résistance-Zelle sind entschlossen, nicht schwanger zu werden. Sie wollen keine Kinder austragen, die vielleicht nicht überleben oder die zu Waisen werden. Erst letzte Woche hatte meine Freundin Charlotte einen *avortement* – eine Abtreibung. Ihr

Mann war deportiert worden, und sie konnte sich nicht vorstellen, eine Schwangerschaft durchzumachen und ein Kind allein großzuziehen. Außerdem wusste sie, dass sie in Gefahr war, selbst verhaftet zu werden. Wir wissen, dass schwangere Frauen in den Tod im Konzentrationslager geschickt werden, damit die Nazis jüdisches Leben beenden können. Serges und meine Arbeit ist gefährlich. Wir haben auch Angst vor Verhaftung und Deportation. Tod. Im Grunde wäre es verrückt, ja, egoistisch, wenn wir an Heirat, an Familiengründung denken würden«, protestierte Simone.

»Nicht verrückt. Nicht egoistisch. Mutig. Selbstlos. Und hoffnungsvoll. Hoffnung hält uns am Leben. Sie hat mich während Alfreds Tortur am Leben erhalten. Ich habe gezittert. Ich habe geweint. Ich hätte Eimer füllen können mit meinen Tränen. Aber ich habe die Hoffnung nicht aufgegeben, und ich habe mich gezwungen, mutig zu sein. Das musst du auch, Simone. Hab den Mut, deinen Serge zu heiraten. Habe die Hoffnung, dass, wenn du Kinder hast, diese ihr Leben in Frieden und in einer besseren Welt leben können als in der, die wir kennen. Findest du nicht auch, Madeleine?« Lucie wandte sich ihrer jüngeren Enkelin zu.

Madeleine zögerte, dann nickte sie. Sie verstand, warum Lucie nur mit ihrer Schwester redete. Simone und Serge zeigten ihre Liebe offen, seine Hand griff nach ihrer, ihr Kopf lag an seiner Schulter, ihre Stimmen klangen weich, wenn sie sich begrüßten oder verabschiedeten, ihre Lippen trafen sich zu zärtlichen Küssen. Sie hatten leitende Funktionen bei der Résistance, beide waren in Toulouse eingesetzt, ihre Alltagsroutinen waren miteinander verbunden. Sie verbrachten die Tage zusammen, und in der Stille des Abends redeten sie leise zärtlich miteinander. In ihrer Gegenwart zeigte sich schon ihre Zukunft. Madeleine betrachtete sie bereits als verheiratet.

Ihre eigene Situation war davon sehr verschieden. Sie und Claude verheimlichten, wie nah sie einander waren, sie vermieden jegliche Zurschaustellung ihrer immer stärkeren Zuneigung, aus Angst, noch mehr in Gefahr zu geraten, in einem Leben, das ohnehin schon voller Bedrohungen war. Sie lebten in verschiedenen Städten, Claude in Paris, sie in Toulouse, beide darauf eingeschworen, Juden zu trainieren und zu retten, sie in Sicherheit zu bringen. Ihre Märsche würden in unterschiedliche Richtungen gehen, die Routen, denen sie folgten, waren gleichermaßen gefährlich. Die Bergpässe der Pyrenäen und die bewaldeten Pfade der Alpen waren beide voller Schwierigkeiten und Gefahren.

Ihre Großmutter sprach von den ungeborenen Kindern der Zukunft, aber ihr und Claudes Leben konzentrierte sich auf die bedrohten Kinder der Gegenwart, Kinder wie Madeleines blauäugige, kleine Ersatzschwester, Anna Hofberg. Ihre Zukunft, ihre und Claudes, hing völlig vom Verlauf der Geschichte ab. Sie wagten nicht über den Tag hinauszudenken, der mit dem nächsten Sonnenaufgang begann. Jede Stunde ihres und seines Lebens war wie ein Einsatz in einem Spiel, riskant und unvorhersehbar.

Madeleine seufzte, aber ihre Stimme klang fest, als sie sich zu Simone umdrehte.

»Ich stimme *grand-mère* zu, Simone«, sagte sie. »Du hast jedes Recht, heute glücklich zu sein. Und wir alle müssen in der Hoffnung auf ein besseres Morgen leben. Das ist es, was du Serge sagen musst.«

Simones Augen strahlten, ihre Wangen schimmerten rosig.

»Ich werde mit Serge reden«, sagte sie ruhig. »Die Entscheidung liegt bei ihm.«

Aber in ihrer Stimme klang Beschwingtheit. Madeleine nickte. Sie wusste, wie Serge entscheiden würde, und sie wusste, dass die Entscheidung schnell käme. Keiner der beiden hatte Zeit zu verlieren.

***

Zwei Wochen nach ihrem Besuch in dem Konvent standen Simone und Serge unter einem Traubaldachin, angefertigt aus dem Gebetsschal ihres Vaters und gehalten von Etienne und Jean Louis. Madeleine, im blass-blauen Leinenkleid, stand neben ihrer Schwester, das dunkle Haar fiel ihr offen auf die Schultern, und sie hielt die Hand ihrer kleinen Nichte.

»Ich habe einen neuen *père*«, flüsterte das Kind glücklich.

»Und ich habe einen neuen *frère*«, erwiderte Madeleine.

Serge war mehr als ein Bruder für sie. Er war ihr ein Kamerad, ein treuer und fürsorglicher Freund.

Der Raum war sparsam beleuchtet, doch die Gesichter von Braut und Bräutigam strahlten vor Freude. Madeleine beugte sich vor, um leichter von den Lippen des alten Rabbis lesen zu können, dessen dünne Stimme zu schwach war, als dass sie sie hätte hören können. Die gesungenen Gebete drangen ihr ins Herz. Tränen stiegen ihr in die Augen, als Serge sich zu Simone wandte und den uralten Schwur murmelte.

»Durch diesen Ring seist du mir angelobt entsprechend dem Gesetz von Moses und Israel.«

Er zertrat das traditionelle Glas, ein jüdisches Symbol für Verlust und Verlangen, unter seinen Stiefeln, und laute *»L'Chaim«*-Rufe ertönten. Madeleine stimmte in den freudigen Chor mit ein, ihre Wangen waren gerötet vor Stolz auf ihre beständige Gemeinschaft von Freunden und Verwandten. Mochten sie auch von Hass verfolgt werden und an jedem Tag mit Gefahren und mit dem Tod konfrontiert sein, sie hielten fest an ihrer Liebe zum Leben und an ihrer Hoffnung auf die Zukunft. Der Auftrag Moses würde die abscheulichen Erlasse von Adolf Hitler überdauern.

»*L'Chaim*, auf das Leben«, wiederholte sie und schloss sich dem Kreis von Frauen an, die mit schwingenden Röcken um die Braut herumtanzten und Frieden und Glückseligkeit feierten. *»Hava Nagila«*, sangen sie. »Lasst uns froh sein.«

Die kleine Anna packte Madeleines Hand und lachte, während sie das Lied trällerte, das zur optimistischen Hymne der jüdischen Pfadfinder geworden war.

»*Anu banu artza, livnot ulhibanot ba.* Wir werden in das Land ziehen und es aufbauen und von ihm aufgebaut werden.«

»Das werden wir, Anna, das werden wir«, versprach Madeleine dem Kind, das anmutig seine Schritte ihren anpasste.

Lucie Dreyfus, die sich schwer auf ihren Stock stützte, küsste Madeleine auf die Wange.

»Dieser Tag gehört Simone, aber dein Tag wird kommen«, sagte sie.

»Das hoffe ich, *grand-mère*«, sagte Madeleine. Ihr Blick war auf die Tür gerichtet, als könnte sie sie damit beschwören, sich zu öffnen, als könnte sie damit Claude beschwören, hereinzukommen.

Sie hatte ihm über den Kurier der Résistance die Neuigkeit von der Hochzeit mitgeteilt, jedoch keine Antwort erhalten. Sein Schweigen war schon besorgniserregend gewesen, aber seine Abwesenheit hatte etwas Bedrohliches.

Wie konnte es sein, dass er nicht gekommen war? Wie konnte es sein, dass er ihr nicht wenigstens geschrieben hatte?

Sie machte sich Vorwürfe. Sie hatte kein Recht auf solche Gefühle. Ein Krieg tobte, Menschen starben. Und sie ergab sich ihrem Selbstmitleid.

»Stopp!«, befahl sie sich selbst, doch Enttäuschung und Angst ließen nicht nach.

Sie ging zum Fenster, hob einen Zipfel des Vorhangs und spähte hinab auf die Straße. Die Rue de la Dalbade lag verlassen vor ihr bis auf das gelegentlich die Straße hinab brummende Fahrzeug der Vichy-Polizei, die Scheinwerfer von Ruß bedeckt, die schrillen Lautsprecher stumm geschaltet. Solche Patrouillen hatten keinen Zweck und kein Ziel. Ihre Anwesenheit diente lediglich zur Einschüchterung und Erinnerung daran, dass Frankreich ein von den Nazis besetztes Land war.

Passanten suchten ängstlich Schutz in Hauseingängen, wenn ein Polizeiwagen vorbeifuhr. An der Stelle, an der Claude oft parkte, hielt ein Auto mit Pariser Kennzeichen an. Madeleines Herz schlug schneller, doch es war ein älterer Mann, der aus dem Wagen stieg. Er blickte sich verstohlen um und ging hastig um die Ecke.

Madeleine wandte den Blick nicht ab. Claude könnte immer noch kommen. Es könnte viele Gründe geben für seine Verspätung, sagte sie sich, aber dann trat Serge Perl zu ihr. Sie lächelte ihrem Schwager zu.

Serge war ein geborener Anführer, er strahlte eine ruhige Autorität aus. Sein muskulöser Körper strotzte vor Kraft, und seine Stimme, auch wenn sie oft barsch klang, hatte etwas seltsam Beruhigendes. Er führte jetzt eine Elitegruppe an, bekannt unter dem Namen *»La Sixième«*, einem Spitznamen für die von Zionisten in Toulouse gegründete »Jüdische Armee« zur Koordination aller Résistance-Operationen, an denen die jüdische Gemeinde beteiligt war. Serges Netzwerk erstreckte sich von den Dörfern bei Castres bis nach Toulouse und zur Mittelmeerküste. Er war einer der ganz wenigen Anführer, der über die Einzelheiten jeder Résistance-Operation in Frankreich Bescheid wusste. Er wäre natürlich in der Lage, Claudes Abwesenheit zu erklären. Plötzlich wurde Madeleine von Furcht ergriffen und war sicher, dass er Neuigkeiten zu berichten wusste und dass sie diese Neuigkeiten nicht hören wollte.

Er ergriff ihre zitternde Hand und führte sie vom Fenster weg.

»Claude wird nicht kommen, Madeleine«, sagte er, »er führt eine Kindergruppe über die Alpen in die Schweiz. Er hat von einem Unterschlupf eine Nachricht per Funk geschickt, dass er die Hälfte des Wegs hinter sich hat. Das Wetter spielt mit, und der Marsch verläuft gut. Wir denken, alles ist in Ordnung. Mach dir keine Sorgen.«

Er artikulierte sorgfältig und achtete darauf, dass sie mit den Augen wahrnehmen konnte, was ihren Ohren vielleicht entging. Sie las von seinen Lippen; sie spürte sein Wohlwollen.

»Danke, Serge.« Irgendwie brachte sie die Kraft auf, diese wenigen Worte auszusprechen. »Ich versuche, mir keine Sorgen zu machen.«

Das war, wie sie wusste, ein Versprechen, das sie nicht halten konnte. Die Sorge war ihr ständiger Begleiter, der ihre Tage überschattete und sie nachts quälte.

Sie küsste Serge auf die Wange und wandte sich ab. Wie es wohl wäre, ohne Sorge zu leben? Sie dachte an seine beruhigenden Worte, drehte und wendete sie im Geist hin und her und sprach sie laut aus.

»Das Wetter spielt mit. Der Marsch verläuft gut. Wir denken, alles ist in Ordnung«.

Die Worte waren tröstlich, doch die Angst blieb und lastete schwer auf ihrem Herzen.

»Lass ihn zu mir zurückkommen. Mach, dass alles gutgeht.«

Ihr geflüstertes Gebet bot Trost, wenn auch nur ganz kurz.

»Alles in Ordnung, Madeleine? Warum tanzt du nicht?«

Anna stand neben ihr und streckte die Hand aus.

»Mir geht's gut, Anna. Komm, lass uns tanzen.«

Sie zwang sich zu einem Lächeln. Traurigkeit war ein Luxus, den sie sich nicht leisten konnte. Sie war außerdem ansteckend, und Madeleine würde nicht zulassen, dass Anna davon infiziert wurde, deren Leben jetzt auf so seltsame Weise mit ihrem verflochten war.

Hand in Hand fügten sie sich in den Kreis der tanzenden Frauen ein. Simone, die Braut, zog Madeleine in die Mitte, und dann wirbelten die Schwestern herum in einer temperamentvollen *depka*, einem Freudentanz, einem Tanz der Hoffnung.

20. KAPITEL

Eine Woche verging. Noch eine. Die Sorgen verfolgten Madeleine tagsüber und verwandelten sich in Schrecken, wenn es dunkel wurde. Träume wurden zu Albträumen, in denen sie durch die Finsternis rannte in der Hoffnung, irgendwo einen Lichtschimmer zu erhaschen. Aber gerade als die Hoffnung schwand, kehrte Claude zurück. Blass und erschöpft erreichte er die Wohnung der Levys und stolperte in Madeleines ausgestreckte Arme. Es machte sie traurig, zu sehen, wie ausgezehrt er war, doch ihre Stimmung hob sich, als er ihr sagte, dass man ihn dazu bestimmt hatte, die Résistance-Aktionen in der unbesetzten Zone zu koordinieren und dass er in Toulouse stationiert wäre.

»Der Süden ist in Aufruhr«, sagte er. »Die Deutschen konzentrieren sich jetzt auf dieses Gebiet.«

»Das haben wir bemerkt«, erwiderte sie trocken, und er lachte.

»Natürlich habt ihr das.« Er drückte sie an sich. »Es wäre schwierig, es nicht zu bemerken.«

Die deutschen Truppenbewegungen hatten sich beschleunigt, *rafles* passierten täglich, und Deportationslager wurden in abgelegenen ländlichen Gebieten überall in der Zone errichtet. Baracken, umgeben von Stacheldraht und gespickt mit Suchscheinwerfern, waren schnell in Gers, Noe und Recebedou entstanden. All diese Weiler bildeten einen Zugang zu den Pyrenäen. Ähnliche Lager schossen entlang der Mittelmeerküste aus dem Boden. Es war klar, dass Berlin in seiner wilden und irrationalen Entschlossenheit, jede Person jüdischen Glaubens in Frankreich einzusperren und zu deportieren, eine zielgerichtete Aktion eingeleitet hatte, um alle Fluchtwege zu blockieren.

Die Führerschaft der Résistance reagierte schnell, um dieser Aktion entgegenzuwirken. Mutige Freiwillige unternahmen gefährliche Operationen und ignorierten dabei die lebensbedrohlichen Risiken. Jean Louis und Etienne Levy führten eine Mannschaft aus jüdischen Pfadfindern bei nächtlichen Sabotageaktionen an. Ihre Ziele waren die Züge, die deutsche Truppen transportierten, aber auch die Gleise, über die diese Truppentransporte donnerten. Jeanne Levys Küche wurde zu einem Labor für die Herstellung von Sprengstoffen. Sie briet Massen von Zwiebeln und Knoblauch, um die Gerüche der todbringenden Chemikalien zu überdecken.

Die immer zahlreicheren Massenverhaftungen hinterließen immer mehr jüdische Kinder ohne elterlichen Schutz, die dringend neue Papiere und einen Unterschlupf benötigten. Simone arbeitete die Nächte durch, um neue Kennkarten und Pässe zu erstellen. Ihre Federkiele tanzten über künstlich gealtertes Papier, Gummistempel, befeuchtet mit chemisch veränderter Tinte, sorgten für unleserlich gewordene Authentizität. Madeleine radelte durch ländliche Gebiete auf der Suche nach Unterkünften für gefährdete Kinder, die gefälschten Papiere versteckt in ihrer Unterwäsche. Sie hatte große Geldsummen bei sich, erbettelt aus geheimnisvollen Quellen, die sie jenen Bauern und Anwohnern anbot, die sich mit großem Mut einverstanden erklärten, ein jüdisches Kind zu beschützen. Die Unterkunft, die sie anzubieten hatten, mochte ein Speicher sein, ein Kellerraum, ein Heuboden, ja sogar ein Hühnerstall, und mit den Francs, die sie verteilte, bezahlte Madeleine den Unterhalt und das Schweigen.

In den verstreuten Klöstern und Konventen boten Nonnen und Mönche Schutz an, statteten die Kinder mit Schuluniformen aus und lehrten sie den Katechismus. Jedes kleine jüdische Mädchen trug einen Rosenkranz. Jeder kleine jüdische Junge wurde ermahnt, seinen Penis beim Urinieren abzuschirmen, damit seine Beschneidung nicht sichtbar wurde. Man durfte niemandem trauen. Jeder könnte einen jüdischen Freund verraten, wenn das einer Familie zu einer zusätzlichen Lebensmittelkarte oder einem Liter *vin ordinaire* verhalf.

Lucie Dreyfus wusste, dass die Mutter Oberin der Schwestern von Valence, stets lächelnd, stets besonnen, unter ihrer Robe ein Messer versteckte, wenn sie mit entwaffnender Höflichkeit mit der Vichy-Polizei redete, die hin und wieder im Kloster auftauchte. Sie würde die Offiziere nicht erstechen, vertraute die Nonne Lucie einmal an, aber sie würde eher sich selbst töten, als Informationen herauszugeben über die, die zu beschützen sie geschworen hatte.

»Aber lehrt die Kirche nicht, dass Selbstmord eine Todsünde ist?«, hatte Lucie gefragt.

»Gott wird mir vergeben. Ich beschütze Seine Kinder«, hatte die Nonne erwidert.

Madeleine und ihre Résistance-Elitetruppe packten Kartons mit Lebensmitteln, Kleidung und Seife, die sie aus der Allgemeinen Sozialdiensteinheit requiriert hatte und die in Vichy-Gefängnisse und Transitlager geschmuggelt werden sollten. Die Fahrer von Milch-, Brot- und Lebensmitteltransportern waren bereitwillige Komplizen. In Brotpackungen und Mehlsäcken wurden Simones gefälschte Ausweispapiere versteckt.

Die Résistance packte Pakete mit Kleidung, die von zögerlichen Mitarbeitern des Internationalen Roten Kreuzes und weniger zögerlichen Quäkern an die Internierten verteilt wurden. Drahtschneider wurden in den Ärmeln von Pullovern, Metallfeilen in den Falten von gestrickten Wollschals verborgen. Äpfel wurden aufgeschnitten und Rasierklingen darin versteckt. Madeleine schnitt sich an solch einer Rasierklinge und saugte das Blut von ihrem Finger, zufrieden, dass diese winzige Waffe so scharf war. Sie könnte einer eingesperrten Person zur Freiheit verhelfen; sie könnte ein Leben retten.

»Wie viel hat es uns an Bestechungsgeldern gekostet, damit das Rote Kreuz kooperiert?«, fragte Serge bitter, als sie von einer ihrer Betteltouren in den Büros der internationalen Wohltätigkeitsorganisation zurückkehrte.

»Ein paar Tausend Francs. Aber am Ende haben sie eingewilligt. Sie haben selbst Angst.« Madeleine fragte sich, warum sie die humanitären Helfer entschuldigte, die zögerten, Juden ihre Hilfe anzubieten. »Die Faschisten haben sie bedroht.«

»Die Faschisten bedrohen jeden von uns«, erwiderte er ungeduldig, auch wenn er dabei kurz wohlwollend lächelte. Er und Claude waren sich bewusst, wie mutig und beharrlich Madeleine war. Es war bekannt, dass sie, wenn sie von der Vichy-Polizei gestoppt wurde, deren Blicke eisern erwiderte und ihnen die Papiere präsentierte, die sie als Leitende Sozialarbeiterin des Secours National auswiesen.

»Wie können Sie es wagen, Madeleine Dupuy anzuhalten, die in einem Spezialauftrag für Marschall Pétain persönlich unterwegs ist?«, fragte sie von oben herab, bevor sie auf ihrem Fahrrad davonfuhr, ohne eine Antwort abzuwarten. Sie umklammerte die Lenkergriffe, dass die Knöchel ihrer Finger weiß wurden. Ihr Blick war fest auf die Straße gerichtet, da sie ja die Warngeräusche des Verkehrs nicht hören konnte. Eine kleine, aber erträgliche Behinderung, sagte sie sich, während eine Angst, die sie nur mühsam unter Kontrolle brachte, sie zum Zittern brachte.

»Du musst vorsichtiger sein«, rief Claude eines Abends, aber sie zuckte mit den Achseln, froh über seine Besorgtheit, aber gleichgültig gegenüber seinen Worten, die sie ihm zurückgab.

»Und du musst auch vorsichtiger sein.«

»Wir werden gemeinsam vorsichtiger sein«, sagte er. »Morgen werden du und ich mit dem Fahrrad nach Gers fahren.«

Ihr Herz schlug höher. Sie fragte nicht, warum man ihn angewiesen hatte, sie zu begleiten. Es war nicht wichtig. Alles, was zählte, war die kurze Fahrt, die ihnen kostbare Stunden des Zusammenseins ermöglichen würde.

Am nächsten Tag fuhren sie Seite an Seite, beide in Rot-Kreuz-Uniform, über die Landstraße. Die sanfte Herbstbrise strich über ihre aufwärts gewandten Gesichter, und hin und wieder berührten sich ihre Hände, während sie langsam ostwärts radelten, auf die entfernten Berge zu, auf deren Gipfel bereits Eiskappen glänzten. Die Sonne stand hoch, als sie in Gers ankamen und sich dem düsteren Gefangenenlager näherten.

Kühn und selbstsicher zeigte Claude den diensthabenden Wachleuten die Dokumente mit dem Siegel des Internationalen Roten Kreuzes. Eines dieser Dokumente besagte, dass ihm zu gestatten war, die Pakete persönlich an bestimmte Adressaten auszuliefern. Das andere verlangte, dass Madeleine zu gestatten war, mit weiblichen Insassen zu sprechen und Hygieneartikel für Frauen zu verteilen.

Die Wachleute blickten sich verwirrt an, dann riefen sie ihren Kommandanten hinzu. Der übergewichtige, rotgesichtige Gestapo-Offizier starrte Claude und Madeleine erbost an.

»Warum wird so ein Gesuch erstellt? Glaubt das Rote Kreuz etwa, dass Soldaten des Dritten Reichs so unanständig sind, die Pakete zu plündern, die es schickt? Glauben sie, dass Hitlers Wehrmacht nicht weiß, wie man Frauen behandelt – dass reinrassige Arier Juden- und Roma-Frauen misshandeln oder belästigen würden – Frauen, die zu misshandeln unter unserer Würde wäre? Unerhört, diese Forderungen. Wir werden nicht Folge leisten«, schrie er und wedelte drohend mit seinem Offiziersstock.

Claude antwortete ruhig, mit unbeirrtem Blick.

»Morgen wird in Paris eine Pressekonferenz abgehalten, bei der die anwesenden Journalisten über Ihre Entscheidung informiert werden. Sie werden sich fragen, weshalb Sie ein Gesuch des Roten Kreuzes, einer internationalen humanitären Organisation, zurückweisen. Sie werden wissen wollen, da bin ich sicher, was Sie zu verbergen haben. Die Pariser Korrespondenten der *New York Times* und des *Herald Tribune* werden anwesend sein und bestimmt über Ihre Unnachgiebigkeit berichten. Ich glaube nicht, dass Herr Hitler sich freut, wenn er solche Geschichten auf den Titelseiten amerikanischer Zeitungen sieht.«

Der Kommandant blickte wütend auf die präsentierten Dokumente und studierte sie erneut. Er drehte sich um, drehte sich noch einmal, ließ seinen Offiziersstock fallen und beschimpfte den Wachmann, der ihn nicht schnell genug an ihn zurückgab.

»Na schön. Sie dürfen Ihren Auftrag ausführen. Sie haben genau eine Stunde«, spuckte er schließlich aus.

Claude nickte. Innerhalb einer Stunde war er mit dem Verteilen der ungeprüften Pakete mit Schmuggelware für Résistance-Führer fertig, und Madeleine hatte sich mit einer kleinen Gruppe von Frauen der Résistance getroffen. Sie hatte jeder von ihnen Päckchen mit in Gaze gewickelten Wattestreifen übergeben, in denen sich gefälschte Ausweise, Landkarten und Bargeld befanden. Es wurde wenig gesprochen. Sie beschränkten sich auf hoffnungsvolles Flüstern.

Als die Herbstsonne begann abwärts zu wandern, verließen Madeleine und Claude das Lager, ohne auf die gemurmelten Flüche der Wachleute zu achten, die die Tore hinter ihnen zuschlugen. Durch die langsam einbrechende Dämmerung fuhren sie zurück nach Toulouse.

»Werden sie entkommen?«, fragte sie Claude, als sie bei einem Gasthaus am Wegesrand anhielten.

»Sie werden morgen eine größere Chance haben als gestern«, antwortete er. »Dank deinem Mut.«

»*Unserem* Mut«, korrigierte sie ihn sanft.

»*Notre courage*«, stimmte er zu und drückte seine Lippen auf ihre.

***

Am folgenden Tag verließ Claude Toulouse erneut zu einer Mission, über die er nicht reden konnte. Madeleine nahm ihr hektisches, einsames Leben wieder auf. Jede freie Stunde, die sie abzweigen konnte, widmete sie der kleinen Gruppe von Kindern, zu denen Anna gehörte und die sie für ihre Flucht durch die Pyrenäen trainierte. Sie brachte ihnen bei, im Gänsemarsch zu marschieren und dabei absolut still zu sein. Sie lehrte sie eine Hymne, die sie singen sollten, wenn sie durch die Bergdörfer marschierten. Sie würden so tun, als wären sie eine kirchliche Wandergruppe.

»Sein Blick gilt den Vögeln, und er gilt auch mir«, sangen sie, und Madeleine betete, dass wenigstens das zutreffen möge.

Alle Kinder konnten das Ave Maria auswendig, ein zweifelhafter Schutz, doch er würde genügen müssen.

»Geht es bald los?«, drängte Anna.

»Bald«, log Madeleine.

Sie rüsteten sich für den Winter. Madeleine plünderte die Vorratskammer ihrer Mutter nach warmer Kleidung für Anna. Sie fand einen dicken Pullover und einen Anorak, die sie Claude bei seiner Rückkehr geben würde.

»Er friert immer, ist immer erschöpft«, sagte sie besorgt zu Simone.

Es schneite leicht, hörte jedoch wieder auf, bevor sich eine wundersame weiße Decke über der Stadt ausbreiten konnte. Eine schlüpfrig graue Frostschicht bedeckte die Straßen von Toulouse, und merkwürdig geformte, bläulich grüne Wolken zogen über den sich verdunkelnden Himmel. Während Madeleine ihr Fahrrad über eisbedeckte Kreuzungen manövrierte, kam es ihr vor, als hätte die Bösartigkeit der Nazis die Welt der alabasterartigen Schönheit des Winters beraubt.

21. KAPITEL

Am siebten Dezember, ein rauer Wind heulte über Frankreich, warfen japanische Flugzeuge über amerikanischen Schiffen in Pearl Harbour Bomben ab. Einen Tag später erklärte Adolf Hitler den Vereinigten Staaten den Krieg. In London feierten Charles de Gaulle und die Freien Franzosen Amerikas Eintritt in den Krieg. Der Äther erzitterte von den Klängen der »Marseillaise« und des »Star Spangled Banner«, Zwillingshymnen der Solidarität, die in rascher Abfolge gespielt wurden. Madeleine, gleichermaßen begeistert und besorgt, lauschte den widersprüchlichen Gerüchten.

Spekulationen griffen wild um sich, Hoffnung und Furcht prallten aufeinander. Amerikanisches Militär würde sich gegen Deutschland richten. Frankreich wäre bald frei, aber bis dahin wären viele Schlachten ausgefochten, viele Leben verloren. Loyalitäten änderten sich täglich.

Die Gefolgschaft von Vichy verringerte sich stark, als Pétains schockierendes Doppelspiel und seine untertänige Gehorsamkeit gegenüber seinen deutschen Herren offensichtlich wurden und alle Masken fielen. Er schwor Rache gegen jede Gruppierung, die sich ihm entgegenstellte. Seine Methoden waren jetzt genauso grausam wie die der Nazis, seine antisemitischen Verlautbarungen und Erlasse genauso hart und unerbittlich. Aber seine Herrschaft wurde nicht mehr widerstandslos hingenommen. Zahllose Freiwillige stürmten die Netzwerke der Résistance.

Das Symbol der Résistance, das Lothringerkreuz mit zwei Querbalken unter der Inschrift *Es lebe de Gaulle* gewann erneut an Bedeutung. Metrostationen in Paris waren übersät von den auf farbiges Papier gekritzelten Symbolen, sie hingen von Brückengeländern, erschienen auf den Verkaufstresen von *boulangeries* und waren zwischen den Seiten von *Le Monde* und anderen Zeitungen versteckt. Dreiste Kinder zeichneten sie mit farbiger Kreide auf das Pflaster von engen Straßen und breiten Boulevards und liefen davon, um dem Zorn der Vichy-Polizei zu entgehen.

»Frankreich erlebt einen etwas verspäteten Patriotismus«, sagte Claude bitter zu Madeleine, als sie sich während eines seiner seltenen Aufenthalte in Toulouse, wo er stationiert war, in einem kleinen Café trafen. »Plötzlich werde ich gebeten, Anführer zu finden für eine Armee von Freiwilligen, die behaupten, sie wollen sich den Freien Franzosen in Nordafrika anschließen oder zu de Gaulle nach London gehen oder Guerillaeinheiten bilden, um die Nazis in den Grenzgebieten zu bekämpfen. Sie brauchen Papiere, sie brauchen Geld, und sie wenden sich an die jüdischen Pfadfinder um Hilfe. Einer dieser Zuspätkommer hatte den Nerv, mir zu sagen, dass sie sich an uns wenden, weil Juden immer wüssten, wie man zu Geld kommt. Diese Chutzpah!«

»Ja. Die Chutzpah«, stimmte Madeleine zu, ein Gähnen unterdrückend.

Sie kämpfte gegen die Erschöpfung an, die sie schon die ganze Woche fast erdrückte. Es hatte eine neue Welle von Verhaftungen gegeben, und sie war gewarnt worden, dass sie trotz ihrer falschen Papiere und ihrer Deckung als Sozialarbeiterin des Vichy-Regimes nicht immun gegen jede Gefahr war. Ihr war geraten worden, immer in Bewegung zu bleiben und sich von der Wohnung ihrer Eltern fernzuhalten. Sie befolgte diesen Rat und hastete von einem nächtlichen Unterschlupf zum nächsten, eine

Nacht schlief sie auf dem Sofa in der Einzimmerwohnung einer anderen Pfadfinderin, die nächste auf einem Feldbett in Serges und Simones Wohnung oder im Gästezimmer ihrer Freundin Hélène.

»Wer sind diese Freiwilligen?«, fragte sie Claude.

»Das Problem ist, wir können uns nie sicher sein. Wir versuchen, sie zu überprüfen. Wir haben erfahren, dass manche von ihnen Soldaten sind, die vom Vichy-Regime die Nase voll haben und desertieren wollen. Andere sind entflohene Häftlinge aus den Lagern im Südwesten. Es gibt Jugendliche, die Angst haben, zur Arbeit in deutschen Munitionsfabriken zwangsverpflichtet zu werden. Wir wissen nicht, was wir glauben können, wem wir glauben können. Wir haben Angst, dass die lokale Miliz, die französische Polizei, die mit den Nazis zusammenarbeitet, versucht, unsere Organisation zu infiltrieren. Wir machen uns Sorgen um unsere Sicherheit. Wir wissen, dass wir uns vor allem auf unser primäres Ziel konzentrieren müssen«, antwortete er grimmig.

»Unser primäres Ziel?«

»Die Rettung unserer Kinder natürlich. Alles, was Kinder in Gefahr bringen könnte, muss vermieden werden.«

»Ja. Das weiß ich. Aber gibt es neue Gefahren, von denen ich nichts weiß?«

Eine dumme Frage, das wusste sie. Jeder Tag brachte neue Gefahren.

Claude zögerte, schließlich schüttelte er müde den Kopf. Er redete langsam, seine Stimme war schwer von Traurigkeit.

»Ich will dir keine Angst machen, aber ja, wir haben Grund, besorgt zu sein. Unter diesen neuen Freiwilligen könnten viele Informanten sein. Und die Nachrichten aus Madrid sind besorgniserregend. Wir haben gehört, dass die Spanier ihre Grenzen dichtmachen, und bald werden wir unsere Fluchtrouten durch die Pyrenäen nicht mehr nutzen können. Dann bleiben uns nur noch die Schweizer, die anscheinend zuverlässiger sind als die selbsternannten Veteranen des spanischen Bürgerkriegs. Die Schweizer geben keine humanitären Motive vor. Sie wollen einfach nur bezahlt werden. Es kostet jetzt dreitausend Francs, ein jüdisches Kind über die Alpen zu bringen, und es ist auch schon passiert, dass Schweizer Führer damit gedroht haben, eine Mission abzubrechen, solange wir nicht mehr Geld bieten. Diese Söldnerschweine.«

»Das überrascht mich nicht.« Madeleine gab etwas Zucker in ihren Ersatzkaffee, trank ihn jedoch nicht. »Mein Onkel Pierre hat Fluchtrouten mit spanischen *passeurs* ausgehandelt, bevor er emigriert ist. Er erzählte mir, einer von ihnen habe tatsächlich gesagt, die Spanier wollen, dass jüdische Flüchtlinge mühelos ihr Land durchqueren. Es waren die Schweizer, die Geld für ihre Leistungen verlangten. Heute verkaufen sie ihre Hilfe an die Juden; morgen vielleicht an die Deutschen. Und dabei fabrizieren sie weiterhin ihre Kuckucksuhren und Armbanduhren.«

Madeleine dachte an den Zorn ihres Onkels, während Claude berichtete. Sie fragte sich, ob sie Pierre Dreyfus und seine Familie je wiedersehen würde. Es kamen nicht oft Briefe von ihm, doch er hatte von seiner Begegnung mit Eleanor Roosevelt geschrieben, die sich sehr mitfühlend zeigte angesichts der Not der europäischen Juden. Ihr Ehemann, hatte er hinzugefügt, war weniger besorgt, eigentlich überhaupt nicht.

Sie überlegte, ob sie Claude von Pierres Brief berichten sollte, als plötzlich eine kalte Böe durch das Café wehte. Die Tür schwang auf, und zwei Gestapo-Offiziere traten ein. Sie besetzten einen Tisch und riefen mit zu lauter Stimme nach dem Kellner, ihr Französisch klang kehlig, ihre Stimmen rau.

»Deux cafés. Gâteaux. Chocolat. Vite!«

Claude stand auf und schloss die Tür, die sie offen gelassen hatten. Die Deutschen starrten ihn verächtlich an und drehten den Kopf weg.

Claude zog seinen Stuhl näher an Madeleines.

»Bald wird Toulouse ganz unter deutscher Kontrolle sein«, sagte er mit sehr leiser Stimme. »Die Gefahr nimmt zu. Wie du siehst. Dreh dich um, aber ohne zu starren.«

Sie drehte sich um und achtete darauf, nicht zu starren.

Die Deutschen stritten jetzt laut mit dem erschrockenen Kellner. Ihr Kaffee war nicht heiß genug. Ihr Kuchen schmeckte alt. Aber sie aßen. Sie tranken. Sie knallten die Teller auf den Tisch und gingen, ohne zu zahlen.

»Du musst Vorsichtsmaßnahmen ergreifen«, murmelte er.

»Was kann ich tun?«

Er zögerte, und sie sah die Liebe und die Angst in seinen Augen.

»Die Résistance ist der Meinung, du solltest umziehen an einen sicheren Ort«, sagte er.

»Es gibt keinen sicheren Ort für ein Mädchen namens Madeleine Levy, auch wenn sie sich Madame Dupuy nennt. Und wo kann ich mich besser nützlich machen als hier in Toulouse, wo ich Freunde habe und als Angestellte der Vichy-Verwaltung operiere? Willst du, dass ich meine Eltern, meine Brüder, Simone und Serge verlasse?«

»Du sollst nichts tun, was du nicht willst. Aber ich mache mir Sorgen, solange du in Toulouse bist.«

»Und ich mache mir Sorgen um dich, wo immer du bist.«

Sie tauschten ein sarkastisches Lächeln aus. Ihre Angst umeinander war ein Beweis ihrer Liebe.

Claude verließ Toulouse am darauffolgenden Tag. Wie immer wusste Madeleine nicht, wohin er ging oder wann er zurückkäme. Niedergeschlagen, aber schicksalsergeben setzte sie ihr Nomadenleben fort, nur ganz kurz schneite sie in die Wohnung ihrer Eltern herein, um ihnen zu versichern, dass es ihr gutging und um kurz mit Anna zu sprechen, die von Jeanne Levy beschützt und verhätschelt wurde.

Madeleine suchte einige Zufluchtsorte für die Nacht heraus, eine kleine Segeltuchtasche mit Zahnbürste, Nachthemd und frischer Unterwäsche befand sich stets in ihrem Fahrradkorb. Vom Hauptquartier der Résistance war eine dringende, verschlüsselte Warnung herausgegeben worden, dass höchste Gefahr bestand und alle Kämpfer ihren Aufenthaltsort sofort und so oft wie möglich wechseln sollten. Des Weiteren war angeordnet worden, dass keine Treffen in Restaurants und Cafés stattfinden sollten und niemandem zu trauen sei.

Madeleine wusste, wie berechtigt solche Warnungen waren. Viele führende Kräfte der Résistance und der jüdischen Pfadfinder waren bereits verhaftet worden. Sie fühlte sich am sichersten bei ihrer Freundin Hélène, einer Hebamme und eifrigen Résistance-Mitarbeiterin, die sowohl die Babys von deutschen Frauen als auch von französischen Prostituierten zur Welt brachte. Dieser Doppelrolle verdankte sie Informationen und Immunität, so zerbrechlich diese auch sein mochte.

Die starke, kompetente Hélène gab nichts auf Warnungen vor Gefahr und vor dem Tod.

»Meine Aufgabe ist es, Leben auf die Welt zu bringen«, sagte sie zu Madeleine, als sie sich bei einem kleinen Glas Anisschnaps entspannten, den sie mit Hilfe der von Simone fachkundig gefälschten Lebensmittelmarken ergattert hatten. »Denken wir nicht an den Tod.«

»Ich versuche es«, versprach Madeleine, doch sie wusste, dass sie dieses Versprechen nicht würde halten können.

Ihre falsche Identität als leitende Sozialarbeiterin für den Secours National brachte sie in engen Kontakt mit der französischen Gestapo, französischen Kollaborateuren, die in den Folterkammern des Gefängnisses in der Rue Maignac bereitwillig als Komplizen der deutschen Vernehmungsoffiziere agierten. Sie verbarg ihre Verachtung für sie und pflegte einen lockeren, flirtenden Umgang.

Leon, ein französischer Gestapo-Leutnant, war ein hartnäckiger Verehrer, es gelang ihm, sie zu Besprechungen zu begleiten, und als sie eine belebte Straßenkreuzung überquerten, hielt er ihre Hand.

»Diese Widerständler sind gefährlich. Die würden sich nichts dabei denken, Sie einfach zu überfahren. Haben Sie gewusst, dass Juden unter ihnen sind?«, sagte er.

Sie nickte, dankte ihm für seine Fürsorge und schenkte ihm ein betörendes Lächeln. Doch als er sich vorbeugte und ihr etwas Zärtliches ins Ohr flüsterte, schüttelte sie den Kopf.

»Ich kann Sie nicht hören«, gestand sie. »Sie wussten wohl nicht, dass ich schwerhörig bin.«

»Ich bin in gewisser Weise erleichtert, das zu hören«, erwiderte er.

Diese Erleichterung mündete in der Aufforderung, ihn in Cafés zu begleiten, wo er sich sowohl mit seinen Vorgesetzten als auch mit seinen Untergebenen traf, um über die Namen von Verdächtigen und Schauplätzen zu reden, die attackiert werden sollten. Es war durchaus möglich, dass dabei alle möglichen Geheiminformationen preisgegeben wurden, denn er ging ja davon aus, dass Madeleine ihr Gespräch nicht hören konnte, und teilte das auch seinen Kollegen mit.

Madeleine hatte natürlich ihr Hörproblem übertrieben. Sie las von den Lippen, lauschte aufmerksam und lernte jede kleinste Information auswendig, um sie an Serge weiterzugeben, der schnell reagierte. Neue Identitäten wurden erstellt, Treffpunkte und sichere Zufluchtsorte aufgegeben, Leben gerettet.

Sie war erleichtert, als Leon nach Paris versetzt wurde, und tröstete ihn beim Abschied mit dem Versprechen, dass sie sich dort mit ihm treffen werde.

»Ich kenne ein wundervolles Hotel in Neuilly«, sagte sie und versuchte sich an den Hotelnamen zu erinnern, den sie sich ausgedacht hatte, als sie die Rolle der Adele Valheur spielte. Es spielte kaum eine Rolle. Er würde sie nicht suchen. Paris war voll schöner junger Kollaborateurinnen.

***

Die Winterwochen vergingen langsam. Claude war selten in Toulouse, und Madeleine schätzte die kostbaren Stunden, die sie mit Simones kleiner Familie verbrachte. Die Zeit bei ihnen war eine Verschnaufpause von ihrer eigenen hektischen Existenz und von dem Gefühl der Einsamkeit, das sie nie verließ. Sie malte sich aus, dass das strahlende Glück ihrer Schwester, ungetrübt von dieser düsteren Zeit, ein Vorzeichen ihrer eigenen Zukunft war.

»Deine Zeit wird kommen«, hatte Lucie ihr an Simones Hochzeitstag zugeflüstert. Madeleine behielt diese Worte in Erinnerung. Ihre kluge Großmutter irrte sich selten.

Als führendes Mitglied der Résistance besaß Serge auch ein Radio. Es war im Küchenschrank versteckt, unter einer wackeligen Pyramide aus Zwiebeln und Kartoffeln, und es verfügte über eine Frequenz, die stark genug war, um Sendungen aus London zu empfangen. Das französischsprachige *Radio Londres* bot die einzig glaubwürdigen Nachrichten über den tatsächlichen Fortgang des Krieges. *Radio Paris* schmetterte antisemitische Tiraden, und sowohl *Radiodiffusion Nationale* als auch *Radio Jeunesse* wurden von Vichy gesteuert,und die Berichterstattung war offenkundig falsch.

Die Küche wurde während der Sendungen abgedunkelt, die Lautstärke niedrig eingestellt, denn das Abhören des BBC-Senders galt als schweres Verbrechen, das mit Gefängnis oder dem Tod bestraft wurde. Madeleine kauerte mit anderen Résistance-Arbeitern zusammen und hörte die Nachrichten. Sie hörte die ersten Töne von Beethovens Fünfter Symphonie, gefolgt von dem Tippen eines einzigen Buchstabens im Morsecode. Kurz-kurz-lang – der Buchstabe V – V für Victoire. Sieg. Sie rutschte ganz nah heran, denn die Stimme des *Free-French*-Nachrichtensprechers war für sie kaum zu hören. Doch sie verstand die Worte. »*Ici Londres. Les Français parlent aux Français.* Hier London. Französische Bürger sprechen zu französischen Bürgern.«

Die Nachrichten waren nie gut. Mit sinkendem Mut erfuhren sie von der Deportation von Juden aus jedem europäischen Land unter deutscher Besatzung zu den berüchtigten Zielorten. Treblinka, Sobibor. Chelmno, Belzec. Auschwitz, Birkenau.

»Todeslager.« Serge spuckte das Wort mit geballten Fäusten aus. Seine eigene Familie war irgendwo in Osteuropa, wanderte durch die Todeszonen oder war vielleicht bereits ermordet worden.

An einem trüben Märzabend kam Madeleine zusammen mit ihren Brüdern in Simones Küche. Jean Louis und Etienne, blass und erschöpft, streckten sich auf dem Boden aus. Sie fragte nicht, was die Ursache ihrer Erschöpfung war. Die schmutzverschmierten Fensterscheiben waren teilweise frostbedeckt. Serge ließ krachend die Verdunkelungsrollos herab, schraubte die elektrische Glühbirne heraus und zündete eine kleine Kerze an, die aufflackerte und wieder erlosch, sodass der Raum in völliger Dunkelheit lag. *Ein schlechtes Omen*, dachte Madeleine.

Sie nippte an dem bitteren Kaffee, den Simone aus Zichorie und Eicheln gebrüht hatte, und lauschte der dumpfen, fast ungläubigen Stimme des Nachrichtensprechers, der berichtete, dass ein »Sonderzug« mit 1112 jüdischen Häftlingen, viele von ihnen Kämpfer der Résistance, Paris in Richtung Auschwitz verlassen hatte. Ihre Kehle schnürte sich zu, ihre Hände zitterten. Sie ließ ihren Becher fallen, ohne auf den dunklen Fleck zu achten, der sich auf ihrem Rock ausbreitete.

»Claude«, flüsterte sie, zitternd vor Angst.

Serge, der die Bewegungen jedes Agenten der Résistance kannte, war schnell an ihrer Seite. Er redete sehr leise mit ihr. Damit verstieß er, wie sie wusste, gegen das Protokoll der Résistance.

»Claude war nicht in Paris«, sagte er, und sie lehnte sich erleichtert und dankbar an ihn.

»Wo?«, fragte sie, aber diese Information konnte er nicht mit ihr teilen.

Er wandte sich wieder dem Radio zu und wählte eine Geheimfrequenz, auf der ein Résistance-Agent kodierte Botschaften weitergab.

»Meine Aufträge«, sagte er grimmig.

Er kopierte alles auf ein Blatt Papier, entzifferte den Code und lernte dann alles auswendig, mit stummen, langsamen Lippenbewegungen. Dann zerriss er das Blatt, öffnete das abgedunkelte Fenster und warf die Schnipsel hinaus, die von dem heftigen Wind davongetragen wurden.

Er drehte sich zu Jean Claude und Etienne um, deren Müdigkeit jetzt grimmiger Entschlossenheit gewichen war. Sie blickten ihn an, wohl wissend, dass bald eine Mission zu erfüllen war. Sie waren bereit. Sie waren absolut bereit.

»Wir haben erfahren, dass die Gestapo morgen im Lauf des Tages eine Waffenlieferung im Bahnhof von Castres erwartet. Wir wissen nicht genau, wann, aber wir wissen, wo, und wir wissen, was wir zu tun haben.«

Serge öffnete den Eisschrank und holte einen Karton heraus, der ganz hinten steckte und die Aufschrift *Beurre* trug. Er enthielt keine Butter, sondern einen kompakten Sender. Serge arbeitete schnell, seine Finger flogen über die Tasten, als er eine verschlüsselte Botschaft schrieb.

»Ich habe der Kampfzentrale mitgeteilt, dass wir dafür sorgen, dass solch eine Lieferung niemals ankommen wird, denn morgen früh gibt es in Castres keinen Bahnhof mehr.«

Er deutete auf seine jungen Schwager. Wortlos schwärzten Jean Louis und Etienne ihre Gesichter mit den Kohlestücken, die Simone ihnen reichte, und Madeleine streifte dicke Socken über ihre Stiefel, um das Geräusch ihrer Schritte zu dämpfen. Ihre Mission und ihre Absicht waren klar. Sie und Serge, ihre beiden Brüder und andere leitende Pfadfinder hatten lange Stunden im Keller eines abgedunkelten Schulgebäudes verbracht, wo ein Ausbilder aus England eine Schulung über den Einsatz von Sprengstoffen durchgeführt hatte.

Der kleine Ingenieur aus dem Londoner East-End mit dem ansteckenden Lachen und dem grässlichen Französisch hatte sich über den Ärmelkanal schleusen lassen und sie in die Geheimnisse effektiver Sabotage eingeweiht. Brücken, Häfen, Züge und Bahnhöfe würden ihre Ziele sein; Dynamit und Plastiksprengstoff die Waffen ihrer Wahl. Zündsätze waren leicht zu beschaffen. Dicke Schnüre gaben hervorragende Zündschnüre ab. Serge hatte mehr als einmal das Wissen aus dieser heimlichen Schulung in die Tat umgesetzt, das wusste Madeleine, und oft war er dabei von Jean Louis und Etienne unterstützt worden.

Sie schaute zu, als die beiden Jutesäcke voller Ausrüstung unter dem Bett hervorzogen. Serge küsste Simone, die Brüder umarmten ihre Schwestern, und dann verschwanden sie in der Dunkelheit.

Simone seufzte.

»Die Gestapo wird diese Lieferung nicht bekommen, aber sie werden morgen eine neue schicken und danach wieder eine. Wir schießen mit Pfeilen auf Maschinengewehre.«

»Wir tun, was wir können«, erwiderte Madeleine ruhig.

»Ich weiß. Aber ich weiß auch, dass Hitler keine Ruhe geben wird, bis nicht jeder Jude in Europa tot ist.« Simone blickte auf die Dokumente, die auf ihrem Küchentisch ausgebreitet waren, und auf den Stapel Fotos, mit denen sie diese versehen würde, Automatenfotos, die zu manipulieren sie gelernt hatte.

Sie zuckte mit den Achseln, öffnete einen Tiegel mit Paste und machte sich an die Arbeit. Madeleine griff ebenfalls zum Pinsel. Das wenigstens konnten sie tun. Mussten sie tun.

Endlich waren die fertigen Ausweisdokumente verpackt, und Simone trat ans Fenster, wo sie die ganze lange Nacht Wache stehen und auf ihren Ehemann und ihre Brüder warten würde.

Madeleine kroch in das schmale Bett, in dem ihre kleine Nichte schlief, und versuchte, sich ein Gebet auszudenken, das vielleicht Trost spenden würde. Es fiel ihr keines ein. Beruhigt durch das rhythmische Auf und Ab des kindlichen Atems, schlief sie ein. Ihre Träume waren teils voller Schrecken, teils voller Freuden.

Als das erste Licht der Morgendämmerung den Winterhimmel erhellte, kehrten die drei Männer zurück. Madeleine hörte Simones freudigen Schrei der Erleichterung und wurde von Dankbarkeit überwältigt.

»Danke«, murmelte sie und erkannte, dass dieses Wort ein Gebet war.

22. KAPITEL

Der grausame Winter ging langsam in den Frühling über. Zartes, frisches Gras breitete sich auf den Wiesen aus, und Wildblumen wuchsen im Überfluss. Goldene Forsythien und Massen von violetten Schwertlilien wiegten sich im sanften Wind. Als sie auf der Landstraße zu einer Besprechung mit ihren Vichy-Vorgesetzten unterwegs war, sprang Madeleine vom Rad und pflückte Polster von Glockenblumen und Lavendel. Lächelnd bot sie sie einem rundlichen Vichy-Offizier an, der sie dankbar annahm. Er befestigte eine Glockenblume an seiner Schulterklappe, sodass die Blüte an seine polierte Anstecknadel gedrückt wurde, auf der die Streitaxt von Gaul, das offizielle Emblem der Vichy-Regierung, eingraviert war. Madeleine wich zurück, erbost darüber, dass die unschuldige, kleine Blüte und das Symbol von Hass und Verrat einander berührten.

Später am Abend, als sie bei einem von Claudes seltenen und kurzen Besuchen in Toulouse ein hastiges Abendessen miteinander teilten, sprach sie mit ihm über diesen Zwischenfall.

»Und natürlich habe ich ihm gesagt, dass er die Blumen ins Wasser stellen muss«, beendete sie ihren Bericht. »Er hat sich überschwänglich bedankt. Damit dürfte ich mir ein wenig Schutz verschafft haben.«

»Närrische Madeleine«, murmelte Claude. Sie verstand, dass er nicht sagen wollte, dass jedweder Schutz nur von kurzer Dauer und unzuverlässig war.

Mit einem Wärmeeinbruch kam über Nacht der Sommer. Wilde Rosen blühten an den Ufern der Garonne und bahnten sich ihren Weg durch die Hecken der Landstraßen, die in einem Kaleidoskop aus Farben aufleuchteten. Wilde Rosen mochte Lucie Dreyfus am liebsten, erinnerte sich Madeleine und schnitt Sträuße von roten und weißen Blüten und von strahlend blauem Flieder. Ein *bouquet für den Tag der Bastille*, dachte sie und inhalierte den Duft. Mit verblüffender Klarheit erinnerte sie sich an den Tag der Bastille von 1935.

Sieben Jahre waren seit dem Tod ihres Großvaters vergangen. Madeleine stand im Sonnenschein, drückte die Blumensträuße an sich und dachte an all das, was sich in dieser Zeitspanne ereignet hatte. Krieg und Besatzung. Schmerzliche Trennungen. Die Familie Dreyfus zerstreut, Freunde verschwunden. Tod und Gefahr. Ihre Träume ein Durcheinander aus Rauchwolken, die sich düster himmelwärts bewegten aus den Schornsteinen des Todes in Polen und aus blühenden Rosen. Sie lächelte, bestaunte ihre Schönheit und ihren imaginären Duft.

Sie war dankbar, versicherte sie sich selbst, während sie den Duft dieser roten, weißen und blauen Blüten einatmete, dankbar für die Freundschaft ihrer Kameraden, für Simone, ihre Brüder und Eltern, für Claudes fürsorgliche Zärtlichkeit. Die Hoffnung war lebendig, die Erinnerung dauerte fort. Der Tag der Bastille bot sowohl Trauer als auch Trost.

Sie beschloss, ganz spontan, mit Simone ihre Großmutter in dem Kloster, ihrem neuesten Versteck, zu besuchen; gemeinsam würden sie eine Erinnerungskerze anzünden und so den Jahrestag von Alfred Dreyfus' Tod begehen.

Schnell radelte sie zurück nach Toulouse. Die Bäckerei hatte noch geöffnet, und sie kaufte das letzte Stück Apfelkuchen, Simones liebste Süßigkeit. *Ein gutes Omen*, dachte sie glücklich.

Den weißen Karton von der Bäckerei und die Blumen an sich drückend, betrat Madeleine die Wohnung ihrer Schwester. Sie war erstaunt, dass sich zu dieser ungewöhnlichen Tageszeit eine kleine Gruppe von Résistance-Kämpfern in der Küche befand und aufmerksam dem Radio lauschte. Der Raum war spärlich beleuchtet. Die Rollos waren wieder hinuntergelassen, und die Luft war schwer vom Rauch der Gauloises und dem Geruch ungewaschener Körper. Niemand drehte sich um, um sie zu begrüßen. Es herrschte grimmiges Schweigen. Endlich blickte Simone auf, ihre Augen waren rot umrandet, ihr Gesicht eine Maske fassungsloser Trauer.

Madeleine legte Blumen und Kuchen ab.

»Was ist passiert?«, fragte sie, doch Simone legte einen Finger auf die Lippen und deutete auf einen Stuhl nahe am Radio. Madeleine setzte sich und beugte sich vor, doch der Ton war noch leiser als sonst, und sie konnte nur ein paar Worte erhaschen. *Vél d'Hiv*, glaubte sie gehört zu haben, obwohl die vertraute Stimme des Nachrichtensprechers gedämpft war und er langsam und in bedrücktem Ton redete.

»Vél d'Hiv.« Wieder hörte sie dieses Wort. Sie kannte den Namen. Es war die allgemein akzeptierte Abkürzung für Vélodrome d'Hiver, ein Pariser Wahrzeichen. Es lag am Boulevard d'Hiver, nicht weit vom Eiffelturm, und war ein imposantes Gebäude. Madeleines Großvater, der Paris so geliebt hatte, hatte ihr erzählt, dass es für das Radrennen der Olympischen Spiele im Jahr 1924 errichtet worden und zu einem Austragungsort für Wettkämpfe im Fechten, Boxen und Gewichtheben geworden war. Ganz Europa, so hatte er stolz behauptet, blicke mit Neid auf seine Glaskuppel.

Warum nur hatte die Erwähnung des Velodroms eine solche Betroffenheit im ganzen Raum ausgelöst? Warum hielt Simone ihre Tochter an sich gedrückt, während ihr Tränen übers Gesicht liefen? Madeleine verfluchte ihre Schwerhörigkeit und neigte den Kopf noch näher zum Radio.

Sie erhaschte ein weiteres Wort. *Rafle*.

Vél d'Hiver. *Rafle*. Sie versuchte die Puzzleteile zusammenzufügen, eine Bedeutung darin zu erkennen, aber sie blieben ein unverständliches Puzzle, einzelne Worte, die sie in keinen Zusammenhang bringen konnte. Das Radio verstummte. Simone wandte sich Madeleine zu, nahm den Strauß aus Rosen und Flieder und drückte ihn ans Gesicht. Ihre Tränen fielen wie Tautropfen auf die zarten, weichen Blütenblätter.

»Simone, was ist passiert?«, fragte Madeleine.

Ihre Schwester sprach langsam und deutlich.

»In Paris haben die Nazis ganz früh heute Morgen, noch vor Tagesanbruch, Tausende von Juden und Résistance-Kämpfern zusammengetrieben. Sie haben ganze Familien verhaftet. Sogar kleine Kinder. Säuglinge. Alte Menschen. Keine Warnungen, keine Erklärungen. Sie haben gebrüllt, dass jeder Verhaftete nur eine Decke, einen Pullover, ein Hemd mitnehmen darf. Kein Essen. Kein Wasser. Keine Medikamente. Keine Windeln für die Babys. Die Menschen wurden in Busse und Lastwagen gepfercht. Familien wurden getrennt ohne Sinn und Verstand. Manche wurden nach Drancy gebracht, aber die meisten zum Vél d'Hiv. Wir haben inzwischen Berichte über die Zustände dort. Entsetzlich. Unmenschlich.« Simone brach fast die Stimme. »Eine Freiwillige von den Quäkern, die hineinging, um kranke Babys zu versorgen, konnte kaum atmen, als sie all das Grauen beschrieb, das sie dort gesehen hat.«

»Babys. Warum verhaften sie Babys?«, fragte Madeleine und wurde sich im selben Moment bewusst, wie absurd diese Frage war.

Warum verhaften sie überhaupt Menschen? Mütter, Väter, Alte, Kranke? Sie kannte natürlich die Antwort. Weil sie alle des Verbrechens schuldig waren, Juden zu sein. Es gab keine rationale Antwort auf ihr Warum. Der Hass siegte über die Vernunft.

Schwindlig vor Entsetzen griff Madeleine nach Simones Hand.

»Was passiert als Nächstes?«, fragte sie.

»Wir wissen es nicht. Serge steht in Kontakt mit der Résistance-Leitung, mit Claude in Paris und Robert Gamzon in Algerien.«

»Dann ist Claude also noch frei«, sagte Madeleine.

Sie verzieh sich die Erleichterung, die sie empfand. Ihr Entsetzen wurde dadurch nicht geringer.

»Ja. Er befindet sich in einer sicheren Unterkunft und hat von dort aus Kontakt zum Roten Kreuz und zu den Quäkern, die wohl die einzigen Informationsquellen sind«, erwiderte Simone.

Madeleine blickte über den Raum hinweg zu Serge, der am Küchentisch saß und einen Stadtplan von Paris studierte.

Er war, wie sie wusste, auf der Suche nach einem Fluchtweg, obwohl ihm doch bestimmt klar war, dass es für die im Vél d'Hiv Eingesperrten kein Entkommen gab. Sie blickte auf, als ihre Brüder hereinstürmten.

»Diese Nazi-Bastarde, diese verfluchten Vichy-Verräter«, grollte Jean Louis. »Sie haben gewartet, bis die Feierlichkeiten zum Tag der Bastille vorüber waren, um dann ihre eigenen Leute zu verraten. Französischer Faschistenabschaum verrät französische Juden, französische Résistance-Kämpfer, die eigenen Nachbarn. Gib ihnen ein paar Francs, eine Flasche Wein, und sie verkaufen ihre eigenen Eltern an Hitler. *Incroyable*. Unglaublich.«

»Der Tag der Bastille hat keine Bedeutung für die Vichy-Franzosen«, fügte Etienne hinzu. »Sie sind die Stoßtrupps der Nazi-Besatzer. Denkst du, der Mob, der Pétain und Laval folgt, Hitler die Treue schwört, Hakenkreuz-Armbänder trägt und sich die Streitaxt von Gaul ans Revers heftet, glaubt an *Liberté, Égalité, Fraternité*?«

»Versucht euch zu erinnern, dass wir viele Freunde haben, die Vichy bekämpfen«, ermahnte Simone ihre Brüder ruhig. »Unsere Kameraden in der Résistance, die christlichen Pfadfindertruppen vom Oratoire du Louvre, die mit den *éclaireurs* Israélites zusammenarbeiten und jüdische Kinder retten und verstecken. Es gibt mutige Städter und Bauern, die unsere Kinder und die Kinder von Résistance-Kämpfern verstecken und dabei ein großes Risiko für ihr eigenes Leben eingehen. Nicht jedes Opfer der Nazis ist ein Jude.«

»Aber jeder Jude und jede Jüdin ist ein Ziel«, erinnerte Serge sie, und seine Stimme hallte unheilvoll durch den Raum.

Er faltete seinen Plan zusammen. Er hatte eingesehen, dass die Suche nach einem Fluchtweg ein sinnloses Unterfangen war. Erneut schaltete er das Radio ein, in der Hoffnung, etwas von Radio Londres zu hören, aber es kam keine Übertragung. Als ob die Schreckensmeldungen aus Paris die Freien Franzosen in London zum Schweigen gebracht hätte. Madeleines Strauß aus roten, weißen und blauen Blüten lag als welkender Haufen auf dem Tisch. Niemand hatte daran gedacht, sie ins Wasser zu stellen.

***

Tage vergingen, und Nachrichten aus dem Vél d'Hiv tröpfelten spärlich, jeder neue Bericht, jedes neue Gerücht grässlicher als die, die man zuvor gehört hatte. Freiwillige Quäkerinnen und Rotkreuz-Mitarbeiter gaben ihren Deckmantel der Neutralität auf und redeten erbittert über die unmenschlichen Bedingungen. Das berühmte Glasdach des Velodroms war dunkelblau gestrichen worden als Tarnung gegen die RAF-Bomber, die Einsätze über Paris flogen. Die dunkle Farbe steigerte tagsüber die Sommerhitze ins Unerträgliche. Da die Fenster verriegelt waren, um eine Flucht zu verhindern, zirkulierte die Luft nicht.

Es gab nur fünf Toiletten für geschätzte dreizehntausend Häftlinge, keine Windeln für Babys, nur eine unzureichende Versorgung mit Eimern für Abfälle jeder Art. Der Gestank von

Exkrementen, Urin, Erbrochenem und ungewaschenen Körpern verursachte selbst den Wachleuten Brechreiz. Aus den Wasserhähnen tröpfelte nur ein rostfarbenes Rinnsal. Es hieß, dass die, die zu fliehen versuchten, auf der Stelle erschossen wurden. Ihr Blut trocknete auf der Betonfläche, über die einst Radfahrer in bunten Trikots um die Wette gefahren waren. Es gab Berichte über Selbstmorde. Tod durch selbst auferlegtes Hungern. Ein Mann erwürgte seine Frau mit seiner Krawatte und danach sich selbst. Eine verzweifelte, halb wahnsinnig gewordene Mutter, erwürgte ihr Baby, das nicht aufhören wollte zu schreien.

Simone weinte. Kummer und Schmerz drohten Madeleine zu erdrücken. Sie lauschten der bedrohlichen Radioansprache von Pétains Vizepremier Pierre Laval. Seine Worte verstärkten ihre Verzweiflung.

»Nichts und niemand kann uns von der Politik der Säuberung Frankreichs von allen unerwünschten Elementen ohne Nationalität abhalten«, verkündete er.

Sie blickten einander an. Ihre Familien lebten seit Generationen in Frankreich, und doch waren sie jetzt »ohne Nationalität«. Sie waren die »unerwünschten Elemente«. Nazi-Politik war jetzt französische Politik. Ihre schlimmsten Befürchtungen hatten sich bewahrheitet.

Serge drückte Simone an sich, seine Hand lag zärtlich auf der fast unmerklichen Rundung einer neuen Schwangerschaft. Madeleine fuhr in die Rue de la Dalbade, umarmte ihre Eltern und drückte Anna zu fest an sich.

Innerhalb von Tagen wurde das Vélodrom geleert. Radio Londres berichtete, dass die Verhafteten nach Drancy, Beaune-la-Rolande und Pithiers transportiert worden waren, Stationen auf dem Weg nach Auschwitz.

»Stationen auf dem Weg zur Hölle«, ergänzte Serge bitter.

23. KAPITEL

Die Tragödie vom Vél d'Hiv löste ein neues Gefühl von Dringlichkeit aus. Das Land wurde von der Angst heimgesucht, dass die in Paris verübte Grausamkeit sich ohne Vorwarnung in Toulouse, in Lyon, in den kleinsten Dörfern der unbesetzten Zone wiederholen könnte. Es gab keinen Zweifel mehr. Die Führerschaft der jüdischen Résistance wusste, dass es ein Wettlauf gegen die Zeit war. Die *rafles* nahmen zu, Mütter und Väter verschwanden, und man suchte verzweifelt nach weiteren Unterschlupfmöglichkeiten für verlassene jüdische Kinder. Madeleine und ihre Kameraden verbrachten endlose Stunden mit der Suche nach möglichen, egal welchen, Zufluchtsorten. Schlaf wurde zum Luxus. Mahlzeiten wurden hastig im Laufschritt eingenommen.

Madeleine lebte ein Doppelleben. Ihre Vichy-Anstellung verschaffte ihr eine exzellente Deckung für ihre Résistance-Aktivitäten. Sie trug die Anstecknadel mit der Streitaxt von Gaul am Revers. Für ihre Vorgesetzten war sie Madeleine Dupuy.

Aber sie kannte sich selbst als Madeleine Levy. Das blauweiße Halstuch der jüdischen Pfadfinder steckte in ihrem Mieder. Wenn die Müdigkeit sie übermannte, schlief sie in der Wohnung ihrer Eltern und tat Jeanne Levys Ermahnung ab, sie dürfe nicht vergessen, vorsichtig zu sein.

»Ich bin sehr vorsichtig, Maman«, sagte sie zu ihrer Mutter, und die beruhigende Lüge ging ihr ganz leicht über die Lippen.

Claude bot sie keine solche Beruhigung an. Bei ihren kurzen, atemlosen Telefonaten redeten sie wachsam über die Gefahren, denen sie ausgesetzt waren, und benutzten dabei ihren eigenen Code.

»Ein guter Tag ist zu Ende«, sagte sie beispielsweise, und das bedeutete, dass sie überlebt hatte und in Sicherheit war.

»Einsam hier«, murmelte er und das hieß, dass er sie vermisste, dass er sie liebte.

»Hier auch.«

Sie wusste nie, wo sein »Hier« war. Die Geheimhaltung der Résistance war wichtiger als die Wünsche von Liebenden.

Sie kam sich vor wie eine routinierte Schauspielerin auf einer wackeligen Bühne. Liebenswürdig begrüßte sie bei ihren Routinebesuchen im Büro des Secours National ihre Vichy-Kollegen und überspielte mit ihrem Lächeln den Hass in ihrem Herzen. Sie erfüllte ihre offiziellen Pflichten und raste dann mit dem Fahrrad über immer neue Straßen und Feldwege in dem verzweifelten Versuch, Verstecke für bedrohte Jungen und Mädchen zu finden, immer wieder gerührt von dem Mut jener, die ihre Hilfe anboten, und zornig auf jene, die sie verweigerten.

»Ich kann nicht riskieren, meine Familie in Gefahr zu bringen«, sagte der Besitzer einer kleinen Pension bedauernd.

»Ganz Frankreich ist in Gefahr, Monsieur«, entgegnete sie müde, ohne jedoch hinzuzufügen, dass die Situation jüdischer Kinder die gefährlichste von allen war.

Sie war sehr vorsichtig, wohl wissend, dass es Menschen gab, die ihre Unterstützung anboten und dann die Kinder, die zu beschützen sie zugesagt hatten, an die Vichy-Polizei übergaben, um die dafür ausgeschriebene Belohnung einzufordern. Für ein verratenes jüdisches Kind konnte man vielleicht einen Bonus von zusätzlichen Lebensmittelkarten bekommen, möglicherweise sogar ein paar Liter Benzin. Sie stellte gezielte Fragen, beriet sich mit Gemeindepfarrern, begründete ihre Ablehnungen sorgfältig.

Die Nachricht, dass der SS-Kommandant Klaus Barbie dem Gestapo-Hauptquartier in Lyon zugeteilt worden war, beunruhigte die Führerschaft der Résistance. Es war ein weiterer Hinweis darauf, dass die südliche Zone bald völlig unter die Kontrolle der Nazis geraten würde. Bald würde man jede Vortäuschung einer französischen Verwaltungskontrolle aufgeben.

»Aber natürlich haben wir keine französische Regierung. Pétain und Laval sind Hitlers Marionetten«, sagte Serge bitter, als er aus *Le Matin*, dem wichtigsten Blatt der Kollaborateure, vorlas. Pétain hatte einen Artikel geschrieben, in dem er die Résistance beschuldigte, »das Vaterland zu verraten«.

Serge riss die Zeitung in kleine Stücke, die Simone aufsammelte.

»Serge, bitte mach uns nicht dieses exzellente *papier de toilette* kaputt«, schalt sie ihn lachend.

Madeleine und die anderen um den Perlschen Küchentisch versammelten Résistance-Kämpfer stimmten in das Lachen ein.

Schon das geringste Erfolgserlebnis gab ihr neuen Mut. Sie fand eine Zuflucht für ein Zwillingsbruderpaar im Keller einer Taverne. Der Abt des Klosters Lavour nahm drei Jungen auf, die auf wundersame Weise der *rafle* entkommen waren, bei der ihre Eltern verhaftet wurden. Drei Leben gerettet. Fünf.

Ungeduldig wartete sie auf Claudes Anrufe, die immer seltener wurden und schließlich aufhörten. Serge sagte ihr, Claude sei sehr viel unterwegs, und mehr könne er nicht sagen.

Madeleine verstand, dass er sich an das Protokoll der Résistance hielt. Sein Schweigen war ihr Schutz. Claudes Reisen würden ein undurchschaubares Geheimnis bleiben müssen, zu seinem Schutz und zu ihrem. Sie stellte sich vor, dass er sich in Gefahr befand. Sie stellte sich vor, dass er in Sicherheit war. Malte sich aus, wie sie in seinen Armen lag. Sie erwachte aus einem Albtraum – Tränen liefen ihr übers Gesicht –, weil sie geträumt hatte, er sei tot.

Endlich brachte ein Kurier einen Brief von ihm. Schwach vor Erleichterung und mit zitternden Händen las sie ihn. Er schrieb verschlüsselt, da er wusste, dass der Kurier abgefangen werden könnte, aber sie dechiffrierte seine sorgfältig formulierte Botschaft mühelos.

Er schrieb, dass er sich bei guter Gesundheit befand, vollständig geheilt von einer langwierigen Infektion. Sie verstand, dass das bedeutete, dass er nach einer langen Strapaze außer Gefahr war. Er prahlte, er habe in seinem Geschäft einen erfolgreichen Schlussverkauf durchgeführt und alle Waren verkauft und ausgeliefert. Sie wusste, das bedeutete, dass eine Rettungsmission abgeschlossen war und die Kinder sich in der Schweiz in Sicherheit befanden.

»Wir sollten in nächster Zukunft wirklich *un vacance planen*, einen Urlaub«, schrieb er zum Abschluss. Sie lächelte. Das Wort *vacance* war aus ihrer beider persönlichem Wortschatz verschwunden. Claude meinte damit nur, dass sie sich vielleicht bald wiedersehen würden, womöglich sehr bald.

Mit neuem Optimismus prägte Madeleine sich die mit Bedacht formulierten Worte ein. Der Krieg verwandelte jede gemeinsam verbrachte Stunde in ein funkelndes Kleinod.

»Sehr bald«, wiederholte sie lautlos, als sie die Landstraße hinabfuhr zu einer Verabredung mit einem Getreidesilobesitzer, der eingewilligt hatte, zwei jüdische Jungen in seinem Silo zu verstecken.

»Sie müssen sehr klein sein, diese Jungen«, forderte er, während er das Geld zählte, das sie ihm gab. »Der Platz ist sehr eng.«

»Ich verstehe«, erwiderte sie und fragte sich, ob sie die Jungen davor warnen sollte weiterzuwachsen. Zwei weitere Zentimeter oder ein weiteres Pfund Gewicht könne sie verraten. Wie immer spielte sie ihre Rolle, lächelte dem Mann zu, der immerhin sein Leben und das seiner Familie riskierte. Was er sagte, war dumm, aber sein Mut war nicht zu bestreiten. Sie veranlasste, dass die beiden Jungen, verwaiste Cousins, deren Eltern im Vél d'Hiv verschwunden waren, am folgenden Tag zum Getreidesilo gebracht würden. Jeden Monat kam sie mit dem Fahrrad hierher, lächelte den Besitzer an und schob ihm einen Umschlag mit zwölfhundert zusätzlichen Francs in die Hand. Der verabredete Preis für den Schutz eines Kindes war sechshundert Franc im Monat, Geld, das die Résistance mit großem Einfallsreichtum und unter großen Schwierigkeiten aufbrachte.

***

Madeleine wartete. Das »Sehr-Bald« aus Claudes Botschaft wurde zunehmend illusorisch, als Tage, dann Wochen vergingen. Sie setzte ihr nächtliches Nomadenleben fort, verbrachte keine zwei Nächte am selben Ort, übernachtete jedoch zu oft bei Serge und Simone. Sie hörte nicht mehr Radio Londres. Die Nachrichten waren unerträglich geworden. Vor Erschöpfung konnte sie schlafen, doch ihr Schlaf war durchsetzt von Träumen, die aus Erinnerungen bestanden, gesprenkelt mit Hoffnung.

Sie träumte, sie befand sich in ihrem Mädchenzimmer, lag auf einem mit rosa Samt bezogenen Sofa und sang ihr Lieblingsschlaflied »Entends-tu le coucou, Malirette?«. Sie summte immer noch die einfache, beruhigende Melodie, als sie erwachte. Doch im Verlauf des Morgens erinnerte sie sich, dass es in ihrem Zimmer kein solches Sofa gegeben hatte. Es war ihr zum Geburtstag versprochen, jedoch aufgegeben worden, als die Wohnung ihrer Eltern requiriert wurde. Bestimmt war ihr Zimmer von den rosenfarbenen Vorhängen befreit und in ein steriles Militärbüro umgewandelt worden.

»Kein Sofa«, murmelte sie und wand sich innerlich, weil dieser Gedanke so albern war.

In einer anderen Nacht träumte sie, sie trage ein einfaches weißes Kleid. Organdy. Weiße Rosen waren in ihr langes dunkles Haar eingeflochten. Sie stand unter einem Blätter-Baldachin in einem von Sonnenstrahlen durchwebten Wald und hielt einen mit Bändern verzierten Strauß aus Glockenblumen. Sie war glücklich, denn sie wartete auf Claude. Es war das »Sehr-Bald« aus seinem Brief. Doch allzu schnell verblasste das Licht, verwelkten die Blumen. Schatten senkten sich herab. Sie blieb allein. Der Traum endete, und sie rief beim Aufwachen Claudes Namen.

»Claude! Claude!«

Ihr verzweifelter Traum weckte Simone, die an ihr Bett eilte.

»Pst, Madeleine. Er wird kommen. Bald. Sehr bald. Vielleicht morgen. Oder übermorgen.«

Die Stimme ihrer Schwester klang sehr weich, ihr Tonfall beruhigend. Madeleine versank wieder in Schlaf und schlief glücklicherweise traumlos.

Als sie aufwachte, war sie wütend auf sich selbst, weil sie sich von der Verzweiflung hatte übermannen lassen. Sie musste stärker sein. Sie musste lernen, geduldig zu sein. Claude würde kommen.

Er kam nicht, weder am nächsten noch am darauffolgenden Tag. Am Boden zerstört hörte sie auf, von ihm zu träumen. Sie träumte weder, dass er da war, noch, dass er fort war. Hoffnung, so beschloss sie in einem Anfall von Zynismus, war etwas Heimtückisches und musste aufgegeben werden. Enttäuschung schwächte nur die Entschlusskraft. Sie würde sich auf ihre Mission konzentrieren, auf die Kinder, die sie beschützen musste. Sie brauchte ihre Kraft. Traumloser Schlaf wurde ihre Zuflucht, gedämpfter Optimismus ihr tägliches Credo, irrationale Wut über Claudes Abwesenheit und Schweigsamkeit wurden zu ihrer geheimen Kraftquelle. Und doch hörten die Träume nicht auf, sie verfolgten sie, tanzende Regenbögen der Hoffnung, und vertrieben für kurze Momente ihre Verzweiflung.

24. KAPITEL

Je bedrückender die deutsche Besatzung wurde, desto mehr wurde die Résistance-Zelle in Toulouse von zahllosen Freiwilligen überrannt. Serge und Madeleine befragten Bewerber, die als verdächtig eingestuft wurden. Man fürchtete Verrat. Die Miliz bot für jede noch so dürftige Information verlockende Belohnungen, und es war bekannt, dass manche die Gerüchte und minimale Informationen für eine Stange Gauloise oder einige Flaschen *vin rouge* verkauften. Man durfte kein Risiko eingehen. Potenzielle Infiltratoren der Vichy-Regierung wurden mit sorgfältig formulierten Vorwänden abgewiesen.

Und trotzdem wurden so viele junge Männer und Frauen als Kämpfer für ein freies Frankreich begrüßt, dass das jüdische Pfadfinderlager bei Moissac, etwas nördlich von Toulouse, sie nicht alle aufnehmen konnte. Geheime Stützpunkte wurden eingerichtet in Villefranche und Muret, in denen die neu zur Résistance Zugelassenen geschult wurden.

Als die Luftangriffe der Alliierten zunahmen, wurde die Unterstützung abgestürzter RAF-Piloten ein Schwerpunkt ihrer Arbeit. Die geretteten Piloten bekamen neue Kleidung, eine neue Identität und wurden in Sicherheit gebracht. Simone arbeitete bis spät in die Nacht, hielt die Federn fest zwischen den Fingern, kochte Tinten und Farben, die ihre Hände befleckten, verwandelte einen walisischen Navigator in einen Pariser Ladenbesitzer, einen schottischen Mechaniker in einen Lehrer aus Grenoble.

Madeleine fand irgendwie ihren Weg durch ein Labyrinth aus Unsicherheiten, gleichermaßen geprägt von Vertrauen und Misstrauen, beruhigte die Kinder in ihrer Obhut und verteilte Geld und Dankbarkeit an die, die sich bereit erklärten, verängstigte Kinder irgendwo in Speichern und Scheunen zu verstecken, einen kleinen Jungen in einem Kirchturm, einen anderen im Keller einer Dorfbibliothek. Sie griff nach jeder verfügbaren Unterkunft, solange nur ihre Kinder in Sicherheit waren.

Ihre einzige Sorge galt dem Umstand, dass sich ihr Gehör verschlechterte. Sie vertraute immer mehr auf das Lippenlesen, täuschte mangelnde Aufmerksamkeit vor und bat ihre Gesprächspartner, das Gesagte zu wiederholen.

»Tut mir leid. Ich habe nicht richtig zugehört«, sagte sie immer wieder.

»Hier ist es zu laut. Könnten Sie bitte lauter sprechen?«, bat sie bei einer Strategiebesprechung in einem Raum, der sich zu nah an einer stark befahrenen Eisenbahnlinie befand.

Ihre Kameraden von der Résistance sollten nicht befürchten müssen, ihre Hörschwäche könnte ihre Unternehmungen gefährden. Das würde nicht passieren, versicherte sie sich selbst. Sie würde einfach noch vorsichtiger sein, noch wachsamer.

»Machen Sie Ihre Hörschwäche mit Ihren hervorragenden Augen wett«, hatte ihr damals der nette Audiologe geraten.

Wenn sie an jene kurze Konsultation vor so vielen Jahren dachte, fragte sie sich, ob er sich mit seiner Familie wirklich in Sicherheit befand. Es war wohl möglich, dass man mit Eigeninitiative dem Schicksal trotzte. Daran hatte schließlich auch ihr Onkel Pierre geglaubt, als er nach Amerika aufbrach, entschlossen, für die Sicherheit seiner Familie zu sorgen. Aber sie hätte sich niemals so entscheiden können. Frankreich war ihr Zuhause. Mutig für seine Befreiung zu kämpfen, war ihre Pflicht.

»Vive la France«, sagte sie laut, froh, dass sie ihre eigene Stimme hören konnte.

***

Es war ein alter Familienbrauch der Dreyfus, den Beginn eines neuen Jahres gemeinsam zu feiern. Simone schlug Madeleine vor, dieser Tradition zu folgen und den letzten Tag des Jahres 1942 gemeinsam mit ihrer Großmutter zu verbringen.

»Grand-mère muss sich sehr allein fühlen«, sagte Simone. »Serge wird unterwegs sein, und ich möchte nicht allein sein.«

Madeleine nickte. Sie verstand, dass Simone, die eine Antenne für jede Stimmungslage und jeden Gedanken ihrer Schwester hatte, in Wirklichkeit Madeleines Einsamkeit gespürt hatte. Es war noch immer keine Nachricht von Claude gekommen. Seine Abwesenheit war unheimlich, sein Schweigen erschreckend. Madeleine sagte ihrer Schwester nicht, dass sie sich mehr als nur einsam fühlte. Sie befand sich in einer Phase schrecklicher Angst.

»Natürlich. Lass uns nach Valence fahren«, stimmte sie zu, dankbar für die Ablenkung durch diese Fahrt. Sie freute sich auf die tröstliche Umarmung ihrer Großmutter, auf ihre beruhigende Abgeklärtheit.

Lucie Dreyfus – die blasse Haut dünn wie Papier, das dünner werdende silbergraue Haar zu einem festen Chignon hochgesteckt – umarmte ihre Enkeltöchter. Ihre saphirblauen Augen strahlten. Isoliert und allein, trotz der Aufmerksamkeit der freundlichen Nonnen, sehnte sie sich danach, von ihrer Familie zu hören.

Die Schwestern redeten zu schnell, formulierten ihre Sätze mit aufgesetztem Optimismus und versicherten ihr, es gehe allen gut. Sie erzählten ihr, dass ihre Mutter einen Brief von Pierre erhalten hatte, der quer durch die Vereinigten Staaten reiste und Plädoyers für die Sache der Juden Europas hielt. Eleanor Roosevelt habe persönlich ihre Unterstützung angeboten, schrieb er. Der Bürgermeister von New York, Fiorello La Guardia, hatte Unterstützung versprochen.

»Pierre kann sehr überzeugend sein«, sagte Lucie stolz und blickte auf das gerahmte Foto des Sohnes, den sie vielleicht nie wiedersehen würde.

Simone erwähnte nicht Serges Enttäuschung darüber, dass Pierre die Petition an Präsident Roosevelt, die Bahnlinien zu bombardieren, die nach Auschwitz führten, mit keinem Wort erwähnte. Sie wollte kein schlechtes Licht auf Pierres Bemühungen werfen, noch wollte sie, dass Lucie etwas von dem Schicksal der Juden erfuhr, die nach Auschwitz geschickt wurden, in Viehwaggons, die über die stählernen Arterien des besetzten Kontinents ratterten. Stattdessen redete sie darüber, wie die Familie sich bemühte, Widerstand zu leisten, dass Pierre Paul in der Wohnung in der Rue de la Dalbade eine Klinik eingerichtet hatte, dass sie selbst Ausweispapiere fälschte und was Madeleine für Kinder leistete, die einen sicheren Unterschlupf brauchten.

Da sie Lucie unbedingt aufheitern wollte, erzählte Madeleine Anekdoten von ihrem Bruder Etienne, der jonglieren gelernt hatte, ihrer kleinen Nichte, die Fortschritte in der von der Résistance eingerichteten Untergrund-Schule machte, und ihren kulinarischen Patzern, wenn sie versuchte, in Simones vollgestopfter Küche Mahlzeiten zuzubereiten.

»Ich hätte fast die Farben, die Simone gerade für ihre Gummistempel kochte, in meine Suppe geschüttet«, sagte sie.

»Das hätte den Geschmack vielleicht verbessert«, fügte Simone hinzu, und sie lachten, während sie an dem dünnen Kaffee nippten und die trockenen, von einer scheuen Nonne dargereichten Kekse ohne Zucker kauten. Der Krieg war für kurze Zeit vergessen, für diesen kostbaren Augenblick waren sie einfach nur eine Großmutter und zwei Enkelinnen, die in vertrauter Atmosphäre einen entspannten Abend verbrachten.

»Ich habe daran gedacht, dir die Résistance-Zeitungen mitzubringen, Grand-mère«, sagte Madeleine. »Ich konnte sowohl *Défense de la France* als auch *J'Accuse* organisieren.«

Lucie streckte dankbar die Hand danach aus.

»J'Accuse«, murmelte sie. »Genau der Titel, den Emil Zola in seinem Appell für die Sache eures Großvaters verwendete.«

»Der Name der Zeitung ist gut gewählt«, bemerkte Madeleine. »Wir klagen auch an. Die Deutschen. Pétain und Vichy. Alle, die unserem Volk nicht helfen.«

»Ja. *Nous accusons.* Wir alle klagen an«, sagte Lucie, während sie den Leitartikel überflog. Sie konnten sie nicht vor der Nachricht schützen, dass zweitausend jüdische Kinder in versiegelten Viehwaggons nach Osten geschickt worden waren. Der beigefügte Leitartikel, der sich an die französischen Mütter richtete, war sowohl Plädoyer als auch Anklage. Ein leidenschaftlicher Appell, der aussprach, dass »diese entsetzlichen Aktionen mit Wissen der französischen Regierung stattfanden, die mit jenen kollaborierte, die unser Volk in Geiselhaft genommen haben … Werdet nicht durch Schweigen zu Komplizinnen dieser Mörder«.

Die Botschaft, bei deren Formulierung Madeleine mitgeholfen hatte, sollte französische Mütter dazu ermutigen, jüdische Kinder zu verstecken. Nur sehr wenige französische Mütter waren diesem Aufruf gefolgt, doch selbst ein paar waren besser als gar keine.

Als es dunkel wurde, servierte Lucie Wein, gekeltert aus den blassgrünen Trauben, die im kleinen Garten des Konvents angebaut wurden.

»Die Weintrauben können die Nazis nicht am Wachsen hindern«, murmelte sie und drehte sich zu dem Fenster um, durch das man auf die Reben blickte, die jetzt kahl waren und im kalten Winterwind bebten.

Simone lachte, doch Madeleine zeigte keine Reaktion.

Lucie blickte sie forschend an.

»Hast du mich nicht gehört, Madeleine?«, fragte sie, jetzt mit lauterer Stimme. Sie beugte sich dabei so weit vor, dass Madeleine von ihren Lippen lesen konnte.

»Jetzt kann ich dich hören, Grand-mère«, sagte sie, und das war gleichzeitig ein widerstrebendes Eingeständnis.

»Ist dein Gehör schlechter geworden, *ma chérie*?«, fragte Lucie.

Madeline nickte, erleichtert, die Wahrheit sagen zu können.

»Ein bisschen, glaube ich. Es überrascht mich nicht. Es war klar, dass es dazu kommen würde. Der Audiologe, den ich konsultiert habe, hat mich gewarnt, dass so eine Verschlechterung durch zu viel Anspannung eintreten könnte.«

Sie blickte zu Simone, die hilflos zustimmend nickte. Sie waren ständig angespannt. Anspannung begleitete jeden ihrer Atemzüge, jeden ihrer Gedanken, jede ihrer Bewegungen.

»Du musst sehr vorsichtig sein«, warnte Lucie mit sanfter Stimme, doch aus ihren Worten sprach Angst.

»Ich versuche es«, erwiderte Madeleine, doch sie konnte ihre eigenen Worte nicht hören. Noch vor wenigen Wochen konnte sie ihre eigene Stimme wahrnehmen, aber langsam, fast unmerklich war diese Fähigkeit verschwunden. Wie viel Zeit habe ich noch, so fragte sie sich, bevor ich für immer von einer Mauer des Schweigens umgeben bin? Ein Schauer überlief sie.

Simone ergriff ihre Hand. Schweigend saßen sie im Lampenschein und spürten noch den Wein süß auf der Zunge.

Madeleine, dankbar für den zärtlichen Händedruck, drehte sich zu Simone um. Erfreut bemerkte sie deren frischen, strahlenden Teint. Natürlich. Simone war schwanger. Die Gewissheit schreckte sie auf, erfüllte sie aber auch mit Stolz. Simone und Serge, die an jedem Tag ihres Lebens gegen den Tod kämpften und sich der Gefahr stellten, hatten den Mut, neues Leben in die Welt zu bringen. Sie trotzten der Finsternis der Gegenwart, ohne jemals den Glauben an eine strahlende Zukunft zu verlieren. Madeleine lächelte ihrer Schwester zu, die das Lächeln erwiderte – ein wortloser Austausch, mit dem sie einander bestätigten, wie sehr sie sich verstanden.

Es gab ein karges Abendessen, und danach saßen sie noch einmal in dem winzigen Salon, unterhielten sich leise, tauschten Erinnerungen aus und erzählten Geschichten, während die Glocken des Klosters die letzten Stunden des Jahres 1942 mit melodischem Geläut ausläuteten.

»Es tut mir nicht leid, dass dieses traurige Jahr zu Ende geht«, sagte Lucie.

Sie nickten zustimmend. Es war ein Jahr der Finsternis und der Niederlagen gewesen, der familiären Trennungen und des Horrors im Vél d'Hiv, ein Jahr voll verzweifelter Tage und einsamer Nächte.

Irgendwo im Gebäude sangen die wohltätigen Schwestern von Valence Hymnen auf das neu beginnende Jahr, ihre Stimmen klangen weich und hoffnungsvoll, lebendig und voller Zuversicht.

Zehn Uhr. Elf Uhr. Die Glocken läuteten. Lucie füllte ihre Weingläser neu und griff nach dem Kalender auf dem kleinen Tisch neben ihrem Sessel. Zwölf Uhr. Die Glocken verklangen. Mit herzerweichender Zartheit stiegen die Stimmen der Nonnen höher. Lucie riss das letzte Blatt ab. Das Jahr 1942 mit all seiner Traurigkeit war zu Ende. Sie hielt den Kalender hoch. Er zeigte das Bild eines Engels, der ein Banner mit der Inschrift »Januar 1943« hielt.

Sie standen auf und erhoben ihre Gläser.

»Auf das neue Jahr«, sagte Lucie. »Auf 1943. Möge es uns Frieden bringen.«

»Frieden!«, wiederholten sie, und die Stimmen der Nonnen wurden lauter. »Shalom«, fügten sie flüsternd hinzu.

»Hallelujah!«, sangen die Nonnen in ihrem Chor der Liebe.

»Hallelujah«, wiederholten die drei jüdischen Frauen einstimmig und tranken einen herzhaften Schluck. Sie hielten sich bei der Hand und blickten einander fest in die Augen.

25. KAPITEL

Der Januar brachte einen Schneesturm, der Toulouse in eine schimmernde weiße Festung verwandelte. Eis bedeckte die Straßen, sodass die Stadt unzugänglich und isoliert wurde. Telefonleitungen waren tot. Post konnte nicht ausgeliefert werden. Madeleine empfand eine merkwürdige Dankbarkeit für diese winterliche Belagerung. Sie ersparte ihr die Enttäuschung darüber, dass immer noch keine Nachricht von Claude eingetroffen war. Die Miliz und die Vichy-Polizei mieden die vereisten Straßen, was bedeutete, dass sie mehrere aufeinanderfolgende Nächte in der Wohnung ihrer Eltern verbringen konnte. Doch eines Abends klopfte jemand sehr spät leicht, vielleicht zu leicht, an die Wohnungstür in der Rue de la Dalbade, und Madeleine wurde von Angst gepackt. Ihr Vater bedeutete der Familie, still zu sein, und öffnete die Tür gerade so weit, dass ein winziger Streifen Licht vom Flur durchkam.

»Wer ist da?«, fragte er, erhielt jedoch keine Antwort.

Ein weißer Umschlag wurde ihm in die Hand gedrückt, und sie hörten Schritte, die sich rasch die Treppe hinab entfernten. Madeleine ging ans Fenster und sah einen jungen Mann in einen Lastwagen springen, dessen dick bereifte Räder bereits lautlos die vereiste Straße hinabpflügten. Sie wusste, das war ein Fahrzeug aus dem Fuhrpark der Résistance-Kämpfer. Ihr blieb fast das Herz stehen. Diese Art von Transportmittel wurde nur von tollkühnen nächtlichen Boten benutzt, die der Familie eines Résistance-Kämpfers die Nachricht von dessen Verletzung, Verhaftung oder Tod überbrachten.

Claude, dachte sie. Claude ist verloren. *Claude ist tot.*

Schwindlig vor Angst, stand sie wie gelähmt am Fenster, als ihr Vater ihr den Umschlag hinhielt. Sie öffnete ihn, zog das einzelne Blatt Papier heraus und erkannte darauf Claudes charakteristische Handschrift. Schwach vor Erleichterung sank sie auf einen Stuhl und las den Brief.

Er war kurz. Er müsse sich beim Schreiben beeilen, erklärte Claude, denn ein Kurier würde mit einem Lastwagen durch Toulouse kommen, und dies sei eine wunderbare Gelegenheit, ihr die gute Neuigkeit mitzuteilen. Er selbst würde noch in dieser Woche in Toulouse ankommen.

»Ich konnte nicht früher mit dir Kontakt aufnehmen, weil ich aus unvermeidlichen Gründen verhindert war«, schrieb er geheimnisvoll.

Madeleine nahm an, dass könnte bedeuten, dass er verhaftet gewesen war. Warum? Wie war er entkommen? War er immer noch in Gefahr? Eine Flut von Vermutungen überwältigte sie, und sie zitterte vor Angst. Konnte es sein, dass er erneut »aus unvermeidlichen Gründen verhindert« war?

»Lass ihn bald kommen, sehr bald«, betete sie lautlos.

Er hatte den Brief *»avec amour«* unterschrieben, mit Liebe. Liebe. Wie dumm war ihre Wut über seine Abwesenheit, sein Schweigen. Wie unangebracht ihre Traurigkeit. Wie treulos ihre Träume. Claudes Leben gehörte nicht ihm. Seine Treue, seine Loyalität gehörte, wie ihre, der Résistance. Wie hatte sie so selbstsüchtig, so egoistisch sein können, sich einer gefährlichen Schwermut zu überlassen, an ihm zu zweifeln, an sich selbst zu zweifeln? Er würde bald kommen. Sie würden beieinander sein. Das war genug.

Es war Serge, der ihr am folgenden Tag sagte, dass Claude sich mit Robert Boulloche treffen würde, dem Chef der Résistance für die gesamte Unbesetzte Zone. Auch Serge würde in der Toulouser Zentrale der Résistance zu ihnen stoßen.

»Boulloche«, murmelte Jeanne Levy. »Dieser Name ist in unserer Familie bekannt. Sein Vater, Richter Boulloche, hat sich während *l'affaire* für meinen Vater ausgesprochen.«

»Ist es nicht merkwürdig, dass Grand-pères Fall immer wieder ins Blickfeld gerät? Er wirft einen Schatten über die Geschichte, während wir sie erleben«, bemerkte Madeleine.

»Keinen Schatten. Ein Licht«, entgegnete Simone.

»Ja. Ein Licht«, stimmte Madeleine zu.

Der Gedanke tat ihr gut.

***

Claude kam eines Morgens an, als endlich Sonnenstrahlen den grauen Himmel durchbrachen, der seit Winterbeginn Toulouse bedeckt hatte. Er und Madeleine verschränkten die Finger miteinander und blickten zum Himmel. Sie sahen in der neuen Helligkeit ein glückliches Omen und verbrachten einen glücklichen Tag, indem sie dem sonnenbeschienenen Pfad entlang der Garonne folgten. Diese kurzen Stunden waren eine zauberhafte Verschnaufpause von der angstvollen Anspannung, die sie in den langen Wochen ihres Getrenntseins durchlitten hatten. Claude erzählte nichts von den Gefahren, denen er ausgesetzt gewesen war, von dem Schrecklichen, das er erlebt hatte. Sie redete nicht über ihre düsteren Träume, über die Furcht in ihrem Herzen.

Der optimistische Besitzer eines kleinen Cafés am Flussufer hatte auf einem Streifen blassen Sonnenlichts einen Tisch herausgestellt, und sie setzten sich. Sie bestellten Croissants und Schalen mit *café au lait* und aßen sehr langsam. Sie taten, als wäre ihre Welt eine Welt des Friedens und eine gemeinsame Mahlzeit an einem sonnenbeschienenen Tisch etwas ganz Normales und kein winterliches Wunder.

»Vielleicht kommen wir ja morgen wieder hierher«, sagte Madeleine sehnsüchtig.

Claude nickte, doch sie wussten beide, dass weitere sorglose Stunden unwahrscheinlich waren.

Sein Aufenthalt in Toulouse wurde beherrscht von dringenden Besprechungen, bei denen Übereinkünfte ausgehandelt wurden, um die Aktivitäten verschiedener Gruppen zu koordinieren. Die *éclaireurs* Israélites, Combat, Sixième und Maquis sollten in eine vereinte Résistance-Bewegung integriert werden mit dem Ziel, die deutschen Besatzer und deren Vichy-Marionetten zu sabotieren.

Die Zeit drängte. Vichy-Kollaborateure gingen mit erschreckender Geschwindigkeit vor. Paris wurde neuerdings von Kurt Lischka von der deutschen Geheimpolizei regiert, einem brutalen Kommandanten, der für die Deportation jüdischer Gefangener nach Auschwitz zuständig war. Mit gnadenlosem Diensteifer hatte er den gefürchteten Sicherheitsdienst – von der Gestapo trainierte Agenten – auf eine wehrlose, von Angst gelähmte jüdische Gemeinde losgelassen. Männer, Frauen und Kinder, Alte und Säuglinge wurden in Viehwaggons getrieben und mit Knüppeln geschlagen, ihre Habseligkeiten ihnen aus den Händen gerissen. Leitende Résistance-Kämpfer wussten, dass der Horror von Paris bald nach Toulouse und in jede andere Stadt der unbesetzten Zone herüberschwappen würde. Fluchtrouten durch die Pyrenäen mussten möglichst bald aktiviert werden.

Madeleine und Claude teilten gerade mit Simone und Serge eine Mahlzeit, als eine verschlüsselte Nachricht aus Belgien hereinkam. Serge entschlüsselte den Code und wandte sich dann ihnen zu, sein Gesichtsausdruck grimmig, seine Stimme monoton und bedrückt.

»Die Gestapo hat eine Reihe von Verhaftungen durchgeführt. Résistance-Mitglieder sind im Gefängnis von Fresnes gefoltert worden. Ein armer Wicht, der wusste, was er nicht hätte wissen sollen, hat geredet. Die Deutschen wissen jetzt Bescheid über unsere Fluchtroute durch die Pyrenäen.

Sie ist vollständig kompromittiert. Sie haben bereits Wachen postiert und Kontrollpunkte eingerichtet. Wir können sie nicht mehr benutzen.«

Madeleine sah ihn ungläubig an. Die Kometen-Fluchtroute war diejenige, von der sie sich erhofft hatte, ihre Kinder über sie führen zu können. Die ganze monatelange Vorbereitung war umsonst. Eine neue Fluchtroute musste etabliert werden, ein nahezu unmögliches Unterfangen angesichts der zunehmenden Wachsamkeit der Miliz, dieser brutalen französischen Militäreinheit, die dafür bekannt war, dass sie jeden exekutierte, der jüdische Menschen beherbergte. Erst ein paar Nächte zuvor waren Milizangehörige in ein Bauernhaus in der Nähe von Castres eingedrungen und hatten den Bauern, einen älteren Mann, und dessen invalide Frau erschossen. Sie hatten einen jüdischen Jungen in ihrer Scheune versteckt. Das Kind war verhaftet, geprügelt und nach Drancy deportiert worden. Madeleine zitterte bei dem Gedanken, was die Miliz anrichten könnte, sollte sie die Kindergruppe abfangen, die sie in die Freiheit führen wollte. Was, wenn Anna in deren Hände fiele? *Anna!* Der Name kam ihr in den Sinn, ohne dass sie es wollte. Was würden sie ihrer Anna antun?

Claude spürte ihre Angst und zog sie an sich. »Alles wird gut«, beruhigte er sie. »Es gibt einen anderen Weg. Schwieriger, aber machbar. Wir werden uns einen Weg durch den Irati-Wald bahnen bis nach Pau. Dann sind wir nur noch dreißig Meilen von der spanischen Grenze entfernt.«

»*Wir?*«

»*Wir*. Du und ich. Wir führen die Kinder gemeinsam. Ja. Ich werde alles tun, damit das möglich wird.«

Serge nickte.

»Es ist möglich, dass ihr zusammenarbeiten könnt, du und Claude«, stimmte er zu. »Wir werden versuchen, das zu ermöglichen.«

Madeleine holte tief Luft. Wenn Claude bei ihr wäre, würden

all ihre Ängste verschwinden. Er hatte versprochen, alles zu tun, um das möglich zu machen. Sie wiederholte seine Worte und Serges Zusicherung. Sie kämpfte gegen die Tränen, während er sie anlächelte, ihre Hand nahm und jeden ihrer sehr kalten Finger liebkoste, bis etwas Wärme in sie zurückkehrte.

»Wir müssen alle sehr vorsichtig sein«, warnte Serge.

Dass sie vorsichtig sein mussten, war von größter Bedeutung, denn die Nachrichten wurden immer unheilvoller. Dreißig jüdische Kinder, die in einem Waisenhaus in Marseille versteckt worden waren, wurden ergriffen und nach Sobibor deportiert. In diesem grauenvollen Lager wurden sie fast mit Sicherheit in die Gaskammern geschickt, ihre zarten Körper in den Krematorien verbrannt. Es hieß, der Rauch aus den Schornsteinen von Sobibor verdunkle die Sonne und den Mond.

Lucie Dreyfus erfuhr vom Schicksal dieser Kinder. Sie schrieb, sie habe eine Kerze für sie entzündet und das Kaddish gesprochen. Die mitfühlenden Schwestern von Valance sangen eine Totenmesse zu ihrem Gedenken.

Die Stimmen der Nonnen waren traurig und schön. Sie weinten, während sie sangen, schrieb sie an Madeleine und Simone.

Die Schwestern wandten sich einander zu, wiederholten Lucies Worte laut, und auch sie weinten wie die Nonnen, aber singen konnten sie nicht. Ihre Stimmen versagten vor Trauer.

***

Claudes kurzer Aufenthalt in Toulouse kam zum Ende. Bald würde er zu einer weiteren geheimen Mission aufbrechen, doch er und Madeleine waren entschlossen, noch ein paar kostbare Stunden des Zusammenseins zu ergattern.

»Nur ein paar normale Stunden«, sagte Madeleine. »Eine Mahlzeit, vielleicht in einem Bistro, wo die Tische mit Leinen bedeckt sind.«

»Mit Tischtüchern«, stimmte Claude zu. »Und wir trinken zusammen eine Flasche Wein.«

»*Vin blanc*«, forderte sie und lächelte, obwohl sie wusste, dass die Deutschen jeden Weinkeller in Toulouse geplündert und nur *vin ordinaire* übrig gelassen hatten, der nach Essig schmeckte. Aber natürlich würden sie sich damit zufriedengeben und sich als Glückspilze betrachten.

Sie gingen in ein ruhiges Bistro in der Rue de Peche und setzten sich, wie sie es gewohnt waren, an einen Tisch bei der Tür, sodass sie rasch hinausgehen könnten, falls sie eine Gefahr bemerkten. Ein Gitarrenspieler ging, ganz leise singend, durch den kleinen Raum. Sie wiegten sich im Rhythmus der zarten Melodie und versuchten, sich an den Text seines Lieds zu erinnern.

»*Je ne regrette rien*. Ich bereue nichts.«

Madeleine sang mit, nachdem ihr endlich eine Strophe eingefallen war. Sie war dankbar, dass ihre Hörschwäche nicht ihr Erinnerungsvermögen beeinträchtigte.

Plötzlich, ohne Vorwarnung, wurde die heitere Atmosphäre durch die schrille Hupe eines Citroën Traction Avant, des offiziellen Fahrzeugs der Gestapo, zunichtegemacht. Ein Gestapo-Kommandant stieg aus, das Licht der Wintersonne ließ das auf seinen Schulterklappen befestigte Totenkopf-Emblem funkeln. Er hatte ein Megaphon in der Hand und verkündete brüllend und mit hartem Akzent eine Verordnung. Seine brutale Stimme war so laut, dass Madeleine ihn ohne Probleme verstehen konnte.

»Alle Franzosen im Alter von achtzehn bis zwanzig Jahren haben sich sofort bei der Polizei zu melden. Gemäß einer neuen Verordnung über den Service de Travail Obligatoire, haben Sie nun das Privileg, für zwei Jahre in Deutschland zu arbeiten. Das ist obligatorisch. Keine Ausnahmen. Es ist eine Verordnung von Maréchal Pétain persönlich. Jede Weigerung, sich für den Arbeitsdienst zu melden, wird vom Maréchal streng bestraft werden!«

Passanten blieben wortlos und wie erstarrt stehen. Ladenbesitzer verschlossen ihre Fenster, eine Frau hängte die Trikolore über ihrer Tür auf.

»*Vive la France! Vive de Gaulle!*«, rief sie.

»*Vive la France! Vive de Gaulle!*«, wiederholten einzelne Stimme auf der Straße.

Ein Miliz-Offizier trat auf sie zu, den Schlagstock drohend erhoben, doch der deutsche Kommandant schüttelte den Kopf.

»Wir wollen keinen Aufruhr. Ignorieren Sie die bolschewistische Anarchistenhure.«

Die Vorgänge in der Rue de Peche waren durch die großen Fensterscheiben des Bistros deutlich zu sehen. Die Gäste blickten einander an, stumm vor Schreck, und stellten ihre Weingläser ab. Geschirr fiel klirrend zu Boden. Der Besitzer ließ die Rollos herab, und der Gitarrenspieler spielte »La Marseillaise«. Madeleine, Claude und die anderen Gäste standen auf und sangen, als würde ihnen das Herz brechen.

»*Allons enfants de la patrie – le jour de gloire est arrivé …*«

Der Citroën fuhr los, seine Hupe dröhnte, an seiner Antenne flatterte die schwarz-rote Hakenkreuzflagge in obszöner Gemeinschaft mit der französischen Trikolore.

Madeleine wandte sich an Claude.

»Zwei Jahre. Sie werden unsere Jungen für zwei Jahre verpflichten. Zwei Jahre als Zwangsarbeiter. Sie werden meine Brüder holen. Jean Louis. Und vielleicht Etienne.«

Ihre Augen wurden nass von Tränen, Galle stieg in ihrer Kehle auf. Sie befürchtete, sich vor Verzweiflung und Hass übergeben zu müssen.

»Madeleine, meine Madeleine.«

Claudes sanfte Stimme beruhigte sie. Entschlossenheit verdrängte den Schmerz. Sie würde nicht zulassen, dass ihre Brüder nach Deutschland geschickt wurden. Sie verfügte über gewisse Mittel. Sie kannte Versteckmöglichkeiten. Sie hatte Verbündete. Sie und Claude, Simone und Serge würden Jean Louis und Etienne retten.

»Wir müssen meine Brüder retten«, sagte sie.

»Natürlich werden wir sie retten. Sie werden nicht nach Deutschland gehen. Wir beschützen sie. Wir werden so viele unserer Jungen retten, wie wir können.« Er sprach direkt in ihr Ohr, sein Atem war weich, jedes Wort klar zu verstehen.

Claude verließ Toulouse noch am selben Abend. Eine Verzögerung, auch nur von wenigen Stunden, wäre gefährlich. Etienne und Jean Louis Levy saßen neben ihm in einem zerbeulten Auto mit Vichy-Nummernschild. Alle drei trugen Jacken, die sie Miliz-Offizieren gestohlen hatten, die den Fehler gemacht hatten, sich in einer Bar zu betrinken, deren Besitzerin die Mutter eines Maquis-Kämpfers war. Alle drei besaßen von der Gestapo ausgestellte Kennkarten, Ausweise, Passierscheine, die Simone hastig gefälscht und in den Ofen geschoben hatte, um das Trocknen der Tinte zu beschleunigen, die sie für ihre eleganten Kalligraphien benutzte.

Madeleine küsste ihre Brüder und stopfte in gefettetes Papier eingewickelte Butterbrote in ihre Rucksäcke. Sie versuchte, nicht zu weinen, aber einzelne Tränen bahnten sich doch ihren Weg.

»Mach dir keine Sorgen, Madeleine«, sagte Jean Louis. »Wir werden dich bald wiedersehen. Sehr bald. Die Amerikaner beteiligen sich am Krieg, und sie werden ihm bald ein Ende setzen. In der *Défense* wird berichtet, dass Churchill und Roosevelt ein Telegramm an Stalin geschickt haben, in dem sie ihm versichern, dass sie Deutschland bis 1943 in die Knie zwingen werden. Und es ist 1943.«

Sein kantiges junges Gesicht strahlte vor Zuversicht. Madeleine würde ihm nicht sagen, dass die Défense, eine von den Freien Franzosen herausgebrachte Zeitung, oft aus Propagandagründen übermäßig optimistisch war. Sie würde seine Hoffnung nicht mit ihren Ängsten erdrücken. Sie wollte ihm glauben. Sie zwang sich, ihm zu glauben.

»Ja. Das ist 1943. Das ist das Jahr, in dem der Krieg endet«, stimmte sie zu.

Sie und Claude standen beieinander, die Gesichter einander zugewandt. Seine Hand lag auf ihrer Schulter.

»Pass auf meine Brüder auf«, sagte sie.

»Das werde ich. Und du, *chérie*, pass auf dich selbst auf. Sei vorsichtig. Sehr vorsichtig.«

»Mach dir keine Sorgen, Claude.«

Ihre Stimme klang fest, beruhigend, und er umarmte sie zärtlich zum Abschied, doch sie wagten nicht, einander in die Augen zu sehen.

Madeleine blieb stehen, bis der Wagen um die Ecke bog. Erst dann, als sie zur nächsten sicheren Unterkunft ging, gestattete sie sich zu weinen. Sie fragte sich, ob die Tränen sich in Eissplitter verwandeln würden, die unaufhörlich über ihre Wangen rannen.

26. KAPITEL

Die ersten Tage des Februars wurden von einem heulenden Wind heimgesucht. Schnee fiel und bedeckte die Straßen mit einer glänzenden, heimtückischen Frostschicht. Da sie nicht mit dem Fahrrad fahren konnte, marschierte Madeleine zu Fuß oder fuhr, widerstrebend, mit einem der Autos des Secours National. Eisige Luft drang in jede Wohnung in Toulouse, denn alle verfügbare Kohle heizte deutsche Kasernen und Büros. Was darüber hinaus an Brennstoff verfügbar war, wurde nach Berlin transportiert.

Ich glaube, mir wird niemals wieder warm werden, schrieb Madeleine an Claude. Es war ein Brief, den sie nicht absenden würde. Sie hatte keine Adresse. Trotzdem füllte sie Seite um Seite, befreite sich von der Last, die ihr aufs Herz drückte, mit den Worten, die sie ihm so gerne mitgeteilt hätte.

Frankreich blieb besetzt, doch die Résistance bekam neuen Mut durch Nachrichten über Ereignisse, die sich weit entfernt abspielten. Die Alliierten hatten ihre Stellung in Nordafrika verstärkt, und bevor der Februar zu Ende ging, erlitten die Deutschen eine Niederlage in der Schlacht um Stalingrad. Es würde zu einer Wende kommen in diesem Krieg, so versicherten sich Simone und Madeleine gegenseitig.

»Das müssen wir feiern«, forderte Simone.

Madeleine bot einem Bauern Lebensmittelmarken an aus Simones Bestand an erstklassigen Fälschungen und erhielt dafür ein mageres Hühnchen. Simone verwandelte es in ein köstliches

Ragout, Serge zauberte eine Flasche *vin ordinaire* hervor, und dann veranstalteten sie ein feierliches Abendessen, bei dem sie sich auf den Sieg der Alliierten zuprosteten und sogar einen kleinen Schwips riskierten.

»Der Weg zum Frieden ist offen. Russland hat sich von den Nazis befreit. Frankreich wird sie auch bald loswerden, *les boches. A la victoire*«, rief Serge. »Auf den Sieg!«

Hoffnung schwang in den Stimmen der kleinen Résistance-Gruppe. Serge spielte auf seiner Balalaika, und der kleine Raum war erfüllt vom Lachen der beschwipst Umhertanzenden, die sich fröhlich anschubsten in der neuen Gewissheit, dass bald der Sieg und mit ihm der Frieden käme.

Madeleine nippte an ihrem Wein und fragte sich, wo Claude sein mochte. Seit Wochen hatte sie nichts von ihm gehört. Ihre Brüder waren in Sicherheit. Ein nichtjüdischer Freund ihres Vaters hatte sie auf dem Speicher seines Hauses versteckt, aber Claude blieb wieder einmal auf geheimnisvolle und verstörende Art stumm. Sie wappnete sich innerlich gegen pessimistische Gedanken und blickte hoffnungsvoll zur Tür. Sie stellte sich vor, er beträte den überfüllten Raum, nähme sie in die Arme, und sie spürte die Wärme seines an sie geschmiegten Körpers, während sie tanzten. Sie blickte auf den Bodensatz des Weines in ihrem Glas und lehnte sich zurück. Traurig dachte sie, dass aus ihren verliebten Träumen wohl niemals Realität werden würde. Trotzdem, sie waren tröstlich, wenn auch nur kurz.

Wie traurig, dachte sie, dass ich niemals mit Claude getanzt habe. War ein Tanz zu viel verlangt? Noch trauriger war, dass sie niemals auch nur eine Nacht zusammen verbracht hatten, dass sie niemals morgens beim Aufwachen einander in den Armen gelegen hatten. Es war genug, dass aus ihrer liebevollen Freundschaft eine starke Liebe geworden war, die Distanz und Gefahr überlebte. Ihre Träume müssten genügen.

Sie lächelte bei dem Gedanken. Dann stand sie auf und tanzte allein, bewegte sich in einsamer Anmut zum sanften Rhythmus von Serges Balalaika.

***

Die Begeisterung über die Siege der Alliierten in Russland und Nordafrika war nur von kurzer Dauer. Deutschland, das offensichtlich eine zweite Kriegsfront fürchtete, verstärkte seine Stellung in Frankreich und ergriff drakonische Maßnahmen gegen die Résistance. Es gab standrechtliche Exekutionen von Familien von Résistance-Kämpfern. Immer öfter kam es zu *rafles*. Die brutalen Deportationen von Juden in die Vernichtungslager in Polen wurden beschleunigt und willkürliche Ausgangssperren verhängt.

»Hitler kann sich nicht entscheiden, ob er den Sieg für Deutschland will oder die Ausrottung sämtlicher Juden in Europa«, stellte Serge bitter fest.

»Er will eben beides«, sagte Madeleine müde. »Aber wir werden ihm weder das eine noch das andere geben.«

Die Kämpfer der Résistance hielten durch, überstanden Unterwanderungsversuche, wichen bei Niederlagen zurück, ließen jedoch niemals nach in ihren Anstrengungen oder in ihrem Engagement.

Wir sind wie Ameisen, schrieb Madeleine an ihren Onkel Pierre. *Wenn man auf einen Ameisenhügel tritt, eilen die Überlebenden der Kolonie sofort herbei, um alles neu aufzubauen. Und genau das tun wir. Wenn eine Zelle verraten wird, organisieren wir eine andere.*

Da bekannt war, dass sämtliche Korrespondenz von den Deutschen gelesen wurde, gab sie ihren Brief einem Kurier, der dafür sorgen würde, dass er von dem italienisch besetzten Marseille abgeschickt wurde.

»Die Zeit wird kommen, da wir keine Angst mehr davor haben werden, einen Brief zu verschicken«, sagte sie zu Anna Hofberg, die sie zu ihrem Treffen mit den Kurieren begleitet hatte.

»Und wird auch eine Zeit kommen, in der wir zusammen Eis essen können?«, neckte sie das Kind.

»Die Zeit ist jetzt«, sagte Madeleine.

Eiscreme war natürlich dem Krieg zum Opfer gefallen, aber sie kaufte zwei übergroße Waffeln, die sie verspeisten, während sie zurück zur Wohnung der Levys in der Rue de la Dalbade gingen. Madeleine umarmte Anna, stieg aufs Fahrrad, erleichtert, dass die Straße frei von Eis war, und raste durch Toulouse zu einem weiteren geheimen Treffen.

»Ich bin auch eine Ameise«, dachte sie lächelnd.

Zu ihren Verantwortungsbereichen in der Résistance gehörte jetzt eine Führungsrolle in dem neu etablierten BRCA, dem Zentralbüro für Information und Einsatzkoordination, wie es umständlich genannt wurde. Es versorgte Geheimdiensteinheiten der Alliierten mit militärischen Informationen über deutsche Stellungen in ganz Frankreich. Im Austausch dafür wurden Agenten der Alliierten per Flugzeug, Schiff oder sogar U-Boot ins Land geschleust, die Résistance-Kämpfer in Sabotage-Techniken und Bergungsmaßnahmen schulten.

Madeleine gehörte zu einer kleinen Elitegruppe, die mit der Koordination von Geheimoperationen beauftragt war. Nacht für Nacht kroch sie übers offene Feld und am Garonne-Ufer entlang, um neu angekommene Agenten in Sicherheit zu bringen, und das, obwohl sie erschöpft war nach einem langen Tag als scheinbar loyale Vichy-Angestellte und anschließend mehreren Stunden bei ihrer Kindergruppe. Wegen ihrer hervorragenden Deckung als Vichy-Angestellte wurden ihr die gefährlichsten Einsätze übertragen.

Sie war eine vollendete Schauspielerin, brüstete sie sich vor ihrer belustigten Schwester. Sie konnte in alle möglichen Rollen schlüpfen. Sie sprach mit kehliger Stimme, wenn sie den Miliz-Offizieren antwortete, von denen sie von Zeit zu Zeit angehalten wurde. Keine Sekunde die Gefahr vergessend, mit geöffneter Jacke, damit man ihre enge Korsage sehen konnte, lächelte sie verführerisch, während sie einsilbig Antworten gab auf Fragen, die sie kaum verstand. Sie wusste, die Fragensteller waren mehr am Heben und Senken ihrer Brüste interessiert als an dem, was sie sagte. Trotzdem zitterte sie unkontrolliert, wenn man sie weiterwinkte, erleichtert, einer Verhaftung und Gefangennahme entkommen zu sein.

Sie diente als Kurier, radelte von einer Résistance-Einheit zur nächsten, die Fahrradkörbe voller Obst und Gemüse und, darunter verborgen, Päckchen mit gefälschten Papieren.

»Sabotage ist unsere wichtigste Waffe«, erklärte ihr Robert Boulloche, der Chef der Toulouser Résistance, als er ihr ein Päckchen überreichte, das in trügerisch bunt gemustertes Papier eingewickelt war.

»Das musst du so schnell wie möglich an Serge weitergeben«, sagte er. »Es enthält wichtige Informationen, einschließlich all unserer Pläne für die Deaktivierung der Gestapo-Telefonverbindungen und für Attacken auf Eisenbahngleise und Brücken.«

Es erstaunte sie und schmeichelte ihr, dass er ihr so streng gehütete Geheimnisse anvertraute.

»Ein merkwürdiges Geschenk für meinen Schwager«, erwiderte sie zögernd. »Du weißt bestimmt, dass er und Simone ein Kind erwarten. Solche Aktionen sind extrem gefährlich.«

Sie sagte das als Warnung, obwohl sie wusste, dass er diese nicht beachten würde, doch sie konnte dem Impuls, ihre Schwester zu beschützen, nicht widerstehen. Natürlich wusste Boulloche, dass Gefahr auch den Tod bedeuten konnte. Was, wenn Serge festgenommen wurde? Was, wenn Simone, die sich im letzten Stadium der Schwangerschaft befand, zum zweiten Mal Witwe wurde? Wie würde Madeleine selbst mit dem Tod von

Serge fertigwerden, den sie inzwischen als Bruder und Beschützer schätzte? All das spielte keine Rolle, das wurde ihr schon während des Sprechens klar. Loyalität gegenüber der Résistance war ihre oberste Pflicht.

»Ja. Solche Aktionen sind tatsächlich gefährlich, aber Serge ist gut vorbereitet, gut geschult. Er ist unser bester Agent. Wir zählen auf ihn. So, wie wir auf dich zählen, Madeleine. Du weißt, was du zu tun hast, wenn die Miliz oder die Gestapo dich anhalten«, antwortete Robert Boulloche.

»Natürlich«, erwiderte sie. »Ich bin auch gut geschult und gut vorbereitet. Ich werde tun, was ich bisher immer getan habe. Ich werde lächeln, in meinen Fahrradkorb greifen und dem Offizier eine Frucht anbieten. Dann sage ich ihm, dass dieses Päckchen ein Geburtstagsgeschenk für meine alte Großmutter ist. Vielleicht frage ich ihn, ob er auch eine alte Großmutter hat. Vielleicht beiße ich in die Frucht, bevor ich sie ihm gebe, und hinterlasse einen Abdruck meines Lippenstifts.« Sie hob und senkte die Stimme in neckischem Singsang und ließ die Zunge langsam über ihre feuchten Lippen gleiten.

Sie machte einen Knicks nach dieser formvollendeten Vorstellung. Hörte Robert Boulloche nicht, wie ihr Herz raste? Nahm er nicht den Geruch ihrer Angst wahr?

»Was für eine exzellente Schauspielerin du geworden bist. Wir haben nichts zu befürchten. Wer würde eine schöne, selbstsichere Frau wie dich verdächtigen?«

Der Résistance-Kommandant zog eine Grimasse angesichts der Absurdität dieser Frage. Sie wussten beide, dass jeder verdächtig war, dass weder Jugend noch Schönheit Schutz boten, wenn in jeder Straße und jedem Seitenweg mit Kollaborateuren zu rechnen war.

»Wir sind dankbar für das, was du tust, Madeleine Levy«, sagte er in absichtlich formalem Ton, aus dem alle Leichtigkeit verschwunden war.

»Darf ich fragen, ob mein Freund Claude Lehmann in Sicherheit ist?«

Sie flüsterte die Frage und wartete angespannt auf seine Antwort.

»Heute ist er in Sicherheit«, erwiderte Robert Boulloche vorsichtig. »Ich wünschte, ich könnte dir mehr sagen, aber du verstehst, dass ich das nicht kann.«

Sie nickte, dankbar für dieses kleine Körnchen Beruhigung. Damit würde sie sich zufriedengeben müssen.

Rasch fuhr sie zur Wohnung ihrer Schwester und lieferte das Päckchen für Serge ab. Er packte es aus, überflog die Papiere, die es enthielt, und verbarg sie dann unter einer Bodendiele in der Küche. Madeleine sah zu, als er sie wieder festnagelte. Dann stand er auf, lächelte Simone an und legte zärtlich die Hand auf ihren gewölbten Bauch.

Madeleine wandte sich ab, beschämt wegen des Neids, der sie angesichts dieser einfachen Geste befallen hatte. Sie machte sich nichts vor. Sie gab zu, dass sie die Schwester beneidete, die sie so sehr liebte. Sie beneidete Simone, weil sie jede Nacht in den Armen ihres Ehemanns schlief, weil sie bereits Mutter war und bald noch ein Kind haben würde, während sie selbst schlaflos und allein auf schmalen Feldbetten lag, zum Ausharren verdammt und in Einsamkeit resigniert. *Ja*, dachte sie bitter. *Ich bin neidisch, auch wenn es dumm ist.*

Ihr Neid beschämte sie. Es war falsch von ihr, ihrer Schwester die Freude an den Zärtlichkeiten ihres Ehemanns zu missgönnen, das Lachen ihres Kindes, die Rundung, unter der sie ein neues Leben beherbergte. Natürlich missgönnte sie Simone nicht ihr Glück. Sie sehnte sich einfach danach, dass solche Freuden eines Tages auch ihr zuteilwurden.

»Lass mich das Abendessen machen«, sagte sie zu Simone und entschuldigte sich damit für Gedanken, die sie mit niemandem teilen konnte.

Schnell aßen sie das karge Mahl, dann zogen Madeleine und Serge los, um an einem Treffen im Keller der Boulangerie teilzunehmen. Ein erschöpfter englischer Ingenieur, frisch per Fallschirm nach Toulouse eingeschmuggelt, instruierte eine kleine Gruppe von Résistance-Saboteuren in Techniken, die zum Sprengen von Brücken eingesetzt wurden. Seine Antworten auf ihre Fragen waren kurz und direkt.

Serge, der sich stets Madeleines Hörschwäche bewusst war, machte sorgfältig Notizen, die er an sie weiterreichte. In der Nacht lag sie wach und lernte jede Anweisung auswendig, dann riss sie das dünne Blatt in Fetzen und warf die Schnipsel aus dem Fenster. Der Wind ließ sie wie geisterhafte Schneeflocken in der Dunkelheit schweben.

27. KAPITEL

Die Kälte des Winters hielt bis in die ersten Frühlingstage an. Die Anspannung wuchs ins Unermessliche, als neue Befürchtungen aufkamen. Sabotageaktionen von Résistance-Einheiten mehrten sich. Deutsche Lastwagen explodierten, Brände entstanden in Unterkünften der Vichy-Polizei, Molotowcocktails wurden auf Streifenwagen der Miliz geworfen. Die Gestapo antwortete mit drakonischen Maßnahmen und erklärte, dass für jeden getöteten oder verwundeten deutschen Soldaten zehn Résistance-Kämpfer oder unschuldige Bürger getötet würden. Ihre Drohungen wurden ignoriert. Die Résistance fuhr mit ihren Sabotageprogrammen fort, und Kollaborateure agierten weiterhin als Speichellecker für ihre deutschen Herren.

Madeleine vernahm widersprüchliche Gerüchte, die im Flüsterton wiederholt wurden. Es hieß, eine zweite Front würde bald eröffnet. Es hieß, britische Flugzeuge flögen nachts Lufteinsätze über der Bretagne. Ein Ladenbesitzer erzählte, die Pläne für eine zweite Front seien aufgegeben worden. Ein Leitartikel in *Le Matin* spekulierte, Roosevelt konzentriere sich auf den Krieg im Pazifik und sei an dem Theater in Europa nicht interessiert. Hoffnung und Verzweiflung lagen im Widerstreit, nahmen zu oder ab mit jeder neuen widersprüchlichen Nachricht.

Kinder verhöhnten ihre Lehrer, indem sie die einander widersprechenden Ideologien ihrer Eltern hinausposaunten. Nachbarn entfremdeten sich, Familien spalteten sich. Misstrauen überschattete jeden Haushalt, vergiftete Freundschaften, sorgte für Unbehagen zwischen Liebenden.

Eines Abends berichtete Madeleines Vater von einem Vorfall in seiner Klinik.

»Mein allererster Patient war Guillaume Gerard. Du erinnerst dich vielleicht an ihn, Madeleine. Er war ein Klassenkamerad deines Bruders.«

»Natürlich erinnere ich mich an ihn«, sagte Madeleine. »War er krank?«

Sie sagte nicht, dass sie Guillaume gut kannte. Er war Anführer der Maquis, ein Sprengstoffexperte und mutiger Saboteur, der oft bei ihren BRCA-Treffen dabei war. Solche Informationen durften nicht weitergegeben werden, nicht einmal an ihren Vater, obwohl der selbst mit der Résistance verbunden war und routinemäßig ihre Kameraden behandelte.

»Nicht krank, aber schlimm verbrannt. Ein Unfall mit Sprengstoff. Ich konnte ihn ins Hôpital Générale einweisen, indem ich behauptete, die Verbrennungen stammten von einem Küchenbrand. Zum Glück hat Madame Roget, die Angestellte in der Patientenaufnahme, keine Fragen gestellt.«

»Das würde sie nicht«, murmelte Madeleine.

Sie fragte sich, ob ihr Vater wusste, dass Madame Roget ein Mitglied der Résistance war, obwohl sie demonstrativ die Vichy-Anstecknadel mit der Streitaxt von Gaul trug. Vielleicht wusste er es, vielleicht nicht. Verschleierung ist das Gebot der Stunde, dachte Madeleine.

»Danach bin ich zurück in die Klinik geeilt, wo zwei Miliz-Offiziere mit einem Vichy-Polizisten warteten, der von einem Résistance-Kämpfer niedergestochen worden war. Der Einstich hatte knapp die Halsschlagader verfehlt. Ich habe ihn zusammengeflickt. Siebzehn Stiche. Es war erst halb zehn Uhr morgens, und schon hatte ich sowohl einen Kameraden als auch einen Feind behandelt«, fuhr ihr Vater fort und lachte rau.

»Papa, warum musst du Kollaborateure behandeln? Vichy? Miliz?«, fragte Madeleine wütend.

»Ich bin Arzt. Ich behandle jeden, der meine Hilfe benötigt«, antwortete Pierre Paul Levy ruhig.

Sie wurde rot, beschämt über ihre Frage und über ihre Wut.

Später am selben Abend blickte sie aus dem Küchenfenster und bemerkte einen Citroën, der direkt vor ihrem Haus geparkt hatte. Zwei Männer lehnten sich dagegen und blickten zu ihrer Wohnung hinauf. Sie ließ das Rollo herab und dimmte das Licht.

»Maman, du musst vorsichtig sein«, sagte sie.

»Ich bin vorsichtig«, erwiderte Jeanne. »Ich vertraue auf Madame Leonie, unsere wunderbare Concierge, die alles sieht und alles hört. Wir wissen, dass die Rue de la Dalbade voller Informanten und Kollaborateure ist. Aber das trifft auf jede Straße in Toulouse und wahrscheinlich auf jede Straße in jeder französischen Stadt zu. Und auch wenn wir uns nicht mehr Levy nennen, gibt es Leute in Toulouse, die wissen, dass wir Juden sind, und die auch wissen, dass ich die Tochter von Alfred Dreyfus bin.«

»Wir machen uns Sorgen, Simone und ich«, sagte Madeleine.

»Jeder macht sich Sorgen. Wir leben in einer Welt voller Sorgen«, gab Jeanne zurück.

Sie erzählte Madeleine nicht, dass sie nicht mehr in ihrem eigenen Viertel einkaufte. Der Gemüsehändler stellte zu viele Fragen; die Metzgerei-Verkäuferin, verarmt und nicht mehr jung, führte nahezu unverhohlen Buch über das Kommen und Gehen von Anwohnern. Es war bekannt, dass diese Kritzeleien ihr kleine Geldbeträge und sogar gelegentlich eine Flasche *vin ordinaire* einbrachten, wenn sie sie an die Gestapo weiterreichte.

Fremde lauerten Pierre Paul auf und folgten ihm von Zeit zu Zeit, wenn er das Haus verließ, um zur Klinik zu gehen. Jeanne wählte Umwege, wenn sie Simone besuchte, und ermahnte Anna Hofberg immer wieder, nicht mit Fremden zu reden. Ein Vorhängeschloss wurde an der Vorratskammer angebracht, die ihre kostbare Sammlung von Winterkleidung enthielt. »Wir sind extrem vorsichtig«, wiederholte sie.

»Wir auch«, versicherte ihr Madeleine.

Bevor sie an diesem Abend fortging, drückte sie Anna an sich und erinnerte sie daran, nach jedem Schultag schnell nach Hause zu gehen.

***

Narzissen blühten im April, sie kämpften sich durch die dunkle, regendurchnässte Erde. Sonnenlicht überflutete Straßen und Wege. Eine Duftmischung aus Jasmin und Flieder erfüllte die Luft. Goldene Forsythien wuchsen im Überfluss entlang der Garonne-Ufer. Madeleine achtete nicht auf die Streifenwagen der Vichy-Polizei, die mit schrillen Sirenen an ihr vorbeirasten, und hielt an, um die überladenen Zweige zu betrachten, die sich in der sanften Brise wiegten.

Hausfrauen rissen die Fenster auf, wuschen ihre Gardinen, wachsten ihre Böden, klopften ihre Teppiche so gründlich, dass in der vom Sonnenschein durchdrungenen Luft Staubwirbel tanzten. Krieg oder nicht Krieg, die Wohnungen von Toulouse sollten glänzen an Ostern, am Pessachfest.

Eine Gruppe jüdischer Frauen traf sich jeden Tag in der Küche der Synagoge in der Rue Palapret, um Matzen für den Sederabend von Pessach zu backen. Madeleine fand es erheiternd, dass in diesem Jahre ihre Eltern – die sich als säkulare Juden bezeichneten – beschlossen hatten, Gastgeber für das Feiertagsmahl zu sein.

»Wie es scheint, hat der Nazi-Hass deine Eltern dazu inspiriert, sich auf ihr Judentum zu besinnen«, stellte Serge trocken fest.

»Besser spät als nie«, gab Simone zurück und warf ihrem Ehemann ein verschwörerisches Lächeln zu.

Die Schwestern halfen ihrer Mutter bei der Zubereitung des Essens nach Lucies Rezepten für die Elsässer Köstlichkeiten, die beim Familien-Seder in Müllhausen serviert worden waren.

Wenn du die Sederspeise deiner Kindheit essen möchtest, dann komm an dem Feiertag nach Toulouse, schrieb Madeleine an Claude.

Sie gab den Brief einem Kurier, aber sie wusste, es war zu bezweifeln, dass Claude ihn erhalten würde, und noch unwahrscheinlicher, dass es ihm gelingen würde, nach Toulouse zu kommen. Neu aus Nizza angekommene Résistance-Kämpfer berichteten, dass die Deutschen ihre Überwachung selbst kleiner Straßen verstärkt hatten. Reisen nach Süden seien extrem gefährlich.

»Aber selbst die Nazis konnten nicht verhindern, dass auf den Wiesen an der Riviera die Anemonen so früh blühen«, sagte dieser Kurier. »Noch nie sind sie so früh in der Jahreszeit erschienen.«

»Vielleicht haben sie sich beeilt zu blühen, weil sie Angst hatten, die Deutschen könnten sie überfallen und zertrampeln. Oder vielleicht – weil sie schlaue Blümchen sind – haben sie verstanden, dass es wichtig ist, rechtzeitig zum Pessach da zu sein, damit sie den Tisch für das Sedermahl schmücken können«, bemerkte Simone, ohne von dem Ausweis aufzublicken, den sie gerade fälschte.

»Ich frage mich, ob ich jemals wieder eine Anemone sehen werde«, sagte Madeleine wehmütig. Sie hatte die roten Blumen mit den samtigen Blütenblättern immer geliebt.

Serge lächelte.

»Vielleicht solltest du auf deinem Bett nachsehen«, sagte er.

»Auf meinem Bett?«, wiederholte sie und eilte zu dem Alkoven, wo Simone immer ein Notbett für sie bereithielt. Ein kleiner Strauß Anemonen lag auf dem flachen Kissen, und mitten in den samtigen Blüten eine Karte.

Pour toi, Madeleine, las sie, und ihr Herz tat einen Sprung. Claudes Handschrift. War es möglich, dass er hier in Toulouse war? Sie schloss die Augen, drückte das duftende Bouquet an die Brust und wandte sich zur Tür um. Ohne ihn zu sehen, spürte sie doch seine Gegenwart. Ohne ihn zu hören, stellte sie sich seine Stimme vor. Blind tastete sie sich weiter und trat direkt in seine ausgestreckten Arme.

»Ich bin gekommen, um die Sederspeise meiner Kindheit zu essen«, sagte er und drückte sie an sich. Er hauchte jedes Wort direkt in ihre Ohrmuschel, damit keine Silbe verloren ging.

Als sie Hand in Hand zur Wohnung ihrer Eltern gingen, war sein Ton ernster, und er erklärte, dass er wegen eines besonderen Auftrags in Toulouse war.

»Ich bin hier, weil der Verlauf des Krieges sich geändert hat und sich die Prioritäten der Résistance ebenfalls ändern müssen«, erklärte er ernst. »Besonders für diejenigen von uns, die an der Rettung von Kindern beteiligt sind.«

»Und natürlich besonders für jüdische Résistance-Kämpfer«, fügte sie wissend hinzu, und er nickte.

Wie alle leitenden Résistance-Mitglieder hatte sie die neuesten Geheimdienstberichte gesehen. Sie wusste, dass Hitler sich jetzt, nach der Enttäuschung über die deutschen Niederlagen in Nordafrika und Russland, wie besessen auf seinen Krieg gegen die Juden konzentrierte. Außer sich, weil die finnische und die bulgarische Regierung sich weigerten, ihre Juden zu seinem Netzwerk von Vernichtungslagern zu deportieren, bedrohte er jetzt die Schweiz und verlangte von der Schweiz, die alpinen Fluchtrouten zu schließen, sonst würde sie seinen Zorn zu spüren bekommen.

»Die braven Schweizer haben beschlossen, dass ihre Angst vor der Luftwaffe größer ist als ihre Gier nach jüdischen Bestechungszahlungen, oder vielleicht haben die Deutschen ihnen auch mehr Geld angeboten, als wir aufbringen können. Wir wissen nur, dass sie ihre Bergpässe für uns unzugänglich gemacht haben. Einer Gruppe jüdischer Kinder unter der Führung unserer *éclaireurs* wurde erst letzte Woche an der Grenze der Zugang verweigert. Irgendwie haben sie es geschafft zurückzugehen, aber jetzt müssen wir darauf vertrauen, unsere Kinder durch die Pyrenäen nach Spanien zu bringen. Selbst dort sind viele unserer Routen nicht mehr gangbar. Trotzdem, Toulouse ist unser Einstieg, und ich soll neue Kuriere rekrutieren und neue Wege ausfindig machen«, berichtete Claude. »Wir wissen schon Bescheid über den Irati-Wald, aber es gibt noch andere Möglichkeiten. Unsere spanischen Freunde haben topografische Landkarten. Ihre Ziegenherden wissen, wie man über unmarkierte Gebiete gelangt. Ich habe eine Liste von Kontakten, katalonische Veteranen des Bürgerkriegs, die bereit sind, uns zu helfen.«

»Das wird gefährlich«, protestierte Madeleine. »Manche der spanischen Kuriere wurden bereits als Doppelagenten enttarnt. Ein Gastwirt in Pau, dem wir vertraut haben, hat insgeheim gegen uns gearbeitet und unsere Operationen an die Gestapo verraten.«

»Das wissen wir. Ich werde in Toulouse genügend Zeit haben, um die Loyalität aller neuen *passeurs* zu überprüfen«, versicherte er.

»Wie viel Zeit?«, fragte sie.

»Eine Woche.«

Sie keuchte. Eine Woche. Sieben Tage. Sieben Nächte. Geschenkte Stunden, eine Zeitspanne gemeinsamer Stunden, wie sie sie seit Beginn des Krieges nicht mehr erlebt hatten. Sieben Tage lang wären sie und Claude in derselben Stadt, würden dieselbe Straße hinabgehen, zum selben Himmel hinaufblicken. Natürlich würden sie beide hart arbeiten, aber es gäbe gestohlene Augenblicke, in denen sie gemeinsam lachen, sich wie selbstverständlich berühren würden, kostbare gemeinsame

Zeit, die sie für immer in zärtlicher Erinnerung bewahren würde.

»Dann wirst du am Sederabend hier sein«, sagte sie, überwältigt von Glück.

»Natürlich. Für das Sedermahl. Die Speisen meiner Kindheit, wie du es versprochen hast.«

Er lachte. Dann zog er sie auf einen sonnenbeschienenen Flecken und küsste sie sacht auf die Lippen.

***

Die Dreyfus-Frauen konzentrierten in dieser Woche vor dem Pessach-Fest ihre Energie auf die Vorbereitungen des Sederabends. Jeanne tauschte Zigaretten- und Tabakmarken gegen Kartoffeln und Zwiebeln. Madeleine bezahlte mit den kunstvoll angefertigten Spitzenkragen ihrer Mutter einen Korb Birnen, und Simone fälschte tollkühn Lebensmittelkarten für den heimlichen Kauf von mehreren Kilogramm Zucker und Mehl und mehreren Schachteln Eier. Madeleines Wangen waren rosig, als sie die Früchte in den siedenden Sirup gab, um das berühmte Elsässer Birnenkompott herzustellen, von dem Claude behauptete, er könne den Geschmack im Traum wahrnehmen.

Ein dankbarer Patient schenkte Pierre Paul zwei Hühnchen, und die Nonnen von Valence gaben Lucie eine Ente.

»Für Ihren Festtag«, sagte die Mutter Oberin. Lucie weinte, gerührt über die endlose Güte und den Mut der katholischen Schwestern.

Die trostspendenden Gerüche der traditionellen Speisen des Freiheitsfests waberten durch die Wohnung. Suppe brodelte, Geflügelfleisch zischte in der Pfanne, süße Früchte siedeten, und es wurde gerührt und gehackt; Gewürze wurden gemahlen, Äpfel und Nüsse vermischt für das Charosset, Meerrettichwurzeln zerkleinert, Grimassen geschnitten beim Kosten der bitteren

Wurzel. Mit vom aufsteigenden Dampf geröteten Gesichtern, die Augen strahlend vor Vergnügen über diese Anstrengung, wagten sie es, einen Hauch von Freude zu empfinden.

Madeleine deckte den Tisch. Sie breitete Lucies elegante bestickte Leinendecke über die wackeligen Tapeziertische im ärmlichen Salon der Levys. Sie fand eine kleine blaue Vase für das Sträußchen roter Anemonen, sie wurde zum Tafelaufsatz. *Vin ordinaire* wurde in die neben den Gedecken stehenden Gläser gefüllt. Anna Hofberg und Frederica arrangierten den Sederteller und sangen dabei fröhlich Namen und Zweck jeder symbolischen Speise.

»Petersilie für den Frühling. Seroa, ein Knochen ohne Fleisch für die Erinnerung, Maror für die Bitterkeit.«

»Bestimmt brauchen wir dieses Jahr kein Bitterkraut«, murmelte Pierre Paul. »Wir haben mehr als genug Bitterkeit.«

»Papa«, sagte Simone vorwurfsvoll. »Kein Zynismus. Es soll ein fröhlicher Abend werden.«

»Und das wird es auch«, versicherte Madeleine und blickte dabei nervös zur Tür.

Die ersten Gäste kamen. Mitglieder der *éclaireurs*, die zu Claudes Team gehörten, erschienen, aber er selbst, obwohl er versprochen hatte, pünktlich zu sein, war noch nicht da. Madeleine zwang sich zur Ruhe. Sie ermahnte sich, daran zu denken, dass er für den späten Nachmittag ein Treffen mit Robert Boulloche anberaumt hatte, der einen Empfänger besaß, der stark genug war, um Übertragungen aus Polen zu empfangen. Die Führung der jüdischen Résistance ging davon aus, dass die Maßnahmen der Nazis in Warschau den Maßstab setzten für das, was vielleicht in Frankreich passieren würde. Es war wichtig, diese entfernten Geschehnisse sorgfältig zu beobachten.

Claudes Verabredung ist in keiner Weise gefährlich, sprach sie sich selbst Mut zu. Robert Boulloche, der Résistance-Chef für die gesamte Provinz, verfügte über ein exzellentes Sicherheitsnetz.

Vielleicht hatte die Nachrichtenübertragung verspätet begonnen. Dennoch, Claudes Verspätung beunruhigte Madeleine. Wie er selbst ihr immer wieder sagte, lauerte in Toulouse überall Gefahr.

Ihre Angst niederkämpfend, ging sie ins Schlafzimmer ihrer Eltern, betrachtete sich in dem langen Spiegel ihrer Mutter und lächelte ihrem Spiegelbild zu. Simone hatte ihr langes dunkles Haar geschnitten, sodass es ihr nun seidig und üppig um die Schultern fiel. Die Frühlingssonne, die ihr ins Gesicht schien, wenn sie über die Landstraßen fuhr, hatte einen rosig goldenen Schimmer auf ihre Haut gezaubert. Grüne Pünktchen tanzten in ihren braunen Augen, und das geblümte Baumwollkleid schmiegte sich weich an ihren Körper.

»Madeleine, Seder beginnt«, rief ihr Vater. Sie wandte sich vom Spiegel ab und ging ins Esszimmer. Sie ließ sich auf dem Stuhl nieder, den Simone für sie bestimmt hatte. Der leere Stuhl neben ihr war für Claude reserviert.

»Wo ist er?«, flüsterte Simone.

Madeleine schüttelte den Kopf und zwang sich zur Ruhe, obwohl ihre Handflächen feucht waren und ein bitterer Geschmack ihre Kehle verätzte.

»Er wird bald da sein«, versicherte sie ihrer Schwester, obwohl ihre Gedanken durcheinanderwirbelten, Angst und Hoffnung sich abwechselten.

Er musste kommen. Warum war er nicht gekommen? Er würde kommen. Es ging ihm gut. Er könnte in Gefahr sein. Nein. Natürlich hatte er sich nur verspätet. Der Straßenverkehr. Eine Reifenpanne.

Still blieb sie sitzen, während Lucie Dreyfus die Kerzen anzündete und über den zitternden Flammen den Segensspruch aufsagte. Sie erhob die Stimme und schloss sich dem kleinen Chor der Dankbarkeit an, als das traditionelle Gebet der Danksagung angestimmt wurde, dafür dass sie diese Stunde des Feierns erreicht hatten.

»*Shechiyanu, v'higyanu, v'kimanu l'zman hazeh.* Der Du uns hast Leben und Erhaltung gegeben und uns hast diese Zeit erreichen lassen.« In einstimmiger Dankbarkeit wurden ihre Stimmen lauter.

Gesang erfüllte den Raum. Die vier Fragen wurden gestellt, und die süßen Stimmen der Kinder drangen ihnen tief ins Herz. Die Erwachsenen nickten schwermütig.

Ja, stimmten sie schweigend überein, diese Nacht war verschieden von allen anderen Nächten, so wie dieses Jahr verschieden war von allen anderen Jahren und dieser Krieg verschieden war von jedem anderen Krieg. Das Lied der uralten Erklärung begann, doch Madeleine blieb still, sie löste den Blick nicht von der Tür, als könnte sie damit erzwingen, dass diese sich öffnete und Claude hereinkäme.

»Einst waren wir Sklaven des Pharao in Ägypten«, sangen die anderen, doch mit einem Schlag brachen sie ab und verstummten. Mit großer Heftigkeit wurde plötzlich die Tür aufgerissen, und Claude stürmte herein, die Stirn feucht von Schweiß, die Augen gerötet, das Gesicht bleich.

»Warschau«, keuchte er, und sie blickten ihn angstvoll und verwirrt an.

Alle Fröhlichkeit war dahin. Etwas war geschehen, das wussten sie. Etwas Schreckliches.

»Das Radio. Schalt das Radio ein«, donnerte er und taumelte zu dem leeren Stuhl neben Madeleine.

Mit klopfendem Herzen hielt Madeleine ein Glas Wein an seine Lippen, streichelte seine Wange, spürte die brennende Hitze, als ob das Unheil sogar seine Haut versengt hätte.

Jeanne eilte in die Küche, um den verborgenen Radioapparat zu holen, und stellte ihn auf den Sedertisch. Serge steckte den Stecker ein, zog die zerbrechliche Antenne heraus und drehte am Senderwahlknopf, bis er die Frequenz gefunden hatte, auf der sie die Wahrheit erfahren würden. Sie hörten die vertraute

Stimme des Nachrichtensprechers der Freien Franzosen, außerplanmäßig gesendet, was, wie sie alle wussten, Finsternis und Gefahr bedeutete.

»*Ici Londres. Les Français parlent aux Français.* Hier London. Franzosen sprechen zu Franzosen.«

Stumm vor Schrecken, warteten sie auf den Code. Kurz-kurz-kurz-lang – V für Victoire, Sieg, gefolgt von kurz-kurz – H für Honeur, Ehre.

»*Vive l'honneur* – lang lebe die Ehre«, murmelten sie, als die einleitenden Töne von Beethovens fünfter Symphonie erklangen. Ein weiterer Code. Sie wappneten sich innerlich, während der Nachrichtensprecher redete. Seine Stimme hob und senkte sich in kummervollen Kadenzen.

»Dies ist eine Notfallsendung, die jeweils zur vollen Stunde wiederholt wird. Es kam zu einer tragischen Wendung der Ereignisse. Das Warschauer Ghetto ist umzingelt von der Waffen-SS. Deutsche Panzer pflügen durch die Straßen und schießen gezielt. Ihre Kanonen richten sich auf jeden Hauseingang, jedes Fenster in dem jüdischen Viertel. Häuser und Fabriken brennen. Sirenen und Schreie, ein Chor des Schreckens gellt durch das ganze Ghetto. Die Nazis setzen ihre mächtigen Waffen, Maschinengewehre und Haubitzen, gegen die Ghetto-Kämpfer ein. Sie treiben wehrlose Frauen und Kinder in Lastwagen.« Der Sprecher pausierte, die Stimme versagte ihm.

Lucie Dreyfus verschränkte die Hände zum Gebet, doch nur ein Schluchzen kam über ihre Lippen. Tränen liefen über Jeannes Wangen. Serge ballte die Fäuste, und Simone hielt einen Finger an ihre zitternden Lippen. Die Sendung ging weiter.

»Aber die Juden von Warschau schlagen zurück. Ja, die tapferen Juden von Warschau schlagen zurück. Sie werfen ihre selbst gemachten Granaten auf eindringende Panzer. Sie gießen Eimer mit kochendem Wasser auf patrouillierende Soldaten. Molotowcocktails fliegen durch die Luft. Ja, die Ghetto-

Kämpfer kämpfen *avec courage, avec espoir*, mit Mut und mit Hoffnung.«

Seine Stimme war halb erstickt vor Gram. Der Radiosprecher der Freien Franzosen, der mit seinem polnischen Pendant in Kontakt stand, weinte in London um die jüdischen Kämpfer, die kampfbereiten jüdischen Märtyrer des Warschauer Ghettos.

Claude umklammerte Madeleines Hand, und sie legte beschützend den Arm um Anna Hofbergs bebende Schultern.

»Ich will nichts mehr hören«, flüsterte Anna.

Aber es war auch nichts mehr zu hören. Das Radio gab noch ein kurzes Rauschen von sich und verstummte. Der Empfang war unterbrochen. Vielleicht hatte die Vichy-Polizei ihr Sendesignal abgehört und die Leitung gestört. Wenn das Signal bis zur Wohnung der Levys zurückverfolgt wurde, würde man sie alle verhaften. Rasch zog Pierre Paul den Stecker und räumte das Radio wieder in sein Versteck in der Küche.

»Heute Nacht Warschau. Morgen Paris. Dann Toulouse«, murmelte er verbittert und kehrte an den Tisch zurück, an dem die Familie saß, in Trauer gehüllt, bis Lucies zitternde liebliche Stimme die Stille durchbrach.

»Einst waren wir Sklaven des Pharao in Ägypten …«, sang sie, und ihre Stimme wurde beim Singen immer kräftiger, »… wir wurden herausgeführt mit starker Hand und mit machtvollem Arm.«

Einer nach dem anderen stimmten sie mit ein und sangen die uralte Geschichte des Triumphs der Hoffnung über die Verzweiflung, der Freiheit über die Sklaverei. Dies war ein Abend, an dem die Erinnerung an ihre Geschichte ihnen Kraft gab. Sie waren vor vielen Generationen der Katastrophe entkommen. Hitler würde besiegt werden, wie der Pharao. An diesem Sederabend wehrten sich die Juden von Warschau, sie leisteten Widerstand. Die Juden von Frankreich würden es ebenso tun. Widerstand gegen das Böse war ihr Credo, ihr Gelöbnis.

Ihre Herzen waren schwer, doch ihre Stimmen nahmen an Kraft zu. Sie fuhren fort mit der Lesung der Haggadah. Sie lachten über falsch ausgesprochenes Hebräisch, über die Flecken, die der Rotwein auf dem weißen Tischtuch hinterließ, über ernsthafte Antworten, die auf närrische Fragen gegeben wurden. Das Essen wurde serviert und gelobt. »So eine wundervolle Suppe.« »So köstliches Hähnchenfleisch.« »So eine saftige Ente.«

Madeleine schöpfte das Kompott auf Claudes Teller.

»Die Speise deiner Kindheit«, erinnerte sie ihn, und er schmeckte die köstliche Süße und tauchte langsam aus seiner Melancholie auf. Er lächelte.

»Hab keine Angst«, sagte er. »Wir werden siegen.«

Sie las von seinen Lippen, berührte sie, als ob jedes Wort, das er äußerte, sich in ihre Fingerspitzen einprägen könnte. Was sie nicht hören konnte, konnte sie spüren.

»Die Juden von Warschau sind sehr tapfer«, murmelte sie.

»Wie die Juden von Frankreich«, stimmte er zu. »Und wie meine Madeleine aus Toulouse.«

Sie blickte über den Tisch, ihr Blick ruhte auf Serge, der sich zurücklehnte und mit seiner großen Hand Simones schmales Handgelenk streichelte. Was für ein Wunder, dass in dieser vom Tod heimgesuchten Welt, in einer Nacht, in der das Schreien jüdischer Babys durch das Ghetto schallte, Simone und Serge, tollkühne und optimistische Glücksspieler, in zärtlicher Liebe auf die Geburt ihres Kindes warteten.

Während sie neben Claude saß, machte sie sich zu einer geheimen Teilhaberin der beiden, einer überzeugten Anhängerin ihres Traumes. Ja, sie wagte es, zu glauben, zu träumen, dass das Kind ihrer Schwester, empfangen in einer Zeit, als der Krieg tobte, in einer Welt des Friedens aufwachsen würde.

Sie nippte am letzten Glas Wein und stimmte in den Gesang des Schluss-Segens ein.

»Möge Gott, der im Himmel Frieden schafft, seinem Volk Frieden schenken. Amen.«

Ihre Stimmen schwollen an, während die Kerzen flackerten und langsam herunterbrannten – wächserne Tränen, vergossen auf einer weinbefleckten Decke – und den Raum in ein tröstliches Halbdunkel hüllten.

28. KAPITEL

Claude verließ Toulouse. Ihre kostbare gemeinsame Woche war vorüber. Es war ihm gelungen, neue Routen ausfindig zu machen und einen neuen Kader von spanischen Führern zu rekrutieren. Jetzt war er zu einer Operation in einer weit entfernten Stadt eingeteilt, wie er Madeleine erklärte.

»Wo?«, fragte sie, obwohl sie verstand, dass er ihr das nicht sagen konnte.

»Aber in Frankreich?«, hakte sie nach.

Statt einer Antwort zündete er sich eine Gauloise an und blies einen Rauchring. Er wickelte eine Strähne ihres Haars um seinen Finger.

»Nicht Polen?« Ihre Stimme zitterte.

»Nein. Nicht Polen.«

So viel konnte er ihr sagen. Sie stieß einen Seufzer der Erleichterung aus. Die Meldungen aus Warschau waren weiterhin entmutigend. Der BBC berichtete, dass der Aufstand im Ghetto entgegen allen Erwartungen andauerte und dies höchstwahrscheinlich noch mehrere Wochen anhielt. Die Deutschen waren auf Mord und Zerstörung aus, doch der jüdische Widerstand ging weiter. Madeleine hatte Gerüchte gehört, jüdisch-französische Résistance-Kämpfer könnten nach Polen geschleust werden, um sich den Ghetto-Kämpfern anzuschließen.

»So wird geredet«, berichtete sie Claude.

»Solche Gerüchte sind lächerlich«, erwiderte er knapp. »Französische Juden gehen nicht nach Polen. Robert Gamzon hat selbst gesagt, dass es nicht unsere Pflicht ist, ins Schlachthaus zu gehen. Es ist unsere Pflicht, ihm zu entkommen. Wir haben uns nicht der Résistance angeschlossen, wir sind nicht zu *éclaireurs* geworden, um zu sterben. Wir haben uns angeschlossen, um Leben zu retten.«

Sie nickte, richtete ein Paket mit Lebensmitteln für seine Reise und schmiegte sich in seine Arme, als sie in der Wohnungstür ihrer Eltern standen. Er berührte ihr Haar, drückte die Lippen erst auf eine Wange, dann auf die andere, um dann auf ihren weichen Lippen zu verweilen.

»Ich werde schreiben«, versprach er.

Sie erwiderte nichts, sondern legte seine Hand auf ihre Brust, spürte den sanften Druck, das sinnliche Versprechen ihrer Liebe.

Sie weinte nicht, bis er das Haus verließ und sie das dumpfe Brummen des Motors hörte, als er den Citroën die Rue de la Dalbade hinablenkte. Sie sah nicht, in welche Richtung er abbog. Es spielte keine Rolle. Gefahr lauerte in jeder Richtung. Sie ließ ihren Tränen freien Lauf und machte sich dann wieder an die Arbeit. Formulare mussten ausgefüllt, Kinder in Verstecke gebracht werden. Das Leben ging weiter. Wenigstens in der Hinsicht war sie sich sicher.

Der April ging in den Mai über. Die Tage wurden länger. Ein warmer Wind ließ die goldenen Äste der aufblühenden Forsythien rascheln. Madeleine sammelte die wunderschönen Zweige und brachte ihrer Mutter, ihrer Großmutter und Simone Sträuße. Blumen waren ihr, wie immer, ein Trost, eine kleine Unterbrechung der überwältigenden Traurigkeit, die sie empfand, als aus schlimmen Nachrichten noch schlimmere wurden.

Der Aufstand in Warschau kam zum Ende. Das Ghetto lag in Schutt und Asche. Siebentausend Juden waren ermordet worden; siebentausend Juden waren nach Treblinka deportiert worden. Die Zahlen waren erdrückend. Gedenkkerzen für die

Märtyrer von Warschau flackerten in den Wohnungen der jüdischen Résistance-Kämpfer von Frankeich.

»*Sept Mille*, siebentausend«, murmelte Simone, als sie eine Kerze anzündete, vorsichtig darauf achtend, dass sie nicht von draußen durchs Fenster zu sehen war. »Eine Gedenkkerze für siebentausend Leben.«

»Wir bräuchten einen Wald aus Kerzen, um sie alle zu ehren«, bemerkte Madeleine traurig.

Sie stellte sich ein riesiges Feuer vor, eine Feuersbrunst, die alles Böse, allen Hass verbrennen würde. Sie seufzte und sah einen Trupp der Vichy-Stoßtruppen, der gefürchteten Miliz, roboterhaft die enge Straße hinabmarschieren. Das Böse bestand weiter; Hass war zäh. Sie blickte auf die tapfer flackernde Flamme der Gedenkkerze und wappnete sich innerlich für die finsteren Tage, die kommen würden.

Und sie kamen. Im Mai. Im Juni. Die sonnigen Tage des Frühlings brachten nur immer düsterere Nachrichten. Da die Deutschen ständig Verluste erlitten, erhöhten sie die Anzahl der Verhaftungen und Deportationen, ein merkwürdiger und perverser Ausgleich für ihre Niederlagen auf dem Schlachtfeld. Gehässige Angriffe auf die Juden in Frankreich waren an der Tagesordnung. Die Résistance reagierte.

Die jüdische Führung in Paris gründete eine Dachorganisation, die jüdische Union für Widerstand und Unterstützung, die im ganzen Land operieren würde. Madeleine und Serge wurden zu Leitern der Toulouser Einheit ernannt. Da sie die unmittelbare Gefährdung jüdischer Kinder erkannten, verstärkten sie ihre Bemühungen, die Kinder und Jugendlichen in Sicherheit zu bringen.

»Wir müssen noch mehr tun«, forderte Serge.

Sie stimmte ihm zu. Drei Gruppen jüdischer Kinder aus ihrer Liste hatten bereits die Pyrenäen überquert, wobei sie den neuen von Claude geplanten Routen gefolgt waren, angeführt von baskischen Gebirgsanwohnern und *éclaireurs*, mit denen sie zusammengearbeitet hatten. Madeleine sehnte sich danach, die nächste Gruppe anzuführen, zu der Anna Hofberg gehören würde; diese hatte in den kalten Tagen des Frühlingsanfangs eine Lungenentzündung überstanden und erholte sich jetzt davon. Madeleine war entschlossen, das kleine Mädchen zu retten, die kleine Ersatzschwester ihrer Träume. Aber Serge äußerte begründete Zweifel.

»Anna ist noch nicht so weit«, sagte er. »Sie ist noch zu schwach. Die anderen Kinder in ihrer Gruppe müssen noch besser vorbereitet werden. Und du wirst hier gebraucht. Deine Deckung als Vichy-Angestellte ist wichtig. Niemand von uns kann ungestraft mit dem Fahrrad durch den Süden fahren. Deine Fähigkeiten sind für uns lebenswichtig. Die Résistance-Familie vertraut auf dich, Madeleine.«

Er schwieg einen Moment.

»So wie deine eigene Familie«, fügte er hinzu.

Sie hörte das Flehen in seiner Stimme und wusste, dass sie keine Wahl hatte. Natürlich blieb sie in Toulouse. Wegen ihrer Familie. Weil Anna für den beschwerlichen Marsch noch nicht stark genug war. Weil die Résistance von Toulouse sie brauchte. Und, wie sie sich gestand, weil Toulouse der Ort war, wo Claude sie finden würde. Von Toulouse aus würden er und sie gemeinsam ihre kleine Kindergruppe über die Pyrenäen in die Freiheit führen. Das hatte er ihr versprochen. In Augenblicken, in denen sie spürte, dass sie in Melancholie zu versinken drohte, rief sie sich seine Worte in Erinnerung.

Ich werde versuchen, bei dir zu sein, hatte er gesagt.

»Natürlich werde ich in Toulouse bleiben«, sagte sie zu Serge.

»Du bist sehr tapfer, Madeleine.«

»Habe ich eine Wahl?«

Die Bitterkeit in ihrer Stimme erschreckte ihn. Er blickte seine junge Schwägerin an und sah die Traurigkeit und die Sehnsucht in ihren Augen.

»Ich auch nicht«, erwiderte er. »Widerstand ist unsere einzige Option. Es gibt keine andere Wahl. Weder für dich noch für mich. Auch nicht für Simone.«

»Oder für Claude«, fügte sie hinzu. Allein die Erwähnung seines Namens tat ihr gut.

Serge nickte.

»Du hast nicht vergessen, dass wir nächste Woche nach Lyon gehen«, erinnerte Serge sie. Sie verstand, dass er sie ablenken, sie davon abhalten wollte, in dem gefährlichen Sumpf der Traurigkeit zu versinken. Wie gut er war, ihr barscher, tollkühner Schwager, liebevoller und geliebter Ehemann ihrer Schwester.

»Natürlich habe ich das nicht vergessen«, versicherte sie.

Das Treffen in Lyon betraf alle regionalen Leiter. Es würde eine gefährliche Versammlung werden, noch gefährlicher dadurch, dass sie von Jean Moulin, einem Funktionär der Freien Franzosen, einberufen worden war. Sein Mut war legendär. Er war Charles de Gaulles Sondergesandter, unterstützt von der britischen Abteilung für Sondereinsätze. Er war in einem verdeckten, hochriskanten Manöver nach Frankreich eingeschleust worden. Seine Verletzbarkeit übertrug sich auf alle, die sich mit ihm trafen. Die Versammlung in Lyon löste eine instinktive Angst aus, die Madeleine entschlossen bekämpfte. Sie wusste, schon die Reise dorthin war voller Gefahren, aber ihre Teilnahme war unabdingbar. Wie Serge gesagt hatte – sie hatten keine Wahl.

Als sie unter einem sternenübersäten Himmel zu einem sicheren Unterschlupf fuhr, wünschte sie sich weit weg von Gefahr und Aufopferung. Eine weiche Brise strich über ihr Gesicht, und sie stellte sich vor, sie läge in Claudes Armen.

»Warum kann ich nicht einmal eine Stunde des Glücks erleben?«, schrie sie hinaus in die Dunkelheit und trat noch schneller in die Pedale. Ein leichter Frühlingsregen setzte ein, und die weichen, kühlen Tropfen strichen über ihre Wangen, als ob sie Antwort geben wollten auf ihr klagendes Flehen.

***

Die Reise nach Lyon verlief erstaunlicherweise ohne Zwischenfälle. Die Konferenz fand im Untergeschoss einer Kirche statt. Madeleine blickte sich in dem schwach beleuchteten Raum um und stellte fest, dass von den Anwesenden bis auf sie und Serge niemand jüdisch war.

Das spielt keine Rolle, sagte sie sich. Wir gehören alle zur Résistance, Juden und Nichtjuden gleichermaßen.

Sie versuchte, nicht an die Geschichten zu denken, die man aus Warschau hörte; von nichtjüdischen Résistance-Mitgliedern, die sich geweigert hatten, den jüdischen Ghetto-Kämpfern beizustehen. Die Franzosen waren keine Polen, beruhigte sie sich selbst und konzentrierte sich auf Jean Moulins Worte.

Er war ein auf raue Art gut aussehender Mann, mit charismatischer Ausstrahlung und sanfter Stimme, Respekt einflößend und gleichzeitig beruhigend.

»Mein Stützpunkt wird in der südlichen Zone sein«, erklärte er. »Aber mein Ziel ist es, sämtliche Kräfte der Résistance in ganz Frankreich zu vereinen. Alle. Jüdische und nichtjüdische Einheiten gleichermaßen.«

Sein Blick ruhte demonstrativ auf Serge und Madeleine. Zustimmendes Gemurmel war zu hören.

»Les juives, les juives. Nos camarades.«

Serge und Madeleine entspannten sich. Jean Moulin nickte und lächelte wohlwollend, doch alle Freundlichkeit wich aus seinem Gesicht, als er begann, über das Nazi-Regime zu sprechen. Er machte sich keine Mühe, seinen Zorn über die Grausamkeiten der Nazis, seine Verachtung für alles, wofür sie standen, zu verbergen.

»Sie sind Feiglinge, diese *Doryphores.*« Er spuckte das Wort aus, und die versammelten Résistance-Kämpfer lachten, weil es so zutreffend war.

Doryphore hieß der grüne, gierige Kartoffelkäfer, den die französischen Bauern hassten, weil er ihnen die Ernte wegfraß. Ja, dachte Madeleine, die Nazis in ihren ekelhaften grünen Uniformen ähnelten wirklich dem Ungeziefer auf den Feldern. Sie würden alle auffressen, die die Freiheit liebten. Sich die Nazis als Ungeziefer vorzustellen, verringerte die Angst vor ihnen. Sie stimmte mit ein in den Chor der Résistance-Kämpfer.

»Doryphores«, riefen sie und schnippten mit den Fingern, als würden sie die widerlichen Käfer, die ihr Land heimsuchten, zerdrücken.

»Unsere Waffe gegen die *Doryphores* ist die Sabotage. Wir werden sie ausrotten, werden ihre Lebenskraft beschneiden, indem wir ihre Kommunikationsleitungen durchschneiden, ihre Versorgungszüge entgleisen lassen, ihre Munitionslager in die Luft jagen. Wir werden Brücken und Eisenbahngleise zerstören.«

Er rollte eine Landkarte nach der anderen aus und breitete sie auf einem Tapeziertisch aus. Mit einem Zeigestab deutete er auf Zielobjekte in jedem Gebiet der südlichen Zone. Als er in dem Gebiet von Toulouse ankam, beugten Madeleine und Serge sich vor und lösten keine Sekunde den Blick von der ausgebreiteten Karte. Jean Moulin gab kurze Anweisungen.

»Wir müssen den Bahnhof von Toulouse treffen. Aber das Wichtigste von allem – die Brücken müssen zerstört oder wenigstens unpassierbar gemacht werden.«

Sein Zeigestab ruhte auf den Ponts Jumeaux, den drei Brücken, die die Ufer der Garonne miteinander verbanden – Pont St. Pierre im Norden, Pont St. Michel im Süden und Pont Neuf in der Mitte.

Serge und Madeleine nickten. Sie verstanden die strategische Bedeutung der Brücken. Sie waren absolut wichtig für die deutschen Truppenbewegungen, für die Lastwagenkonvois, die jüdische Gefangene aus Brens und anderen Internierungszentren zu den Viehwaggons im Depot von Bobigny transportierten, die dann bis Treblinka und Auschwitz ratterten. Die Zerstörung, selbst die teilweise Zerstörung der Brücken würde die Nazis von der Deportation französischer Juden in die Todeszonen von Polen abhalten und ihr hoffentlich ein Ende setzen. Aber sie verstanden auch, wie überaus riskant jeder Versuch wäre, diese Brücken zu sabotieren.

Serge stand auf, beugte sich über die Landkarte, seufzte tief und drehte sich zu Moulin um.

»Ein Angriff auf diese Brücken wird schwierig, vielleicht sogar unmöglich«, sagte er. »Unsere Stadt ist durchsetzt von Kollaborateuren«, fuhr er fort. »Es gibt eine enorme Vichy- und Miliz-Präsenz. Informanten sind überall. Unsere Résistance-Kämpfer sind unzureichend für die Sabotage geschult und haben kaum Zugang zu *matériel*. Das Risiko ist zu groß, der Ausgang zu ungewiss. Ich bin nicht sicher, ob wir das machen können.« Er redete langsam, und jedes Wort drückte Bedauern aus.

»Ich weiß das natürlich alles«, sagte Jean Moulin. »Aber Sie werden gut geschult werden. Alles, was für eine erfolgreiche Zerstörung nötig ist, wird geliefert. Das Risiko mag hoch sein, aber der Ausgang ist gewiss, das versichere ich Ihnen. Wir bei den Freien Franzosen setzen unser Vertrauen in Sie, Serge Perl. In Sie und in Madeleine Levy. Sie müssen auch Vertrauen zu sich selbst haben.«

Er zündete sich eine weitere Zigarette an. Madeleine sah, wie er einen Ring aus Rauch blies. Der durchsichtige Kreis schwebte langsam durch den fensterlosen Raum. Die verspielte Geste verringerte ihre Angst. Moulins Selbstgewissheit, seine Gelassenheit gaben ihr ein Gefühl von Zuversicht. Sie entspannte sich, beruhigt durch die Sicherheit, die er ausstrahlte.

»Sind Sie und Mademoiselle Levy bereit, das Projekt zu übernehmen?«, fragte er.

Er redete laut und deutlich, extra für Madeleine, die nickte.

Die versammelten Résistance-Leiter blickten sie erwartungsvoll an.

Serge blickte zu Madeleine. Sie erwiderte seinen Blick.

»*Oui*«, sagte sie, laut und deutlich.

»*Oui*«, wiederholte Serge. Jean Moulin lächelte.

»*Bon*. Solange Sie hier in Lyon sind, werden Sie gut geschult. Sie lernen alles über Sprengstoffe und über die Zerstörung von Gebäuden. Dieses Wissen werden Sie an Ihre Kameraden in Toulouse weitergeben, aber die Erfahrung lehrt uns, dass ein Sabotageakt wie der, den wir für die Brücken planen, am sichersten ist, wenn nur jeweils zwei gut geschulte und engagierte Freiwillige involviert sind. Sie werden für jede der anderen Brücken jeweils zwei weitere Personen ernennen. Nicht jetzt. Noch nicht. Sie werden wissen, wann es so weit ist.«

Serge nickte. Moulins Botschaft war klar, seine Einschätzung korrekt. Serge und Madeleine waren designiert. Moulin verstand, dass sie eine ideale Partnerschaft darstellten. Sie waren einander gegenseitig verpflichtet. Sie waren wie Bruder und Schwester, ihre Verbindung sowohl durch Heirat als auch durch ein liebevolles Band besiegelt, ihre Loyalität unauslöschlich.

Die Konferenz ging weiter, und als sie zum Ende kam, trat Jean Moulin auf Madeleine zu. Er beugte sich vor und brachte sein Gesicht so nah an ihres, dass sie problemlos von seinen Lippen lesen konnte. Er artikulierte jedes Wort deutlich. Natürlich wusste er um ihre Hörschwäche. Sie fragte sich, was er sonst noch alles über sie wusste.

»Bitte, Mademoiselle Levy, seien Sie versichert, dass Sie alles bekommen werden, was Sie benötigen für diesen wichtigen Auftrag. Jeder wird Sie unterstützen. Wir alle sind entschlossen, der Deportation Ihres Volkes ein Ende zu setzen. Die Freien Franzosen stehen fest zu der Jüdischen Union für Widerstand und gegenseitige Unterstützung.«

Er wandte sich an die übrigen Anwesenden, von denen jeder seine Worte vernommen hatte. Man nickte, murmelte zustimmend, lächelte. Madeleine fühlte einen Anflug von Dankbarkeit. Sie waren nicht allein. Die Juden Frankreichs hatten Mitstreiter. Juden und Nichtjuden, gemeinsam ihrer *Patrie*, ihrem Vaterland, treu ergeben, gemeinsam an ihre Ideale *Liberté, Égalité, Fraternité* gebunden.

Die Konferenz war beendet. Um keinen Verdacht zu erregen, gingen die Teilnehmer langsam auseinander. Serge und Madeleine waren die Letzten, die den Raum verließen, dicht gefolgt von Moulin. Er berührte Madeleines Arm und zog sie zur Seite.

»Ich überbringe Ihnen Grüße von Ihrem Freund Claude Lehmann. Es geht ihm gut«, sagte Moulin.

Sie zitterte. Fragen rasten ihr durch den Kopf, doch sie wusste, dass sie sie nicht stellen durfte.

»Merci«, murmelte sie und folgte Serge nach draußen. Das Straßenschild war schwach beleuchtet. *Rue Juiverie* war zu lesen, Judengasse. Sie lächelte bitter. Sie befanden sich auf einer Straße, die wegen einer Synagoge so benannt war und wegen einer Gemeinde, die nicht mehr existierte. Wie lange es wohl überhaupt noch *Juiveries* in Frankreich geben würde, fragte sie sich, als sie weitergingen.

***

Die nächsten Tage in Lyon verbrachten sie mit einem blassen Ingenieur. Er war unter erheblichem persönlichem Risiko aus England ins Land geschleust worden und redete französisch mit merkwürdiger Betonung. Er brachte ihnen alles bei über Sprengfallen, die Vorteile von langen Zündschnüren und kurzen Dynamitstangen, die Vorzüge von Benzin und Glyzerin. Sie lernten die wirksamsten Methoden, um Eisenschienen zu zerstören und lange Brücken zum Einsturz zu bringen. Er ermahnte sie, keine

Angst vor »Kollateralschäden« zu haben. Es gebe keine Garantie dafür, dass es zu keinen unbeabsichtigten Verlusten von Menschenleben käme, aber, so versicherte er ihnen, ihr Auftrag lautete weiterzumachen.

»Aber wir könnten unschuldige Bürger töten«, protestierte eine ängstliche Résistance-Kämpferin aus Avignon.

»Ja, es kann unglücklicherweise zu Todesfällen kommen, aber letzten Endes werden Sie Leben retten«, erwiderte er. »Im Krieg passiert es, dass einige wenige geopfert werden, damit viele gerettet werden. Mitgefühl ist ein Luxus, den wir uns nicht leisten können. Gewissensbisse müssen aufgeschoben werden, bis wir den Krieg gewonnen haben.«

Sie waren nicht überrascht, als die Freiwillige aus Avignon nicht länger an dem Kurs teilnahm.

Jeden Tag wurde Madeleine zuversichtlicher. Sie lernte schnell und handhabte das *matériel* mit einer Geschicklichkeit, die sie erstaunte. Als die Schulung zu Ende war, bedankten sie und Serge sich bei dem Engländer. Er lächelte bitter.

»Sie haben sehr gut gearbeitet. Betrachten Sie sich als qualifizierte Saboteure«, sagte er. *»Au revoir. Bonne Chance.«*

Er schüttelte Serge die Hand und küsste Madeleine auf beide Wangen.

»Ein eigenartiges Schulungsende«, murmelte sie, als sie die Heimreise nach Toulouse antraten.

»Alles wird gut werden«, versicherte er.

Aber alles war weit davon entfernt, gut zu werden. Simone begrüßte sie mit rot geränderten Augen. Ihre Hände zitterten, als sie Serge ein dünnes Exemplar des *Le Ferro*, eines Klatschblatts der Kollaborateure, überreichte.

Er wich zurück angesichts der vernichtenden Schlagzeile. Fettgedruckt und in Großbuchstaben verkündete sie Madeleines Namen. Er las den Artikel und gab ihn zögernd an Madeleine weiter. Sie las ihn ebenfalls und schwankte bedrohlich, überwältigt von Schwäche. Sie hielt sich an der ausgestreckten Hand ihrer Schwester fest. Sie war verraten worden, ihre Identität preisgegeben. Der Zeitungsartikel setzte sie allerhöchster Gefahr aus, indem er offenbarte, dass sie nicht die praktizierende Christin und leitende Sozialarbeiterin Madeleine Dupuy war, angestellt beim der Vichy-Regierung unterstehenden Secours National. Als Madeleine Dupuy war sie vor Verdächtigung und Verhaftung sicher gewesen. Dieser Schutz hatte nun keinen Bestand mehr. Es war jetzt öffentlich bekannt, dass sie Jüdin, Résistance-Kämpferin, führendes Mitglied der *éclaireurs* war.

Sie las weiter. Die krude Reportage war durchsetzt von antisemitischem Spott und faschistischem Hass.

Die Jüdin, die nicht wagt, ihren Namen zu nennen … Sie nennt sich Mademoiselle Madeleine, aber sie ist eine Levy – die Jüdin Levi – eine Enkelin jenes berüchtigten Verräters Alfred Dreyfus, lautete der erbärmliche Text.

»Unser Großvater ist auferstanden«, sagte Simone bitter und reichte Serge eine weitere Zeitung, die für ihre dumpfe faschistische Grundhaltung bekannt war. Er las laut.

»Sie nennt sich Dupuy, aber sie ist eine Levy – die große Päpstin des Secours National. Ist euch das entgangen, ihr lieben Christen? Schafft sie raus! Schafft sie raus!«

Er schnaubte verächtlich.

»Voller Rechtschreibfehler«, brummte er. »Und große Päpstin. Was soll denn das heißen?«

Madeleine zuckte mit den Schultern. Was das bedeuten sollte, war ihr egal. Ihr Schwächeanfall war vorüber, und sie empfand stattdessen Erleichterung und fühlte sich merkwürdig frei von Angst. Vom ersten Tag ihrer sorgfältigen Maskerade hatte sie gewusst, dass sie nur durch reines Glück überlebte, dass ihre wahre Identität mit Sicherheit irgendwann aufgedeckt würde. Jeder könnte sie verraten haben. Der Vichy-Beamte, der auf sexuelle Gefälligkeiten aus war, die Untergebene, die sich über ihre Überlegenheit ärgerte, der Sachbearbeiter, dessen Inkompetenz sie benannt hatte.

Sie hatte ihre Rolle so gut sie konnte gespielt, aber ihre Unsicherheit hatte ihr zugesetzt, jede Stunde, jeden Tag. Jetzt konnte sie wenigstens wieder sich selbst spielen, Madeleine Levy, stolze Französin, stolze Jüdin. Ihre neue Verwundbarkeit war ihre neue Stärke.

»Na schön. Die Maskerade ist vorbei«, sagte sie ruhig. »Wie gehen wir jetzt vor?«

»Ziemlich genauso wie bisher«, erwiderte Serge. »Simone und ich sind relativ sicher. Der Vichy-Geheimdienst hat immer gewusst, dass wir jüdisch sind, aber sie haben noch nicht beschlossen, uns als Mitglieder der Résistance zu identifizieren, obwohl sie uns sorgfältig überwachen. Simones Schwangerschaft ist eine hervorragende Deckung. Ich schätze, sie nehmen an, dass kein in der Résistance aktives, in Angst lebendes Ehepaar ein Kind zur Welt bringen würde.«

»Schade, dass ich nicht schwanger geworden bin«, sagte Madeleine, und sie lachten, trotz allem. »Was soll ich jetzt tun? Wie schütze ich mich?«

»Wir wussten immer, dass das passieren könnte«, antwortete Serge. »Wir sind darauf vorbereitet. Du wirst in den Untergrund gehen. Wir haben überall in Toulouse und auf dem Land sichere Verstecke. In Villefranche und Castres. Simone wird die nötigen Papiere herstellen – einen neuen Personalausweis, neue Lebensmittelkarten, einen Führerschein.«

Er sprach ruhig, doch seine Hand zitterte, als er ein Streichholz an die armselige Ausgabe des *Le Ferro* hielt und sie zu Asche reduzierte, damit sie aufhörte zu existieren.

»Die neuen Papiere sind bereits fertig«, sagte Simone.

»Und unsere Eltern? Und Anna?«, fragte Madeleine. »Wenn meine Identität bekannt ist, dann auch ihre.«

»Sie haben Toulouse bereits verlassen. Sie sind weiter im Süden, auf dem Land, sie sind bei einem Bauern untergebracht, dem wir vertrauen können. Ich habe das arrangiert, während ihr beide in Lyon wart. Ich musste schnell arbeiten. Sobald deine Deckung aufgeflogen war, war auch ihre verloren. Es würde bekannt werden, dass Alfred Dreyfus Mamans Vater war und dass Dr. Dupuy, der Gestapo- und Vichy-Beamte behandelt, in Wirklichkeit Dr. Levy ist. In dieser Stadt der Kollaborateure und Doppelagenten wäre ihr Leben in Gefahr«, erklärte Simone.

Madeleine staunte, dass Simone Annas Flucht und die ihrer Eltern so schnell und tüchtig organisiert hatte.

»Unsere Zusammenarbeit geht weiter. Alles, was wir in Lyon gelernt haben, wird umgesetzt«, versicherte Serge kryptisch.

Sie konnten nicht, nicht einmal mit Simone, darüber reden, was sie gelernt hatten und was sie unternehmen würden, aber Simone verstand intuitiv, dass ihre Schwester und ihr Ehemann zu kompetenten Handwerkern des Todes geworden waren. Sie wandte sich erst an Serge, dann an Madeleine.

»Ich verstehe, dass ihr euren Auftrag erfüllen müsst«, sagte sie. »Was immer es ist.«

Innerhalb von Stunden brachte Serge Madeleine zu einer sicheren Unterkunft am Stadtrand. Sie nahm nur einen hastig gepackten Rucksack mit Kleidung und das Päckchen mit den von Simone fachkundig gefälschten Dokumenten mit, die ihre neue Identität bestätigten.

Sie wurde von Edith und Roselle willkommen geheißen, Veteraninnen der Résistance, die zu ihrer *éclaireurs*-Truppe in Paris gehört hatten. Sie umarmten sie, drängten sie, zu essen, was sie hatten zubereiten können, und zeigten ihr das kleine, hinter einer improvisierten zweiten Wand versteckte Notbett, in dem sie schlafen würde, solange sie bei ihnen wohnte.

»Nicht jede Nacht«, sagte Edith. »Es gibt andere Geheimverstecke, in denen du unterkommen wirst. Wir müssen vorsichtig sein.«

»Ich weiß«, sagte Madeleine müde.

Am nächsten Morgen saß sie ganz still, während Roselle ihr langes dunkles Haar abschnitt und dann mithilfe einer schädlichen Substanz blond färbte.

»Die Miliz wird nach einer dunkelhaarigen Frau suchen«, sagte Roselle. »Damit werden wir sie täuschen.«

»Hoffentlich«, meinte Madeleine.

Sie betrachtete sich im Spiegel.

»Wer bist du?«, fragte sie ihr Spiegelbild. Sie erkannte kaum die junge Frau, um deren Kopf sich ein weizenblonder Schopf schmiegte. Würde Claude sie erkennen? Erkannte sie sich selbst?

Sie schüttelte den Kopf, dankte Roselle und kleidete sich rasch an. Das schlichte Baumwollkleid legte sie zur Seite und schlüpfte in eine smaragdgrüne, eng anliegende Satinbluse und in den sehr kurzen Rock, den Edith ihr reichte. Roselle legte ihr eine dünne Kette mit einem silbernen Kreuz um den Hals. Das Kreuz baumelte zwischen ihren kaum bedeckten Brüsten.

Sie blätterte durch die Ausweispapiere, die Simone angefertigt hatte, und lernte ihre neue Identität auswendig.

»Sagt *bonjour* zu Denise Delacroix, Kindermädchen und aufstrebende Schauspielerin«, sagte sie zu ihren Freundinnen. »Hoffen wir, dass ihre Überlebenschancen besser sind als die von Madeleine Levy.«

»Alles wird gut«, versicherte Edith, obwohl sie und Roselle besorgte Blicke tauschten. »Seien Sie einfach nur vorsichtig, Mademoiselle Delacroix.«

»Ich werde es versuchen«, sagte Madeleine. »Natürlich werde ich es versuchen.«

29. KAPITEL

Ihr neues Leben begann. Sie war ständig unterwegs, ständig auf der Hut. Sie vermied jeden Kontakt mit ihren früheren Kollegen beim Secours National und besuchte Simone sehr spät abends, wobei sie sich durch Straßen schlich, die sie früher furchtlos durchschritten hatte. Jede Nacht schlief sie in einem anderen Bett und huschte durch dunkle Gassen und unbekannte Straßen zu ihren Verabredungen mit Serge und dem einen oder anderen aus der Gruppe der neu geschulten Résistance-Saboteure, die ihre Kampfgenossen waren. Sie war mutig wie sie. Sie war vorsichtig wie sie.

Innerhalb einer Woche explodierte ihr Sprengstoff, dank Zeitzündern, zweimal unter deutschen Munitionstransportern. Madeleine rannte in eine Richtung davon, Serge in eine andere. Sie verschwanden gerade rechtzeitig, bevor die Gestapo-Ermittler auftauchten.

Madeleine schlenderte die Place Saint-Sernin hinunter und wurde von Miliz-Offizieren angehalten. Sie lächelte ihnen zu und fuhr mit der Zungenspitze über ihre dick mit knallrotem Lippenstift bemalten Lippen. Ihre Wimpern flatterten kokett. Ihr Herz raste, doch ihre Hände blieben ruhig, als sie ihnen ihre *carte d'identité* gab und sagte, sie sei Denise Delacroix, arbeitslose Schauspielerin, und arbeite jetzt für einen hochrangigen Gestapo-Offizier als Kindermädchen.

»Sie können ihn anrufen, aber er wird es nicht schätzen, dass man ihn belästigt«, sagte sie. »Er ist nicht sehr angenehm, wenn er verärgert ist.«

Es war eine Geschichte, die ohne weitere Fragen akzeptiert wurde und die sie mit erstaunlicher Leichtigkeit erzählte.

An einem anderen Tag, nachdem sie von einer Explosion weggelaufen war, schlenderte sie auf eine Patrouille der Jungen Französischen Garde zu und berichtete, sie habe eine Gruppe Résistance-Anhänger vom Ort des Geschehens Richtung Bahnhof rennen sehen.

»Merci, Mademoiselle«, schrien die jungen Männer und rannten los, während sie ruhig weiterging.

Nach jeder Begegnung, jedem knappen Entkommen gratulierte sie sich zu ihrem Glück. Ihr passierte nichts, und ihr würde auch nichts passieren, denn eines Tages würde sie ein mit Liebe und Fröhlichkeit gesegnetes Leben führen.

»Claude, ich warte«, murmelte sie jeden Abend, wenn sie versuchte, in einem der Notbehelfsbetten in einer der unvertrauten Unterkünfte ein wenig Schlaf zu erhaschen.

Immer tröstete sie allein schon das Aussprechen seines Namens.

»Ihrem Freund Claude Lehmann geht es gut«, hatte Jean Moulin gesagt.

»Claude, bleib am Leben«, befahl sie flüsternd, obwohl sie ihre eigene Stimme, sogar wenn sie laut redete, nicht mehr hören konnte. Ihre Schwerhörigkeit war im Begriff sich in profunde Taubheit zu verwandeln, das wusste sie.

Die letzten Tage im Juni waren sogar noch wärmer als sonst. Kühn statteten Madeleine und Simone Lucie Dreyfus einen Besuch ab, trotz der Gefahr, und sie hatten einen Korb voll praller roter Kirschen dabei, darunter verborgen die Résistance-Zeitungen, die in Valence nicht zu bekommen waren. Die Vichy-Polizei hatte angeordnet, dass der Besitz solcher Zeitungen ein Verbrechen war und streng bestraft würde.

»Wie absurd das alles ist«, sagte Madeleine wütend. »Die Nazis denken, Zeitung lesen ist ein Verbrechen.«

Simone zog eine Grimasse.

»Wohl kaum die schwerste ihrer Sünden.«

Lucie war hocherfreut über ihren Besuch, über die Kirschen und über die Zeitungen. Sie ging mit ihnen in den umfriedeten Garten, und dort saßen sie auf niedrigen Liegestühlen, dankbar für diese Erholungspause an einem schönen, sonnigen Nachmittag. Jede abgezweigte Stunde des Friedens war kostbar angesichts der gefahrvollen Gegenwart und der unsicheren Zukunft. Madeleine blickte hinab auf die Mohnblumen, Lupinen und Margeriten, die beharrlich ihren Weg fanden zwischen den blauen und grauen Pflastersteinen, die den Gartenweg säumten. Die hellen Blüten bewiesen Ausdauer in ihrem Daseinskampf. Sie pflückte eine Lupine mit blauen Blütenblättern und lächelte. Die hartnäckig blühenden Blumen weckten in ihr Erinnerungen an die Kinder in ihrer Truppe.

Die jüdischen Kinder waren vom Tod bedroht, doch sie liebten das Leben. Wie die beharrlichen Blumen hoben sie ihre blassen Gesichter zum strahlenden Himmel und spielten fröhlich Fangen. Ihr Lachen versprühte Hoffnung. Madeleine drückte die Blüte an ihre Wange, spürte ihre tröstliche Wärme.

Lucie wandte sich an ihre Enkeltöchter.

»Habt keine Angst«, sagte sie heiter. »Wir sind in Gottes Hand.«

Sie berührte Simones Bauch, und das Ungeborene regte sich ganz sacht bei diesem behutsamen Kontakt.

»Ah, mein Urenkelkind begrüßt mich«, sagte sie, und Simone und Madeleine lachten. Dies war ein Augenblick, an den sie sich erinnern würden.

Lucie blätterte in der Zeitung *Libération*, der wichtigsten Zeitung der Résistance.

»Nicht viel Neues«, stellte sie fest. »Keine Bomben. Wird die Résistance müde?«

»Eine strategische Pause, Grand-mère«, sagte Madeleine und warf sich eine Kirsche in den Mund.

Sie konnte Lucie nicht sagen, dass sie und Serge eine kurze Unterbrechung des Sabotageprogramms beschlossen hatten, solange sie sich auf den Überfall auf die Brücken vorbereiteten. Sie beachteten bei ihren Aktionen Jean Moulins Ratschlag. Eine Unterbrechung aller Sabotage-Aktivitäten würde den Feind in einem falschen Gefühl der Sicherheit wiegen und ihnen ein Mindestmaß an Schutz bieten, hatte er gesagt. Madeleine verbannte alle Gedanken an künftige Aktionen und beugte sich vor, um sich die Sonne aufs Gesicht scheinen zu lassen. Eines Tages würden sie und Claude ruhig in einem Kreis aus Licht sitzen. Eines Tages.

Aber wann würde dieser Tag kommen? Wann, wann? Vielleicht nie.

Sie schauderte, beschämt über den Pessimismus ihrer Gedanken, wütend über sich selbst, wütend über die Gefahren ihres Alltags und die Einsamkeit ihrer Nächte. Dennoch gelang ihr ein Lächeln, als sie und Simone sich zum Gehen wandten und versprachen, bald wiederzukommen. Sie trennten sich am Eingangstor des Klosters, und Madeleine ging allein weiter, um sich mit Serge in einem sicheren Unterschlupf an der Straße nach Castres zu treffen. In der Nacht träumte sie, dass sie und Claude, einem Streifen Sonnenlicht folgend, einen unbekannten Pfad hinabgingen.

***

Die Gestapo reagierte auf die willkürlichen Sabotageakte, indem sie etwas ankündigte, was sie als »umfassende Repressionsbewegung« bezeichnete. Die Leiter der Résistance änderten umgehend ihre Taktik.

»Moulin hat recht. Unsere Untätigkeit wird sie aus dem Konzept bringen«, beruhigte Serge Madeleine. »Die Gestapo und ihre Miliz-Kollaborateure werden annehmen, dass sie uns endlich zum Aufgeben gebracht haben. Wir werden unsere Arbeit wieder aufnehmen, wenn sie darauf vertrauen, dass ihnen nichts mehr passiert, dass ihre sogenannte Repression uns so viel Angst macht, dass wir keine Sabotageakte mehr durchführen. Wir müssen auf Nachricht von Jean Moulin warten. Der Befehl, die Ponts Jumeaux zu zerstören, muss von ihm kommen.«

»Das denke ich auch«, stimmte sie zu. »Aber die Kollaborateure scheinen immer stärker zu werden. Hast du den Leitartikel in der heutigen Ausgabe der *Dépêche* gelesen?«

»Habe ich. Stell dir vor, ein Franzose, einst ein anerkannter Journalist, schreibt, dass die Maßnahmen der Vichy-Polizei mit Nachdruck fortgesetzt werden sollten. Dieser Bastard. Dieser widerliche Pétainist. ›Die Maßnahmen der Polizei‹, also wirklich.« Serges Stimme zitterte vor Wut.

»Er meint damit natürlich ›die Maßnahmen der Gestapo‹. Vichy, die Miliz, die Junge Garde Frankreichs, sie alle sind ein und dasselbe. Faschisten, alle zusammen. Frankreich ist vielleicht die einzige Nation in Europa, die sich zur Komplizin ihrer eigenen Besatzer macht«, sagte sie.

»Du gehst zu weit, Madeleine«, erwiderte er vorwurfsvoll. »Nicht ganz Frankreich ist mitschuldig. Da sind de Gaulle, die Freien Franzosen, die *Résistance*. Denk an den Bürgermeister von Annemasse, der dafür gesorgt hat, dass eine Gruppe jüdischer Kinder unter einem Stacheldrahtzaun hindurch in die Schweiz und damit in Sicherheit gelangen konnte. Wie er werden wir weiterkämpfen gegen die Besatzung, gegen die Nazis. Aber warum gibt es nur keine Nachricht von Moulin?«

Er starrte durch das schmutzige Fenster ihrer geheimen Unterkunft, als ob er damit erzwingen könnte, dass Jean Moulin den zerfurchten Weg hinaufschritt.

»Serge, geh nach Hause. Simone wartet auf dich. Jean Moulin wird uns kontaktieren, wenn die Zeit gekommen ist«, versicherte Madeleine, um ihn zu beruhigen, trotz ihrer eigenen Angst und Unsicherheit.

Aber ein Tag nach dem anderen verging, und Jean Moulin kontaktierte sie nicht. Auch gab es keinerlei Nachricht von der Widerstandsleitung in Paris und Lyon. Es gab keine verschlüsselten Sendungen mehr. Kein Kurier erschien. Bei der *Résistance*-Einheit von Toulouse verspürte man mit eisigem Schauer das Gefühl, im Stich gelassen worden zu sein.

In der letzten Juniwoche, an einem Abend, als Madeleine wagemutig Unterschlupf in Simones Apartment suchte, stahl sich um Mitternacht ein abgezehrter *Résistance*-Kurier durch ein Fenster.

Bleich und verstört setzte er sich steif auf einen Stuhl mit gerader Rückenlehne und umklammerte den Becher mit Zichorienkaffee, den Simone ihm aufdrängte, mit beiden Händen. Er berichtete, dass Jean Moulin und acht bedeutende Anführer der Vereinten Résistance zehn Tage zuvor in Lyon verhaftet worden waren.

»Wir sind verraten worden«, keuchte er. »Überall sind Doppelagenten. Moulin wurde an Klaus Barbie ausgeliefert.«

»Klaus Barbie?« Mit schwacher Stimme wiederholten sie gleichzeitig den gefürchteten Namen.

Klaus Barbie, der Gestapo-Chef in Lyon, war berüchtigt, seine Grausamkeit unübertroffen, seine Foltermethoden barbarisch. Es hieß, dass jeder seinen unmenschlichen Befragungsmethoden ausgesetzte Gefangene unweigerlich jede Information herausgab, die er verlangte.

»Wir sind verloren«, sagte Serge verzweifelt. »Jean Moulin wusste alles über unsere Aktivitäten in Toulouse. Bestimmt hat er alle Details über uns an Barbie weitergegeben.«

»Er hat nichts weitergegeben«, erwiderte der Kurier wütend. »Nicht Jean Moulin. Er war Widerstandskämpfer bis zum Schluss, er zog den Tod dem Verrat vor. Wir wissen mit Sicherheit, dass er grausam gefoltert wurde und dass er in Barbies Verließ gestorben ist, ohne eine einzige Frage zu beantworten. Ihr seid sicher, *mes amis*. Aber unser Kamerad Jean Moulin ist tot.«

Eine Träne lief ihm über die Wange. Er schloss die Augen. Und während er immer noch steif auf dem harten Stuhl saß, schlief er ein, der Kaffeebecher fiel ihm aus der Hand und zerbrach auf dem Dielenboden.

Simone deckte ihn mit einer Decke zu. Sie wagten es nicht, Licht anzuschalten, setzten sich in der Dunkelheit an den Tisch und besprachen die Möglichkeiten, die ihnen blieben.

»Im Grunde gibt es nur eine Möglichkeit«, sagte Serge schließlich. »Wir bleiben die Jüdische Vereinigung für Widerstand und Unterstützung. Wir fahren mit dem Sabotage-Programm fort. Wir haben Moulins Kontakte, die Namen aller Personen, die uns *matériel* liefern können, Männer und Frauen, die uns helfen werden, wenn wir die Brücken angreifen.«

»Aber, Serge, was wird aus den Kindern? Wir haben uns verpflichtet, noch eine letzte Gruppe zu retten«, fragte Madeleine. »Sollten sie nicht unsere Priorität sein?«

Natürlich waren die Kinder Madeleines Priorität. Ihre Versprechen gegenüber Anna und ihrer kleinen Truppe tapferer, hoffnungsfroher Kinder waren sakrosankt.

Serge nickte.

»Natürlich müssen die Kinder gerettet werden, aber das wird erst möglich sein, wenn bei den verdammten Faschisten Chaos herrscht. Wir müssen die Bastarde verwirren, ihre Festungen in die Luft jagen, ihre Selbstsicherheit untergraben. Wenn die Miliz und die Gestapo voll einsatzbereit sind, wenn die Todeskonvois weiterhin die Ponts Jumeaux überqueren, ist unsere Position schwach und verletzlich. Sie werden genug Leute haben, um unsere Fluchtrouten zu überwachen. Aber nach der Zerstörung der Brücken werden sie desorganisiert sein, Angst haben und unkonzentriert sein. Und dann können wir mit unserem Plan fortfahren, die Kinder über die Pyrenäen in Sicherheit zu bringen. Das war Moulins Plan, und das muss auch unserer sein«, sagte er entschlossen.

»Ja. Natürlich«, stimmte Madeleine zögernd zu.

Es war wohl das, wozu Claude auch raten würde. Sie fragte sich, ob der Kurier aus Lyon, der jetzt leise schnarchte, etwas von Claude wusste, aber sie wusste, dass sie ihn nicht fragen konnte.

***

Die Agenten des Widerstands bewegten sich schnell, voller Trotz, durch die langen Tage des frühen Sommers. Die Zwangspause war vorüber. Die geschulten Saboteure arbeiteten mit klammheimlicher Sachkenntnis und stählerner Entschlossenheit. Die Sonne brannte unbarmherzig, ihre heißen Strahlen passten zu den schrecklichen Bränden, die überall in der Stadt aufloderten. Die geheimnisvollen, zerstörerischen Feuersbrünste wurden von plötzlichen, betäubend lauten Explosionen begleitet. Deutsche Waffendepots wurden zerstört, viele am helllichten Tag in Brand gesetzt. Andere wurden mitten in der Nacht eingeäschert. Die Besatzungstruppen konnten kein Muster erkennen. Ihre Feuerwehrautos rasten von einem Ende der Stadt zum anderen, Alarmglocken läuteten jede Stunde und vergrößerten das Chaos. Der Gestank von Kordit vermischte sich mit dem Duft frisch erblühter Rosen. Rauchschwaden hingen über den sonnenbeschienenen Straßen von Toulouse.

Die Gestapo, rasend vor Wut und machtlos, verfolgte Täter und Zeugen, doch die Bürger von Toulouse, viele auf einmal treue Anhänger der Freien Franzosen, zeigten sich beharrlich unkooperativ. Die einen berichteten, sie hätten eine rothaarige Frau vom Ort der Explosion weglaufen sehen. Andere behaupteten, dass es vielmehr Männer auf Motorrädern waren, zwei, vielleicht auch drei, die von ebendiesem Ort wegfuhren. Vielleicht ein Jugendlicher auf einem Fahrrad. Nein, eine Bande Jugendliche auf Fahrrädern. Verzweifelt und frustriert antworteten die Gestapo und ihr Kader von Kollaborateuren mit Razzien, Folterungen und willkürlichen Inhaftierungen, doch die Sabotage ging unvermindert weiter.

Madeleine, erschöpft, aber gestärkt durch den Erfolg der Zerstörungen, fuhr durch die Stadt und über das Land und wechselte dabei Verstecke und Verkleidungen. Jeden Tag spielte sie eine andere Rolle. An einem Tag gab sie sich als stumme Bauersfrau, das Haar unter einem Kopftuch verborgen, in jeder Hand einen Henkelkorb. Am nächsten Morgen trug sie eine modische Baskenmütze und eine Brille mit Metallrand, und von ihrer Schulter hing eine Büchertasche, denn sie war eine Studentin an der Universität von Toulouse. Im unförmigen Overall einer Putzfrau, komplett mit Mopp und Eimer, gelang es ihr, Simone zu besuchen. Die Levy-Schwestern kicherten wie Schulmädchen über die gelungene Täuschung und ignorierten Serges warnende Blicke.

»Als ob du wüsstest, wie man überhaupt einen Fußboden saubermacht«, sagte Simone und lachte, während Madeleine mit dem Mopp als Tanzpartner durch die Küche tanzte.

Simone, mittlerweile nur noch wenige Wochen vor ihrer Niederkunft, war nicht so wagemutig wie ihre Schwester. Die Einkaufsnetze, mit denen sie jeden Tag zum Markt ging, waren bis oben gefüllt mit reifen, roten Tomaten und glänzenden Auberginen. Unter dem leuchtend bunten Gemüse verbargen sich Granaten. Sie brachte Dynamitstangen zurück, versteckt zwischen erdverkrusteten Möhren und Selleriestangen. Die Scheunen und Silos der Bauern waren, wie Jean Moulin ihnen bei jener Konferenz in Lyon versichert hatte, hervorragende Verstecke für *matériel*, und die Bauern selbst waren loyale Verbündete.

»Nicht alle. Es gibt welche, die sind Kollaborateure. Wir dürfen nicht zu vertrauensselig werden. Wir müssen wachsam sein«, mahnte Serge mit ernster Miene.

Serge, das wusste Madeleine, gab de Gaulles Worte wieder, die der BBC aus London übertrug. Seinem militärischen Hintergrund entsprechend betonte der Chef der Freien Franzosen ständig, dass der Widerstand sich an das Protokoll halten müsse, eine schwer zu befolgende Anweisung in dem heißen Sommer 1943. Mit der Begründung, französische Offiziere seien zu nachsichtig, riss die SS ohne Vorwarnung die Verantwortung für das Verhaften und Verschleppen von Juden an sich und führte zufällige und willkürliche Verhaftungen durch.

Terror und Wut herrschten in Toulouse, als immer mehr Familien zu Opfern wurden. Wut machte unvorsichtig. Der Wunsch nach Rache verhinderte geduldiges Abwarten. Vergeltungsaktionen wurden Teil des Alltags. Die Reifen deutscher Fahrzeuge wurden aufgeschlitzt. Stinkender Mist wurde in die Eingänge deutscher Kasernen geschaufelt. Französische Angestellte füllten Zuckerbehälter in den Lebensmittellagern des deutschen Militärs mit Salz. Sie spuckten in Suppenterrinen. Ein Bäcker, dessen Sohn verhaftet worden war, urinierte in einen Bottich mit Teig. Müll wurde in den Gärten von Kollaborateuren abgeladen, ihre Fenster eingeworfen, ihr Besitz mit Hakenkreuzen beschmiert. Ein Mädchen, von dem bekannt war, dass es mit deutschen Offizieren verkehrte, wurde in ein Auto gedrängt und mit verbundenen Augen hinaus auf ein Feld gebracht, wo ihr der Kopf rasiert und sie selbst bis auf die Unterwäsche ausgezogen wurde. Halb nackt und weinend fand sie den Weg zurück zur Stadt, wo sie sorgfältig übersehen wurde. Madeleine, die ihr zufällig begegnete, legte dem zitternden Mädchen ein Betttuch, das sie von einer Wäscheleine nahm, um die Schultern und führte es zur Kathedrale von St. Cyprien.

»Wir können uns nicht genauso benehmen wie diese verdammten Nazis«, sagte Madeleine. »Wir sind besser als sie.«

Sie rannte fort, als sich ein Priester dem schluchzenden Mädchen näherte.

Weder die Deutschen noch die Miliz wurden abgeschreckt von dem, was sie als dumme Streiche bezeichneten.

»Idioten. Was die machen, hat keine Bedeutung«, höhnte der deutsche Kommandant und befahl, die Zahl der Verhaftungen und Inhaftierungen zu erhöhen.

Aber an einem sehr heißen Abend verwandelte sich das, was so lässig als »dumme Streiche« bezeichnet wurde, urplötzlich in Gewalt gegen Personen.

Im Odeon-Kino am Grand Boulevard lief *Ohm Kruger*, ein anti-britischer Propaganda-Film, der von Goebbels gefördert wurde. Begeisterte deutsche Soldaten, viele von ihnen in Begleitung von zu stark geschminkten und zu leicht bekleideten, sehr jungen französischen Mädchen, strömten in das Lichtspieltheater. Sie standen stramm, als die Hakenkreuzflagge gehisst wurde, und sangen im Alkoholrausch »Deutschland über alles«. Sie applaudierten wild, als der Film endete, und verabschiedeten sich voneinander beim Verlassen des Kinos mit Sieg-Heil-Rufen. Sie lachten und redeten und tranken Bier, das an Straßenständen verkauft wurde. Plötzlich landete eine Granate, dann noch eine mitten in der Menschenmenge.

Panik brach aus, und Chaos entstand. Bierflaschen wurden fallen gelassen, Pistolen gezogen; schlecht gezielte Schüsse auf sich schnell bewegende Ziele abgefeuert. Gestiefelte Füße trampelten über den Grand Boulevard, als die wütenden und verängstigten deutschen Soldaten, ihre viel gerühmte Disziplin vergessend, sich gegenseitig anrempelten bei dem Versuch, schnell zu entkommen.

Madeleine, die zu der Zeit gerade an dem Kino vorbeifuhr, bremste überrascht ab. Ihr war klar, dass dieses Granatensperrfeuer nicht von der *Résistance* autorisiert war und ganz sicher eine drakonische Reaktion der Gestapo bewirken würde. Die Täter waren sehr mutig gewesen und sehr dumm. Sie fragte sich, wer sie sein mochten, und hoffte wider besseres Wissen, dass man sie nicht fassen würde. Sie suchte an diesem Abend Zuflucht in einer sicheren Unterkunft der *éclaireurs*.

Serge erschien am folgenden Tag, mit grimmigem Gesichtsausdruck und rot geränderten Augen. Seine Stimme war heiser vor Erschöpfung und Kummer.

»Sie haben die Täter. Natürlich. Drei Jungen. Kinder. Dumme Jungen. Mutig, schätze ich, vielleicht heldenhaft, aber eindeutig fehlgeleitet. Es war alles umsonst. Kein einziger Deutscher ist getötet worden, und sie wurden alle gefasst. Nur einer der Jungen war jüdisch. Moshe Klausner. Neunzehn Jahre alt. Seine Eltern und seine kleine Schwester wurden in einer *rafle* festgenommen und deportiert. Er war außer sich vor Zorn und Schmerz. Seine kleine Schwester hatte Diabetes, und ohne ihr Insulin war sie wahrscheinlich tot, noch bevor die Familie in die verdammten Viehwaggons getrieben wurde.«

Madeleine und Simone hörten schweigend zu und stellten sich das Entsetzen eines Kindes vor, das langsam und schmerzhaft sein Leben aushauchte.

Madeleine dachte an Anna, und ihr Mut sank. Sie hatte Anna versprochen, sie immer zu beschützen. Ein törichtes Versprechen vielleicht, aber eines, an das sie geglaubt hatte, so wie sie an Claudes Versprechen geglaubt hatte, dass er und sie gemeinsam Anna und die anderen Kinder in die Freiheit führen würden.

Sie wusste, die Rettungsaktionen wurden immer gefährlicher, auch wenn innerhalb des Untergrund-Geheimdienstnetzwerks der Widerstandsbewegung von waghalsigen Aktionen berichtet wurde. An der Schweizer Grenze waren jüdische Kinder zu einem Friedhof gebracht worden, gekleidet wie Trauernde, alle in schwarze Schleier gehüllt. Sie stiegen die Leiter eines Totengräbers hinauf, kletterten über eine Mauer und rannten davon in die Sicherheit der Schweiz. Gäbe es doch so einen Friedhof auch an der spanischen Grenze, dachte Madeleine wehmütig, als Serge still wurde und sich mit seinen großen Händen die Augen bedeckte. Sie wusste, er weinte.

»Was wird mit den Jungen geschehen, die verhaftet wurden?«, fragte sie ruhig.

»Das ist schon passiert. In der heutigen Ausgabe der *Dépêche* kann man alles lesen«, erwiderte er.

Er blickte auf die Zeitung und nannte die wichtigsten Fakten.

»Es gab keinen Prozess. Sie haben die Jungen zum Vichy-Verhörzentrum in der Rue Maignac gebracht, und alle drei wurden im Hof erschossen, sichtbar für jeden, der vorbeiging. Das soll wohl eine Lektion für uns sein, eine Warnung. Hier ist ein Zitat von René Bousquet, Generalsekretär der Polizei. Der genaue Wortlaut.«

Serge las aus der faschistischen Zeitung vor.

»›Wir werden die terroristischen Kräfte zermalmen, die sogenannte Résistance‹. Bousquet sagt uns damit, dass er gnadenlos vorgehen wird«, sagte Serge, zerriss die Zeitung und trampelte darauf herum. »Wir sind gewarnt.«

»In Ordnung. Wir sind gewarnt«, erwiderte Madeleine trocken. »Aber wir machen weiter wie zuvor. Richtig?«

»Ja. Wie zuvor. Aber mit noch mehr Vorsicht.«

»Natürlich. Immer mit Vorsicht«, sagte sie.

Er wandte sich an Simone. Madeleine wusste, ihre Schwester würde drei Gedenkkerzen für die drei Jungen anzünden, deren Leben an diesem Tag geendet hatte. Wenn ihr Tod nur mehr Sinn gehabt hätte, dachte sie. Wenn ihre unüberlegte Tat doch wenigstens ein paar kleine Folgen gehabt hätte.

Ich würde wollen, dass mein Tod etwas bedeutet. Der Gedanke kam unaufgefordert, und sie korrigierte sich rasch. *Aber ich will nicht sterben.*

An jenem Abend schrieb sie an Claude – wieder ein Brief, den sie nicht abschicken würde – in dem sie ihre Einsamkeit beklagte, ihre Sehnsucht nach ihm; in dem sie die Angst beschrieb, die an ihr klebte wie ein hauchdünner Schatten.

Es ist nicht so, dass ich Angst vor dem Tod habe, schrieb sie. *Aber ich habe Angst zu sterben, ohne gelebt zu haben. Ohne den Traum zu verwirklichen, den wir teilten, ohne gemeinsame Tage und Nächte verbracht, ohne uns eng umarmt zu haben.*

Sie faltete das dünne Blatt Papier, dessen Worte er niemals lesen würde, und ging zum Fenster. Sie hielt ein Streichholz daran und schaute zu, wie es sich in graue Aschefetzen auflöste, die auf die kahle Erde hinabflatterten.

30. KAPITEL

Der Juli ging vorüber, und der August begann. Trotz Bousquets unheilvoller Warnung ließ sich die Résistance nicht abschrecken. Polizisten wurden überfallen, Kollaborateure enttarnt, und die Sabotageakte gingen unbeirrt weiter. Jeder waghalsige Angriff wurde mit äußerster Vorsicht ausgeführt.

Madeleine trug ihre Studentenverkleidung, als sie den in ihrer Büchertasche versteckten Bolzenschneider benutzte, um deutsche Kommunikationsleitungen an der Straße nach St. Cyprien zu durchschneiden. Sie kickte die toten Leitungen zur Seite und fuhr rasch auf ihrem Fahrrad davon. Fröhlich winkte sie den deutschen Streifenwagen zu, die an ihr vorbeirauschten, während sie weiterradelte zu einer sicheren Unterkunft, nicht weit vom Garonne-Ufer.

In ihrer Verunsicherung und Verzweiflung nahmen die Deutschen und ihre Vichy-Kohorten den geheimen Rundfunk der Résistance ins Visier. Serge erfuhr, dass als Reparaturwagen getarnte Streifenwagen über Ortungsgeräte verfügten, um Sender ausfindig zu machen. Funker wurden verhaftet und brutal gefoltert, bis Codes verraten wurden. Er und Simone vergruben ihre eigenen Geräte in einem stinkenden Komposthaufen und vertrauten stattdessen auf Kuriere und unerlaubt vervielfältigte Nachrichtenblätter. Nur sehr wenige Neuigkeiten aus der Welt jenseits von Toulouse erreichten sie.

Madeleine zog ein Exemplar der *Terre Française*, eines faschistischen Propagandablatts, aus einer Mülltonne. Sie enthielt einen kruden Bericht über einen Aufstand im Vernichtungslager Treblinka. Fünfhundert jüdische Arbeitssklaven waren von der SS und ukrainischen Wachleuten erschossen worden.

»Wir haben es dem jüdischen Abschaum gezeigt«, jubelte der Lagerkommandant.

Madeleine wurde blind vor Tränen. Sie weinte um die ermordeten Juden. Sie weinte über die Grausamkeit der Mörder.

Als sie am Abend mit einigen Kameraden in Simones Küche saß, wanderte die Zeitung von einer Hand in die andere. Stille erfüllte den Raum. Das Entsetzen ließ sie verstummen.

Serge stand im Schatten und stimmte ganz leise das Kaddish an. Die kleine Gruppe junger Kämpfer stimmte ein in den schwermütigen Chor, der ihre Trauer und ihr Bekenntnis ausdrückte.

***

Die Stimmung der Résistance-Kämpfer hob sich, als sie erfuhren, dass die Alliierten Berlin und Hamburg bombardierten. Bestimmt bedeutete das, dass der Sieg nahe war. Als sie von dem amerikanischen Luftangriff auf Regensburg erfuhren, prosteten sie sich mit winzigen Bechern mit Wein zu, nur um dann zu erfahren, dass die Bomben, die auf die deutsche Stadt gefallen waren, eine große Anzahl französischer Zwangsarbeiter getötet hatte.

»Es ist wie ein Schachspiel«, beklagte sich Madeleine bei Simone. »Wir machen einen Zug. Die Nazis ergreifen Gegenmaßnahmen. Unsere Bauern für ihren Läufer. Unsere Springer für ihre Türme. Unsere Trauer für ihre Freude.«

»Solange sie unseren König nicht schachmatt setzen«, gab Simone trocken zurück und veränderte ihre Haltung.

In diesem letzten Trimester schränkte die Schwangerschaft sie bei jeder Bewegung ein, und auch wenn sie sich nicht beklagte, wusste Madeleine, dass es ihrer Schwester oft nicht gutging.

Dennoch, trotz Serges Einwänden und Madeleines Besorgnis, ging Simone weiterhin auf die Bauernmärkte und arbeitete oft bis spät in die Nacht an gefälschten Ausweispapieren. Es war auch Simone, die beschloss, nicht zu verzweifeln und ein paar Stunden Fröhlichkeit für ein Familienpicknick auf einer tief gelegenen Wiese nicht weit von der Stadt abzuzwacken.

Die Levys und Lucie Dreyfus organisierten den Transport, und Madeleine füllte einen Korb mit Käse, Gemüse und Früchten, gespendet von sympathisierenden Bauern.

Es war ein glücklicher Tag, der gnadenlosen Finsternis des Krieges abgetrotzte goldene Stunden des Friedens. Anna Hofberg warf Simones kleiner Tochter einen leuchtend roten Ball zu, und die Erwachsenen schauten ihnen staunend zu. Der Anblick spielender Kinder im Gras war ein ganz besonderes Wunder. Sie aßen ihr Picknick, verzogen das Gesicht, weil der Käse zu hart war und die grobe Baguette bei jeder Berührung krümelte.

»Niemals werde ich den Deutschen diese Baguette verzeihen«, scherzte Dr. Levy. »Ich nehme die Invasion hin, die Besatzung, aber die Konfiszierung von Butter und Mandelpaste ist wahrhaft unverzeihlich.«

Er lachte, wischte sich die Krümel aus dem Schnurrbart und fuhr mit dem Stethoskop über Simones Bauch.

»Ich überprüfe nur den Herzschlag meines Enkelkinds«, sagte er. »Er ist wunderbar stark.«

Madeleine beobachtete ihren Vater und sah, dass sich sein Blick, ungeachtet seiner beruhigenden Worte, sorgenvoll verdüsterte, als er Simones Bauch abtastete. Sie verstand, dass seine erfahrenen Hände die Lage des Fötus festzustellen versuchten, und sie spürte seine Besorgnis, obwohl er beruhigend lächelte.

»Ist es nicht wundervoll, dass im von den Nazis besetzten Toulouse ein gesundes jüdisches Baby zur Welt kommen wird?«, fragte er. »Ein Wunder. Ihr seid Wundertäter, Serge und Simone.«

»Wundertäter«, wiederholten sie fröhlich und lächelten, dankbar für den kurzen Augenblick von Leichtigkeit, dankbar dafür, dass es ihnen gelungen war, an einem sonnigen Nachmittag zusammenzukommen.

Briefe wurden hervorgeholt. Die Nonnen von Valence hatten sich bereiterklärt, der Familie ihren Briefkasten zur Verfügung zu stellen, womit die Gefahr der Zensur umgangen werden konnte. Madeleine hatte Claude gesagt, dass es sicher für ihn sei, alle an sie gerichteten Briefe an Madame Lucie Duteil zu adressieren.

Lucie las einen Brief von Pierre Dreyfus vor. Er reiste quer durch die Vereinigten Staaten und sammelte Spenden für die belagerten Juden von Europa und die kämpfende jüdische Gemeinde in Palästina.

»Er vermisst Frankreich. Er vermisst uns alle, aber seine Arbeit in den Vereinigten Staaten ist wichtig. Er hat mit Eleanor Roosevelt gesprochen, der Frau des Präsidenten, und sie hat versprochen, für uns zu tun, was sie kann«, berichtete Lucie.

»Würde ihr Ehemann doch auch so denken«, sagte Serge bitter. »Würde er doch dafür sorgen, dass einer seiner Bomber auf die Bahngleise zielt, die nach Auschwitz führen. So viele Leben könnten gerettet werden. Ich hoffe, Pierre hat Mrs. Roosevelt das gesagt.«

»Ich bin sicher, das hat er.« Lucie reichte Jeanne Briefe, die Jean Louis und Etienne aus Paris geschickt hatten.

Jeanne Levys Hände zitterten, als sie die Umschläge aufriss, aber ihr Gesicht leuchtete auf vor Erleichterung, als sie die eng beschriebene Seite las.

»Unseren Jungen geht es gut«, sagte sie. Ihre Stimme bebte.

Jean Louis, inzwischen ein fertig ausgebildeter Arzt, arbeitete in einer verdeckten Klinik, und Etienne beteiligte sich mit seiner ganzen Energie an den Programmen der *éclaireurs*, um jüdische Kinder zu verstecken und zu schützen. Er arbeitete eng mit einem mutigen christlichen Pastor zusammen, Vater Vergaras, der seine Rettungsaktionen von seinem Stützpunkt im Oratorium des Louvre aus koordinierte. Etienne schrieb stolz, dass er den Pantomime-Künstler Marcel Marceau begleitet hatte, bei einem Auftrag, jüdische Kinder in Verstecken unterzubringen.

»Unsere Söhne machen uns stolz«, sagte Pierre Paul Levy. »So wie unsere Töchter. Nicht wahr, Jeanne?«

Er sprach ruhig, doch Madeleine sah, dass seine Augen feucht waren von Tränen, als er seine Frau an sich drückte. Jeanne zitterte in seinen Armen.

»Wenn nur der Stolz die Angst besiegen könnte«, murmelte sie.

Madeleine und Simone blickten sich an. Sie verstanden, dass ihre Mutter niemals frei von akuter Angst war, eine Folge davon, dass sie als Mädchen Angst um ihren Vater und als junge Frau während des Großen Krieges Angst vor Zerstörung und Verletzung gehabt hatte.

Während der Schlacht um Verdun war Jeanne nachts schreiend aufgewacht, ihr Nachthemd durchtränkt von Schweiß, das Gesicht tränenüberströmt. Sie hatte geträumt, dass ihr Ehemann, ihr Bruder und ihr Vater blutüberströmt und tot auf dem Schlachtfeld lagen.

Die Schwestern wussten, dass sich solche Albträume jetzt wiederholten. Instinktiv rückten sie näher; Jeannes Töchter waren zu Beschützerinnen ihrer Mutter geworden.

Was für eine seltsame Umkehrung der Dinge ein Krieg verursacht, dachte Madeleine.

Die Stimme ihrer Großmutter, jetzt wunderbar heiter, durchbrach das kurze melancholische Schweigen.

»Madeleine, dieser Brief ist erst gestern angekommen.« Lucie gab ihr einen blassblauen, mit gelbem Wachs doppelt versiegelten Umschlag.

Madeleine betrachtete ihn, überrascht und ungläubig. Die Briefmarken stammten aus der Schweiz, der Poststempel aus

Lausanne. Die Tinte war so hell, dass die Schrift kaum zu lesen war. Aber es war Claudes Handschrift. Madeleines Hand zitterte. Ihr Herz pochte. Simone nahm ihr den Umschlag aus der Hand und brach vorsichtig die Siegel. Sie las den Brief, ihre Lippen bewegten sich lautlos, dann wandte sie sich an Madeleine und fasste den Inhalt zusammen, jedes Wort sorgfältig aussprechend.

»Claude schreibt, dass es ihm gut geht«, sagte sie. »Es ist ihm gelungen, eine kleine Gruppe jüdischer Kinder durch die Alpen zu führen, und er wird bald nach Frankreich zurückkehren. Er vermisst dich. Er denkt an dich. Er wird noch vor dem Ende des Sommers bei dir sein.«

»Lies genau, was er geschrieben hat«, sagte Madeleine schwach. »Wort für Wort.«

Sie lehnte sich zurück und gab sich der klaren und absichtlich lauten Stimme ihrer Schwester hin, als diese Claudes liebevolle Worte wiederholte. Dann nahm sie Simone den Brief aus der Hand und las ihn selbst, drückte ihn an ihre Lippen.

»Noch vor Ende des Sommers«, wiederholte sie.

Sie würde die Tage zählen und jede einzelne Stunde segnen, denn bald, sehr bald würde Claude zu ihr zurückkommen.

Der Himmel verdunkelte sich. Regen kündigte sich an. Das Sommerpicknick der Familie Dreyfus war zu Ende. Bedauernd umarmten sie sich. Ihre Wangen wurden feucht vom Küssen, aber ihre Augen blieben trocken.

»Au revoir«, murmelten sie. *»Adieu. Shalom.«*

Lucie flüsterte ein Gebet, und auch wenn sie das Hebräisch nicht verstanden, neigten sie den Kopf und sagten einstimmig »Amen«. Sie würden einander schreiben. Sie würden sich wieder treffen. Natürlich.

Pierre Paul, Jeanne und Anna stiegen in den ramponierten Citroën, dessen Rückbank vollgestopft war mit seiner kostbaren chirurgischen Ausrüstung und seinem ständig schrumpfenden

Vorrat an Medikamenten. Die Nazi-Besatzer hatten sämtliche medizinischen Vorräte requiriert. Pharmazeutische Lager waren ausgeräumt und der Inhalt nach Berlin geschafft worden. Medikamente waren jetzt wertvoller als Gold, Verbandsmaterial und Desinfektionsmittel kostbarer als Diamanten. Pierre Paul stöberte in seinem Vorrat und gab Madeleine ein Zeichen. Er reichte ihr ein in Zeitungspapier gewickeltes, verschnürtes Päckchen.

»Morphium«, sagte er knapp. »Für Simone. Sie braucht es vielleicht, wenn die Wehen kommen. Ich wollte ihr keine Angst machen, aber als ich sie untersucht habe, habe ich festgestellt, dass das Baby nicht richtig liegt. Wenn es sich nicht noch dreht, kommt es vielleicht zu einer Steißgeburt, und das wird schmerzhaft. Ich werde zu weit weg sein, um ihr zu helfen.«

Jedes seiner Worte drückte Schmerz und Bedauern aus. Er war Arzt, er war Vater, und er konnte nichts tun, um den Schmerz seiner Tochter zu lindern.

»Ich verstehe«, versicherte Madeleine. »Mach dir keine Sorgen. Unsere gute Freundin und Nachbarin Hélène ist eine erfahrene Hebamme. Sie wird ihr das Morphium geben, falls nötig. Und vergiss nicht, unsere Simone ist sehr stark.«

»Ja. Sie ist stark. Meine beiden Töchter sind stark«, sagte er und drückte sie an sich.

Madeleine hielt das Päckchen fest und versuchte, an ihre eigenen Worte zu glauben. Ja, Simone war stark, aber selbst ihre Kraft war nicht grenzenlos. Madeleine erinnerte sich, dass sie selbst viele Jahre zuvor ihrem Vater einmal in einer Notlage bei einer Steißgeburt assistiert hatte. Die junge Frau hatte zwar überlebt, doch Madeleine wusste, dass Steißgeburten oft das Leben sowohl der Mutter als auch des Kindes in Gefahr brachten. Der Gedanke daran, wie gefährdet ihre Schwester war, ließ sie frösteln. Sie schob das Morphiumpäckchen tief in ihren Rucksack. Dann setzte sie sich neben Simone und hielt ihre Hand, während sie zurück nach Toulouse fuhren.

Als sie sich dem Canal du Midi näherten, ging die Sonne langsam unter und legte einen melancholischen pastellfarbenen Schatten auf das stille Wasser. Ein unsteter Wind strich über Madeleines Gesicht, und sie spürte den ersten, willkommenen, kühlen Hauch des Herbstes. Das Ende des Sommers. Claude würde kommen. Sie lächelte und blickte in die langsam herabsinkende Dämmerung.

31. KAPITEL

Trotz ihrer hektischen und anstrengenden Aktivitäten, ihres täglichen Hin- und Herhastens zwischen geheimen Résistance-Treffen und den versteckten Kindern, für die sie verantwortlich war, was sie viel Kraft kostete und vor Müdigkeit ganz schwach machte, wurde Madeleine von Schlaflosigkeit gequält. Stunde um Stunde lag sie wach und wälzte sich hin und her, während sie auf einem der schmalen, hinter einer zweiten Wand verborgenen Feldbetten in einem der als sicher geltenden Häuser lag. Ein Wirrwarr von Ängsten drängte sich in ihre nächtlichen Gedanken. *Simone. Claude. Anna. Ihre Eltern. Ihre Brüder.* Jeder geliebte Name löste eine Explosion von Sorgen aus und hinderte sie am Einschlafen.

Da die Gestapo ihren Würgegriff um Paris verstärkte und führende Mitglieder der Résistance einsperrte, machte sie sich immer größere Sorgen um ihre Brüder. Düstere Fantasien quälten und verhöhnten sie in den langen Stunden ihrer langen Nächte.

Sie versuchte sich mit ermutigenden Nachrichten zu beruhigen, mit den optimistischen Bewertungen der Schlachten. Es stimmte, die Alliierten gingen aggressiv vor. Berlin wurde bombardiert, und mehr als einmal hatte sie die Lichter von tief fliegenden RAF-Fliegern gesehen, die auf dem Weg über den Ärmelkanal zu ihren Heimatbasen in England waren. Der Sieg schien greifbar nahe, und mit dem Sieg, so sagte sie sich, würde der Frieden kommen.

»Wunderbarer Frieden«, flüsterte sie in die Dunkelheit. Sie schloss die Augen, aber der Schlaf kam nicht.

Sie konnte nicht liegen bleiben, es gab Nächte, da stand sie auf, zog dunkle Kleidung an und fuhr mit dem Fahrrad über die dunklen, verlassenen Straßen bis in sternenklare ländliche Gebiete und folgte dort unwegsamen Pfaden. Silbrige Streifen von Mondlicht waren die einzige Beleuchtung. Hin und wieder sah Madeleine die Lichter von Flugzeugen, die in Nachteinsätzen am Himmel entlangzogen.

»Viel Glück«, rief sie den westwärts fliegenden Piloten der Royal Air Force zu. Sie würden alles Glück der Welt benötigen. Madeleine wusste, dass dreihundert RAF-Piloten getötet und fast ebenso viele gefangengenommen worden waren.

In einer sternenklaren Nacht, als sie wieder von Schlaflosigkeit heimgesucht wurde, radelte sie weit in die Landschaft hinaus und hob den Blick zum Himmel, während sie in die Pedale trat. Gebannt von der Schönheit des Nachthimmels, suchte sie nach den Sternenbildern, deren Namen ihr Großvater ihr vor so vielen Jahren beigebracht hatte.

»Kleiner Bär. Kleiner Bär«, sagte sie laut. »Ah, Cassiopeia.«

Sie verrenkte den Hals.

»Aber wo ist mein Andromeda?«

Andromeda hatte sie immer begeistert begrüßt, begeistert vom Mythos der treuen Gattin des Perseus, begeistert vom melodischen Klang des Namens.

»Andromeda«, wiederholte sie und fuhr weiter.

Sie schwenkte nach Osten und reckte den Hals, doch es war nicht Andromeda, was sie sah, als sie den Himmel absuchte. Stattdessen wurde ihr Blick von der langsamen, fast ballettartigen Landung eines Fallschirms gefesselt. Das silberne Mondlicht ließ das Weiß der wolkigen Fallschirmseide noch heller erscheinen, als er sachte in der nächtlichen Brise hin- und herschaukelte. Madeleine sah eine Gestalt an den Seilen hängen, dunkel gekleidet und regungslos. Es war offenbar ein Pilot, darauf trainiert, sich der Choreografie des Windes zu überlassen.

Gebannt sah Madeleine zu, als der herabfallende Fallschirm über ein kleines Wäldchen hinweg und ganz knapp an einem schmalen Bach vorbeiflog, um dann nur wenige Meter von ihr entfernt auf dem Boden zu landen. Der Pilot lag regungslos auf dem Rücken im hohen Gras, und einen kurzen, schrecklichen Augenblick lang dachte sie, er könnte tot sein. Sie beobachtete ihn genau. Endlich sah sie, dass er sich bewegte, langsam, fast unmerklich. In einem plötzlichen Kraftausbruch streckte er die Arme nach oben und versuchte, sich von den Gurten zu befreien.

Madeleine zögerte. Sie war nicht nah genug, um seine Uniform erkennen zu können, um sehen zu können, welche Abzeichen sich auf seinen Schulterklappen befanden. Er könnte Deutscher sein, oder Italiener. Flugzeuge der Achsenmächte waren über Toulouse gesehen worden, aber das war länger her. Es war viel wahrscheinlicher, dass er Engländer war, oder Amerikaner. Sie eilte auf ihn zu. Seine Nationalität spielte keine Rolle. Er war ein Mann, ein menschliches Wesen, allein und möglicherweise verwundet, mitten in der Nacht auf einer verlassenen Wiese, und er brauchte Hilfe. Sie tastete in ihrer Tasche nach der kleinen Taschenlampe, die sie immer bei sich hatte. Sie hielt sie fest in der Hand, kniete neben dem Piloten nieder und richtete das Licht auf ihn. Erleichtert stellte sie fest, dass er den braunen Pilotenhelm der Royal Air Force trug. Sie beugte sich näher heran, um ihm ins Gesicht sehen und hören zu können, was er sagte.

Er war hochgewachsen, mit rötlicher Haut und strahlend blauen Augen. Er bewegte leicht ein Bein, dann das andere, einen Arm, dann den anderen, und lächelte, als wäre er überrascht, dass seine Glieder heil waren.

»Wer sind Sie?«, fragte sie, dankbar für die englischen Grundkenntnisse, die man ihr am Lycée Molière beigebracht hatte.

»Ich schätze, es ist in Ordnung, wenn ich es Ihnen sage«, erwiderte er. »Ich bin Stabsfeldwebel Claude Sharple aus Penzance, der schönsten Stadt in Englands schönster Gegend, Cornwall. Und wer sind Sie, und wo bin ich?«

Er stützte sich auf einen Ellenbogen und grinste sie an. Madeleine lächelte zurück. Dass er Claude hieß, schien ihr ein magisches Zeichen zu sein. Verrückter Gedanke, das war ihr klar, aber sie fand ihn tröstlich.

»Ich bin Madeleine Levy, Mitglied der französischen Résistance. Sie sind in Frankreich, am Stadtrand von Toulouse, der sogenannten Unbesetzten Zone unter der Kontrolle von Deutschland und seiner Marionettenregierung in Vichy. Es ist gefährlich für Sie, hier zu sein. Wir müssen rasch handeln, bevor Sie entdeckt werden.« Atemlos stolperte sie über ihre Worte.

Sie rannte davon und holte ihren Bolzenschneider aus dem Fahrradkorb. Gemeinsam strengten sie sich an, bis er aus den Gurten des Fallschirms befreit war.

»Wo ist Ihr Flugzeug?«, fragte sie.

»Es war ein Begleitflugzeug. Abgeschossen, Meilen von hier entfernt.«

»Sie werden nach Ihnen suchen. Die Deutschen.«

»Wenn Sie glauben, dass ich überlebt habe.«

»Sie werden nach Ihnen suchen, weil Sie nicht wissen, ob Sie leben oder tot sind. Sie gehen kein Risiko ein. Und sie dürfen Sie nicht finden.«

Er fragte nicht, warum. Sie wussten beide, was mit den gefangenen Kampfpiloten der Alliierten geschah. Die Deutschen behandelten Kriegsgefangene mit barbarischer Grausamkeit, ohne den geringsten Anschein, sich an die Genfer Konvention zu halten. Folter war Routine. Es gab Exekutionen im Schnellverfahren. Leichname wurden oft aller Erkennungsmerkmale beraubt, die Uniformen weggeworfen. Leichen wurden verbrannt, Waffen beschlagnahmt.

Madeleine blickte sich prüfend um, wandte sich nach links, dann nach rechts, schließlich deutete sie auf eine Gruppe junger, dicht zusammenstehender Bäume, die einen Windschutz bildeten.

»Dort. Da ist es am sichersten.«

Gemeinsam zogen sie den Fallschirm in das kleine Wäldchen hinein.

»Jetzt müssen wir ihn noch unter Blättern vergraben. Dann müssen Sie hierbleiben, bis ich wiederkomme. Legen Sie sich still auf den Boden, und versuchen Sie, sich nicht zu bewegen. Ich werde nicht lange weg sein«, sagte Madeleine, während sie Blätter aufsammelte und auf den zusammengefalteten weißen Fallschirm häufte.

»Aber wo gehen Sie hin?«, fragte er. Zum ersten Mal hörte sie ein klein wenig Angst in seiner Stimme.

Es überraschte sie nicht. Er war sehr jung, vielleicht noch nicht einmal zwanzig, und sehr allein; er trug die Uniform seines Landes in einem Gebiet, das von einem gnadenlosen Feind kontrolliert wurde. Er hatte Angst, exekutiert zu werden. Er hatte Angst zu sterben. Sie verstand das. Schließlich hatte sie auch Angst, exekutiert zu werden; auch sie hatte Angst zu sterben.

»Ich hole Hilfe«, erklärte sie mit einer Gelassenheit, die sie nicht empfand. »Meine Kameraden von der Résistance werden mit mir zurückkommen, und wir werden Ihnen bei der Flucht helfen. Bitte vertrauen Sie mir.«

Jetzt lächelte er wieder.

»Nicht, dass ich eine Wahl hätte, aber ich vertraue Ihnen. Wie könnte ich einem hübschen jungen Mädchen nicht vertrauen, das mit so charmantem Akzent Englisch spricht?«

Jetzt fügte er sich ihren Anweisungen und verkroch sich tiefer in der Baumgruppe, während sie aufs Fahrrad stieg und zum nächsten sicheren Unterschlupf hastete.

Innerhalb von zwei Stunden kehrte sie mit einer kleinen Gruppe von Résistance-Kämpfern zurück. Sie arbeiteten fieberhaft, denn sie wussten, bis zum Sonnenaufgang mussten sämtliche Spuren des Oberfeldwebels Claude Sharple verschwunden sein. Sie gruben ein Loch und warfen Fallschirm und Pilotenanzug hinein, bedeckten alles mit Blättern und rollten einen Felsen darauf. Der abgeschossene Pilot schlüpfte rasch in den dicken Pullover und die abgewetzte Hose, die sie ihm gaben. Serge kam mit einem Satz gefälschter Papiere auf sie zu gerannt. Simone, die man aus dem Schlaf gerissen hatte, hatte sie hastig angefertigt, ein sehr unscharfes Foto auf die *carte d'identité* geklebt und eine ärztliche Bestätigung beigefügt, dass Girard Polyneaux, ein Schäfer, leider taub zur Welt gekommen war.

»Hätten Sie mir keinen Namen geben können, den ich aussprechen kann?«, hatte er scherzhaft gefragt.

»Da Sie stumm sind, wird das kein Problem sein«, gab Serge zurück, und alle lachten.

Lachen war ihre einzige Erleichterung, fand Madeleine, ihr einziger Anspruch auf eine für einen Augenblick wiederhergestellte Normalität, eine Erinnerung an eine Zeit, als Humor ihr ständiger Begleiter und der Klang von Fröhlichkeit nichts Fremdes gewesen war.

Ein dunkelhaariger junger Mann trat vor, Sancho, ein *passeur*, ein spanischer Führer, der gegen Franco gekämpft hatte und jetzt die Résistance unterstützte.

»Sancho, unser treuer Freund, wird Sie über die Pyrenäen in Sicherheit bringen«, erklärte Serge und schüttelte Claude die Hand.

»Danke«, erwiderte der junge Pilot.

Er drehte sich zu Madeleine um.

»Und ich werde Sie niemals vergessen«, sagte er und küsste sie ungeschickt, aber zart auf beide Wangen. Dann folgte er Sancho und begann seinen langen Marsch in die Freiheit.

Sie blickte ihm nach.

»Adieu, Claude«, murmelte sie und spürte, wie allein das Aussprechen des Namens, den er mit ihrem geliebten Freund teilte, Hoffnung und Freude in ihr auslöste.

»Claude, Claude«, wiederholte sie, als sie durch das milchige Licht der aufkommenden Dämmerung radelte.

32. KAPITEL

Die Septemberwinde ließen die frisch in den Schattierungen des Herbstes gefärbten Blätter in den Bäumen rascheln. Madeleine blickte hoch zu den Wipfeln, die rotbraun und golden, scharlachrot und orange leuchteten, die schönsten Farben ihrer liebsten Jahreszeit. Hohe violette Astern säumten die Ufer der Garonne, und pechschwarze Kapernfrüchte schimmerten an Büschen, die sich an die Erde schmiegten. Hin und wieder pflückte Madeleine eine Blüte, und sie füllte ihren Korb mit Büscheln spät gereifter *fraises du bois*, Walderdbeeren, die sich auf kleinen Inseln blassen Sonnenlichtes sonnten. Sie schob sich die süßen Früchte in den Mund und warf die Reste und auch die welkenden Blumen auf das Herbstlaub.

Sie hatte keine Vase für ihre kleinen Blumen, keine Schale, in die sie die saftigen roten Früchte füllen könnte. Sie war eine auf der Flucht befindliche Nomadin, die jede Nacht schlaflos auf einem anderen Feldbett lag, sich nach Schlaf sehnend, doch voller Angst vor ihren Träumen. Sie gestattete sich ein paar Gedanken an Claude, wiederholte flüsternd das zärtliche Versprechen seines Briefes, dass sie sich vor dem Ende des Sommers wiedersehen würden. Aber der Sommer ging zu Ende, und Claude war nicht in Toulouse angekommen. Wieder einmal war ihr Herz schwer vor Sorge. Wieder einmal fürchtete sie sich davor einzuschlafen, weil sie schon zu oft von Tod und Gefahr geträumt hatte.

»Ist er in Sicherheit?«, fragte sie Serge. Es war nicht nötig, seinen Namen zu nennen.

»Wir haben nichts von ihm gehört. Alles, was wir wissen, ist, dass die Kinder, die er durch die Alpen geführt hat, jetzt in Italien sind, in der Obhut von Tzofim, jüdischen Pfadfindern aus Palästina. Claude hatte den Befehl, nach Frankreich zurückzukehren, und das wird er sicher auch versuchen. Aber so eine Reise ist nicht ohne Hindernisse, und das ist wahrscheinlich der Grund für seine Verspätung. Versuch dir keine Sorgen zu machen, Madeleine.«

Serge sprach langsam, geduldig. Sein Ton verriet weder Optimismus noch Pessimismus, sein Blick ruhte auf einer zerknitterten, auf dem Küchentisch ausgebreiteten Landkarte.

»Was für Hindernisse?«, fragte Madeleine.

»Ich zeige es dir.«

Er nahm einen Stift, hielt ihn einen Moment über die Landkarte und setzte ihn dann auf der blassgrünen Linie ab, die die Schweiz umgab.

»Das letzte Lebenszeichen, das wir von ihm bekommen haben, war der Brief, den er an dich geschrieben hat. Der war in Lausanne abgestempelt.«

Der Stift ruhte jetzt auf dem kleinen Punkt, der Lausanne markierte.

»Ja. Lausanne.«

Madeleine sagte Serge nicht, dass sie den Brief immer bei sich hatte, dass er in ihrem Mieder steckte. Auch jetzt spürte sie, wie das dünne Papier ihre Brüste streifte.

Serge hielt den Stift und zeichnete die Route nach, die von Lausanne nach Toulouse führte. Er wandte Madeleine das Gesicht zu, er wusste ja, dass sie ihm von den Lippen lesen musste, damit keines seiner Worte verloren ging.

»Um nach Turin zu kommen, müsste er die Walliser Alpen durchqueren, und wir wissen, dass Italien ein gefährliches und unsicheres Territorium ist, auch im Spätsommer. Die Italiener selbst sind gespalten in Antifaschisten und Mussolinis Schergen, so wie wir in Frankreich gespalten sind in Vichy-Franzosen und Freie Franzosen. Claude hätte da sehr langsam und vorsichtig operieren müssen. Er musste sich in westlicher Richtung orientieren, vielleicht in der Nähe von Grenoble über die Grenze gehen.«

»Claude wird bestimmt langsam vorgehen. Er wird vorsichtig sein.« Madeleine fuhr mit dem Finger über die Landkarte.

Simone beugte sich über die Schulter ihrer Schwester und lächelte.

»Claude ist so wie dieses Baby in meinem Bauch, sehr langsam, sehr vorsichtig. Sie sind beide unterwegs nach Toulouse. Wer wird wohl das Rennen gewinnen – mein Baby oder dein Claude?«, fragte sie schelmisch.

Sie lachten, dankbar, dass Simone die Spannung gelöst hatte.

»Ich mache uns Tee«, sagte Simone. »Grand-mères Rezept für alle Probleme. Eine Tasse Tee.«

Madeleine beobachtete ihre Schwester beim Hin- und Hergehen und bemerkte, wie schwerfällig ihr Gang war, so wie das Gewicht ihrer Schwangerschaft nun einmal auf ihr lastete. Simones Zustand machte ihr Sorgen. Hélène, ihre Hebamme, hatte Simone untersucht und Madeleine berichtet, dass das Baby sich immer noch in Steißlage befand. Dankbar dachte sie an das Morphium, das sie in Simones Küche versteckt hatte. Sehnlichst wünschte sie, die Geburt würde schnell kommen. Mit derselben Leidenschaft betete sie, dass es Claude gelingen möge, die italienische Grenze sicher und wohlbehalten zu überqueren.

»Du musst Geduld haben«, sagte Serge ruhig und faltete die Landkarte zusammen. »Die Alliierten marschieren in Italien ein. Amerikanische Truppen sind schon am Strand von Reggio. Das sollte die Reise durch Italien für ihn einfacher machen. Verzweifle nicht, Madeleine. Gib die Hoffnung nicht auf.«

Sie nickte. Verzweiflung war keine Option, auch wenn sie erkannte, dass die Hoffnung trügerisch war.

Die Hoffnung wuchs jedoch, als Italien in der zweiten Septemberwoche kapitulierte. Diese Kapitulation bedeutete, dass es keine faschistischen Patrouillen mehr in den Straßen von Turin geben würde. Claudes Durchreise würde also in relativer Sicherheit vonstattengehen. Serge versicherte ihr, dass er jetzt auf den zweifelhaften Schutz von geheimen Unterkünften verzichten und sich in Italien relativ frei bewegen konnte. In jener Nacht konnte sie schlafen, und sie träumte, dass Claude mit ausgestreckten Armen auf sie zuschritt.

Mit neuer Energie organisierte Madeleine, gemeinsam mit Serge, verschiedene Sabotageakte. Sie beschädigten Fernmeldeleitungen, deponierten Sprengstoff in einer Bezirkszentrale der Gestapo und kundschafteten neue Ziele aus. Madeleine erhöhte die Zahl ihrer Besuche bei den verstreut lebenden Kindern in ihrer Obhut und versicherte ihnen, dass ihr Marsch in die Freiheit bald beginnen würde.

»*Quand?* Wann?« Die Frage wurde immer eindringlicher, aber Madeleine konnte keine Antwort geben.

»*Quand?* Wann kann ich zu meinen Brüdern?«, schrieb Anna Hofberg klagend von ihrem Versteck bei Madeleines Eltern.

»Bald«, erwiderte Madeleine. »Sehr bald, hoffe ich.«

Sie konnte nicht erklären, dass sie auf Anweisungen von der Résistance-Führung warten musste, so wie sie auch auf Claudes Ankunft wartete und sich ebenfalls ungeduldig die Frage stellte: *Quand?* Wann?

Als sie mit dem Fahrrad zu einer entfernten geheimen Unterkunft unterwegs war, richtete sie den Blick zum Himmel, der sich mit dem Einzug des Herbstes früh verdunkelte. Eine Schar Gänse flog nach Süden. Wie konnten sie nur mit solcher Anmut und Schönheit Grenzen überqueren, von denen für sie selbst Gefahr und Zerstörung drohte? Aus einem Impuls heraus beschloss sie, dass der Flug der Gänse ein Omen war. Auch Claude würde die Grenze sicher hinter sich bringen und zu ihr zurückkehren. Ein närrischer Gedanke, das wusste sie, als sie den Vögeln zuwinkte, die jetzt noch höher flogen und in den weißen, flauschigen Wolken verschwanden, die der Wind vorwärtstrieb.

Der durch die Kapitulation Italiens entfachte Optimismus verflüchtigte sich, als die Nazis die Schlinge um Frankreich enger zogen. Die Lage der Juden in der südlichen Zone wurde mit jedem Tag bedrohlicher. Das Hauptquartier der Résistance riet allen jüdischen Résistance-Leitern, sofort in den Untergrund zu gehen. Viele Agenten tauchten unter, während andere aktiv blieben, aber es war klar, dass die Reihen der jüdischen Résistance-Kämpfer sich gefährlich ausdünnten.

»Mir gehen die Maskierungen aus«, sagte Madeleine mit bitterem Lächeln zu Serge und Simone und zog das Tuch von ihrem seit Neuestem rot gefärbtem Haar. Sie streifte den weißen Kittel für angehende Pharmazeuten ab und blätterte in ihrem Stapel gefälschter Ausweise, jeder mit einem anderen Namen, einer anderen Adresse, einem anderen Geburtsdatum.

»Manchmal vergesse ich meinen echten Namen. Ich muss mir in Erinnerung rufen, dass ich Madeleine Levy bin, nicht Danielle Durand oder Arielle Maupin. Allerdings habe ich Arielle ziemlich liebgewonnen«, sagte sie. »Arielle wird bald in Pharmakologie promovieren, und sie wird auch bald ihren Klassenkameraden Philippe heiraten«, fuhr sie fort, belustigt über die Identität, die sie sich für ihr Alias ausgedacht hatte. »Sie und Philippe haben vor, Toulouse sehr bald zu verlassen.«

Serge schüttelte bitter den Kopf.

»Wir alle sollten Toulouse verlassen, aber Simone und ich müssen warten, bis das Baby auf der Welt ist. Sie kann in ihrem Zustand nicht reisen. Es ist ein Wunder, dass uns bist jetzt nichts passiert ist. Wahrscheinlich spielt die Miliz auf Zeit, während sie uns ausspioniert. Hier sind wir für sie wertvoller als im Gefängnis. Und die Bestechungsgelder, die ich ihrem

Kommandanten bezahle, sind natürlich auch nützlich. Gefangene zahlen keine Bestechungsgelder, und die Vichy- und Miliz-Offiziere haben eine Vorliebe für Champagner und Pâtés entwickelt.«

Die wenigen Mitglieder ihrer Zelle, die noch in Toulouse waren, drängten sich oft um Serges geheimes Radio. Sie kauerten in dem verdunkelten Raum, lauschten den Sendungen des BBC und erfuhren, dass Hitler trotz der Niederlagen in Italien und Russland seinen Krieg gegen die Juden nicht aufgegeben hatte. Er war auf manische Weise entschlossen, ganz Europa *judenrein*, frei von Juden zu machen. Es kam zu schrecklichen Deportationen von Juden aus Holland, Belgien und Frankreich in die Vernichtungslager. Radio Londres berichtete, dass in den ersten Septemberwochen zweitausend Juden aus Holland, vierzehnhundert aus Belgien und eintausend aus Frankreich nach Auschwitz, in den sicheren Tod geschickt worden waren. Es gab Berichte über Massenerschießungen an schlammgefüllten Gräben. Menschen, die ermordet werden sollten, wurden gezwungen, ihre eigenen Gräber zu schaufeln.

»Hitler scheint eher darauf aus zu sein, Juden zu töten, als darauf, den Krieg zu gewinnen«, bemerkte Serge.

Er wandte sich an Madeleine.

»Die Zeit ist gekommen. Wir müssen etwas tun, um diese Deportationen zu bremsen.«

Sie nickte. Sie konnten nicht länger auf Anweisungen aus Paris oder Lyon warten. Sie waren auf sich gestellt.

»Und wir wissen, was wir tun müssen«, stimmte sie zu. »Die Brücken. Moulin hat uns gesagt, dass wir die Ponts Jumeaux ins Visier nehmen sollen.«

»Damit hatte er natürlich recht«, sagte Serge. »Und genau das werden wir tun.«

Moulin, so weitsichtig in seiner strategischen Planung, hatte die Bedeutung der Brücken erkannt und gefordert, dass sie unpassierbar gemacht werden sollten. Der tapfere Résistance-Leiter war tot, aber sein Ratschlag galt weiterhin, erschreckend in seiner Bedeutung, so viele Monate später, denn die Deportationen erfolgten immer schneller, und die Grausamkeit der Nazis nahm zu.

Die drei Brücken, die über die Garonne führten – Pont St. Pierre im Norden, Pont St. Michel im Süden und Pont Neuf in der Mitte –, mussten zerstört werden, damit jüdische Leben gerettet werden konnten.

Gleich am nächsten Tag fuhr Madeleine am Ufer entlang und konzentrierte sich intensiv auf die Konstruktion der drei Brücken. Es war klar, dass sie von sehr fähigen Maurermeistern gebaut worden waren. Die aus Bruchsteinen dicht gemauerten, von rosa Glimmer durchzogenen Böschungen der Brückenköpfe fußten auf Betonfundamenten. Sie waren im Lauf der Jahre mit zusätzlichen Zementschichten verstärkt worden, was sie zu einem starken und gewaltigen Ziel machte. Gewaltig, aber nicht unzerstörbar. Madeleine fertigte eine schnelle Skizze an, dann versteckte sie sich hinter einem Baum und wartete.

Innerhalb einer Stunde holperten mehrere offene Lastwagen, überfüllt mit Gefangenen, über eine, dann über eine andere Brücke. Sie zählte die Fahrzeuge, überwachte die Intervalle dazwischen und registrierte die Motorradkolonnen der SS-Offiziere, die sie begleiteten. Sie schrieb all diese Informationen in einem Notizbuch auf, das sie Serge gab, als sie sich mit ihm in einer designierten geheimen Unterkunft traf.

»Wir haben zu lange gewartet«, sagte er besorgt und beurteilte jedes Detail.

»Nein. Wir mussten uns erst unseres Erfolgs sicher sein«, erwiderte Madeleine.

Sie erinnerte ihn daran, dass sie schon zuvor über einen Angriff auf die Brücke geredet hatten, aber die Sommertage waren zu lang. Sie brauchten den Schutz der Dunkelheit und Zeit, um einen ausreichenden Vorrat an Sprengstoff anzusammeln. Das hatte bedeutete, dass sowohl Leute aus der Stadt als auch Bauern instruiert werden mussten, deren Mitarbeit für ihren Erfolg ausschlagend sein würde. Vorsicht und Geduld waren ihre Parolen gewesen. Aber die Zeit war gekommen, Vorsicht und Geduld aufzugeben.

Serge nickte zustimmend.

»Wir haben neue Informationen«, erklärte er. »Die Deutschen erhöhen ihre Anzahl von Konvois. Sie beladen die Lastwagen mit Gefangenen aus dem Internierungslager von Brens und dem Transitlager bei Drancy für den Transport zu den Eisenbahndepots. Dort werden die Gefangenen – Juden, Roma, politische Dissidenten – gezwungen, in Viehwaggons zu steigen, die sie nach Osten bringen zu den Schlachthäusern von Auschwitz und Treblinka.«

Er spuckte die Namen der Todeslager aus, als wären es giftige Kügelchen, die an seiner Zunge klebten.

»Wir brauchen Verbündete, Fahrzeuge, Geld. Wir werden es tun, aber wir brauchen Hilfe«, fügte er besorgt hinzu. »Wo finden wir die nötigen Mittel?«

Hilfe kam aus unerwarteter Quelle.

Eine Pariser Résistance-Gruppe, Défense de la France, brachte unter dem Titel »Früchte des Hasses« eine Zeitung heraus. Sie enthielt – irgendwie aus Sobibor, Auschwitz und Treblinka herausgeschmuggelt – Fotos von ausgemergelten Männern, Frauen und Kindern, ihre flehenden Augen waren tief eingesunken in skelettartige Gesichter. Diese Zeitung wurde in ganz Frankreich verteilt. Die Wahrheit über die deutsche Unmenschlichkeit war nun auf grässliche Weise bestätig.

Die Toulouser Résistance-Kämpfer blickten voll Entsetzen auf die Bilder von unterernährten Kindern in zerrissenen, gestreiften Uniformen, von halb nackten Frauen mit mageren Gesichtern, ihre Knochen zeichneten sich unter der Haut ab, die von Wunden hässlich vernarbt war. Es gab grobkörnige Fotos von leichenhaft ausgezehrten Männern, eingespannt vor Karren, die mit den Leichnamen kleiner Kinder beladen waren. Die Résistance-Kämpfer schlossen die Augen, als sie nicht zu leugnende Obszönitäten sahen. Frauen weinten. Männer spuckten Erbrochenes auf den Boden. Sie wussten, dass die Konvois, die über die Brücken fuhren, Männer, Frauen und Kinder zur Folter brachten. Zur Zwangsarbeit. In den Tod.

Die Fotos waren vom Gaullistischen Netzwerk in London nach Paris geschickt worden mit der Anweisung, sie so bald wie möglich zu veröffentlichen. Es war ein verzweifelter Versuch, die französische Öffentlichkeit wachzurütteln und dazu zu bringen, dass sie die Barbarei der Nazis erkannte. Diese Erkenntnis, so hoffte man, würde die Zusammenarbeit mit Vichy schwächen und die Résistance stärken.

Der Versuch hatte Erfolg, so gering er auch sein mochte. Er bewirkte etwas bei jenen französischen Bürgern, die als stoisch und pragmatisch galten, die sich weder für Vichy noch für die Résistance entschieden hatten. Die Fotos in »Die Früchte des Hasses« durchbrachen diese stoische, pragmatische Haltung. Viele wandten sich der Résistance zu. In Toulouse landete ein Kontingent von Freiwilligen bei Robert Boulloche. Er überprüfte sie sorgfältig und schickte sie zu Serge und Madeleine.

»Eure Unterstützung ist da«, versicherte er Serge. »Diese neuen Rekruten haben Zugang zu *matériel*, zu Transportmöglichkeiten, zu Versteckmöglichkeiten, zu Geld. Wir müssen nicht mehr warten. Wir haben keine Zeit mehr. In diesem Moment werden Todesurteile ausgestellt.«

Als Simone seinen Appell hörte, fiel ihr das Gespräch mit dem Meisterfälscher Adolfo Kaminsky in Paris ein.

»Wenn ich eine Stunde schlafe«, hatte er gesagt, »sterben dreißig Menschen.«

Sie übertrug diese Aussage.

»Wenn wir die Ponts Jumeaux nicht angreifen, wenn wir auch nur eine Stunde warten, einen Tag, eine Woche, dann sterben Hunderte – nein Tausende. Juden. Politische Gefangene. Zigeuner. Unschuldige. Wir dürfen nicht schlafen. Wir dürfen nicht warten.«

Serge und Madeleine nickten zustimmend. Sie mussten nicht überredet werden. Andere Kameraden der Résistance wurden herbeigerufen und tauchten nacheinander auf, eine verstohlene Parade tapferer Krieger. Madeleine verteilte ihre Skizzen von den Brücken auf dem Tisch, und dann planten sie die Operation, ruhig und systematisch.

Sie arbeiteten die ganze Nacht durch, bald war jede Oberfläche mit auf braunes Papier gekritzelten Listen, topografischen Landkarten, Bestandslisten von *matériel*, verschlüsselten Listen von geheimen Unterkünften und Verstecken bedeckt. Namen wurden diskutiert. Sechs Saboteure würden benötigt, zwei für jede Brücke. Serge und Madeleine, die ja zusammenarbeiteten, würden eine Zweiergruppe bilden, aber wer sollten die anderen vier sein? Halb gerauchte Gauloisestummel und Becher mit dickem Bodensatz von Zichorienkaffee wurden im ganzen Raum verstreut, während man Entscheidungen fällte, verwarf, erneut diskutierte, jedes Detail kalkulierte und neu bewertete. In einer Hinsicht war man sich einig. Es würde eine schwierige und riskante Operation werden, aber weder die Schwierigkeiten noch die Risiken wären unüberwindbar. Freiwillige traten vor, und schließlich wurden zwei weitere Zweierteams ausgewählt.

In den frühen Morgenstunden legte Madeleine sich zum Schlafen auf das schmale Feldbett, das Simone stets bereithielt. Als sie die Augen schloss, stellte sie fest, dass sie zum ersten Mal seit vielen Wochen nicht an Claude gedacht hatte. Seine Abwesenheit machte ihr nichts aus. Er war bei ihr im Geist. Sie würde tun, was sie tun musste.

Madeleine schlief friedlich in jener Nacht, die Hand auf die Brust gedrückt, auf den Brief von ihm, den er vor all den Wochen in Lausanne abgeschickt hatte. Er war schon ganz dünn und abgegriffen, das Versprechen unerfüllt, doch die Hoffnung frisch entfacht. Sie brauchte keine Träume.

33. KAPITEL

Das Team der Saboteure, angeführt von Serge, ging mit penibler Genauigkeit vor. Ein Architekt fertigte aufwendige Zeichnungen der Brücken an, und sie wurden aus strategischen Blickwinkeln fotografiert. Jede Möglichkeit wurde in Betracht gezogen. Allen war klar, dass es Überraschungen geben könnte, dass ihr Sabotageakt selbst sabotiert werden könnte. Aber sie blieben hartnäckig. Die drei Einsatzgruppen prägten sich die Fotos und die Zeichnungen ein. Madeleine und Serge würden für die Sprengungen am Pont St. Pierre zuständig sein, der nördlichen und wichtigsten Brücke.

Es kam zu einem geheimen Treffen mit Mitgliedern der Toulouser Maurergilde, die ihre Dienste angeboten hatte. Sie waren traditionsbewusste Handwerker, mit scharfem Blick und schwieligen Händen. Als sie über die Konstruktion der Brücken sprachen, wirkten sie absolut professionell. Sie alle waren sich einig, wobei sich Stolz mit Bedauern mischte, dass jedes dieser Brückenbauwerke – errichtet aus von Meisterhand zusammengefügten Bruchsteinen – nahezu unbezwingbar war.

»Aber es muss doch Schwachstellen geben«, sagte Serge.

»Es gibt gewisse Schwachstellen«, gab Maître Jean, der selbst Maurermeister war, zu.

Er breitete die Architektenzeichnungen und die Fotografien auf dem Tisch aus.

»Sehen Sie sich die Bögen unter jeder Brücke an. Sehen Sie, dass sie oben mit Zement verstärkt sind? Mehrmals ausgebesserter Zement. Das ist ein Hinweis auf Schwachstellen. Wenn man Sprengstoff an diesen Stellen anbringt, würden die Straßen darüber so stark beschädigt, dass kein Fahrzeug passieren könnte. Natürlich könnte man es reparieren, aber einen so großen Schaden zu beheben, kostet beträchtlich viel Zeit. Falls die Deutschen denn auch nur einen Maurer in Toulouse finden, der für sie arbeitet«, fügte er lächelnd hinzu.

»Und solange die Reparaturarbeiten nicht beendet sind, könnten deutsche Konvois den Fluss nicht überqueren«, sagte Serge nachdenklich.

»Natürlich nicht.«

Die Maurer brachen in Gelächter aus angesichts einer so törichten Frage. Aber sie verziehen ihm. Er war Jude. Juden verstanden nichts von solchen Dingen. Immerhin, dieser Jude war tapfer. Und mutig. Genau wie die schöne Frau namens Madeleine, die mit ihm zusammenarbeitete. Das wussten sie auch.

»Dann werden wir natürlich bei den Bögen ansetzen«, sagte Serge entschlossen. »Aber wie sollen wir den Sprengstoff an den Decken der Bögen anbringen?«

Ein Sprechchor aus Vorschlägen setzte ein.

»Klebeband.«

»Schnell trocknender Zement.«

»Industrieller Kleber.«

»Sie brauchen sich keine Sorgen zu machen, wie der Sprengstoff angebracht wird«, beruhigte Maître Jean Serge. »Wir Maurer kümmern uns darum. Es ist nicht ungewöhnlich, dass das Corps de Metier des Maîtres Maçons – die Gilde der Maurermeister – Brücken inspiziert und Reparaturen vornimmt. Wir werden den Deutschen erklären, dass unsere Arbeit ganz normale Routine ist und dass wir uns Sorgen um die Sicherheit ihrer Fahrzeuge machen. Wir werden ihnen versichern, dass der Preis für solche Arbeiten nicht hoch ist.«

Er lachte, zufrieden mit seinem Plan, zufrieden, dass die Gestapo die Zerstörung der Brücken bezahlen würde. Er selbst hatte sich nie offiziell der Résistance angeschlossen, hasste aber schon lange die Vichy-Regierung, wie viele französische Bürger. Sein einziger Sohn war vom verhassten Service de Travail Obligatoire rekrutiert und als Zwangsarbeiter nach Deutschland geschickt worden. Als er jedoch in »Früchte des Hasses« die Fotos der Gefangenen im Konzentrationslager gesehen hatte, hatte ihn das zum Handeln veranlasst. Er hatte, wie er Madeleine anvertraute, die Fotos seinen Kollegen in der Maurergilde gezeigt, die entsetzt gewesen waren und sofort ihre Unterstützung zugesichert hatten.

»Wir sind Ihnen allen dankbar«, sagte Serge, ging im Zimmer umher und schüttelte jedem Maurer die Hand.

»Und wir sind Ihnen dankbar. Wir werden zusammenarbeiten, um unser Frankreich zu retten, unsere *Patrie*«, erwiderte ein älterer, grauhaariger Maurer.

Serge und Madeleine arbeiteten unermüdlich und waren sich ständig der drohenden Gefahren bewusst. Sie schätzten ihren Vorrat an *matériel* ein. Falls etwas fehlte, könnte man improvisieren. Sie hatten die Instruktionen des englischen Experten, der die Sprengstoff-Schulung in Lyon geleitet hatte, nicht vergessen. Sie teilten ihr Wissen mit dem übrigen Team.

Sie sammelten Seilstücke, Baumwollknäuel, Feuersteinstäbe, lange Streichhölzer. Die ansässigen Bauern transportierten mit ihren Fuhrwerken und Pritschenwagen den lange in ihren Scheunen und Silos versteckten Sprengstoff zum Markt, verborgen unter Bergen von frisch geerntetem Gemüse – goldenen Kürbissen, langen grünen Zucchini, Säcken mit neuen Kartoffeln. Mit größter Umsicht transportierten sie die Schmuggelware zum Marktplatz im Herzen von Toulouse.

Heimlich kollaborierende Hausfrauen sammelten Dynamitstäbe ein, Brandbeschleuniger in Fläschchen mit der Aufschrift Olivenöl, Behälter mit Lampenruß. Sie stopften das alles in ihre Körbe unter Gemüse und Backwaren. Lächelnd und plaudernd winkten sie den Miliz-Offizieren zu und gingen weiter zu Simones Küche. Die Kollaborateure, die von der Gestapo für das Wachestehen vor dem Haus der Perls bezahlt wurden, schöpften bei solchen Besuchen keinen Verdacht, da sie sie als harmlose Kaffeepausen betrachteten, eine Gelegenheit für nichtssagenden Klatsch. Die Frauen winkten dem Überwachungsteam fröhlich zu, wenn sie wieder weggingen. Hinter den Verdunkelungsvorhängen ihrer überfüllten Küche versteckte Simone rasch das Zerstörungs-*matériel* in Speisekammer und Vorratsschrank.

Nachts arbeiteten Simone, Madeleine und Hélène, die Hebamme, beim schwachen Licht einer Öllampe in derselben verdunkelten Küche. Vorsichtig, fast zärtlich, schoben sie Zündkapseln unter die Papierabdeckung jeder Dynamitstange. Sie füllten Milchflaschen mit Patronen, Zündkapseln und den kostbaren Beschleunigerfläschchen, dann warteten sie auf François, den Milchmann, einen Résistance-Kämpfer mit hervorragender Deckung.

In der frühen Dämmerung lud François die Flaschen auf und versteckte sie unter Kisten mit Butter und Käse. Er fuhr durch das Halbdunkel, setzte die aufgeladenen Flaschen in einer Erdhöhle in der Nähe der Brücken ab und fuhr dann weiter zum Hauptquartier der Gestapo, wo er einem deutschen Soldaten vergnügt beim Abladen der Kisten mit Milchprodukten behilflich war.

»*Bon appétit*«, sagte er, und der Soldat winkte, als er losfuhr.

Der gewitzte *boulanger* schloss seine Bäckerei spätabends und fuhr mit seinem Lieferwagen zu dem Schuppen, den Serge angeblich für Holzarbeiten nutzte. Er und Serge wuchteten Mehl aus Säcken in den kleinen Raum. Verborgen in den schneeweißen Hügeln fein gemahlenen Getreides befanden sich viele Meter aufgerollter Schnur, die als Zündschnur eingesetzt werden sollte.

Madeleine zählte und prüfte jedes Teil, und Serge zählte sie erneut. Sie maßen die Schnur ab und wickelten die Streichhölzer in Wundwatte zum Schutz gegen die Feuchtigkeit. Alles wurde auf drei verschiedene Behälter aufgeteilt, die die Maurer lässig zu den drei Brücken trugen.

»Material für die Reparaturarbeiten an den Brückenbögen«, erklärten sie der deutschen Wacheinheit, von der sie gestoppt wurden. Sie wurden durchgewinkt. Die Gestapo verstand, dass die Brücken in gutem Zustand gehalten werden mussten. Es war wichtig, dass ihre Konvois weiterhin problemlos passieren konnten. Sie wollten diese verdammten Juden loswerden, diese dreckigen Zigeuner, die lausigen Kommunisten. Sie wollten endlich zum Ende kommen mit diesen langen, kalten Nächten des Wachstehens. Sie schulterten ihre Gewehre und dachten an die Behaglichkeit der Bierkeller in Hamburg und Berlin, an die hellen Flammen der kohlebefeuerten Öfen, an den pfeffrigen Geschmack der Wurst.

»Schnell. Macht schnell«, befahlen sie den Maurern, die liebenswürdig nickten und sich in der Tat beeilten. Sie beendeten ihre Arbeit in Rekordzeit und versicherten den deutschen Wachleuten beim Weggehen, dass die Arbeiten gut vonstattengegangen seien und dass die Brücken jetzt kein Problem mehr darstellten.

»Alles gut«, sagten sie und fuhren schnell zurück in die Stadt.

»Die blöden *Boches*«, sagte Maître Jean eine Stunde später, als die Gildemitglieder sich in einem Bistro trafen und mit *vin ordinaire* aus übergroßen Gläsern auf ihren Erfolg anstießen.

Es war von Anfang an bestimmt worden, dass die Aktion im Schutz der Dunkelheit, möglichst in einer mondlosen Nacht, durchgeführt werden sollte. Das Muster nächtlicher Aktivitäten auf der zu den Brücken führenden Straße wurde sorgfältig aufgezeichnet. Sie stellten fest, dass in den Straßen am späten Abend kaum patrouilliert wurde und sie nach Mitternacht fast gar nicht befahren oder überwacht wurde. Sie wussten natürlich auch, dass die Deutschen ihr Bier liebten und sich gerne der angenehmen Schläfrigkeit ergaben, die auf das Trinken folgte.

»Wir warten nach Mitternacht zwei, vielleicht drei Stunden ab, dann werden sie tief schlafen«, beschloss Serge. »Wie gut, dass unsere Feinde ihr Löwenbräu so lieben.«

»Und ihren Cognac«, fügte Madeleine hinzu.

Kleidung für die Saboteure wurde vorbereitet. Sie würden eng anliegende schwarze Hosen und Jacken tragen, und mit schwarzer Schuhwichse beschmierte Stiefel mit gummierten Sohlen. Geschickte Näherinnen nähten Taschen in die Jacken für kleine Messer, Taschenlampen mit ganz feinem Lichtstrahl, Miniaturwerkzeug und lange Streichhölzer.

»Nur für den Fall«, sagte Serge kryptisch und ließ ein Messer aufschnappen, sodass man die tödliche Klinge sah.

Madeleine forderte ihn nicht auf, den Satz zu beenden. »Für den Fall« stand für zahlreiche Gefahren, die zu beängstigend waren, um darüber nachzudenken.

»Die Zeit vergeht«, sagte sie. »Wann geht es los?«

»Wann?«, fragten die anderen.

Sie waren ungeduldig, doch Serge ließ sich nicht drängen.

»Das hängt vom Mond ab«, sagte er. »Und von Babette.«

Die hübsche Babette, schon lange Mitglied der Résistance, war Bardame in einem örtlichen Bistro, das gerne von Deutschen aufgesucht wurde. Ein paar Wochen lang hatte sie neckisch mit einem gewissen Ludwig geflirtet, einem deutschen Unteroffizier, der an der Auffahrt zu den Brücken Wache stand. Eine ermüdende Aufgabe, erzählte er ihr. Niemals tauchte jemand auf.

»Ich stehe hier ohne Grund. Die Résistance hat alle Kraft verloren. Sie leben in Furcht vor der Armee des Führers. Aber ich muss Befehle ausführen, auch wenn sie dumm sind.«

Babette hatte Verständnis. Résistance-Kämpfer waren schwach, stimmte sie zu. Sie gab zu, dass sie wusste, wie eiskalt die Herbstnächte waren. Bestimmt fror er. Wegen nichts. Die Brücken waren nicht in Gefahr. Und in ihrem Zimmer, das sich ganz in der Nähe befand, war es so warm. Besonders unter ihrer Bettdecke. Sie sehnte sich danach, mit ihm unter dieser Decke zu liegen.

»Ich werde dich warmhalten. Ich werde dich glücklich machen«, versprach sie. »Warum sollst du Nacht für Nacht hier grundlos Wache stehen? Wann wirst du mit zu mir kommen?«

»Wir müssen eine mondlose Nacht abwarten«, erwiderte er. »In so einer Nacht wird man mich nicht vermissen. Die Offiziere patrouillieren so gut wie nie, wenn es dunkel ist. Verweichlichte Feiglinge.«

»Natürlich. Eine mondlose Nacht«, stimmte sie vergnügt zu und berichtete das Serge.

»Glücklicher Unteroffizier«, sagte er.

»Nicht wirklich.« Babette kicherte boshaft. *»J'ai le gonorrhee.«*

Serges Lachen war freudlos, aber seine Dankbarkeit tief.

Sie warteten. Nächte vergingen. Sie blickten hinauf zu einem vollen Mond, der ein silbriges Licht verströmte, dann zu einem Halbmond, weniger strahlend, aber immer noch hell, dann zu einer anmutigen Sichel, gerade hell genug leuchtend, um riskant zu sein. Unruhig und nervös betrachteten sie in der Monatsmitte den tintenschwarzen Himmel, als weder ein Mond noch ein Stern zu sehen war. Ihre Zeit war gekommen. Babette schüttelte ihr Haar, trug frischen Lippenstift auf, zwinkerte Serge zu, der in einer Ecke des von Rauch vernebelten Bistros stand, und verschwand von ihrem Platz.

Serge eilte nach Hause und vergewisserte sich dankbar, dass die Vichy-Spione unter seinen Fenstern ihren Posten verlassen hatten, wie meistens, wenn die Nacht kalt war. Wie Babettes Ludwig hatten sie begonnen sich zu langweilen und betrachteten ihren Einsatz als dumm und sinnlos. Sie tranken, und dann schliefen sie.

Madeleine wartete auf Serge.

»Heute Nacht«, sagte er knapp. »Heute Nacht schlagen wir zu.«

Sie nickte, froh, dass die kleine Frederica bei Freunden übernachtete. Sie wäre in Sicherheit, falls der Sabotageakt auf Serge zurückgeführt werden würde. Madeleine wagte nicht, daran zu denken, was mit Simone und Serge geschehen würde, wenn etwas schiefginge oder man sie verraten würde. Über ihr eigenes Schicksal dachte sie nicht nach. Sie war weder Ehefrau noch Mutter. Es gab keine Geiseln, die man einem schrecklichen Schicksal ausliefern könnte. Sie weigerte sich, an Claude zu denken.

Das gesamte Team kam zusammen, und schweigend zogen sie ihre schwarzen Anzüge an und schwärzten ihre Gesichter mit Lampenruß. Einer nach dem anderen schlüpften sie durch die Hintertür und verschwanden in der samtigen Dunkelheit der Nacht. In konzentrierter Schweigsamkeit würden sie sich im Gänsemarsch bewegen, mit Abstand zueinander, bis sie die Brücken erreichten. Dort würden die ausgewählten Paare zusammenarbeiten, rasch und geräuschlos. Sobald jede Zündschnur brennen und die Flammen langsam in Richtung des Sprengstoffs kriechen würden, aber noch vor dem Feuerausbruch würden sie in unterschiedliche, genau geplante Richtungen davonrennen, zu verstreuten geheimen Unterkünften, die sich in gewisser Entfernung von den Brücken befanden. Es war gemeinsam entschieden worden, dass in Anbetracht der Lage des Pont St. Pierre Madeleine und Serge als Letzte den Ort verlassen würden.

Simone, die den ganzen Abend eigenartig still gewesen war, reichte Serge und Madeleine ihre Jacken. Mit gewohnter Sorgfalt überprüfte sie, ob die Taschenlampen in ihren Taschen zuverlässig leuchteten. Sie stand neben Madeleine vor dem Spiegelsplitter und strich ihr das Lampenruß auf die Wangen. Madeleine stutzte, sie bemerkte im Spiegel, dass alle Farbe aus dem Gesicht ihrer Schwester gewichen war, dass ihre Lippen zusammengepresst waren und ihre Augen gefährlich glänzten. Simone hatte schreckliche Angst, das wusste Madeleine, und diese Angst war berechtigt. Sowohl ihre Schwester als auch ihr Ehemann, die Menschen, die ihr am nächsten standen und die ihr die liebsten waren, machten sich auf zu einer äußerst gefahrvollen Mission.

Madeleine suchte nach Worten, um sie zu trösten, und gab schnell auf. Es wäre das Beste, nichts zu sagen. Es wäre das Beste, Trost in Form einer raschen Umarmung zu bieten.

Sie drehte sich um, mit ausgestreckten Armen, aber Simones Mund war verzerrt vor Schmerzen, ihre Beine trugen sie kaum noch. Sie stolperte unbeholfen durch den Raum und sank auf einen Sessel. Sie gab keinen Laut von sich, obwohl ihr Atem sich in stoßweises Keuchen verwandelt hatte. Sie klammerte sich an die Armlehnen, ihre Knöchel wurden weiß, Speicheltröpfchen glänzten auf ihren Lippen.

Madeleine kniete neben ihr nieder.

»Simone, was ist los? Hast du Wehen?«, fragte sie.

Ein bitterer Geschmack verätzte ihr selbst die Kehle, als eine klare, geruchlose Flüssigkeit aus dem Körper ihrer Schwester austrat und eine Pfütze auf dem Boden bildete. Ihre Frage bedurfte keiner Antwort. Sie waren Arzttöchter und qualifizierte Sozialarbeiterinnen, die einen Kurs über die Grundlagen der Geburtshilfe absolviert hatten. Sie verstanden, dass die Fruchtblase geplatzt war und der Geburtsvorgang eingesetzt hatte.

Simone stöhnte und biss sich so fest auf die Lippen, dass ihr Blut aufs Kinn tropfte.

Serge eilte zu ihr, die Augen weit aufgerissen vor Sorge.

»Wann haben die Wehen angefangen?«, fragte Madeleine.

»Vielleicht vor einer Stunde. So schwach, dass ich sie nicht beachtet habe. Scheinwehen, habe ich mir gedacht. Aber jetzt …« Simones Stimme brach ab, und sie wand sich vor Schmerzen.

Sachte legten Madeleine und Serge sie auf den Boden. Madeleine rannte in die Küche, stellte einen großen Topf mit Wasser auf den Gasherd, nahm Handtücher vom Haken und eilte zurück zu Simone. Serge kniete neben ihr, massierte ihren Bauch mit seiner schwarz behandschuhten Hand. Er blickte auf seine Armbanduhr. Madeleine sah auf ihre. Sie dachten beide dasselbe, ihre gemeinsame zweifache Angst lastete schwer auf Herz und Kopf. *Simone. Der Pont St. Pierre*. Zweifache Dringlichkeit. Zweifache Verpflichtung. *Was würden sie tun? Was sollten sie tun? Was konnten sie tun?*

»Ich muss Hélène holen«, sagte Madeleine und eilte hinaus, ohne auf Serges Antwort zu warten.

Sie rannte die Straße hinab zu Hélènes Zimmer und klopfte hektisch an die Tür. Hélène öffnete sie.

»Simone?«, fragte sie und griff nach ihrer Tasche. Die beiden Frauen rannten die Straße hinab und stürmten in den Raum.

Simone hatte sich bewegt, sie lag jetzt auf der Seite, ihr Kopf in Serges Schoß, und biss fest auf einen Stoffstreifen.

»Sie hat schreckliche Schmerzen«, sagte er und Madeleine stellte fest, dass ihr Schwager, bekannt für seine Stärke und Tapferkeit, vor Angst zitterte und sein Gesicht ganz bleich war.

Hélènes geübte Hände bewegten sich über Simones Körper, dann legte sie ihr Stethoskop an den geschwollenen Bauch und passte die Ohrstöpsel an. Sie lauschte, bewegte das Stethoskop, runzelte die Stirn und bewegte es erneut. Schließlich nickte sie und brachte ein dünnes, beruhigendes Lächeln zustande.

»Der Herzschlag des Babys ist kräftig«, sagte sie, während sie Simones Kleidung löste, ihre Unterwäsche herunterzog, ihre Beine anhob und sie untersuchte.

»Der Muttermund ist fast völlig geöffnet«, murmelte sie.

Madeleine beugte sich vor, und Hélène flüsterte.

»Ich kann die Schulter des Babys fühlen, aber nicht den Kopf. Es ist eine riskante Lage.«

»Eine Steißlage«, sagte Madeleine. »Das hat mein Vater befürchtet.«

Plötzlich erinnerte sie sich, dass eine Steißlage den Tod des Kindes verursacht hatte, das ihre Mutter ausgetragen und am Schluss verloren hatte, die kleine Phantomschwester, die sie nie kennengelernt hatte. Sie verscheuchte den Gedanken, als Simone von einer weiteren Wehe attackiert wurde. Sie schrie und krümmte sich vor Schmerzen und hielt Serges Hand umklammert.

Madeleine eilte in die Küche, holte das Päckchen mit dem Morphium aus dem Versteck unter einem Sack Zwiebeln und reichte es an Hélène weiter.

»Gott sei Dank«, sagte die junge Hebamme und verabreichte das Betäubungsmittel. Für einen kurzen, seligen Augenblick lag Simone ruhig da.

Serge wandte sich an Madeleine.

»Was sollen wir tun?« Seine Stimme zitterte. Der entschlussfreudige Résistance-Leiter kämpfte nun mit Unentschlossenheit. »Wir können den Angriff auf den Pont St. Pierre nicht aufgeben, nicht nach all der Planungsarbeit, nicht, da so viele auf uns zählen.«

Noch während er redete, wurde Simone von einer neuen Schmerzattacke überwältigt, auf die selbst das Betäubungsmittel keine Wirkung hatte.

»Serge! Serge! Lass mich nicht allein«, wimmerte sie. »Serge, ich brauche dich.«

Sie war eine Frau in den Wehen, die quälenden Schmerzen des Geburtsvorgangs löschten alle anderen Sorgen aus.

Er kniete neben ihr, streichelte ihr Haar, flüsterte Worte, die trösten sollten, beruhigen.

»Ich bin hier. Ich gehe nicht weg«, versprach er und blickte Madeleine flehend an.

»Natürlich kannst du sie nicht allein lassen«, sagte sie mit fester Stimme. »Und wir können auch die Aktion nicht abbrechen.

Ich werde ohne dich weitermachen. Es wird alles gutgehen. Ich weiß genau, was zu tun ist. Alles ist an seinem Platz. Wir haben so oft geübt.«

»Aber wir haben immer zusammengearbeitet. Wie wirst du das allein schaffen? Du musst dich um die Zündschnüre kümmern, um die Brandbeschleuniger.«

»Ich werde Kontakt zu den anderen aufnehmen. Sie werden mit ihrer Arbeit am Pont Neuf und am Pont Michel fertig sein. Sie werden mir helfen. Wir bekommen das hin. Wir werden erfolgreich sein. Du musst dir keine Sorgen machen. Sorgen machst du dir heute Nacht nur um Simone. Nur Simone.«

Madeleine sprach mit einer Ruhe, die sie nicht empfand. Sie blickte zu Hélène, deren Hände sich geschickt über Simones gewölbten Bauch bewegten.

»Ich versuche, das Baby zu manipulieren, seine Lage zu verändern. Ich glaube, es wird funktionieren, aber es wird Zeit brauchen, viel Zeit. Es gibt nichts mehr, was du hier tun kannst, Madeleine. Geh dorthin, wo du am meisten gebraucht wirst. Wo auch ich dich brauche.«

Madeleine verstand, was diese Bitte bedeutete. Eduoard, Hélènes Verlobter, war bei Brens interniert. Die Zerstörung der Brücken würde seine Deportation verhindern und vielleicht sein Leben retten.

»Ja. Ich muss es tun«, stimmte sie zu.

Sie küsste ihre Schwester auf die verschwitzte Stirn und schmeckte die salzige Feuchtigkeit auf ihren Lippen. Sie vermischte sich mit der Träne, die an ihrer Wange herabglitt. Salz zu Salz, Schmerz zu Schmerz.

»Sei stark, Simone«, flüsterte sie.

Es kam keine Antwort. Sprechen war unmöglich. Simones kleiner Energievorrat wurde gebraucht, um mit dem Schmerz fertigzuwerden, der sie zu verschlingen drohte.

»Und du, Madeleine, du musst auch stark sein.« Serges

Stimme war so laut, dass sie das Echo der Worte hören konnte, die sie selbst gerade seiner Frau zugeflüstert hatte.

Sie ging hinaus und schloss die Tür hinter sich. Ohne zu zögern rannte sie durch die mondlose Finsternis zum Pont St. Pierre.

34. KAPITEL

Atemlos hastete Madeleine über Felder und Wiesen, bis sie den Weg erreichte, den sie und Serge ausgewählt hatten, um zur Brücke zu gelangen. Er verlief über unwegsames Gelände, bot jedoch Deckung durch Baumgruppen und wilde Hecken. Wieder und wieder waren sie diesen Weg gelaufen, hatten sich die natürlichen Orientierungspunkte eingeprägt, Bäume und Vertiefungen, Dornbüsche und vor Wind schützende Koniferen, damit ihnen der Weg in der Dunkelheit vertraut wäre. Madeleine folgte ihm jetzt mit raschem, sicherem Schritt, überquerte ein mit Farn bewachsenes Gebiet und schlängelte sich zwischen Birken und Ulmen hindurch. Herabgefallene Blätter machten den Boden glitschig unter ihren Füßen. Sie verlangsamte ihre Schritte.

»Vorsicht, Vorsicht«, ermahnte sie sich selbst.

Sie umging einen schmalen Wasserlauf, doch plötzlich blieb ihr Fuß zwischen Wurzeln hängen, und sie fiel auf die Knie. Sie fluchte leise und stand auf, erleichtert, dass sie außer ein paar Schrammen unverletzt war.

Sie würde kein Risiko mehr eingehen. Sie schaltete die Taschenlampe ein, folgte dem dünnen Lichtstrahl durch das vertraute Gelände und schritt über einen zerfurchten Hirtenübergang, auf dem es nach Schafsdung stank. Das Unterholz war plattgedrückt von Ziegen- und Schafherden. Madeleine beschleunigte ihr Tempo, und plötzlich, ohne Vorwarnung, war der holperige Weg verschwunden, und sie sank in den weichen Boden eines trügerischen Sumpfes.

Sie keuchte, war benommen und verwirrt und ließ ihre Taschenlampe fallen. Sie bückte sich und tastete in der schlammigen Oberfläche danach, warf Unkraut und Zweige beiseite, bis ihre Finger sie endlich umschlossen. Sie schwenkte den schwachen Lichtstrahl hin und her, unsicher, welche Richtung sie einschlagen sollte. Erleichtert entdeckte sie einen Orientierungspunkt, der ihr und Serge aufgefallen war, eine Gruppe junger Birken. Ihre weiße Rinde schimmerte im Dunkeln. Direkt danach, das wusste Madeleine, kam eine leichte Steigung, die unmittelbar zur Brücke führte. Im Bewusstsein für ihre Verletzlichkeit bewegte sie sich rasch darauf zu.

»Linken Fuß absetzen«, murmelte sie. »Rechten Fuß heben.«

»Es ist wichtig, nicht zu stürzen.«

»Fast am Ziel.«

»Nur noch ein paar Meter.«

»Linken Fuß absetzen.«

»Rechten Fuß heben.«

Das rhythmische Wiederholen des Singsangs, den sie kaum hören konnte, gab ihr Halt. Sie blickte nach oben in der Hoffnung, die Lichter der Brücke sehen zu können. In diesem Augenblick der Ablenkung übersah sie den mit Flechten bewachsenen Baumstamm vor ihr. Sie stolperte darüber, wurde vorwärts geschleudert und landete mit dem Gesicht auf dem Boden. Der Geruch von feuchter Erde stieg ihr in die Nase, Erde und Schmutz drangen in ihren Mund. Ihre Augen brannten, doch sie weinte nicht. Stattdessen blieb sie regelungslos liegen, einen Moment lang überwältigt von lähmender Erschöpfung, atemberaubender Niedergeschlagenheit.

Sie stöhnte. Oh, sie war müde. So schrecklich müde. Sie hatte genug von zerschlagenen Hoffnungen, von all diesen Enttäuschungen. Vom Alleinsein. So allein. Sie fühlte sich erdrückt von einer Wolke des Selbstmitleids, schwach vor Sehnsucht. Wie leid sie es war, eine Heldin zu sein, ihre eigenen Wünsche zu verleugnen, einer Sache verpflichtet zu sein, die allzu oft zum Scheitern verurteilt zu sein schien. Sie krümmte sich auf der nassen Erde und schalt sich selbst für diese ungewollten Gedanken, die sie beschämten.

»Claude.« Sie zerrte seinen Namen aus den Tiefen ihres Elends.

»Claude!«, wiederholte sie so laut, dass sie ihre eigene Stimme hörte. Vielleicht würde ja ein vagabundierender Wind ihm ihren Ruf zutragen. *Magisches Denken, dumme Fantastereien*, schalt sie sich. Verärgert über ihre Torheit zwang sie sich aufzustehen. Wieder war sie unverletzt geblieben. Nichts gebrochen, nichts verstaucht. Sie ging weiter, ließ Vorsicht walten bei jedem Schritt.

Angestrengt spähte sie durch die Dunkelheit und bemerkte ein schwaches Leuchten. Überwältigt von Erleichterung erkannte sie, dass es von den Lampen kam, die den Fahrdamm des Pont St. Pierre säumten. Sie war so nah, ganz nah.

Sie richtete den Blick nach Süden zu den anderen Brücken, doch die lagen in völliger Dunkelheit. Von den anderen am Pont St. Michel und am Pont Neuf würde keine Hilfe kommen. Die Entfernung war zu groß, die Dunkelheit undurchdringlich, eine Kontaktaufnahme unmöglich. Sie musste allein zurechtkommen. Und, wie sie Serge versprochen hatte, sie würde es hinbekommen. Sie würde es nicht nur hinbekommen. Es würde ihr gut gelingen. Der Anfall von Schwäche und Unentschlossenheit war vorüber.

Mit neuer Energie folgte sie den Lichtern der Brücke. Sie ging langsam, aber plötzlich spürte sie einen Adrenalinschub, und sie rannte los zu der unter herabgefallenen Zweigen versteckten Erdhöhle, in der sie und Serge das *matériel* versteckt hatten, das sie für die Zerstörung brauchten. Sie schob die Abdeckung aus Zweigen beiseite und sah sofort, dass alles unverändert war. Sie konnte zur Tat schreiten.

Rasch zog sie ein Stück aufgerollter Schnur heraus, das als improvisierte Zündschnur dienen sollte. Sie nahm das kleine Messer aus ihrer Jackentasche, schnitt die Rolle auf und legte sie auf die schlammige Erde. Dann hielt sie ein Ende fest, kroch damit durch das wilde Gras und zog es bis zu dem Brückenbogen. Sie hielt erst an, als sie dort angekommen war und sich direkt unter der Brücke befand. Die Luft in diesem teilweise umschlossenen Raum war faulig und abgestanden und roch eigenartigerweise nach Talg. Kerzenstummel bedeckten den Erdboden, auf dem leere Weinflaschen verstreut lagen, wahrscheinlich Überbleibsel heimlicher Treffen von Liebespaaren, die die Maurer wohl beim Anbringen des Sprengstoffs klugerweise unberührt gelassen hatten.

Sie hatten die Dynamitstangen an der zinnenartigen Oberfläche festzementiert und dann mit einer dicken Farbschicht bedeckt, die Zündkapseln jedoch freigelassen. Behutsam platzierte Madeleine die Schnur direkt unter dem Sprengstoff und rannte über das Feld zurück. Im Laufen zog sie die Schnur gerade, denn sie erinnerte sich an die ernste Warnung des englischen Ausbilders, die geringste Unebenheit könne das Voranschreiten der Flamme behindern. Zufrieden, dass eine Zündschnur positioniert war, zog Madeleine das zweite Stück Schnur heraus, doch als sie sich hinkniete, um es abzuschneiden, bemerkte sie frische Fußspuren in der schlammigen Erde.

Sie erstarrte. Man hatte sie entdeckt. Bitter, aber lautlos verfluchte sie ihre Taubheit. Das geringste Geräusch hätte sie hellhörig gemacht, aber sie konnte natürlich kaum ihre eigene Stimme hören, geschweige denn Schritte oder das Rascheln von Zweigen.

Sie stand ganz still und sah, wie sich eine Gestalt in der Dunkelheit bewegte und auf sie zu taumelte, die Arme drohend erhoben.

Erschrocken griff sie nach ihrem Messer. Ihre Lippen öffneten sich, doch ihr Schrei blieb in ihrer Kehle stecken, erstickt von der schwarz behandschuhten Hand, die ihren Mund bedeckte, während eine andere ihr das Messer entwand.

Sie konnte ihren Angreifer nicht sehen, aber sie roch seinen sauren Atem und den Geruch seines ungewaschenen Körpers. Überwältigt von Übelkeit versuchte sie sich zu befreien. Sie spürte den widerlich sauren Atem warm an ihrem Ohr, aber dann hörte sie seine Stimme, eine vertraute, zärtliche Stimme, die jedes Wort so klar aussprach, dass sie es problemlos verstehen konnte.

»Madeleine. Sch … meine Madeleine. Du darfst nicht schreien. *C'est moi.* Claude. Ich bin hier, *ma chérie*. Ich bin hier, um dir zu helfen.«

Seine Hand gab ihren Mund frei, und sie drehte sich zu ihm um, ganz schwach vor Erleichterung. Tränen liefen ihr über die Wangen.

»Claude. Oh, Claude. Du hast gehört, dass ich deinen Namen gerufen habe«, sagte sie atemlos.

Ihre Wünsche hatten sich in wundersame Realität verwandelt.

»Dich gehört? Nein. Ich habe nichts gehört. Nur den Wind.«

»Wo warst du? Ich habe gewartet und gewartet. Und woher wusstest du, wo du mich findest?« Ein Durcheinander von Fragen, in dem sich die Angst der vergangenen Wochen mit den Geschehnissen dieser Nacht der Gefahr und des Abenteuers vermischte.

Da erzählte er es ihr, er redete schnell und deutlich. Er wusste, dass keine Zeit zu verlieren war, dass diese Stunde entscheidend war, doch er nahm sich ein paar kostbare Minuten, um ihr sein langes Schweigen und seine verstörende Abwesenheit zu erklären. Dafür war genug Zeit.

»Mein Marsch durch die Walliser Alpen war schwierig. Ja, die Italiener waren besiegt, aber ich wusste, dass es noch verstreute Reste von *fascisti* gab. Ich bin nachts weitergegangen, habe Essbares gestohlen, habe geschlafen, wann und wo immer es möglich war, bis ich das Hauptquartier der italienischen jüdischen Pfadfinder in Turin erreichte. Sie gaben mir Landkarten, Geld und gefälschte Papiere, mit denen ich über die Grenze nach Grenoble gehen konnte.

Ich bin marschiert, Tag für Tag, von Grenoble bis Toulouse, weil die öffentlichen Transportmittel zu gefährlich waren. Die Vichy-Polizei und die Gestapo waren überall. Aber heute hat mich ein Bauer in Villefranche den ganzen Weg bis Toulouse in seinem Fuhrwerk mitfahren lassen. Ich bin sofort zum Haus deiner Schwester gegangen. Ich wusste, Serge würde wissen, wo du bist, und ich konnte keinen Augenblick länger warten, um dich zu sehen.«

Er drückte sie an sich, und sie drückte die Finger auf seine Lippen, als könnte sie damit noch unausgesprochene Worte einfangen. Er küsste ihre Hand und redete noch schneller.

»Als ich dort ankam, hat Serge mir von dem Plan, die Brücke zu sprengen, erzählt, und auch, weshalb du allein losgehen musstest. Er wollte unbedingt, dass ich dich suche und dir helfe, und ich wollte unbedingt dafür sorgen, dass dir nichts geschieht. Er gab mir seine Handschuhe, seine Stiefel, seine Jacke und erklärte mir, wie ich zum Pont St. Pierre komme und dich finde.«

Sie nickte, voller Dankbarkeit, aber auch voller Ungeduld. Es blieb ihnen wenig Zeit, und kostbare Minuten waren verstrichen.

»Mir geht es gut. Jetzt müssen wir uns beeilen.«

»Sag mir, was ich tun muss.«

Er war ihr Geliebter. Er war ihr Verbündeter. Er würde jeden Befehl ausführen, den sie erteilte.

»Diese Schnur«, erklärte sie. »Das ist unsere Zündschnur. Wir müssen sie bis in den Brückenbogen verlegen. Die Zündstoffe befinden sich in diesen Milchflaschen. Ich werde die Schnur ziehen, und du trägst die Kiste mit den Flaschen. Dann ist alles am Platz für die Sprengung.«

Schweigend bewegten sie sich in der Dunkelheit. Wieder schlich Madeleine über den Boden und wurde dabei vom nächtlichen Tau so durchnässt, dass ihre schwarze Kleidung schließlich von Feuchtigkeit durchdrungen war. Claude hievte die Kiste mit den Flaschen, die prall gefüllt waren mit Projektilen und Zündmittel. Im Schutz des Brückenbogens befolgte er ihre geflüsterten Anweisungen und setzte die Kiste im richtigen Winkel ab. Die Hälse der Flaschen waren auf die zementierten und getarnten Dynamitstangen an der Decke gerichtet. Madeleine positionierte die Zündschnur entsprechend. Rasch stopfte sie eine lange Kerze – das Wachs am Docht war weggekratzt – in den tödlichen Inhalt einer der Milchflaschen. Sie holte die Streichhölzer und den Feuerstein aus ihrer Jackentasche, entzündete ein Streichholz und reichte es an Claude weiter, der die flackernde Flamme an die Kerze hielt. Der Docht brannte langsam und verströmte einen eigenartigen Geruch. Madeleine nahm Claudes Hand, und gemeinsam rannten sie ohne einen Blick zurück aus dem Gewölbe hinaus bis zur Erdhöhle. Madeleine entzündete wieder ein Streichholz, hielt es an die Enden der beiden Zündschnüre, bis die Flammen stetig daran entlangwanderten.

Hand in Hand rannten sie weiter. Sie zuckten zusammen, als die donnernde Explosion die nächtliche Stille durchbrach. Atemlos blickten sie zurück. Flammend rote und goldene Feuerpfeile schossen himmelwärts und ergossen sich in einer feurigen Kaskade über die nächtliche Landschaft. Die Steine schlugen mit einem dumpfen Geräusch auf der Erde auf.

»Geschafft«, flüsterte Madeleine.

»Du hast das geschafft, meine Madeleine«, sagte Claude.

»Nein. *Wir* haben es geschafft.«

Dann rannten sie Hand in Hand davon, wohl wissend, dass es innerhalb von Minuten auf den Ponts Jumeaux von Vichy-Polizisten, Miliz-Brigaden und Gestapo-Truppen nur so wimmeln würde.

Erst als sie sich in sicherem Abstand befanden, stellte Madeleine die Frage, die sie schon die ganze Zeit quälte in dieser Nacht des Zweifels und der Gefahr.

»Was ist mit Simone? Als du dort warst, als du mit Serge gesprochen hast, ging es ihr da gut? War das Baby auf der Welt?«

Claude zögerte.

»Ich habe Simone nicht gesehen«, sagte er ruhig. »Aber ich habe sie gehört. Ein Wimmern. Keinen Schrei. Serge hat nur gesagt, dass die Wehen voranschreiten und dass Hélène optimistisch sei. Ich hätte dir gerne bessere Neuigkeiten gebracht, aber das ist alles, was ich weiß.«

»Ja«, erwiderte sie. »In Ordnung.«

Sie hätte gerne bessere Neuigkeiten gehört, aber sie war dankbar, dass er ihr nichts vormachte. Er hatte genug gesagt, damit sie sich etwas leichter fühlen konnte, wenn auch nur aus vagem Grund. Ihre Schwester war am Leben. Hélène war keine, die falsche Versprechungen machte. Sie würde bald mehr wissen. Hoffnung, schwache Hoffnung würde vorerst genügen müssen.

Sie lehnte sich an Claude, und sie gingen weiter. Schließlich machten sie eine Pause, um sich in einiger Entfernung von den Brücken auf einer Wiese unter einem Baum auszuruhen. Das hohe wilde Gras schwankte in der sanften frühmorgendlichen Brise. Erschöpft lagen sie Seite an Seite auf der feuchten, aromatisch duftenden Erde. Claude drückte Madeleine an sich. Sie blickte nach oben in die langsam heraufziehende Dämmerung des neuen Tages, dankbar, dass sie zusammen waren und dass ihnen gemeinsam ein kleiner Sieg für die Résistance, für ihr Volk gelungen war.

Seine Lippen berührten ihre. Seine Hand lag zärtlich auf ihrem Kopf. Ganz ruhig hielten sie sich umschlungen. Ihre Umarmung war ein Versprechen. Die goldenen Strahlen der aufgehenden Sonne berührten ihre Gesichter. Sie schlossen die Augen und nutzten diese kurze, kostbare Stunde der Stille und der Abgeschiedenheit.

Schließlich machten sie sich auf den Rückweg zu Simones Wohnung, wobei sie sorgfältig die größeren Straßen vermieden, die bereits überfüllt waren mit Streifenwagen und Radladern, Lastwagen und manchmal sogar Panzern.

»Kann ein Panzer eine kaputte Brücke reparieren?«, flüsterte Madeleine, und sie lachten.

Es war heller Tag, als sie ankamen. Die Fenster der Perlschen Wohnung waren dunkel, und es herrschte unheimliche Stille. Sie zögerten, gebremst von Angst, getrieben von Hoffnung. Schließlich stieß Madeleine die Tür auf. Sie und Claude wagten nicht, einander anzusehen, als sie hineingingen.

Freude überwältigte sie, als das klagende Wimmern, der typische Laut eines Neugeborenen, die angsterfüllte Stille durchbrach. Plötzlich war da ein großes Glücksgefühl. Das Herz wurde ihnen leicht; sie lachten. Von der anderen Seite des Raumes lächelte ihnen Simone zu. Sie hielt ein in ein weiches, weißes Tuch gehülltes Baby an der Brust. Madeleine eilte zu ihr.

»Ein Mädchen, Madeleine«, sagte Simone. Ihre Stimme war heiser vor Erschöpfung, doch ihr Gesicht leuchtete vor Glück.

»Sie ist schön«, murmelte Madeleine und streichelte ganz behutsam das zarte, flaumige Haar des Säuglings. »Und wie heißt sie?«

»Yael. Grand-mère hat das vorgeschlagen. Es bedeutet ›Ehre sei Gott‹.«

»Yael«, wiederholte Madeleine.

Sie verstand, dass Lucie Dreyfus diesen Namen für ein Kind der Dreyfus-Familie gewählt hatte, einen Namen, mit dem sie den Glauben bestätigte, der ihr in all den Jahren ihres Lebens Halt gegeben hatte, in Jahren des Krieges, in Jahren des Friedens.

Madeleine lächelte dankbar, als Simone ihr das Baby übergab. Sie blickte hinab auf das winzige Gesicht des Neugeborenen.

Die Haut war durchscheinend, die Augen fest geschlossen. Zu ihrer Überraschung war sie plötzlich ganz ruhig. Die Ängste all der langen Wochen und Monate verflüchtigten sich. All ihre Sorgen waren wie weggewischt. Simone hatte ihre schwierige Schwangerschaft überlebt. Ein gesundes Baby war zur Welt gekommen. Claude saß neben ihr. Der Angriff auf die Ponts Jumeaux war erfolgreich gewesen. Ein Wunder. Viele Wunder.

Ihre tollkühne Aktion würde Vergeltungsmaßnahmen zur Folge haben, das wusste sie. Sie und Claude würden neuen Gefahren, neuen Herausforderungen gegenüberstehen. Aber an diesem helllichten Morgen, nach einer langen Nacht voller Schrecken und Unsicherheit, empfand sie nur Dankbarkeit. Ihre neugeborene Nichte lag in ihren Armen, und ihr kamen die Tränen. Tränen der Freude.

»Yael«, murmelte sie. »Yael. Ehre sei Gott. Ehre sei Gott in der Höhe.«

35. KAPITEL

Die Vergeltungsmaßnahmen kamen, erbarmungslos und unverzüglich. Entschlossen, die Brückensaboteure festzunehmen und zu bestrafen, durchkämmten die Miliz, die Vichy-Polizei und ihre deutschen Herren die Stadt, verhafteten Dutzende Verdächtige und unterwarfen sie strengen Verhören und der Folter. Trotz ihrer drakonischen Maßnahmen erhielten sie keine Informationen. Die disziplinierten, für die Zerstörung an der Pont St. Michel und der Pont Neuf verantwortlichen Teams waren nämlich zu geheimen Unterkünften in Arles und Avignon geflohen.

Serge wurde verhaftet und verhört, doch er blieb stoisch. Sein Alibi war unwiderlegbar.

»Mein Kind wurde in der Nacht geboren. Ich war bei meiner Frau, sie hatte sehr lange, sehr schwere Wehen. Sie haben doch Spitzel, die mein Haus überwachen. Die werden bestätigen, dass ich es nicht verlassen habe. Und natürlich war die Hebamme dabei.«

Das Überwachungsteam, das seine Nachlässigkeit nicht zuzugeben wagte, bestand darauf, dass Serge das Haus nicht verlassen hatte.

Hélène wurde ins Gestapo-Hauptquartier vorgeladen und bestätigte in aller Ruhe Serges Aussage.

»Waren noch andere Zeugen anwesend?«, fragte der Verhör-Offizier der Gestapo.

Er hatte das Gesicht abgewandt, aber Hélène erkannte seine Stimme. Sie hatte seinem Baby erst wenige Monate zuvor auf die

Welt geholfen und seine Frau vor einer Schwangerschaftsvergiftung bewahrt, indem sie durch den weit geöffneten Muttermund gegriffen und die Plazenta entfernt hatte.

»Nur das Neugeborene«, erwiderte sie höhnisch. Sie ließ sich nicht einschüchtern von dem Mann, der geweint und um ihre Hilfe gefleht hatte, als er befürchtete, seine Frau könnte sterben. Seine Tränen hatten ihn ihr gegenüber verwundbar gemacht. Da sie das Leben seiner Frau gerettet hatte, stand er in ihrer Schuld.

»Ihr Sarkasmus beeindruckt mich nicht, Mademoiselle«, sagte er wütend.

»Es ist nicht meine Absicht, Sie zu beeindrucken«, fuhr sie mutig fort. »Allerdings wissen Sie ja selbst, dass ein besorgter Ehemann in so einem Moment seiner geliebten Frau nicht von der Seite weicht. Es heißt, dass sogar im Tierreich die Männchen in der Nähe der Weibchen bleiben. Der Löwe bleibt bei seiner Löwin. Vielleicht würde sogar Ihr Führer in so einem Augenblick seine Frau nicht alleinlassen. Aber Herr Hitler hat natürlich weder Kinder noch eine Ehefrau. Ich habe gehört, dass er niemals weint, dass er Tränen für unmännlich hält. Vielleicht weiß er nicht, dass man sogar seine Gestapo-Offiziere manchmal weinen sieht.«

»Sie gehen zu weit, Mademoiselle«, schrie ihr Gegenüber. »Schaffen Sie sie raus!«, befahl er dem Soldaten an der Tür.

»Ich gehe selbst. Ich hoffe, Ihrem kleinen Sohn geht es gut. Und Ihrer Frau.«

Er antwortete nicht. Seine Schuld war beglichen. Die jüdische Schlampe hatte kein Recht, weitere Forderungen an ihn zu stellen.

Hélène lächelte, doch sie hörte erst auf zu zittern, nachdem sie das Gebäude verlassen hatte. Serge wartete an der Ecke auf sie.

»Danke, Hélène«, sagte er ruhig, als sie weitergingen, vorbei an Konvois von *Citroën Traction Avants*, den offiziellen Fahrzeugen der Gestapo. Mit heulenden Sirenen fuhren sie in Richtung Ponts Jumeaux.

Mit jedem Tag, der verging, wurden die Gerüchte lauter. Der Schaden an den Brücken war groß, irreparabel. Nein. Der Schaden war minimal. Reparaturmannschaften waren im Einsatz. Nein. Anscheinend ließen sich keine qualifizierten Arbeiter finden. Die Maurer von Toulouse waren auf mysteriöse Weise verschwunden. Man würde Mannschaften aus Paris herbeiholen müssen.

Die Verfolgung der Saboteure ging unvermindert weiter. Der Generalsekretär der Polizei gab sich unerbittlich.

»Jeder Verdächtige wird verhaftet. Jeder, der über irgendwelche Informationen verfügt, muss sich melden«, riefen Offiziere aus den Lautsprechern der Lastwagen, die die Stadt durchquerten.

»Tod den Tätern! Tod den Maquis, Tod der Résistance! Heil Hitler!«, dröhnte es stundenlang überall in der Stadt.

Madeleine und Claude wurden auf einem Bauernfuhrwerk aus Toulouse herausgebracht, versteckt unter rauen Decken, die nach Mist stanken. Sie reisten nach Süden, nach Carcassonne, und in dem kleinen Dorf fand Madeleine Zuflucht im bescheidenen Zuhause der Madame Faucherer, einer verwitweten Näherin, während Claude in einem Kloster unterkam.

Sie waren überrascht zu erfahren, dass weder Madam Faucherer, noch Père Louis, der Abt des Klosters, in der Anfangszeit der Besatzung der Résistance angehört hatten. Beide fühlten sich erst zum Handeln aufgerufen, nachdem sie die entsetzlichen Fotografien in »Die Früchte des Hasses« gesehen hatten. Es war vorausschauend gewesen von den Londoner Gaullisten, als sie darauf setzten, dass selbst die pragmatischsten Bürger in Frankreich Gewissensbisse bekamen und sich dem Kampf gegen die Grausamkeit der Nazis anschließen würden, sobald sie durch die Fotos mit der unumstößlichen Wahrheit über die Gräueltaten der Deutschen konfrontiert würden.

»Ich muss Buße tun für mein Schweigen«, sagte Madame Faucherer zu Madeleine, als diese ihre Dankbarkeit ausdrückte.

»Sie dürfen mir nicht danken. Ich bin stolz darauf, dass Sie in meinem Haus zu Gast sind.«

»Wir hätten früher handeln sollen«, gab der Abt gegenüber Claude reumütig zu. »Wir hätten vielleicht die Kinder retten können, deren Fotos wir in ›Die Früchte des Hasses‹ gesehen haben. Ich werde nie ihre Gesichter vergessen, ihre armen kleinen Gesichter. Diese Fotografien des Grauens. Gott selbst und Christus, unser Herr, muss weinen.«

»Wir sind dankbar, dass Sie jetzt handeln«, sagte Claude. »Sie sind mutig. Ich weiß, Sie riskieren Ihr Leben, indem Sie mir Zuflucht gewähren.«

»Wenn ich nur bedrohten Kindern helfen könnte«, sagte der Mönch bedauernd.

»Deshalb bin ich hier«, versicherte Claude. »Um unsere Kinder der Gefahr zu entreißen.«

Claude und Madeleine trafen sich in einem kleinen Gartencafé, er in einer braunen Mönchskutte und sie im schwarzen Kleid der Näherin, das dunkle Haar bedeckt mit dem weißen Spitzenhäubchen einer Laienschwester. Sie saßen auf der rauen Holzbank und sahen einander an, die Augen strahlend vor Liebe und Dankbarkeit.

»Feiern wir Purim?«, fragte sie. »Sind wir deshalb kostümiert?«

Sie lächelte schelmisch. Er lachte. Die Heiterkeit war wiederhergestellt. Für eine kurze, gesegnete Zeit befanden sie sich abseits jeder Gefahr. Für eine kurze, gesegnete Zeit waren sie zusammen. Hin und wieder griffen sie über den Tisch. Ihre Hände berührten sich. Handfläche an Handfläche. Fingerspitze an Fingerspitze.

In gedämpftem Ton machten sie Pläne für die kommenden Tage und Wochen. Jetzt endlich würden sie sich wieder mit Anna Hofberg und den anderen Kindern ihrer Gruppe vereinen. Ihr Marsch über die Pyrenäen nach Spanien stand kurz bevor. Zeit war entscheidend. Es wäre gefährlich, noch länger zu warten. Spanische Kuriere berichteten von einer verstärkten Präsenz deutscher Patrouillen entlang der Fluchtrouten. Der Winter stand vor der Tür. Eis und Schnee würden die Gebirgspässe heimtückisch machen. Selbst jetzt waren die Nächte kalt, und in der Morgendämmerung war der Boden von glitzerndem Raureif bedeckt.

»Wir müssen sehr bald handeln«, sagte Claude.

»Wir müssen jetzt handeln«, verbesserte ihn Madeleine.

Er nickte.

Am nächsten Tag trafen sie sich erneut und spazierten einen Bergpfad hinab, einem schmalen Streifen blassen Herbstlichts folgend, zu dem Dörfchen Lezignam-Corbières. An einer schmalen Straße, halb versteckt in einem Kiefernwäldchen, unterhielt ein kleines Nonnenkloster das Waisenhaus, in dem Anna und ihre Freunde unter Jeanne Levys Führung Zuflucht gefunden hatten. Als Madeleine und Claude im Kloster ankamen, reagierte die ältliche Mutter Oberin mit Bestürzung.

»Sie bringen sich selbst und uns alle in große Gefahr«, sagte sie. »Die Deutschen sind ohnehin schon misstrauisch. Erst letzte Woche war eine Gestapo-Einheit hier und suchte nach jüdischen Kindern. Zum Glück ließen sie sich täuschen von Annas blondem Haar, ihrem hellen Teint und ihrer Fähigkeit, den Katechismus zu rezitieren. Wir haben sie davon abgehalten, den Schlafsaal zu durchsuchen, indem wir ihnen sagten, einige der Kinder hätten Mumps. Ah, wie diese mächtigen Sturmtruppen die Krankheit fürchten, die ihre Männlichkeit bedrohen könnte. Aber sie werden wiederkommen. Sie sind hartnäckig, diese ausgebildeten Hasser. Was, wenn sie Sie hier sehen? Was, wenn sie die Kinder entdecken?«

Ihre Stimme zitterte. Ihre arthritischen Finger spielten nervös mit den Perlen ihres Rosenkranzes.

»Wir werden nicht hier sein«, versicherte ihr Madeleine. »Und die Kleinen auch nicht. Wir hoffen, die Kinder sehr bald über die Grenze nach Spanien bringen zu können.«

»Sie müssen sehr vorsichtig sein«, mahnte die Nonne, jetzt eher besorgt als verärgert. »Unsere Informanten in Pau berichten, dass die Deutschen ihre Präsenz verstärkt haben. Wegen der Zerstörung der Brücken in Toulouse und der Morde in Paris werden die Deutschen immer wachsamer und immer bösartiger.«

»Von welchen Morden in Paris sprechen Sie?«, wollte Claude wissen. »Verzeihen Sie unsere Unwissenheit, *ma mère*. Wir haben tagelang weder Zeitung gelesen noch Radionachrichten gehört. Nicht mehr seit der Sabotage in Toulouse.«

»Natürlich. Das mit den Toulouser Brücken wissen Sie wohl?«, fragte sie, und sie verstand, dass diese Frage keine Antwort erforderte.

»Aber wir wissen nicht, was in Paris passiert ist«, sagte Madeleine. »Können Sie uns aufklären?«

Die ältere Nonne seufzte.

»Es ist sehr traurig. Dr. Julius Ritter, der Nazi-Beamte, der das schreckliche Zwangsarbeitsprogramm Service de Travail Obligatoire in Gang gesetzt hat, wurde ermordet. Mein eigener Neffe war einer von den vielen jungen Franzosen, die von diesem furchtbaren Menschen als Zwangsarbeiter nach Deutschland geschickt wurden. Die Gestapo hat nach seinem Mörder gesucht, aber als sie keinen Erfolg hatten, nahmen sie Rache an der Résistance und verhafteten fünfzig Pariser Bürger. Sie nahmen sie als Geiseln und hofften auf Informanten, aber als sich niemand meldete, erschossen sie alle auf einem öffentlichen Platz. Sie haben sie dort in ihrem Blut liegen gelassen und ihren Angehörigen verboten, sie zu beerdigen. Ich bete Novenen für diese fünfzig armen Seelen, ermordet aus Rache für den Tod eines bösen Nazis. Eine Farce. Ich billige keinen Mord, aber ich hoffe, Gott wird mir vergeben, denn ich bedaure nicht die Ermordung von Julius Ritter. Ich bin sogar froh, dass er aus dieser Welt verschwunden ist. Meine einzige Sorge gilt jenen, denen er sowohl im Leben als auch im Tod Leid zugefügt hat.«

Sie griff nach dem Kreuz, das an einer dicken Kette auf ihrer Brust hing, und hielt es an die Lippen.

»Natürlich wird Gott Ihnen vergeben«, sagte Madeleine. »Der eine Gott, Ihrer und meiner, segnet alle, die das Böse verabscheuen und Gutes tun. Sie sind bestimmt gesegnet für all das Gute, das Sie für unsere Kinder bewirkt haben.«

Die Nonne, die immer noch ihr Kruzifix in den Händen hielt, senkte den Kopf und lächelte dankbar, ihr Groll war vergessen.

»Kommen Sie. Ich bringe Sie zu Ihrer Anna.«

Sie folgten ihr einen engen Flur hinab zu einem kleinen Raum, wo Anna vor einem Fenster kauerte und in dem blassen Licht, das durch die schmale Scheibe fiel, las. Sie drehte sich um, ließ ihr Buch auf den Boden fallen und rannte durch das Zimmer in Madeleines ausgestreckte Arme.

»Madeleine, Madeleine. Ich wusste, du würdest kommen. Ich habe gewartet und gewartet. Ich habe gehofft und gehofft. Und jetzt bist du hier. Gehen wir nach Spanien? Wann gehen wir? Können wir heute losgehen? Morgen?«

Sie lachte, und ihr Gesicht rötete sich vor Aufregung, ihre blauen Augen strahlten. Sie wandte sich an Claude.

»Claude. Oh, Claude, wie wundervoll, dass du hier bist, dass du mit uns nach Spanien gehst. Und dann nach Palästina. Ich werde meine Brüder wiedersehen. Gehen wir zusammen nach Palästina? Bitte, das müssen wir.«

Die Worte sprudelten aus ihr heraus in einem wilden Delirium aus Hoffnung und Freude. Sie quietschte entzückt, als sie ihr die kleinen, sehr kleinen Geschenke gaben, die sie mitgebracht hatten: ein kleines Bündel getrockneter blauer Blumen, die Claude bei seiner Wanderung über die Alpen gepflückt hatte und die

Madeleine in ein Stoffsäckchen eingenäht hatte, und eine halbmondförmige Muschel mit violetter Zeichnung, die Madeleine am Ufer der Garonne gefunden hatte.

Madeleine drückte Anna an sich, als sie nicht aufhörte zu plappern.

»Oh, ich bin ja so froh, dass du da bist. Wie lange dauert es, bis ich bei meinen Brüdern im fernen Palästina bin? Dauert die Reise nach Palästina sehr lange?«

Sie war es so leid, auf der Flucht zu sein, von einem Versteck zum anderen geschoben zu werden. Das sagte sie immer wieder. Sie umarmte Madeleine.

»Bald, so bald, werde ich wissen, wie es ist, wenn man glücklich ist. Oh, es ist wundervoll, dass du hier bist. Meine Freunde werden so froh sein. Wir sind alle bereit. Wann gehen wir los? Heute? Morgen?«, fragte sie erneut.

Madeleine blickte zu Claude, der sich abwandte. Sie nahm Annas Hände in ihre und schlug einen sanften Ton an. Sie gab ihren, wie sie wusste, enttäuschenden Worten einen beruhigenden Klang.

»Noch können wir nicht nach Spanien gehen, Anna. Nicht heute. Nicht morgen. Wir müssen planen und vorbereiten. Aber wir werden sehr bald losziehen. Das verspreche ich dir. Bis dahin seid ihr, du und deine Freunde, bei den freundlichen Schwestern sicher.«

»Nein! Nein!« Tränen der Enttäuschung liefen über Annas Wangen. Sie ballte die Hände zu Fäusten und trommelte unglücklich auf Madeleine ein.

»Ich will jetzt gehen. Wann sehe ich meine Brüder wieder? Wann kommst du wieder?«

Madeleine wiegte das Mädchen in ihren Armen. Annas Traurigkeit wurde zu ihrer eigenen, obwohl sie die Worte des Kindes nicht hören konnte. Unfähig zu hören, war sie auch unfähig zu sprechen. Der Kummer nahm ihr die Stimme.

»Warum?«, fragte Anna. »Warum passiert uns das? Warum hassen uns die Deutschen?«

Es war Claude, der antwortete. Er sprach ruhig und deutlich, und in der Stille des Raumes konnte Madeleine jedes Wort verstehen. Sie hatte vergessen, wie volltönend seine Stimme sein konnte.

»Niemand kann solch einen Hass verstehen«, sagte er. »Niemand kann ihn erklären. Ich nicht. Madeleine nicht. Nicht die klügsten unserer Rabbis oder die nachdenklichsten unserer Anführer. Nicht unsere mutige Mutter Oberin. Aber wir wissen, dass die Liebe am Ende über den Hass siegt und dass eine bessere Zeit kommen wird. Hab Geduld, Anna. Du weißt, dass du geliebt wirst. Und beschützt. Es ist keine Kleinigkeit, von Madeleine Levy geliebt und beschützt zu werden. Sie greift nach ihren Träumen und lässt sie wahr werden. Vertraue ihr. Vertraue mir. Wir werden nach Spanien gehen, und du wirst deine Brüder wiedersehen. Jetzt lächle, und lass uns drei in das Café in Lézignan-Corbières gehen. Dort essen wir frisch gebackene Croissants und stellen uns vor, wir wären auf den Champs-Elysées.«

Und Anna lächelte, ein trauriges und wehmütiges Lächeln. Enttäuschung war schließlich keine neue Erfahrung für sie. Versöhnt mit dem, was sie nicht ändern konnte, ließ sie sich von Claudes liebevollen Worten trösten.

»Ja. Lass uns in das Café gehen und Croissants essen. Vielleicht sind sie mit Aprikosenmarmelade gefüllt. Madeleine und ich lieben Aprikosenmarmelade.«

Sie lächelte, und Madeleine verstand, dass Anna ihr den Trost schöner Erinnerungen an längst vergangene Tage anbot, als Hunger unbekannt gewesen und ihnen ihre Lieblingsmarmelade süß auf der Zunge geschmolzen war.

»Bestimmt sind sie mit Aprikosenmarmelade gefüllt«, versprach Madeleine. »Dieser Sommer war eine wunderbare Aprikosensaison.«

Sie dachte an die Sommertage, als sie mit dem Fahrrad über die Landstraßen gefahren war, um ihre versteckten Kinder zu besuchen, und angehalten hatte, um die goldenen Früchte von tief herabhängenden Zweigen zu pflücken. Staunend hatten die hungrigen, verängstigten Kinder auf die Früchte geblickt, die sie in ihre kleinen Hände gelegt hatte. Die orange-goldene Haut der saftigen Kugeln war ein Andenken an das Sonnenlicht, das sie kaum sahen, so abgesondert wie sie lebten, in Kellern und Heuböden, in hinter Ästen und Zweigen versteckten Tunnels. Zögernd hatten die versteckten Kinder zu essen begonnen, vorsichtig, jeder Bissen ein kleines Wunder.

Madeleine und Claude drückten leise murmelnd ihren Dank gegenüber der Mutter Oberin aus und gingen Hand in Hand mit Anna die sonnenbeschienene Straße hinab ins Dorf.

Die betagte Nonne stand, immer noch an ihrem Kruzifix nestelnd, im Eingang des Klosters und blickte ihnen nach. Sie hatte sie noch darauf hinweisen wollen, vorsichtig zu sein, sehr vorsichtig. Selbst in dem kleinen Dorf lauerten Kollaborateure, aber sie wusste ja, sie brauchten ihren Hinweis nicht. Sie waren Kinder des Abraham im Nazi-besetzten Frankreich. Sie waren darauf konditioniert, achtsam zu sein. Die Nonne blickte ihnen nach, bis sie hinter einer Kurve verschwunden waren. Ihre Lippen bewegten sich in lautlosem Gebet.

36. KAPITEL

Als sie wieder in Carcassonne waren, brachte ein Résistance-Kurier eine Mitteilung von Serge. Er schrieb, die militärischen Erfolge der Deutschen in Griechenland hätten Hitlers Generäle bestärkt. Die Gestapo in Athen habe die Registrierung aller Juden in Athen angeordnet, sei allerdings auf den organisierten Widerstand der lokalen Bevölkerung gestoßen. Prinzessin Andrew, die Urenkelin von Queen Victoria, verstecke Juden in ihrem eigenen Haus.

»Warum schreibt uns Serge das? Inwiefern betrifft das alles die Juden von Frankreich?«, wunderte sich Madeleine. »Inwiefern betrifft das uns, Claude?«

»Serge erklärt, dass es bald auch uns betreffen wird«, erwiderte Claude grimmig. »Die Nazis sind so frustriert vom griechischen Widerstand, dass Goebbels den Besatzungsmächten in Frankreich befohlen hat, weiter nach Süden vorzurücken und die französische Résistance zu zerschlagen. Wenn die Juden in Griechenland nicht dezimiert werden können, sollen die Juden in Frankreich dafür büßen. Das ist die Logik von Wahnsinnigen, aber unsere Feinde sind Wahnsinnige. Wir sind in Gefahr, denn unser Nachrichtendienst vermeldet, dass Carcassonne ein offensichtliches Ziel ist. Deshalb hat Serge es riskiert, einen Kurier zu schicken, um uns zu warnen, dass wir diese Gegend verlassen müssen.«

Madeleines Herz sank.

»Wir brauchen mehr Informationen«, sagte sie.

***

Im Keller des Klosters sah Claude zu, als der Abt sein Radio aus dem Versteck hinter dem Kohlenkasten hervorzog. Der Mönch lächelte traurig und wischte die schwarzen Staubkörner von dem Empfänger.

»Das ist jetzt das einzige Radio im ganzen Dorf«, erklärte er. »Wir halten es versteckt, weil unser geliebter Schuldirektor, Maître André, verhaftet und nach Brens geschickt wurde, als sein Radio entdeckt wurde. Wir fürchten, er wurde exekutiert. Man stelle sich den Irrsinn dieses Krieges vor. Ein guter Mensch wird getötet für das Verbrechen, Radio gehört zu haben.«

Claude nickte.

»In Toulouse gab es ähnliche Vorfälle«, sagte er und fragte sich, ob das in Simones Küche versteckte Radio wohl noch funktionierte. Er würde es bald erfahren.

Noch einmal las er die Mitteilung. Serge schrieb, dass die Suche nach den Brückensaboteuren zu einer Welle falscher Verhaftungen geführt hatte. Diese Suche war jetzt anscheinend aufgegeben worden, was bedeutete, dass es angesichts der Gestapo-Kampagne gegen Carcassonne sowohl für Claude als auch für Madeleine sicherer wäre, nach Toulouse zurückzukehren.

Sicherer, dachte Claude bitter. Würden sie jemals wirklich sicher sein? Er zerriss Serges Botschaft und schaute zu, als der Abt das Radio einschaltete.

Der Empfang war schlecht. Geduldig warteten sie und lächelten erleichtert, als sie den neuen BBC-Code für Radio Londres – Verlains »Chanson d'Automne« – hörten. Schwach und geisterhaft wehte die Melodie durch den Raum.

»Eine passende Musikwahl«, bemerkte der Abt. »Wir befinden uns tatsächlich im Herbst. Der Jahreszeit der Trauer und des Todes.«

»Oktober«, stimmte Claude zu. »War noch nie mein Lieblingsmonat.«

Er und Madeleine hatten die neue scharfe Kälte in der Luft gespürt, den eisigen Hauch der Gebirgswinde, die von den Pyrenäen herunterwehten. Flammend rotes und goldenes Herbstlaub hatte unter ihren Füßen geraschelt, als sie durch das Dorf gegangen waren, um sich mit den spanischen Kurieren zu treffen, die ihnen als Führer dienen würden. Geld wurde ausgetauscht, Landkarten studiert, das Wetter besprochen.

Der Abt hatte Claude ein wollenes Cape gegeben. Die Näherin hatte in einer Truhe gewühlt und einen Wintermantel gefunden, der nach Kampfer roch und den Madeleine dankbar angenommen hatte.

»Es wird bald sehr kalt sein«, warnten die Kuriere Madeleine und Claude. »Die Schäfer sagen frühen Schneefall in den Pyrenäen voraus.«

Wie bald wird es wohl anfangen zu schneien, fragte sich Claude, während er sich vorbeugte und den Begrüßungsworten des Nachrichtensprechers lauschte. *»Ici Londres. Les Français parlent aux Français.«* Dann der Morse-Code – Kurz-kurz-kurz-lang. V für Victoire. Sieg. Das H für Honeur, Ehre, hatte man eliminiert. Vielleicht, überlegte Claude, weil so viele französische Kollaborateure ihre Ehre eingebüßt hatten. Es spielte keine Rolle. Wichtig war nur, dass sie nicht allein waren, dass die Freien Franzosen in England immer noch eine starke Kraft waren und Radio Londres weiterhin sendete.

Die Stimme des Nachrichtensprechers klang düster wie immer, schließlich hatte er niemals etwas Positives zu berichten. Claude konnte sich an keine Zeit erinnern, in der die Nachrichten gut gewesen wären. Und bestimmt waren sie nicht gut an diesem trostlosen Oktobernachmittag. Er hörte der eintönigen Stimme genau zu.

Die Nazi-Angriffe auf griechische Juden hatten zugenommen. Der Oberrabbiner Athens, Elias Barzilai, war nach Thessalien geflohen. Gruppen griechischer Partisanen, griechisch-jüdische Pfadfinder und palästinensische Juden, schmuggelten jüdische Kinder über die Ägäis zu türkischen Häfen und von dort an die Küste von Haifa. Ein heroisches, aber zweifelhaftes Bemühen, sagte der Sprecher bekümmert, eine trügerische Reise zu einem gefährlichen und unsicheren Ziel, denn die Engländer würden das Weißbuch, das die jüdische Immigration in das Mandatsgebiet Palästina begrenzte, nicht außer Kraft setzen.

»Aber Palästina ist euer verheißenes Land«, sagte der Abt. Er war sprachlos. Zionismus war für einen in Carcassonne isolierten Mönch ein Fremdwort.

»Es scheint, dass Versprechen, selbst die von Gott, dafür gemacht sind, gebrochen zu werden«, sagte Claude bitter.

»Nicht die von Gott«, entgegnete der Abt. Er zündete sich eine Gauloise an und reichte Claude das Päckchen, der sich dankbar eine Zigarette nahm und den Rauch tief inhalierte.

Er blies einen Rauchring in das Halbdunkel des Kellers und wunderte sich über die Stärke und das Durchhaltevermögen der griechischen und palästinensischen Pfadfinder. Auf der Ägäis würde es eiskalt sein, sogar an diesen frühen Herbsttagen. Laut den Kurieren und *passeurs* war es auf den Gebirgspässen der Pyrenäen ebenfalls gefährlich kalt. Sie waren von den spanischen Bergführern gewarnt worden. Er und Madeleine müssten, falls sie diese letzte Gruppe jüdischer Kinder erfolgreich über die Grenzen bringen wollten, bald losmarschieren. Sehr bald. Und es war wichtig, wie die *passeurs* betont hatten, dass die Kinder über wettergerechte Kleidung und Schuhe verfügten. Die Deutschen waren ein Feind. Die Kälte war ein noch gewaltigerer Gegner.

Claude seufzte. Die Nachrichten waren zu Ende. Er half dem Abt, das Radio hinter den Kohlebrocken zu verstecken.

Am nächsten Tag statteten er und Madeleine dem Kloster einen letzten Besuch ab. Sie war erleichtert, dass Anna nicht anwesend war, da sie mit ihrer Klasse wandern gegangen war. Sie waren hier, um mit der Mutter Oberin zu sprechen.

»Wir müssen wissen, ob die Kinder feste Stiefel und warme Kleidung haben«, sagte Madeleine, die sich bewusst war, dass die Nonne nun genau wusste, weshalb sie so eine Frage stellte.

Die Antwort war so vorhersehbar wie enttäuschend.

»Wir haben ihre Schuhe mehrmals besohlen lassen. Manche sind noch zu gebrauchen, aber die meisten lassen sich nicht mehr reparieren. Der Schuhmacher war über Annas Stiefel verzweifelt. Sie trägt jetzt Schuhe von einer unserer Schwestern, zu groß für ihre kleinen Füße, aber wir stopfen an den Zehen und an der Ferse Zeitung hinein. Sie kommt damit zurecht, aber auf einer langen Wanderung würden sie ihr nichts nützen«, erwiderte die Mutter Oberin rundheraus.

»Wir haben kaum Winterkleidung«, fuhr sie fort. »Vielleicht zwei Anoraks. Drei Paar dicke Strumpfhosen. Die jüdischen Kinder wurden uns im Frühling oder Sommer gebracht. Keiner von ihnen hatte Kleidung dabei, bis auf die dünnen Sachen, die sie anhatten. Sie müssen wissen, dass die Deutschen sämtliche Winterkleidung aus allen französischen Geschäften und Fabriken requiriert und alles, was sie fanden, nach Berlin geschickt haben. Deutsche Kinder werden es warm haben, während unsere französischen Kinder vor Kälte zittern. Ich weiß nicht, wo Sie die Kleider und Stiefel, die die Kinder brauchen, hernehmen sollen.«

»Wir kriegen das hin«, versicherte Madeleine. »Wir werden wiederkommen und die Kinder abholen, und wir werden alles mitbringen, was sie brauchen. Wir haben unsere Mittel.«

Die Nonne stellte keine weiteren Fragen. Zu viel Wissen war gefährlich.

»Wir werden auf Ihre Rückkehr warten«, sagte sie. »Aber

versuchen Sie, es nicht hinauszuzögern. Es hat schon den ersten Frost gegeben, was bedeutet, dass es in den Bergen früh schneien wird.«

»Das haben wir schon gehört. Wir werden nichts hinauszögern«, versprach Claude. »Wir wissen, dass weder die Zeit noch das Wetter auf unserer Seite ist.«

Tatsächlich ist nichts auf unserer Seite, dachte er ironisch. Ihre einzigen Waffen waren ihre Ausdauer und Entschlossenheit.

»Sie müssen diese Gegend so bald wie möglich verlassen«, fuhr die Nonne fort. »Wir haben erfahren, dass heute eine Gestapo-Einheit ankommt. Noch in dieser Stunde fährt ein Bus, nicht nach Toulouse, aber nach Valence.«

Sie blickte zum Fenster, wo ein heftiger Wind an den nackten Zweigen einer riesigen Eiche rüttelte.

»Natürlich. Valence wäre sogar eine bessere Route für uns. Toulouse ist von Miliz überschwemmt«, sagte Madeleine. »Und ich könnte meine Großmutter wiedersehen, die in Valence wohnt.«

Ihre Stimmung besserte sich, wenn auch nur kurz, als sie daran dachte, Lucie Dreyfus wiederzusehen, ihre geliebte Großmutter zu umarmen und, wie sie es schon als Mädchen gewohnt war, den Kopf auf die Schulter der alten Frau zu legen. Oh, wie müde sie war, wie furchtbar müde.

»Ich werde meinen Schwestern im Kloster dort eine Nachricht zukommen lassen, damit sie sich auf den Besuch der Enkelin von Madame Duteil einstellen.«

Die Nonne warf Madeleine ein verschwörerisches Lächeln zu und drehte sich wieder zum Fenster, diesmal richtete sie den Blick auf die Straße. Ein Arbeiter wedelte mit einer Fahne, ein Signal, dass sich Fahrzeuge der Gestapo näherten. Sie bekreuzigte sich und eilte hinaus. Sie musste die anderen Schwestern vor der bevorstehenden Ankunft der Gestapo warnen und ein weiteres Mal mit den Kindern die Antworten auf die gefährlichen und aufdringlichen Fragen der unwillkommenen Eindringlinge üben.

Madeleine und Claude verstanden. Innerhalb von Minuten waren sie vom Kloster zum Busdepot geeilt und kamen gerade rechtzeitig zum Autobus nach Valence.

Das schwerfällige Fahrzeug rumpelte über holperige Straßen und ruckelte in jedem Weiler zu einer Haltestelle, damit Schulkinder ein- oder aussteigen konnten. Wegen des frühen Frostes waren die Kinder mit Schichten von Pullovern und dicken Jacken bekleidet und trugen bunte, bis über die Ohren herabgezogene Wollmützen.

»Wo sollen wir solche Kleidung und Stiefel herbekommen?«, fragte Claude besorgt und deutete auf die plappernden Kinder. »Sieh sie dir an. Unsere Kleinen werden Schals brauchen. Handschuhe. Dicke Socken. Warme Unterwäsche. Es war Frühling, als ich die Kinder über die Alpen geführt habe, aber sogar dann wird die Bergluft abends bitterkalt. Wir werden am Winteranfang die Pyrenäen überqueren. Ohne die richtige Kleidung werden unsere Kinder sich in der Kälte den Tod holen. So etwas ist schon passiert.«

Er wurde still. Er wollte Madeleine nicht mit Berichten von kleinen erfrorenen Körpern an den Gebirgsrändern erschrecken, beweint und hastig unter Schneehügeln begraben.

»Die Vorratskammer in der Wohnung meiner Eltern in der Rue de la Dalbade ist immer noch vollgestopft mit all der Kleidung, die meine Mutter für bedürftige Kinder gesammelt hat. Alles ist dort geblieben, als meine Eltern gezwungen waren, nach Toulouse zu fliehen. Ich bin sicher, Madame Leonie, unserer Concierge, ist es gelungen, die Sachen, die in der Wohnung waren, zu schützen. Wir werden uns holen, was wir brauchen, für den Transport zum Waisenhaus sorgen und dann sofort dorthin zurückkehren. Unsere Kuriere sind bereit, uns nach

Pau zu führen, das ist nur dreißig Meilen von der spanischen Grenze entfernt.«

»Es klingt so einfach, wenn du es sagst«, bemerkte Claude.

»Nein. Ich mache mir nichts vor. Es wird nicht einfach, aber es liegt in Reichweite. Ist es nicht erstaunlich, was wir tun können, wenn wir keine Wahl haben?«

Sie lachte, und er lächelte. Ihre Energie war ansteckend. Ja, sie griff wirklich nach ihren Träumen und ließ sie wahr werden.

Es war spät am Abend, als sie in Valence ankamen. Das Tor des Klosters, das Lucie Dreyfus beherbergte, wurde sofort von dem älteren Hausmeister geöffnet, den ihre Ankunft nicht überraschte.

»Madame Duteil wird sich so freuen, Sie zu sehen«, sagte er.

Madeleine nickte, besorgt, dass ihr die Stimme brechen könnte, wenn sie etwas sagte, so gerührt war sie von der Freundlichkeit und Anteilnahme des Mannes in einer von Grausamkeit infizierten Welt.

Lucie Dreyfus wartete in ihrem kleinen Wohnzimmerchen auf sie. Madeleine inhalierte den Duft der Kräuter, die ihre Großmutter züchtete, wo immer sie sich niederließ. Stränge von bunter Wolle und halbfertigen gestrickten Kleidungsstücken füllten eine Ecke des Raumes aus. Bücher lagen über alle verfügbaren Flächen verstreut – wissenschaftliche Lektüre, Romane, Gedichtsammlungen und jüdische Texte. Madeleines Großmutter war eine ewige Studentin, eine unersättliche Leserin. Die Welt des Geistes enthielt keine Bedrohung. Solange sie las, solange sie Wissen ansammelte, befand sie sich in Sicherheit.

Lucies dichtes silbernes Haar war zu einem einfachen Knoten hochgesteckt. In ihren Augen glänzten unterdrückte Tränen, als sie ihre Enkelin umarmte. Ihr einfaches schwarzes Wollkleid war abgetragen, doch es fiel in eleganten Falten. Mit vierundsiebzig war sie immer noch schlank, ihre Haut glatt, ihre Haltung gerade. Stets würdevoll und zuversichtlich, war sie immer noch eine Frau, die sich weigerte, sich der Verzweiflung zu ergeben.

»Wie mutig von dir, diese Reise zu machen«, sagte sie.

»Madeleines Mut wird von der gesamten Résistance anerkannt«, sagte Claude stolz.

Madeleine schüttelte den Kopf. Claude sollte nicht weiterreden. Sie wollte den Sorgen ihrer Großmutter nicht noch weitere hinzufügen.

Doch Lucie stellte keine Fragen. Sie kochte mit einem verbeulten elektrischen Wasserkessel Tee und holte eine Platte mit Käse und Baguettes vom Fenstersims.

»Die Natur ist mein Kühlschrank«, erklärte sie und deckte den winzigen Tisch in ihrem Zimmer mit der gleichen Sorgfalt, die sie früher auf die förmlichen Mahlzeiten in ihrer eleganten Pariser Wohnung in der Rue des Renaudes verwandt hatte.

Das Essen war schnell verschwunden. Madeleine fiel auf, dass sie seit dem frühen Morgen nichts gegessen hatten. Normale Mahlzeiten zu festgesetzten Zeiten waren jetzt ein Fremdwort für sie. Sie und Claude aßen, wann und wo es ihnen möglich war, und beachteten ihren Hunger genauso wenig wie ihre überwältigende Müdigkeit. Essen und Schlafen waren Annehmlichkeiten der Friedenszeit. Sie seufzte und sah, wie Claude sich auf seinem Stuhl zurücklehnte, die Augen halb geschlossen. Lucie lächelte und führte ihn zu dem Alkoven, der ihr schmales Bett enthielt.

»Ruh dich aus, mein Sohn«, murmelte sie.

Claude nickte, streckte sich aus und schlief sofort ein. Madeleine deckte ihn sacht mit einer Wolldecke zu und drückte die Lippen auf seine Wangen. Sie dachte an die vielen Abende in ihrer Kindheit, an denen ihr Vater nach einer Spätschicht im Krankenhaus heimgekommen und vollständig bekleidet auf dem Sofa eingeschlafen war. Sie und Simone hatten zugesehen, wenn ihre Mutter ihn zudeckte und sachte auf die Wange küsste, damit hatte ihre Mutter sie etwas über die Liebe gelehrt.

Madeleine küsste Claudes Stirn, dämpfte das Licht und kehrte an ihren Platz neben ihrer Großmutter zurück.

»Er ist ein tapferer junger Mann, dein Claude«, stellte Lucie fest.

»Ja. Ja, das ist er. Wir mögen uns sehr, aber das sind so schwierige, gefährliche Zeiten.«

»Aber trotz aller Schwierigkeiten, trotz der Gefahren hattet ihr doch wohl auch glückliche Momente, oder?«

Liebevoll nahm Lucie Madeleines Hand in ihre beiden.

Madeleine zögerte. Es war Monate her, seit das Wort *Glück* eine Bedeutung für sie gehabt hatte. *Glück*. Sie sann über das Wort nach. Sie wollte ihrer Großmutter aufrichtig antworten. Sie redete sehr langsam.

»Ja. Claude und ich hatten glückliche Momente, aber wir sind uns immer bewusst, dass wir von großer Not umgeben sind. So viele unserer Freunde und Kameraden sind verhaftet worden. So viele sind deportiert worden. So viele sind gestorben. So viele von denen, die uns lieb waren, sind verschwunden. Ich vermisse meinen Onkel Pierre und meine Cousins und Cousinen, die so weit weg in Amerika sind. Ich habe Angst, dass ich sie vielleicht nie wiedersehe. Ich vermisse meine Eltern und meine Brüder. Ich vermisse dich. Claude und ich wagen es nicht, über die Zukunft zu sprechen. Wir wissen sehr gut, dass wir vielleicht keine Zukunft haben. Jedes Mal, wenn wir uns trennen, mache ich mir Sorgen, dass er vielleicht für immer fort sein könnte. Welche Art von Glück ich auch erlebe, es ist immer überschattet von Angst.«

Die Stimme versagte ihr, und sie kämpfte gegen die Tränen, und doch hatten ihre Worte die unausgesprochene Traurigkeit gemildert, die ihr seit so vielen Monaten aufs Herz drückte. Sie tat, wonach sie sich gesehnt hatte, und legte den Kopf auf die Schulter ihrer Großmutter.

Lucie nickte und redete langsam und deutlich, damit Madeleine jedes Wort verstehen konnte.

»Ich verstehe«, sagte sie. »Ich bin auch einsam. Ich empfinde wie du, dass Glück und Leid mich als Zwillingspaar begleiten. Ich habe unzählige Verluste erlebt, Kummer, der oft zu schwer ist, um ihn zu ertragen. Mein Sohn Pierre ist in den Vereinigten Staaten, und es ist gut möglich, dass ich ihn und meine geliebten Enkelkinder nie wiedersehe. Ich bin von meiner Familie getrennt – von deiner Mutter, meiner wundervollen Tochter, und deinem Vater, der für mich wie ein eigener Sohn ist. Werde ich jemals deine Brüder wiedersehen? Werde ich jemals Simones Yael in den Armen halten?

Einsamkeit und Angst quälen mich jeden Tag. Und doch bin selbst ich überrascht durch plötzliche Anwandlungen von Freude. Ich blicke hoch zum Abendhimmel und sehe die Sterne, und mein Herz schlägt höher. Ich höre die Stimmen der Schwestern von Valence, wenn sie singend Gottes Schöpfung rühmen, und ich teile ihr Staunen über diese schöne Welt, die uns geschenkt wurde. Ich sehe die Art, wie Claude dich anblickt, und ich sehe die Liebe in deinen Augen und bin zutiefst beglückt. Deshalb sage ich dir, Madeleine, auch wenn es stimmt, dass wir in angsterfüllten Zeiten leben, dieses Leben ist sein Leid wert.«

»Ja. Dieses Leben ist sein Leid wert.« Madeleines Stimme zitterte angesichts der Schönheit und Weisheit in den Worten ihrer Großmutter.

Sie und Claude verließen Valence am nächsten Tag. Als sie im Eingang des Klosters standen, legte Lucie die Hände auf ihre gesenkten Köpfe und sprach leise das jüdische Gebet für Reisende.

»Möge es Dein Wille sein, Herr, unser Gott, dass Du diese meine Enkelkinder zum Frieden führst und sie dazu bringst, ihr gewünschtes Ziel für Leben, Freude und Frieden zu erreichen. Mögest Du ihnen Gnade, Güte und Barmherzigkeit gewähren. Amen. *Selah*.«

»Amen, *Selah*«, flüsterten Claude und Madeleine einstimmig.

Großmutter und Enkelin umarmten einander. Madeleine

blickte nicht zurück. Hand in Hand gingen sie und Claude die sonnenbeschienene Straße hinab, die leuchtenden Blätter der Jahreszeit des Todes raschelten unter ihren Füßen.

Sie bestiegen den alten Autobus, der sie nach Toulouse bringen würde. Claude bemerkte, dass der ältere Fahrer ein ausgeblichenes Halstuch trug, das mit dem Lothringer Kreuz, dem Symbol der Résistance, bedruckt war. Wortlos holte er sein eigenes bedrucktes Halstuch aus der Hosentasche und wischte sich die Stirn. Der Fahrer lächelte und nickte. Seltsam beruhigt führte Claude Madeleine zu einem der hinteren Sitze. Der Bus ruckelte vorwärts, und sie schliefen während der gesamten Fahrt.

37. KAPITEL

Der Bus bog in das Depot von Toulouse ein, als die Glocken der Kathedrale von Saint-Sernin neun Uhr schlugen. Das war keineswegs spät. Toulouse war eine Stadt, deren Bewohner es liebten, nachts durch die Straßen zu schlendern und sich in einem der vielen Cafés und Bistros zu treffen. Madeleines Herz wurde schwer, als sie durch das Busfenster blickte und sah, dass die Straßen, durch die sie fuhren, verlassen und alle Fenster verdunkelt waren. Im Depot blickten sich die wenigen aussteigenden Passagiere ängstlich um, sahen auf ihre Armbanduhren und eilten davon. Verblüfft und beunruhigt sahen sie und Claude einander an, die Augen voller Angst, angespannt mit jeder Faser ihrer erschöpften Körper.

»Etwas ist passiert«, murmelte Claude, als sie ebenfalls ausstiegen.

Er wandte sich an den Fahrer, der auf sie zukam und dabei seinen Weg in dem verdunkelten Depot mit dem schwachen Licht einer Taschenlampe ausleuchtete. Obwohl niemand zu sehen war, legte er den Finger an die Lippen und warnte sie, leise zu sprechen.

»Was ist los, *mon ami*?«, erkundigte sich Claude. »Hat es einen Fliegeralarm gegeben?«

»Keinen Fliegeralarm. Aber die Gestapo hat eine Ausgangssperre verhängt. Sie haben angeordnet, dass die Straßen bis neun Uhr abends geräumt sein müssen. Sie müssen sich schnell eine Unterkunft suchen, sonst werden Sie verhaftet.«

»Aber irgendetwas muss doch passiert sein?«, fragte Claude hartnäckig weiter.

Eine Ausgangssperre war eine drastische Strafaktion. Sie beeinträchtigte nicht nur das gesellschaftliche Leben, sondern verursachte auch wirtschaftliche Probleme. Restaurants wurden geschlossen, abendliche Lieferungen eingestellt. Sämtliche Transport-Aktivitäten, öffentliche und private, waren verboten.

»Haben Sie keine Nachrichten gehört?«, fragte der Fahrer.

Claude und Madeleine schüttelten den Kopf.

Sie hatten keine Zeitung gekauft, als ihr Bus eine Pause eingelegt hatte, weil am Kiosk nur *La Dépêche* angeboten wurde und sie nicht dieses Vichy-Blatt unterstützen wollten. Eine törichte Entscheidung, wie Claude jetzt klar wurde.

»Wir haben nichts gehört«, sagte er bedauernd. »Wir wissen nur, dass es sich bei Ausgangsperren um verzweifelte Maßnahme handelt.«

»Ja, allerdings. Eine verzweifelte Maßnahme. Die Nazis und ihre Kollaborateure sind, wie wir glauben, an einem Punkt der Verzweiflung angelangt. Ihre Suche nach den Saboteuren der Brücken war erfolglos, und erst gestern ist der Polizeikommandant von Toulouse, ein bekannter Kollaborateur, direkt vor seinem Haus ermordet worden. Der Schütze war ein jüdischer Junge, in den Wahnsinn getrieben, weil seine Eltern nach Auschwitz deportiert wurden. Die Deutschen und ihre Kollaborateure fürchten jetzt in Toulouse jeden Mann, jede Frau und jedes Kind. Sie haben Angst und sind wütend. Und, wie Sie sagen, verzweifelt. Deshalb die Ausgangssperre.«

»Wurde der Junge gefasst?«, fragte Claude.

»Sie haben ihn gefasst, und sie haben ihn direkt vor der Kathedrale erschossen und seinen Leichnam dort liegen gelassen. Er trug noch seine Pfadfinderuniform. Ein jüdischer Pfadfinder, heißt es. Er war so jung, nicht einmal achtzehn. *Pauvre jeune éclaireur*. Armer kleiner Pfadfinder.«

Der Busfahrer berührte sein Halstuch und machte das Kreuzzeichen. Madeleine, von Entsetzen gepackt, umklammerte Claudes Arm.

»Es war ein jüdischer Pfadfinder. Die Nazis und die Miliz werden jeden mit einer Verbindung zu den jüdischen Pfadfindern ausfindig machen. Simone. Serge. Hélène.«

Andere Namen fielen ihnen ein. Madeleine wurde es ganz elend zumute, als sie an ihre Schwester dachte, ihre bedrohten Freunde, ihre tapferen Kameraden, von denen ihr viele Zuflucht gewährt und dabei oft für sie ihr Leben riskiert hatten.

»Haben Sie eine sichere Unterkunft für die Nacht?«, fragte der Fahrer.

»Ja. Wenigstens hoffen wir das«, erwiderte Claude.

»Hoffnung ist nicht genug in dieser Zeit.«

Der Fahrer kritzelte eine Adresse auf ein Stück Papier und gab es Claude.

»Vielleicht brauchen Sie das, falls Ihre Hoffnungen enttäuscht werden. Das ist die sicherste aller sicheren Unterkünfte. Sagen Sie einfach, dass André Sie geschickt hat. André Montand.«

»Danke, André Montand«, sagte Claude ernst. Er nannte nicht seinen eigenen Namen. Die Regeln der Résistance galten auch hier.

»Kein Grund, mir zu danken. Wir sind alle Franzosen, nicht wahr?«

Er berührte sein ausgeblichenes Halstuch, und Claude entfaltete seines.

»Liberté, Égalité, Fraternité«, flüsterten sie einstimmig, und dann gingen sie getrennte Wege, verschwanden in der Finsternis einer in Schweigsamkeit gefangenen Stadt.

Claude und Madeleine rannten durch ein Labyrinth von Seitenstraßen und Gassen und vermieden die großen Straßen. Als sie endlich vor Simones und Serges Zuhause standen, sahen sie einander an, mit vor Angst verschleiertem Blick. Der Ort wirkte verlassen. Verdunkelungsvorhänge bedeckten die Fenster, leere Kartons waren im Hof verstreut, Mülleimer quollen über, und eine streunende Katze hockte im Eingang. Als sie jedoch näher traten, nahmen sie schattenhafte Bewegungen hinter dem dicken Stoff der schwarzen Vorhänge wahr. Claude vertrieb die Katze, und Madeleine schob die Tür auf. Serge machte einen Satz auf sie zu, er zielte mit einer Pistole auf sie. Hinter ihm stand Simone regungslos, ihr bleiches Gesicht war zu einer Maske der Angst erstarrt.

»Simone, ich bin es, Madeleine.«

Simone keuchte und eilte auf ihre Schwester zu und umarmte sie. Serge senkte die Waffe. Er schob sie in die Hosentasche, stieß einen Seufzer der Erleichterung aus und reichte Claude die Hand. Entschuldigungen und Erklärungen sprudelten hervor, ein Durcheinander von Worten, ein stakkatoartiger Austausch von Neuigkeiten. Sie redeten in hektischer Geschwindigkeit, ihre Stimmen prallten aufeinander und erzeugten einen Chor, der so chaotisch war wie der Raum.

Ein abgenutzter Koffer, vollgestopft mit Kleidung und Bettwäsche, war weit aufgeklappt. Jutesäcke quollen über mit Töpfen und Pfannen, Besteck und Werkzeug. Ein leichter Geruch nach Rauch und verbranntem Papier durchdrang die Luft. In der Küche wurden Dokumente verbrannt, die Asche in eine Feuerstelle im hinteren Teil des kleinen Gebäudes geleert.

»Was geht hier vor, Simone?«, fragte Madeleine.

»Ihr seid gerade noch rechtzeitig gekommen«, sagte Simone. »Eine Stunde später, und wir wären fort gewesen. Wir wussten einfach nicht, wie wir euch vor der Gefahr warnen sollten. Die Deutschen haben eine Liste mit jedem jüdischen éclaireur, und sie durchkämmen die Gegend und führen Massenverhaftungen durch. Jeder Verdächtige wird ins Lager für politische Gefangene in Compiègne gebracht – ein Todeslager. Niemand ist aus Compiègne zurückgekehrt. Sie haben auch die Namen jedes Résistance-Kämpfers. Dafür haben Vichy-Kollaborateure gesorgt.«

»Und natürlich haben sie meinen Namen, denn meine Identität wurde ja im *Le Ferro* enthüllt. Ich hatte nur bis jetzt das Glück, ihren Klauen entwischt zu sein«, stellte Madeleine bedauernd fest.

»Ja, mit Glück. Und Intelligenz. Und Einfallsreichtum«, verbesserte Claude sie. »Ich nehme an, ich stehe auch auf ihrer Liste.«

»Wahrscheinlich. Wir wissen, dass wir draufstehen. Serge und mich haben sie schon lange im Visier«, sagte Simone.

Sie sprach mit einer Ruhe, die sie durch monatelange Konfrontation mit der Gefahr erworben hatte.

»Sie haben gezögert, uns zu verhaften. Wir waren ihre Lockvögel. Sie haben darauf gewartet, dass andere Résistance-Leute Kontakt zu uns aufnehmen«, fuhr sie fort.

»Sie haben wohl auf uns gewartet«, sagte Claude.

»Eigentlich haben sie es hauptsächlich auf Madeleine abgesehen«, warf Serge dazwischen. »Wir haben erfahren, dass ein Miliz-Informant verraten hat, dass er sie in der Nacht der Explosion auf den Feldern vor der Brücke gesehen hat. Sie verbreiten ihr Foto und bieten eine Belohnung für den Saboteur der Ponts Jumeaux. Madeleine, du bist jetzt die berühmteste Résistance-Kämpferin von Toulouse, vielleicht von ganz Frankreich. Natürlich waren sie hier und haben Fragen gestellt, aber wir haben ihnen gesagt, dass du bei uns nicht mehr willkommen bist, dass wir dir böse sind, weil du einen nichtjüdischen Geliebten hast. Simone hat ihnen gesagt, dass du mit deinem Geliebten Toulouse verlassen hast und die Grenze nach Spanien überquert hast.«

»Und das haben sie dir geglaubt?«, fragte Madeleine und klammerte sich an Claudes Arm.

»Wahrscheinlich nicht. Man glaubt gar nichts mehr«, erwiderte Simone. »Sie glauben uns nicht, und wir glauben ihnen nicht. Manchmal glauben sie sich gegenseitig nicht. Es heißt, die Vichy-Polizei belügt die Gestapo, und die Gestapo belügt die Miliz. Aber diese *Doryphores*, dieses abscheuliche Ungeziefer in grüner Uniform, hört nicht auf, uns zu verfolgen. Sie lauern vor unserer Wohnung. Sie folgen uns auf der Straße. Einer oder zwei sind immer die ganze Nacht in dieser Straße postiert.«

»Zum Glück mögen sie Wein und Bier über alles, und wir sorgen dafür, dass sie genug davon haben. Sie trinken viel, und sie schlafen gut. Und heute haben wir dafür gesorgt, dass sie besonders gut schlafen. Am späten Nachmittag hat Serge mit viel Getöse einen Kasten mit Bier und einen mit Wein in den Schuppen gebracht. Natürlich haben sie ihn geplündert, sobald es dunkel wurde. Sie haben viel getrunken – und sie schlafen seit mehreren Stunden. Deshalb haben Sie euch nicht kommen sehen.«

»Was passiert heute Nacht?«, fragte Claude.

Er blickte sich in dem chaotischen Zimmer um und stellte fest, dass er die Antwort auf seine Frage bereits kannte. Ihre Flucht stand unmittelbar bevor.

Serge antwortete, seine Stimme klang düster, aber fest. Er war ein Mann, der Angst ignorierte und stets pragmatisch vorging.

»Wir haben erfahren, dass sie sehr wohl vorhaben, uns zu verhaften – vielleicht morgen, vielleicht am Tag danach. Es ist vorbei mit unserer Nützlichkeit. Sie glauben nicht mehr, dass Madeleine hierherkommt. Die Résistance-Führung hat verfügt, dass wir Toulouse verlassen sollen. Sie haben dafür gesorgt, dass ein Bauer, Monsieur Granot, uns zu einer geheimen Unterkunft in Aveyron bringt. Er wird kurz nach Mitternacht hier sein.«

»Es ist ein Wunder, dass ihr gerade rechtzeitig gekommen seid, um euch uns anzuschließen. Natürlich fällt es schwer zu glauben, dass Wunder möglich sind in dieser dunklen Zeit, und doch, hier seid ihr. Ihr müsst mit uns kommen.« Simone ergriff die Hände ihrer Schwester.

»Du schlägst vor, wir sollen mit euch nach Aveyron gehen?« Claudes Stimme klang zittrig vor Unentschlossenheit.

»Natürlich. Dann sind wir zusammen. Es würde bedeuten, wir überleben. Vorerst. Wir wären in Sicherheit. Vorerst. Madeleine, bitte schließ dich uns an. Ich will nicht, dass wir getrennt werden«, flehte Simone.

Sie wandte sich zu Claude um, doch der blickte zu Madeleine. Die schüttelte den Kopf. Er nickte in stillem Einverständnis. Sie konnten nicht nach Aveyron gehen. Ihre eigene Sicherheit zählte nicht. Sie waren an das Versprechen gebunden, das sie Anna Hofberg gegeben hatten, an ihre Verpflichtung gegenüber den Kindern, die Madeleine ihr Leben anvertraut hatten. Sie würden die kleinen Träumer nicht verraten, die sich nach Freiheit sehnten und die so mühsam, so tapfer für den Marsch über die Pyrenäen trainiert hatten. Sie im Stich zu lassen war keine Option.

Madeleine umarmte ihre Schwester, Tränen brannten in ihren Augen.

»Wir können nicht mit euch gehen, Simone«, sagte sie. »Wir haben einen Auftrag zu erfüllen. Es gibt Menschen, die auf uns zählen.«

»So wie ich. Ich bin deine Schwester. Ich zähle auf dich. Ich kann den Gedanken, dich zu verlieren, nicht ertragen«, rief Simone. Wut und Angst verzerrten ihr schönes Gesicht. Die Gelassenheit, die sie so viele Monate bewahrt hatte, war verflogen.

»Du wirst mich nicht verlieren. Claude und ich wissen, wie wir uns schützen können. Bitte, hab keine Angst um uns. Wir wissen, was wir tun müssen.«

Sie streichelte Simones Haar und wartete ab, bis sie sich beruhigt hatte.

»Was werdet ihr nun tun?«, fragte Simone, die endlich ihre Überzeugungsversuche aufgab und sich für die Wahrheit wappnete. »Wohin werdet ihr gehen? Die meisten eurer Kameraden haben Toulouse verlassen.«

Claude hielt den Zettel, den ihm der Busfahrer gegeben hatte, zwischen den Fingern.

»Für heute Nacht haben wir eine Unterkunft. Und morgen gehen wir in die Rue de la Dalbade. Ist unsere Freundin, Madame Leonie, immer noch Concierge dort?«, fragte Madeleine.

»Ja. Sie ist aktive Résistance-Kämpferin geblieben und benutzt die Wohnung unserer Eltern von Zeit zu Zeit als Unterkunft für Flüchtlinge. Natürlich hat sie noch alle Schlüssel von Maman«, antwortete Simone.

»Dann muss sie auch noch den Schlüssel zu der Vorratskammer haben, wo Maman die Winterkleidung versteckt hat.«

»Ja. Alles ist noch da. Ich bin erst letzte Woche dort gewesen auf der Suche nach warmen Jacken für meine Mädchen. Aber Madeleine, Maman hat Stiefel und Kleidung für Kinder gesammelt. Nichts von den Sachen wird dir und Claude von Nutzen sein.«

»Claude und ich haben dicke Mäntel und sehr gute Stiefel. Was wir benötigen, ist Kinderkleidung«, sagte Madeleine ruhig.

Simone blickte sie angsterfüllt an. Sie verstand. Trotz der beginnenden Kälte des späten Herbstes, der unheilvoll nahen Ankunft des Winters und trotz der gefährlichen und gehäuften Grenzkontrollen durch die Nazis waren Madeleine und Claude entschlossen, ihre Kindergruppe über die Pyrenäen zu führen. Deshalb brauchten sie Stiefel, für den Marsch über vereiste Wege. Und warme Kleidung, zum Schutz gegen die bitterkalten Gebirgswinde. Sie zitterte um ihre Schwester, um Claude, um Anna Hofberg und die anderen Kinder, die so tapfer und vertrauensvoll der Deportation trotzten und den gefahrvollen Weg in die Freiheit, in das Leben, wählten.

»Madeleine, ich liebe dich zu sehr, um dich zu verlieren. Du bist mutig. Das weiß ich. Aber du musst auch vorsichtig sein. Du wirst in großer Gefahr sein.«

Es war Claude, der antwortete.

»Unsere Madeleine ist sowohl mutig als auch vorsichtig. Und ich werde bei ihr sein. Ich werde sie beschützen«, sagte er. »Das verspreche ich dir.«

Madeleine, die ihm von den Lippen las, blickte ihn dankbar an und umarmte ihre Schwester. Sie wagte nicht, ihnen zu sagen, dass die Tentakeln der Angst ihr das Herz einschnürten, dass sie sich quälte mit der Sorge, dass sowohl die Anteilnahme als auch der Mut sie verlassen könnte. Diejenigen, die sie am meisten liebten, durften nicht wissen, wie schwach sie war, wie sehr sie darum kämpfte, die Ängste zu unterdrücken, die ihre Gedanken ausfüllten und sie nachts in ihren Träumen heimsuchten.

Simone sagte nichts mehr. Rasch packten sie zu Ende, verschlossen den Koffer, verschnürten voll beladene Decken zu Bündeln und verknoteten die Jutesäcke. Simone steckte ihr kostbares Radio in ihren Handkoffer, der bereits vollgestopft war mit ihren Stiften und Tinten, ihren Stempeln und Gravur-Werkzeugen, den lebensrettenden Waffen ihres lebensrettenden Handwerks. Sie bedeckte das verbeulte Radio mit einem Lumpen, wickelte es ein mit der Zärtlichkeit einer Mutter, die einen Säugling beschützt.

»Unser Rettungsanker«, sagte sie zu Madeleine, die sie nicht darauf hinwies, dass in Vichy-Frankreich der Besitz eines Radios sehr gut einem Todesurteil gleichkommen könnte.

Bauer Granot erschien, als die Glocken von Saint-Sernin Mitternacht schlugen. Die Räder seines Fuhrwerks waren mit Schichten von Jute umwickelt, genau wie die Hufe seiner Pferde. Man würde sich in Grabesstille aus der Stadt hinausbewegen. Sie luden die Reste ihres Lebens in Toulouse auf die raue Ladefläche und verbargen alles unter Schichten von Stroh.

Die Schwestern hielten einander in den Armen. Serge packte Claude an der Schulter. Die widerwillig vergossenen Tränen mutiger, starker Männer tropften von ihren unrasierten Wangen. Behutsam küsste Serge Madeleine. Mit derselben Behutsamkeit küsste Claude Simone. Madeleine hielt Yael im Arm und küsste Frederica, die sich an sie klammerte. Der Bauer half der kleinen Familie beim Aufsteigen. Madeleine und Claude standen in der Haustür und blickten ihnen nach, bis sie in der Dunkelheit verschwanden.

»Werden wir sie jemals wiedersehen, Claude?«, flüsterte sie.

Er antwortete nicht. Die beruhigenden Worte blieben ihm in der Kehle stecken. Er versuchte, sich an das Gebet für Reisende zu erinnern, das Lucie Dreyfus so ehrfürchtig gesprochen hatte, doch ihm fiel nur ein einziges Bruchstück davon ein.

»Bitte Gott«, murmelte er. »Gewähre ihnen Gnade, Güte und Barmherzigkeit.«

»Amen. *Selah*«, sang Madeleine unwillkürlich und schwankte hin und her.

38. KAPITEL

Sie warteten, bis das Fuhrwerk des Bauern nicht mehr zu sehen war, dann eilten sie Hand in Hand die dunkle, verlassene Straße hinab, weg von der Gefahr eines Hauses, das der Vichy-Polizei nur zu bekannt war. Claude studierte die Adresse, die der Busfahrer auf diesen abgerissenen Notizzettel gekritzelt hatte. Er wusste, das war ihre einzige Option. Ein Lastwagen der Gestapo polterte vorbei, und sie kauerten in der Nische eines Gebäudes, bis er um die Ecke bog. Eine Sirene ertönte, und sie flüchteten in eine übel riechende Gasse, bis das schrille Geräusch abebbte. Erschöpft keuchend, schwitzend vor Angst fanden sie den Weg durch den verlassenen Ledermarkt und erreichten endlich ein bescheidenes Haus, dunkel und nicht gerade einladend.

Claude blickte sich nervös um, dann klopfte er sacht. Sie hörten drinnen schlurfende Schritte, dann öffnete sich die Tür weit genug, um einen schmalen Lichtstreifen durchzulassen. Claude drückte den Zettel in eine ausgetreckte Hand.

»Schnell. Vite. Kommen Sie rein. Kein Lärm. Still!«

»Ja. Natürlich. Danke. *Merci. Merci bien.*«

Sie traten ein, schwach vor Erleichterung und überrascht von der plötzlichen ungewohnten Wärme und dem wunderbaren, überraschenden Duft nach frisch gebackenem Brot und siedendem Eintopf. Eine ältere Frau mit geröteten Wangen und funkelnden blauen Augen, das schneeweiße Haar zu einem ordentlichen Knoten hochgesteckt, lächelte sie an und wischte sich die Hände an der großen weißen Schürze ab, die ihr kariertes Baumwollkleid bedeckte.

»Ich bin Madame Montand. André Montand, mein Schwager, hat mir gesagt, dass Sie vielleicht hier Zuflucht suchen würden. Busfahrer wissen natürlich alles, und was sie nicht wissen, das erahnen sie. André irrt sich selten. Sie haben sicher Hunger. Falls ja, haben Sie wirklich Glück. Ich bin gerade mit Kochen und Backen fertig geworden. Ich koche und backe jetzt immer spät in der Nacht, damit die Gerüche nicht durchs Fenster entweichen und die Aufmerksamkeit der Gendarmen erregen, die sich wundern könnten, warum hier so viel gekocht wird. Ich kann ihnen kaum sagen, dass ich meine Résistance-Kameraden ernähren muss, wenn sie bei mir zu Gast sind. Es ist am besten, wenn ich koche, während *les bâtards* schlafen.«

Sie lachte, beglückt darüber, die Gendarmen hinters Licht geführt zu haben, beglückt, ihre Gastfreundschaft dem jungen Paar anbieten zu können, das so verlegen in der Tür stand.

»Ja. Wir haben tatsächlich großen Hunger«, gestand Claude dankbar. Sie folgten der Frau in die geräumige Küche, wo nur eine einzelne Kerze Licht spendete.

Madeleine tunkte das warme Brot in die reichhaltige Soße und versuchte sich zu erinnern, wann sie das letzte Mal etwas gegessen hatten. Sie war zutiefst dankbar. Wieder einmal waren sie und Claude durch die Freundlichkeit von Fremden gerettet worden. Wie kam es nur, dass dieser Krieg in jenen, die in seine Fänge gerieten, das Allerbeste oder das Allerschlechteste hervorrief? Mitgefühl und Grausamkeit trafen aufeinander; die menschliche Natur war so gespalten wie Frankreich selbst. Sie verwarf den Gedanken und lächelte Madame Montand schüchtern an.

»Mein Name ist Madeleine Levy.« Sie wunderte sich, wie leicht es ihr fiel, ihre wahre Identität preiszugeben, nachdem sie sich so viele Monate hinter Decknamen versteckt hatte.

»Ich weiß«, sagte Madame Montand und hielt ihr eines der

dünnen, vervielfältigten Flugblätter hin, wie sie von den Vichy-Behörden regelmäßig verteilt wurden.

Madeleine blickte auf ihr eigenes, schlecht reproduziertes Foto mit einer Bildunterschrift, die lautete: *Die Jüdin, die es wagt, nicht ihren Namen zu nennen.* In dem schlecht gedruckten Text wurde eine Belohnung von hundert Francs geboten für jeden, der etwas über ihren Aufenthaltsort sagen konnte.

»So viel?«, fragte sie Claude.

»Kaum genug«, erwiderte er, und sie lachten. Sie fand, es war ein Wunder, dass das Lachen sie nicht verlassen hatte.

Sie wandte sich an Madame Montand.

»Madame, ich bitte Sie ungern um noch einen Gefallen, aber es ist wichtig, dass wir morgen die Wohnung meiner Eltern in der Rue de la Dalbade erreichen, und ich weiß, dass die Polizei und die Miliz die Straßen patrouillieren. Glauben Sie, Sie und Ihre Kameraden können uns helfen?«

»Wir werden auf jeden Fall unser Bestes tun«, sagte die ältere Frau und trug die leeren Teller zur Spüle. Sie war eine Toulouser Hausfrau. Ob Krieg war oder nicht, schmutziges Geschirr musste gespült werden.

Einige Minuten später folgten sie ihr die Treppe hinauf zu einem kleinen Raum mit einem großen Bett, auf dem zwei junge Männer schliefen. Madame Montand breitete Decken auf dem Boden aus und zuckte entschuldigend mit den Schultern.

»Keine Betten mehr frei«, flüsterte sie.

»Kein Problem«, versicherte Claude.

Er und Madeleine legten sich nieder, und innerhalb von Minuten waren sie fest eingeschlafen, aneinandergeschmiegt in einem Nest aus Decken. Sie erwachten im blassen Licht der winterlichen Morgendämmerung. Die übliche Stille dieser Tageszeit wurde erschüttert durch das unheilvolle Schrillen von Sirenen. Claude sprang auf, teilte die Verdunkelungsvorhänge und blickte zur Straße hinab.

»Was geht da vor sich?«, fragte Madeleine.

»Eine Kolonne von Polizeiautos kommt auf den Platz zugerast. Motorräder. Ich sehe einen Citroën Traction Avant ohne Kennzeichnung näher kommen, und jetzt noch einen und noch einen«, sagte er, und seine Stimme wurde lauter.

»Fahrzeuge der Gestapo«, bestätigte der junge Résistance-Kämpfer, der sich zu ihm ans Fenster stellte. »Um diese Zeit sieht man nie so viele auf einmal. Etwas muss passiert sein. Etwas, das drastisch genug ist, um Vergeltungsmaßnahmen zu rechtfertigen. Was meinst du, Armand?«

Sein Freund zuckte mit den Schultern.

»Eine Aktion der Maquis. Vielleicht der Résistance. Aber ich hoffe, was immer passiert ist, war die Sache wert. Dieser Verkehr, diese Sirenen bedeuten, dass die Nazi-Bastarde Massenverhaftungen vornehmen werden. Wir müssen raus aus Toulouse.«

Die beiden jungen Männer bewegten sich schnell, packten und verschnürten ihre Rucksäcke, steckten Messer in ihre hohen Stiefel und überprüften grimmig die Magazine ihrer kleinen Pistolen, die jener ähnelten, die Claude bei sich hatte. Diese Pistolen, das wusste Madeleine, waren bei einer Aktion der Résistance aus einem Lager der Gestapo gestohlen worden und an leitende Mitglieder der Bewegung verteilt worden. Ihr selbst war auch eine angeboten worden, doch sie hatte abgelehnt.

»Ich möchte nicht den Tod in meiner Tasche dabeihaben«, hatte sie dem Gruppenkommandanten erklärt. Es war eine Entscheidung gewesen, die sie nicht bereute. Claude wird mich beschützen, sagte sie sich, als sie hastig ihre und Claudes Sachen einsammelte.

Claude ging auf den Flur hinaus, und durch die offene Tür konnte sie nur das Geräusch von Stimmen wahrnehmen – Claudes fragenden Ton und Madame Montands knappe Antwort – aber sie konnte die Worte nicht verstehen. Sie verfluchte ihre Schwerhörigkeit und wartete.

Claude kehrte ins Zimmer zurück, bleich und mit grimmigem Gesichtsausdruck. Er trat zu ihr und redete sehr langsam und laut genug, damit sie alles hören konnte.

»Es hat Bombenanschläge gegeben in der Nacht«, sagte er. »Zwei Anschläge, jeder an einem anderen Ort, der eine auf das Hauptquartier der Miliz, der andere auf die Dienststelle der Gestapo in der Rue Maignac. Der verdammte Faschistenkommandant, der dort die Folterzellen leitete, wurde getötet, und natürlich sind die Gestapo und ihre Kollaborateure jetzt in Massen unterwegs. Madame Montand sagt, sie verhaften Leute völlig willkürlich, treiben sogar Schulkinder zusammen und bedrohen sie mit Deportation, wenn sie sich weigern, ihre Eltern zu denunzieren. Niemand in der Stadt ist sicher. Alle Ausgänge sind verbarrikadiert. Der öffentliche Verkehr wurde eingestellt, und jedes Auto wird angehalten.«

Trauer sprach aus seinen Worten.

»Ich weiß nicht, was wir tun sollen«, fügte er verzweifelt hinzu.

»Wir können Ihnen helfen. Wir kennen einen Weg aus Toulouse hinaus, durch die Abwasserkanäle«, sagte Armand, der junge Résistance-Kämpfer, der mit ihnen das Zimmer geteilt hatte. »Kommen Sie mit uns.«

»Sie müssen raus aus der Stadt«, stimmte sein Freund zu. »Wir wissen, wer Sie sind, Mademoiselle Levy. Ihr Foto hing an jedem Schaufester, an jeder Straßenlaterne und an jedem Telefonmast. Jeder weiß, wer Sie sind. Jemand wird Sie denunzieren. Und Sie wissen, was das bedeutet.«

Sie redeten laut, eindringlich. Madeleine hörte sie kaum, doch sie verstand die Dringlichkeit ihrer Warnung.

»Natürlich weiß ich das«, sagte sie, überrascht über ihre Gelassenheit, erleichtert, dass ihre Hände aufgehört hatten zu zittern. Auf mysteriöse Weise hatte sich die Schwachheit, die sie so fürchtete, verflüchtigt. »Aber wir können nicht weggehen. Es gibt etwas, das wir erledigen müssen, bevor wir Toulouse verlassen können.«

Sie zuckten mit den Schultern, stellten jedoch keine Fragen. Auch sie waren darin geschult worden, den Schutz des Schweigens anzuerkennen.

»Passen Sie auf. Passen Sie sehr gut auf«, murmelte Armand und schulterte seinen Rucksack. »Wir wünschen Ihnen *bonne Chance*. Viel Glück.«

»Bonne Chance«, wiederholten Madeleine und Claude, als die beiden jungen Männer, die neben ihnen geschlafen hatten, hinausgingen und die Tür sehr leise hinter sich schlossen. Madeleine fragte sich, ob sie sie erkennen würde, falls sie sich jemals wieder begegneten. Sie glaubte nicht.

»Und jetzt, Claude?« Alle Möglichkeiten schwirrten ihr durch den Kopf.

Sie überlegte, was nun zu tun war, dachte an die Gefahren, bekannte und unbekannte, an Fragen, die nicht zu beantworten waren. Wie würden sie zur Rue de la Dalbade gelangen, ohne auf den stark patrouillierten Straßen aufgegriffen zu werden? Und selbst wenn es ihnen gelänge, in die Wohnung ihrer Eltern zu kommen und die Winterkleidung und Stiefel für die Kinder herauszuholen, wie sollten sie Richtung Süden zu dem Waisenhaus reisen, mit so ausladendem Gepäck? Irgendwie würden sie vielleicht den Transport organisieren können, aber die Ausfahrten aus der Stadt waren ja gesperrt. Die Vielzahl von Hindernissen machte sie schwindlig. Verzweiflung verursachte einen sauren Geschmack in ihrem Mund.

Sie wagte nicht daran zu denken, wie schwierig es sein würde, Kontakt zu den *passeurs* aufzunehmen, die sie als Führer bei ihrem Marsch über die Gebirgspässe brauchten. Später. Damit würden sie sich später befassen. Wenn es denn ein »Später« gäbe. Sie seufzte, und Claude zog sie zu sich heran. Er sprach ihr direkt ins Ohr und beantwortete alle noch nicht gestellten Fragen.

»Ich habe Madame Montand gesagt, was wir aus der Wohnung deiner Eltern benötigen und warum wir es brauchen. Sie hat einen Kameraden in der jüdischen Widerstandsunion in Toulouse kontaktiert. Ein Wunder in einer solchen Zeit, an einem solchen Tag, aber sie hat es gemacht. Sie haben versprochen, dass irgendein Transportmittel in der Rue de la Dalbade auf uns warten wird. Hoffentlich bringt der Fahrer uns und alles, was wir brauchen, nach Süden zum Waisenhaus«, sagte er.

»Hoffentlich.« Sie wiederholte das Wort. »Das ist alles, was uns bleibt. Hoffnung.«

»Es ist genug«, erwiderte er. »Wir vertrauen auf die Hoffnung. Wie immer.«

Sie nickte. Sie sagte ihm nicht, dass er es war, auf den sie vertraute. Er war ihr schon so lange ein liebevoller Gefährte, seine Ausdauer und sein Mut wankten niemals. Hoffnung war sein Geschenk an sie. Vertrauen sollte ihr Geschenk an ihn sein. Ihre Träume prallten aufeinander. Sie lächelte schwach und lehnte den Kopf an seine Schulter.

Madame Montand klopfte sacht und trat ein. Sie lächelte wohlwollend und war so gelassen wie am Abend zuvor. Eine schwarze Spitzenkappe bedeckte ihr weißes Haar, und ein schwarzer Schal war über ihr weißes Kleid drapiert, die klassische ländliche Tracht für Trauernde in Frankreich. Eine bestickte Tasche baumelte an ihrem Handgelenk.

Sie brachte ihnen ein Tablett mit zwei großen Tassen *café au lait* und zwei Croissants.

»Essen und trinken Sie schnell«, sagte sie und lächelte schelmisch. »Wir müssen einer Bestattung beiwohnen.«

»Eine Bestattung?« Claude biss in sein Croissant, nicht überrascht, dass es noch ofenwarm war. Hatte die Frau vor dem Krieg eine Bäckerei geführt? Ob sie den Beruf wieder aufnahm, wenn er zu Ende wäre? Er seufzte. Würde irgendjemand von ihnen sein Leben von früher weiterleben? Würden die Jahre und Monate, die der Krieg ihnen gestohlen hatte, jemals wettgemacht werden?

»Ja. Eine Bestattung«, wiederholte sie. »Und Sie beide sind die Haupttrauernden. Trauernde Kinder, die ihren alten, geliebten Vater verloren haben.«

Sie blickten einander verwirrt an, auch als sie die Tasche an ihrem Handgelenk öffnete und eine Mantille aus schwarzer Spitze hervorzog, an der ein dichter schwarzer Schleier befestigt war. Sie gab sie Madeleine, die sie zaghaft betastete.

»Ich verstehe nicht, Madame«, sagte sie.

Madame Montand lachte.

»Natürlich verstehen Sie nicht. Aber wir haben einen Plan. Die einzig sichere Passage durch die Straßen von Toulouse ist heute, und vielleicht auch für längere Zeit, ein Leichenzug. Selbst die Gestapo mischt sich nicht in eine Beerdigung ein. Die Miliz und ihre Vichy-Partner, seltsamerweise alles fromme Kirchgänger, respektieren die Rituale für die Toten. Also werden wir drei als Passagiere in einer Limousine des *Maison Funéraire* sitzen, ein Bestattungsinstitut, das einem Résistance-Kameraden gehört, der stolz ist, uns zu helfen. Diese Limousine wird einem Leichenwagen folgen. Ein Priester wird uns begleiten. Unser kleiner Leichenzug wird durch die Rue de la Dalbade fahren, die zum Glück nicht weit von einem Friedhof entfernt ist. *Compris?*«

Sie lächelte, ihr Gesicht war gerötet vor Stolz darüber, wie dramatisch und ausgeklügelt ihr Plan war.

»*Compris*«, sagte Claude und blickte fragend zu Madeleine. Er wollte sicher sein, dass sie jedes Wort verstanden hatte.

»*Compris*«, wiederholte sie. »*Merci*, Madame.«

Madame Montand nickte und drapierte die Mantille über Madeleines Kopf, sodass sie ihr über die Schultern fiel, doch sie steckte sie sorgfältig mit Nadeln ab, damit der in Falten fallende schwarze Stoff ihr dickes Haar verbarg.

»Sie müssen den Schleier herabziehen, damit er Ihr Gesicht

bedeckt, bevor wir die Straße erreichen. Ihr Foto ist weit verbreitet worden, und Sie könnten erkannt werden. Nachbarn, die ich schon mein ganzes Leben kenne, könnten uns durchaus verraten. Das darf nicht passieren, und ich bete, dass es nicht passiert, aber es gibt überall Kollaborateure. Wir haben gelernt, niemandem zu vertrauen«, sagte sie traurig.

Sie seufzte und ging hinaus.

Claude und Madeleine saßen Seite an Seite auf der nackten Matratze und tranken den Rest ihres *café au lait*. Claude tunkte den letzten Bissen seines Croissants in Madeleines *bol*, weil er wusste, wie gern sie es süß mochte.

»Wird dieser Plan funktionieren?«, fragte Madeleine. Sie strich über die langen Falten der schwarzen Mantille, überrascht, wie weich sich der Stoff anfühlte. Reine Seide, dachte sie. Wem das Stück wohl gehört haben mochte? Sie nahm an, einer modebewussten Frau, die für die Résistance tat, was sie konnte.

»Ich hoffe es«, sagte er. »Wir haben keine andere Wahl. Wir brauchen Kleidung und Stiefel für die Kinder. Es ist jetzt die erste Novemberwoche, und in den Pyrenäen ist schon Schnee gefallen. In einer oder zwei Wochen kann es durchaus schon Schneestürme geben. Wir müssen so bald wie möglich aufbrechen. Wir können es nicht riskieren zu warten. Und wir können es nicht riskieren, dass die Kleinen vor Kälte sterben.«

»Ich weiß.«

Madeleine zog sich den Schleier übers Gesicht, da rief Madame Montand auch schon nach ihnen.

Als sie auf der Straße waren – Claude ging in gemessenem Schritt hinter ihnen – hielt Madame Montand beschützend Madeleines Arm fest und bekreuzigte sich, als zwei Nachbarsfrauen sie anstarrten.

»Meine Nichte und mein Neffe«, murmelte sie. »Die armen Kinder meines Bruders kommen nach Toulouse, um ihren Vater zu beerdigen.«

Die beiden Frauen neigten ehrfurchtsvoll den Kopf, als der Priester die Tür der wartenden Limousine öffnete. Madeleine und Claude, gefolgt von Madame Montand, stiegen ein und setzten sich neben ihn. Er lächelte. Da erkannten sie Madame Montands Schwager André, den Busfahrer.

»Ich trage viele Uniformen«, sagte er und lachte.

Ihre Limousine folgte dem Leichenwagen in gemächlichem Tempo durch das Geschäftsviertel der Stadt. Auf dem *marché aux fleurs*, auf dem Blumenmarkt, boten die Verkäufer nur frühwinterliche Kränze aus Tannenzweigen an. Eine ältere Frau fröstelte, obwohl sie in mehrere Schals gehüllt war, und blickte zum dunkler werdenden Himmel.

»Hiver, damnable hiver«, brummte sie. »Dieser Winter, dieser verdammte Winter.«

Madeleine dachte an Anna, die die Kälte des Winters immer so heftig spürte. Sie erinnerte sich, dass sich in der Vorratskammer ihrer Mutter ein weicher blauer Schal mit passenden Handschuhen befand, die Farbe von Annas Augen. Das wäre bestimmt eine wundervolle Überraschung. Sie rief sich in Erinnerung, wie freudig Anna die kleinste Zuwendung in Empfang nahm, wie sie gelächelt hatte über das verblichene Bündel Enzianblüten, das Claude in den Alpen gepflückt hatte, und über die zerbrechliche Muschel, die Madeleine am Ufer der Garonne gefunden hatte.

Sie schloss die Augen, versenkte sich in süße Erinnerungen an kostbare, mit Anna verbrachte Stunden und verdrängte die Gefahr des Augenblicks. Sie zupfte ihre Mantille zurecht und versuchte sich zu erinnern, an wessen Beerdigung sie angeblich teilnahmen. Oh, ja, ihr Vater, hatte Madame Montand gesagt.

Das Schrillen einer Polizeisirene katapultierte sie aus ihrem kurzen Tagtraum. Der Fahrer trat auf die Bremse, als der Streifenwagen ihnen mit blinkenden Lichtern den Weg versperrte.

Ein Polizist mit groben Gesichtszügen stieg aus dem Fahrzeug. Eine Militärschirmmütze der Miliz saß auf seinem merkwürdig flachen Kopf, und seine fleischige Hand umfasste einen Schlagstock.

»Raus. Aussteigen. Alle«, schrie er mit dem harten Akzent, der für die Landbevölkerung des Languedoc typisch war.

Madame Montand öffnete ihr Fenster und blickte ihn vorwurfsvoll an.

»Schämen Sie sich nicht?« Ihre Stimme zitterte vor Empörung. »Haben Sie keine Achtung vor den Toten und vor denen, die um sie trauern? Sehen Sie nicht, dass uns ein heiliger Priester begleitet?«

André beugte sich vor und bekreuzigte sich. Madame Montand deutete auf Madeleine und dann auf Claude. Sie drückte sich ein weißes Spitzentaschentuch an die Augen. Ihre Lippen zitterten.

»Diese armen jungen Leute, meine Nichte und mein Neffe, haben ihren Vater verloren und ich meinen geliebten Bruder. Warum müssen Sie unser Unglück vergrößern?«

»Papiere. Wir müssen Ihre Papiere sehen«, erwiderte der Polizist stur. »Ein Sonderauftrag der Gestapo.«

»Sollen wir Ihnen Papiere für eine Leiche geben?«, fragte sie wütend. »Glauben Sie, wir haben Papiere dabei, wenn wir zum Friedhof fahren? Treten Sie zur Seite, und lassen Sie uns weiterfahren, um unseren Toten zu bestatten, oder Gott wird Sie ganz sicher verfluchen. Ist es nicht so, Vater?«

André nickte, murmelte einen unverständlichen Segen und ließ sein Kruzifix aufblitzen.

Der Polizist wurde rot vor Unentschlossenheit. Seine dicken Finger trommelten nervös auf die Windschutzscheibe. Madeleine zitterte. Sie war überzeugt, dass er sie verhaften würde. Würden sie und Claude getrennt werden? Wohin würde man sie bringen? Claude ergriff ihre Hand. Tränen liefen ihr über die Wangen, und das Atmen fiel ihr schwer, doch sie wagte es nicht, den Schleier zu heben.

Der Polizist, auf dessen Stirn sich jetzt Schweißperlen bildeten, holte ein Notizbuch heraus und notierte sich die Aufschrift des Nummernschilds.

»Ihr Name!«, bellte er Madame Montand an.

»Emma Bovary«, sagte sie. »Bovary. B-O-V-A-R-Y. Passen Sie auf, dass Sie es richtig schreiben.«

Ohne einen Atemzug Pause zu machen, und bevor er danach fragen konnte, hatte sie eine erfundene Adresse parat.

Er zuckte mit den Schultern, redete kurz mit dem Fahrer und mit dem Fahrer des Leichenwagens und winkte sie durch.

Ihr Fahrer zündete sich eine Gauloise an, blies einen perfekten Rauchring und lachte rau.

»*Quel poltron*. Was für ein Feigling, ein verdammter Feigling.«

Madame Montand zuckte mit den Schultern.

»Welch ein Glück für uns, dass er tatsächlich ein Feigling ist. Er fürchtet vielleicht seine Herren von der Gestapo, aber seinen Gott fürchtet er noch mehr«, sagte sie. »Wir sind die Nutznießer seiner Feigheit und seines Glaubens.«

Schwach vor Erleichterung lehnte Madeleine sich zurück und schmiegte den Kopf an Claudes Schulter, während sie weiterfuhren, vorbei an Fußgängern, die den Hut abnahmen und sich bekreuzigten, und an einer Miliz-Einheit, die strammstand aus Respekt vor den Trauernden. Weiter ging es durch die Stadtmitte, dann am östlichen Garonne-Ufer entlang, bis sie die Rue de la Dalbade erreichten.

Die schmale Straße war menschenleer und still.

Die Bedrohung durch willkürliche Verhaftungen hatte die Bewohner von Toulouse in ihre Wohnungen getrieben. Ein Schatten aus Angst und Unsicherheit hing über der Stadt. Ihr Wagen kam vor dem Gebäude, in dem die Familie Levy gelebt hatte, zum Stehen, und der Leichenwagen fuhr schneller und bog um die Ecke. Sein Auftrag war beendet, und der Fahrer brachte sich rasch in Sicherheit.

»Wir lassen euch jetzt allein«, sagte Madame Montand. »Eure Kameraden von der jüdischen Résistance werden wie geplant ankommen. Sie wissen, wo sie ihr Fahrzeug parken müssen. Wir sind mit dem Herzen bei euch.«

»Und mit unseren Gebeten«, fügte André hinzu. Er streifte die Priesterkleidung ab und stand dann in der schäbigen Uniform der Busgesellschaft vor ihnen, vorsichtig darauf achtend, dass sein ausgeblichener Schal mit dem Résistance-Symbol des Lothringer Kreuzes unter seinem Kragen verborgen war.

»Wir werden nie vergessen, was ihr alles für uns getan habt«, sagte Claude und griff nach seiner Hand.

Madeleine umarmte Madame Montand und küsste sie auf beide Wangen, dann eilten sie und Claude über die gepflasterte Straße und in den Hof des Hauses, das sie einmal ihr Zuhause genannt hatte.

Sie blickte zu dem krummen Apfelbaum, dessen herabgefallene, halb zerdrückte Früchte sie an von Hunger geplagten Tagen eingesammelt hatte, und erinnerte sich, dass ihre Mutter sie zu einem Mus verarbeitet hatte, das einen bittersüßen Duft verströmte. Sie blickte hoch zu den schmutzverkrusteten Fenstern ihrer Wohnung im vierten Stock und wurde von Erinnerungen überwältigt. Vor ihrem geistigen Auge sah sie Simone und Serge, fröhliche Brautleute, ihre Brüder, die sich im Spaß balgten, Claude, der neben ihr auf ihrem ramponierten Sofa saß, ihr Vater und ihre Mutter, die leise miteinander redeten, ihre Großmutter Lucie, die im Schein einer Lampe häkelte. Szenen häuslichen Friedens, grausam zerschmettert im Sturm des Krieges. Sie schauderte und schob alle Erinnerungen beiseite. Sie und Claude eilten zum Eingang der Concierge und beteten, Madame Leonie möge da sein.

Madeleine klopfte an und wartete. Eine Minute verging, dann noch eine. Sie klopfte erneut, wartete erneut. Entsetzen erfasste sie. Sie würgte die Angst hinunter. War es möglich, dass Madame Leonie, ein langjähriges Mitglied der Résistance, verhaftet worden war? Oder war sie aus Toulouse geflohen?

»Simone hat sie noch vor ein paar Tagen gesehen«, flüsterte Claude.

»Das bedeutet nichts«, sagte Madeleine verzweifelt.

Sie wusste, eine einzige Stunde, ein einziger Tag im besetzten Frankreich war eine Ewigkeit. Alles hätte passieren können seit Simones Besuch.

»Was sollen wir tun?«, fragte sie Claude, doch noch während sie redete, öffnete sich das Hoftor, und Madame Leonie blickte sie an. Sie war in ein zu großes schwarzes Cape mit Kapuze gehüllt und hatte ein Einkaufsnetz mit Lebensmitteln in der Hand. Sie zögerte, einen Augenblick lang überrumpelt von der Überraschung, dann bewegte sie sich flink. Ohne einen Laut von sich zu geben, schloss sie ihre Tür auf und bedeutete ihnen einzutreten. Rasch folgten sie ihr nach drinnen. Erst nachdem sie den Riegel vorgeschoben und die Jalousien heruntergelassen hatte, wandte sie sich ihnen zu.

»Kann das wirklich Madeleine Levy sein?«, fragte sie atemlos mit zitternder Stimme.

Sie schlüpfte aus ihrem Cape und drückte Madeleine mit ihren schrecklich dünnen Armen an sich. Ihre Lippen streiften Madeleines Wangen, und Madeleine ihrerseits küsste sie auf die Stirn. Sie inhalierte den vertrauten Geruch der Schminke, die die verwitwete Concierge stets benutzte, um ihre Blässe zu verdecken, und sie spürte den metallenen Druck des schweren Schlüsselrings an der Taille der Concierge.

»*Chère* Madame Leonie«, murmelte sie.

Die Concierge sprudelte ihre Antwort heraus, und es vermischten sich Freude und Furcht, Begrüßung und Warnung darin.

»Ich hätte nie gedacht, dass ich Sie einmal wiedersehen würde. Jeder Kollaborateur in Toulouse, die Miliz, die Vichy-Polizei, die Gestapo, sie alle sind auf der Suche nach Ihnen. Sie waren hier, alle, wirklich alle. Sie haben die Wohnung Ihrer Eltern durchsucht und sind durchs ganze Haus gegangen, von Stockwerk zu Stockwerk. Sie haben meine Zimmer und den Keller durchwühlt. Und sie werden wiederkommen. Oh, ich bin ja so froh, Sie zu sehen, Madeleine Levy, aber es ist für Sie nicht sicher hier.«

»Wir werden nicht lange hierbleiben, Madame«, sagte Claude.

»Ah, Monsieur Lehmann. Ich erinnere mich an Ihre Besuche bei der Familie Levy. Ich weiß noch, dass Sie ein besonders guter Freund von unserer Madeleine waren.«

Sie lächelte ihn an und streckte die Hand aus.

»Und jetzt sind Sie ihr Beschützer, wie ich sehe«, fügte sie hinzu.

Ja, das ist er, dachte Madeleine. Er war ihr Beschützer, ihr beschützender Geliebter. Ihre Gedanken umkreisten das Wort, nahmen es freudig auf und hielten es fest. *Geliebter. Amant.*

Sie fragte sich, wer wohl Madame Leonies Beschützer gewesen sein mochte in all den Jahren ihrer Witwenschaft. Hatte sie nach dem Tod ihres Mannes einen Geliebten gehabt? Bestimmt wüsste ihre Mutter das. Jeanne Levy hatte ein Talent dafür, Geheimnisse aufzuspüren, und sie teilte zu gern mit ihren Töchtern Schnipsel von romantischem Klatsch. Der beiläufige, irrelevante Gedanke, der ihr in einem solchen unpassenden Moment durch den Kopf ging, belustigte und tröstete Madeleine. Eine seltsame Art von Normalität war hergestellt. Mit neuer Gelassenheit wandte sie sich an die alte Concierge.

»Wir sind hier, weil es sehr wichtig ist, dass wir in die Wohnung meiner Eltern gehen. Wir brauchen Zugang zur Vorratskammer. Wir benötigen unbedingt die Sachen, die meine Mutter gesammelt hat. Können Sie uns helfen?«, fragte sie.

Madame Leonie nickte. Sie hatte oft gespendete Kleidung und Schuhe in Empfang genommen und war damit die Treppe hinaufgestapft, um sie Jeanne Levy zu übergeben. Oft hatte sie geholfen, sie in die Vorratskammer zu räumen. Keine Fragen waren gestellt worden, denn die Antworten waren bekannt. Sie hatte damals nicht gezögert. Sie zögerte auch jetzt nicht.

»Natürlich kann ich Ihnen helfen. Ich habe die Schlüssel zur Wohnung und den Schlüssel zum Vorhängeschloss der Vorratskammer.«

Mit arthritischen Fingern nestelte sie an ihrem Schlüsselring und löste schließlich den großen Messingschlüssel für die Wohnungstür und dann einen kleineren für das Vorhängeschloss. Beides gab sie Claude.

»Es gibt noch etwas, um das ich Sie bitten muss«, begann Madeleine, doch bevor sie weiterreden konnte, schüttelte Madame Leonie den Kopf und flüsterte.

»Still. Nicht reden. Da ist jemand im Hof. Sie kommen zu allen möglichen Zeiten. Spione, überall«, zischte sie verbittert.

Sie kauerten hinter dem Sofa, während Madame Leonie sich neben das Fenster kniete und durch einen Spalt unter der schwarzen Jalousie spähte.

»Nein. Es ist alles in Ordnung. Es war nur der Müllmann. Er ist weg. Es tut mir leid, dass ich Sie erschreckt habe, aber seit den Bombenanschlägen und den Attentaten sind die Gestapo und die Vichy-Polizei überall. Die von der Miliz sind die Schlimmsten. Sie waren heute Morgen auf dem Markt, wollten unsere Papiere sehen, haben manche *cartes d'identité* einbehalten und willkürlich Personen verhaftet. Toulouse ist heutzutage sehr gefährlich und besonders gefährlich für euch. Ich weiß nicht, was ihr vorhabt, aber wäre es nicht sicherer, damit zu warten, bis sich alles ein wenig beruhigt hat?«, sagte sie. »Vielleicht ein paar Tage. Eine Woche. Ich kann eine Unterkunft organisieren.«

»Es wird sehr lange dauern, bis sich alles beruhigt hat«, entgegnete Madeleine. »Wir können nicht warten. Morgen wird es genauso gefährlich sein wie heute, nur kälter und dunkler. Wir brauchen also heute Ihre Hilfe, Madame Leonie.«

»Natürlich werde ich Ihnen helfen. Ich verstehe.«

Sie senkte den Kopf, zögernd, aber einsichtig. Sie verstand, dass die warme Kleidung und die Stiefel, die Jeanne Levy gesammelt hatte, jüdische Kinder ausstatten sollten auf ihrer verzweifelten Odyssee über die vereisten Bergpfade. Die Kleinen, *les petits*, würden den Schutz von dicker Wolle und weichem Filz, von soliden Stiefeln und dick besohlten Wanderschuhen brauchen. Oh, sie würden so viel mehr als das brauchen. Sie würden Gottes höchstpersönlichen Schutz brauchen. Ihr brach das Herz wegen dieser Kinder, wegen Madeleine Levy und Claude Lehmann, die, allen Widrigkeiten zum Trotz, versuchen würden sie zu retten, und wegen dieser zerstörten Welt, in der sie ihr Alter verbringen musste. Sie wollte beten, doch sie fand nicht die richtigen Worte.

»Was soll ich tun?«, fragte sie stattdessen.

»Wenn Sie bitte an der Treppe stehen würden, vielleicht so tun, als würden Sie die Stufen fegen. Wir verlassen uns darauf, dass Sie ein Warnsignal geben, wenn die Gendarmerie oder die Gestapo auftaucht. Nicht rufen, wenn sie hereinkommen. Singen Sie einfach ›*Alouette, gentille Alouette.*‹ In der Vorratskammer gibt es einen Ausgang, der zur Feuerleiter führt. Wenn wir Ihr Lied hören, werde ich Zeit genug haben, diese Leiter hinabzuklettern und durch die Hintertür des Hauses zu entkommen«, erwiderte Madeleine.

Sie seufzte. Es war ein schwacher Plan, aber immerhin ein Plan. Sie konnten schneller sein als ihre Verfolger, die erst einmal die vier Treppen hinaufsteigen müssten.

»Ich verstehe. Aber wie werdet ihr alles, was ihr braucht, aus dem Haus schaffen?«

»Das wird kein Problem sein«, versicherte Madeleine. »Ich werde allein alles einsammeln, was wichtig ist und in Leintüchern verknoten, die ich dann aus dem Fenster werfe. Claude wird unten bleiben und sie auffangen. Dann renne ich hinunter zu ihm. Die jüdische Résistance wird dafür sorgen, dass ein Wagen auf uns wartet, und dann sind wir weg. Alles wird sehr schnell gehen. Es ist nicht schwierig. Nicht übermäßig gefährlich.«

Die Worte kamen ihr leicht über die Lippen, doch es gelang ihr nicht, sich selbst zu täuschen mit ihren leichtfertigen Beteuerungen.

Madame Leonie lächelte ironisch und schüttelte den Kopf.

»Es wird schwierig, *ma chérie*. Es wird gefährlich. Aber alles ist schwierig. Alles ist gefährlich. Es ist gefährlich, zu atmen. Es ist gefährlich, eine Baguette zu kaufen. Es ist gefährlich, Radio zu hören. Also muss man Schwierigkeiten überwinden, Gefahren ignorieren und tun, was getan werden muss. Ich habe anderen Résistance-Mitgliedern bei der Flucht aus dieser Wohnung geholfen. Sie müssen tun, was ich Ihnen rate.«

Sie wandte sich an Claude.

»An der Außenwand wachsen dichte Weinranken, direkt unter dem Fenster der Wohnung der Levys. Sie stellen sich dahinter und bleiben durch die Blätter verborgen. Die Straße können Sie gut genug sehen, um zu erkennen, ob das Auto von der jüdischen Résistance kommt. Rennen Sie los, sammeln Sie ein, was Madeleine herunterwirft, und werfen Sie es in den Wagen. Dann springen Sie hinein, Madeleine wird Ihnen folgen, und mit Gottes Hilfe fahren Sie davon«, sagte sie atemlos.

Sie nickten und bewegten sich lautlos und schnell. Claude gab Madeleine die Schlüssel. Sie hielt sie fest umklammert, während sie durch den dunklen, engen Eingang des Hauses rannte und die vier Stockwerke zu der Wohnung, an die sie sich so gut erinnerte, hinaufeilte. Madame Leonie blieb am Fuß der Treppe stehen, mit Wischmopp und Eimer. Claude sprang hinaus und verbarg sich hinter dem Dickicht der wuchernden Weinranken.

Madeleine schob den schweren Schlüssel ins Schloss und stieß die Tür auf. Der Raum lag im Dunkeln, das zerbrechliche Mobiliar war von einer dicken Staubschicht bedeckt. Ein fauliger Geruch kam von der Küche und ein Brechreiz verursachender Gestank von der Toilette. Würgend unterdrückte sie die aufsteigende Übelkeit und eilte in das größere Schlafzimmer, in dem ihre Eltern geschlafen hatten. Sie sah sofort, dass das Vorhängeschloss an der Vorratskammer verrostet war. Ein Problem, das war ihr klar.

Sie schob den Schlüssel hinein. Er drehte sich nicht. Zitternd kämpfte sie gegen eine Welle der Panik an, sie versuchte, den Schlüssel herauszuziehen, doch er rührte sich nicht. Aus Angst, er könnte abbrechen, versuchte sie es noch einmal ganz vorsichtig. Endlich hatte sie ihn in der Hand. Sie schob ihn erneut ins Schloss und versuchte es in einem anderen Winkel. Das Schloss öffnete sich, und sie riss die Tür auf und stellte sofort fest, dass alles noch so war, wie ihre sehr ordentliche Mutter es hinterlassen hatte. Mäntel und Jacken lagen auf einem Haufen, Pullover auf einem anderen. Schals und Handschuhe befanden sich in großen Hutschachteln, auf denen das Monogramm von Lucie Dreyfus' Pariser Hutmachersalon *Chapeaux de Madame Désirée* aufgeprägt war. Madeleine lächelte wehmütig. Ja, es hatte eine Zeit gegeben, da hatte ihre elegante Großmutter glückliche Stunden damit zugebracht, vor einem goldgerahmten Spiegel modische Hüte anzuprobieren.

Aber jetzt war nicht der Moment für nostalgische Träumereien. Sie wühlte in der Hutschachtel und wählte die dicksten Stricksachen aus. Beglückt entdeckte sie den blauen Schal und die Handschuhe, von denen sie sicher war, dass sie zu Annas Augenfarbe passten. Ein glückliches Omen, sagte sie sich. Sie warf sie auf das Leintuch, das sie vom Bett abgezogen hatte, fügte Jacken, Pullover, Wollmützen und Stiefel, wunderbare, dick besohlte Stiefel, hinzu. So befüllte sie ein Leintuch, dann noch eines, und verknotete sie zu unförmigen Säcken. Dann zog sie beide ans Fenster.

Sie spähte hinaus und sah erleichtert, dass Claude in dem Labyrinth aus Weinranken kauerte, direkt unter ihr. Als sie das Fenster öffnete, bog ein verbeultes Auto um die Ecke und parkte vor dem Haus. Sie erkannte den Fahrer, David Sorel, ein hagerer, engagierter Anführer der jüdischen Résistance, bekannt für seinen Mut und seine Verwegenheit. Sie stieß einen Seufzer der Erleichterung aus. Alles verlief, wie sie es geplant hatten; alles würde gut werden.

Madeleine nahm ihre ganze Kraft zusammen, drückte das Fenster auf, hob einen der unhandlichen Säcke und warf ihn hinab. Claude sprang hervor, packte ihn, rannte damit zu dem Auto und warf ihn in den Kofferraum. Sie schob das zweite Bündel über das Fenstersims, und das packte er ebenfalls und rannte damit zum Auto.

Erschöpft und aufgeregt kniete Madeleine einen Moment neben dem Fenster und füllte ihre Lungen mit der frischen Luft. So, es war geschafft. Ihre Mission war erfüllt. Gegen alle Widrigkeiten war es ihnen gelungen. Jetzt musste sie nur noch die Treppe hinunterrennen und in den wartenden Wagen springen, in Claudes liebevolle Umarmung. Noch bevor der Tag zu Ende wäre, würden sie bei den Kindern ankommen, die in Lézignan-Corbières auf sie warteten. Sie stellte sich vor, wie glücklich Anna wäre, wie fröhlich und aufgeregt die anderen Kinder. Ihr Traum von der Rettung, von der Freiheit würde jetzt Wirklichkeit werden.

Gleichzeitig aufgedreht und schwach vor Erleichterung drehte sie sich vom Fenster weg. Sie schnappte nach Luft. Innerhalb von Sekunden verwandelte sich Freude in Schreck, Schreck in Bestürzung, Erleichterung in Entsetzen. Zwei bullige Miliz-Offiziere standen in der Tür. Sie starrten sie an, die Gesichter verzerrt vor Verachtung. Einer von ihnen wedelte mit einer

Pistole, der andere mit einem Schlagstock. Langsam, drohend kamen sie auf sie zu.

»Madeleine Dreyfus-Levy, Jüdin, bevollmächtigt durch die Nationale Revolution verhaften wir Sie. Als Agentin der Résistance Intérieure Française haben Sie gegen die Gesetze der Vichy-Regierung verstoßen«, bellte der Offizier mit der Pistole.

Er packte ihr Handgelenk und zerrte sie zu sich heran. Sie roch den sauren Wein und Knoblauch in seinem Atem und seinen stinkenden Schweiß. Keuchend riss sie sich los und eilte ans offene Fenster. Die Straße war verlassen, das Auto verschwunden. David Sorel war losgefahren. Claude war entkommen.

Bien, dachte sie. *C'est assez*. Es ist genug.

Claude war in Sicherheit. Er würde die Kleidung zu den Kindern bringen und sie über die Pyrenäen in die Freiheit führen. Das war genug. Es musste genug sein.

Wieder befand sich ihr Handgelenk im Griff des Offiziers, diesmal wurde ihr gleichzeitig schmerzhaft der Arm auf den Rücken gedreht. Unbeirrt blickte sie ihn voller Trotz an.

»*Vive la France. Vive Liberté, Égalité, Fraternité. Vive de Gaulle. Vive les éclaireurs* Israélites«, rief sie trotzig, mit kräftiger Stimme und festem Blick. Ihr Speichel spritzte ihm ins Gesicht.

Er hob seinen Schlagstock und schlug mit großer Wucht auf ihre Wange. Sie taumelte, und er stieß sie Richtung Treppe. Dabei stemmte er das Knie in ihren Rücken und umfasste mit seinen dicken Fingern ihre Brust.

»Hure. Jüdische Hure.« Er spuckte die Worte aus, und sie spürte seinen fauligen Atem im Nacken.

Madame Leonie – Tränen liefen ihr über die Wangen – stand in der Tür.

»Ich habe gesungen, Madeleine. Ich habe gesungen, um Sie zu warnen, aber ich hatte vergessen, dass Sie eine Hörschwäche haben. Ich habe nicht laut genug gesungen, und meine Warnung hat Sie nicht erreicht. Wie konnte ich das vergessen? Oh, wie leid es mir tut. So leid.«

»Es wird dir noch viel mehr leidtun, du Résistance-Schlampe!«, schrie der Offizier und schlug ihr mit dem Pistolenknauf auf die Schulter.

»Lassen Sie sie in Ruhe. Sie ist eine alte Frau. Haben Sie keine Mutter?«, schrie ihn Madeleine an und war überrascht, dass sich sein Gesicht beschämt rötete.

Sie wandte sich an Madame Leonie.

»Machen Sie sich keine Vorwürfe. Sie haben keine Schuld. Es spielt keine Rolle. Nichts spielt eine Rolle.« Sie wurde aus dem dunklen Eingang hinaus in das grelle Sonnenlicht gestoßen.

Sie schloss die Augen gegen die plötzliche Helligkeit, und als sie sie öffnete, keuchte sie und biss sich fest auf die Lippe, um sicher zu sein, dass sie nicht träumte. Sie schmeckte ihr eigenes Blut und wusste, dass sie wach war und ihre Augen sie nicht täuschten. Claude stand unter dem verkrüppelten Apfelbaum, seine Arme umklammert von zwei grün uniformierten Vichy-Offizieren.

»Hast du gedacht, ich könnte dich verlassen, meine Madeleine?«, rief er, als sie ihn in einen Gefängniswagen zerrten.

»Genauso wenig, wie ich dich jemals verlassen könnte«, rief sie zurück, als auch sie in den Wagen gestoßen wurde.

Die vergitterten Fenster waren schmutzverschmiert; die Sirene schrillte, während der Fahrer in wildem Tempo die Rue de la Dalbade verließ, an Bürgersteigen entlangschrammte und hässliche Flüche gegen erschrockene Passanten ausstieß, die sich beeilten, ihm aus dem Weg zu gehen.

Madeleine und Claude krochen aufeinander zu, ohne auf den öligen Schmutz auf dem Boden und den Geruch nach Schweiß und Angst zu achten, der die abgestandene Luft erfüllte. Schweigend drückten sie sich aneinander. Sie wussten, dass sie zur Zentrale der Gestapo in der Rue Maignac fuhren. Aber wohin, so fragten sie sich, wohin würde man sie von dort bringen?

Claudes Hand lag auf ihrem Kopf. Er spielte mit Strähnen ihres vollen Haars, streichelte ihren Rücken, ihre Schultern, alles, um sie zu beruhigen. Sie schmiegte sich in seine Arme und betete still, andächtig, dass, ganz gleich, wohin man sie brächte, sie niemals wieder getrennt würden.

Nicht noch einmal. Niemals wieder.

»Claude«, flüsterte sie.

Seine Antwort war ein zarter Druck seiner Lippen auf ihren.

39. KAPITEL

Drancy. Man würde sie nach Drancy bringen, zusammen mit allen anderen verhafteten Résistance-Kämpfern. *Drancy*. Das Wort wurde geflüstert, von Zelle zu Zelle weitergegeben, in der Gestapo-Zentrale in der Rue Maignac. Ein Häftling hatte im Verhörraum die Wachen reden gehört. Ein anderer Insasse hatte in einem Abfalleimer eine zerknüllte Zeitung gefunden. Das Gerücht wurde bestätigt und verwandelte sich in eine Tatsache.

Klaus Barbie, der berüchtigte Schlächter von Lyon, hatte angeordnet, alle in Toulouse verhafteten Résistance-Mitglieder nach Drancy zu schaffen, das Übergangslager, von dem aus sie nach Auschwitz transportiert würden.

Claude wartete. Madeleine wartete. Getrennt und einsam fürchtete jeder um den anderen. Eines kalten, stürmischen Morgens wurden ihre Zellentüren geöffnet und ihre Namen aufgerufen, und dann wurden sie im Freien zusammengetrieben und gezwungen, sich in einer Reihe aufzustellen, durchnässt vom herabströmenden Regen. Zitternd und voller Angst suchten sie einander. Ihre Blicke trafen sich. Langsam, verstohlen, bewegten sie sich aufeinander zu, bis sie schließlich nebeneinanderstanden. Er legte ihr seinen verschlissenen Anorak um die bebenden Schultern. Seine Hand fand ihre. Sie wagte ein Lächeln. Er lebte. Sie lebte. Sie waren überwältigt von Dankbarkeit.

Seit ihrer Verhaftung einige Tage zuvor hatten sie sich nicht mehr gesehen. Madeleine wusste nicht, wie viele Tage. Drei vielleicht. Oder vier. Es gab keine Fenster in den Zellen der düsteren Gestapo-Festung. Tag und Nacht waren miteinander verschmolzen. Es gab keine Uhren. Keine Stunden. Nur Fragen und Schläge und noch mehr Fragen.

»Sie sagen, wir kommen nach Drancy«, murmelte Claude und berührte vorsichtig die Beule an ihrer Stirn.

»Drancy. Ja. Das habe ich gehört. Ich war übrigens schon einmal in Drancy.«

Das Reden fiel ihr schwer. Ihre Kehle war trocken, aber sie hatte sich an den Durst gewöhnt. Ihr Nacken war voller Prellungen, weil ihre Peiniger sie während der Befragungen, die stundenlang gedauert hatten, mit einer kurzen Peitsche darauf geschlagen hatten. Ja, sie hatte geschrien. Ja, sie hatte sich vor Schmerzen gekrümmt. Aber sie hatte weder um Gnade gefleht noch auch nur einen einzigen Namen, einen einzigen Kontakt preisgegeben. Sie war froh über ihre Taubheit. Es war eine Erleichterung, die Fragen nicht hören zu können. Als sie keine Antworten erhielten, als sie zögernd ihre Taubheit erkannten, hatte sie das zu noch mehr Grausamkeit provoziert, doch am Ende hatten sie sie bloß noch loswerden wollen, da sie sich keine Hoffnungen mehr machten, Informationen von ihr zu erhalten. Sie überließen sie dem Lager von Drancy und wünschten ihr alles Gute auf dem Weg nach Osten, nach Auschwitz, dem Reich des Todes.

»Wann warst du in Drancy?«, wollte Claude wissen.

Sie antwortete nicht. Die Bustüren wurden aufgerissen.

»Los! Los! Einsteigen!«, schrien die Wachleute und schlugen mit ihren stacheligen Knüppeln auf die verängstigten Häftlinge ein.

Madeleine griff nach Claudes Hand, und sie stolperten hinein und fanden einen Sitzplatz auf einer schmalen Bank ohne Rückenlehne. Madeleine lehnte sich an Claude und beantwortete seine Frage, leise, in verträumtem Ton.

»Als Simone und ich klein waren, hat mein Großvater eines Nachmittags ein Auto gemietet und mit uns einen Überraschungsausflug nach Drancy gemacht. Das sei ein neuer Stadtteil, hat er gesagt, im Nordosten von Paris.«

»Einen Überraschungsausflug«, wiederholte Claude.

Ja, es hatte einmal eine Welt gegeben, in der ein Großvater sich mit seinen hübschen Enkelinnen einfach wegzaubern konnte für einen schönen Nachmittag, einen Überraschungsausflug. Claude versuchte, sich Madeleine als kleines Mädchen vorzustellen, das üppige Haar zu dicken Zöpfen geflochten, das hübsche Gesicht strahlend vor Freude.

»Mein Großvater war so stolz, dass Paris sich vergrößerte. Er war stolz auf alles, was französisch war«, fuhr Madeleine fort.

Claude runzelte die Stirn. Alfred Dreyfus wäre nicht stolz darauf gewesen, dass Drancy zu einem Internierungslager geworden war. Er wäre nicht stolz gewesen auf die sogenannte Revolutionsregierung von Vichy, noch auf seinen eigenen Waffenbruder, Maréchal Pétain, den Helden von Verdun, jetzt Hitlers Marionette.

Er wollte Madeleine das sagen, doch sie war immer noch versunken in die Erinnerung an jenen Überraschungsausflug vor langer Zeit.

»Drancy sollte eine moderne Gemeinde werden«, erzählte sie weiter. »Wir sahen, dass Wohnhochhäuser gebaut wurden. Eine Schule. Eine Bibliothek. Hier sollten französische Arbeiterfamilien ein wundervolles Leben haben. Sogar der Name war wundervoll. *Drancy: Un Cité de la Silence*. Drancy, eine Stadt der Stille.«

»Heute ist sie bekannt als *un Cité de la Souffrance*, eine Stadt des Leidens«, sagte Claude bitter.

Er sagte ihr nichts über die Berichte, die er über Drancy gelesen hatte. Die Deutschen hatten es sofort nach der Invasion übernommen. Die Einwohner waren willkürlich vertrieben und die Gebäude in Polizeikasernen umgewandelt worden, die später zu »Gefangenenlagern« wurden, Konzentrationslager für »Unerwünschte« – Juden, Homosexuelle, Zigeuner, Kommunisten.

Es war von Stacheldraht umgeben und diente jetzt der Gestapo-Abteilung für jüdische Angelegenheiten als Durchgangslager für jüdische Gefangene, bis diese in Viehwaggons getrieben und nach Auschwitz geschickt werden konnten. Ja, Drancy war wirklich eine Stadt des Leidens, die Metropole der Folter, von Berlin aus regiert durch Oberstleutnant Adolf Eichmann, vor Ort verwaltet von Alois Brunner, einem SS-Offizier, von dem es hieß, er sei sogar noch grausamer als Klaus Barbie. Claude wusste, dort erwartete sie Terror, und er schauderte bei dem Gedanken, wie dieser sich auf Madeleine auswirken würde. Er wusste, wie verletzlich sie war, trotz ihres Wagemuts. Er wusste, wie sehr sie sich bemühte, ihre Angst unter Kontrolle zu halten, ihren Mut zu bewahren, ihre Träume zu verfolgen.

Er saß neben ihr und war erleichtert, dass sie neben ihm eingeschlafen war, ihr Kopf lag auf seiner Schulter. Ein Lächeln spielte um ihre Lippen. Er hatte vergessen, dass sie oft lächelte, wenn sie schlief. Er küsste ihre Stirn, die noch nass war vom Regen, und blickte durch das schmutzverkrustete Fenster.

Eine Mutter und zwei kleine Kinder stolperten zu dem leeren Sitz neben ihm. Das verängstigte Wimmern der kleinen Geschwister, ein Junge und ein Mädchen, wetteiferte mit dem trommelnden Geräusch des Regens.

»Papa. Papa«, riefen sie.

Ihre erschöpfte Mutter seufzte.

»André. André.« Ihre Stimme klang so leiderfüllt, dass Claude glaubte, ihm würde das Herz brechen.

Er wandte sich ihnen zu, zwang sich zu einem entschuldigenden Lächeln und legte einen Finger auf die Lippen.

»Bitte«, sagte er leise. »Weckt nicht meine Freundin auf.«

Sie nickten, seltsam beruhigt durch seine zärtlichen Worte. Es war doch nicht alle Liebe aus dieser Welt verschwunden. Die erschöpfte Mutter sang leise, die Kinder drückten sich an sie. Claude hielt Madeleine fest und konzentrierte sich darauf, mit der Wärme seines Körpers die Eiseskälte ihrer Angst zu vertreiben.

***

Drancy war der Albtraum, den er gefürchtet hatte. Chaos und Kälte beherrschten das riesige Lager. Familien kämpften darum beisammenzubleiben. Stillende Mütter hockten in Ecken und weinten, weil die Milch ihrer durch Durst und Hunger verwelkten Brüste versiegt war. Sie wiegten ihre ausgezehrten, weinenden Säuglinge, wohl wissend, dass diese todgeweiht waren. Sie wünschten sich, ihr eigenes Herz möge aufhören zu schlagen, ihr Atem stillstehen.

Männer, halb wahnsinnig vor Hilflosigkeit, stapften auf und ab, die Fäuste geballt, ihre Machtlosigkeit verdammend. Andere versammelten sich, hin und her schwankend, zu Gebetsgottesdiensten und teilten ihre Gebetsriemen und Gebetsschals.

»*El maaleh rachamim* – Gott, voller Gnade«, stimmten sie an, doch da war keine Gnade, nur die kalten Wolken ihres sauren Atems, während ihre gemurmelten Bitten durch den höhlenartigen Raum schwebten.

Eltern riefen mit schriller Stimme nach ihren Kindern. Namen wurden ärgerlich ausgerufen. Namen wurden liebevoll gemurmelt.

Von Zeit zu Zeit erschienen kleine Gruppen von Nonnen, Quäkern und Rotkreuz-Mitarbeitern und brachten Behälter auf Rädern herein, mit Wasser oder Suppe, mit Pyramiden von muffigem Brot, Stapeln von dünnen, rauen Decken. Sie trugen weiße Masken zum Schutz gegen den Gestank von

Urin, Fäkalien und Erbrochenem, doch ihre Augen glänzten von Tränen.

Madeleine und Claude bemühten sich, so etwas wie Ordnung in das Durcheinander zu bringen, das sie umgab.

»Wir sind geschulte Pfadfinder, *éclaireurs*«, sagte Claude. »Wir verstehen uns aufs Organisieren.«

Sie nickte und ahmte ihn tapfer nach in seiner Zuversicht, von der sie wusste, dass sie vorgetäuscht war.

Es gelang ihm, eine sanitäre Grundversorgung zu organisieren. Er verlangte, dass vor den Toiletten ordentlich Schlange gestanden wurde. Er ließ den Wachen keine Ruhe wegen der Versorgung mit Wasser und Sanitätsartikeln, und er rekrutierte einige jüngere Männer und Frauen für die Unterstützung älterer Menschen.

Madeleine besann sich auf all ihre Fähigkeiten und konzentrierte sich darauf, den Kindern zu helfen. Sie teilte sie in Spielgruppen ein und wählte Anführer aus den ruhelos umherwandernden Jugendlichen aus. Spiele wurden erfunden. Geschichten wurden erzählt. Lehrer begannen, mit kleinen Gruppen Unterrichtsstunden abzuhalten. Inmitten der schrecklichen Verzweiflung kam es zu kleinen Ausbrüchen von Gelächter, plötzlichen spontanen Anwandlungen von Freude.

Es war Claude, der aus einem Haufen Lumpen einen Ball formte und Mannschaften aus kleinen, wuseligen Spielern bildete, deren Kindheit für einen Moment wiederhergestellt war, eine Kindheit, die durch einen Krieg unterbrochen wurde, den sie nicht verstanden, durch einen Hass, der jedes menschliche Verständnis überstieg. In einem von Stacheldraht umgebenen Hof rannten die kleinen Spieler umher und spielten Fangen oder kickten ihren Lumpenball in ein Tor aus Ästen, herabgefallen von sterbenden Bäumen.

Die Tage in Drancy vergingen langsam, doch Madeleine und Claude betrachteten jeden Morgen als eine Atempause, jeden

Abend als einen Sieg. Sie hatten überlebt, sie leisteten immer noch Widerstand, sie ließen sich in ihrem Bemühen nicht einschüchtern, sie liebten sich immer weiter.

Claude und Madeleine befanden sich draußen in dem leblosen Hof und versammelten die Kinder zu einem spontanen Staffellauf, darauf bedacht, sie von der traurigen Tatsache abzulenken, dass in der Nacht zwei Kleinkinder gestorben waren, als eine ältere Nonne auf sie zutrat.

»Mademoiselle Levy, Monsieur Claude?«, fragte sie zögernd.

Sie nickten, nicht länger durch Misstrauen gehemmt. Das Schlimmste war bereits geschehen. Sie waren erlöst von der Angst. Sie konnten auf ihre eigenen Namen reagieren.

Wortlos reichte die Nonne Claude einen Umschlag und eilte davon, ihre Maske zurechtzupfend und keinen Blick zurück wagend.

Sie zogen sich in eine abgelegene Ecke zurück, und dann öffnete Claude den Umschlag, der durch die Hände zu vieler Kuriere ganz abgegriffen war, sodass sein Name unter den vielen verschmierten Fingerabdrücken kaum zu erkennen war.

»Ein Brief von Serge«, sagte er. Madeleine blickte ihn an und zwang sich, tapfer zu sein. Bestimmt waren das schlechte Nachrichten. Jemand war tot. Aber wer? *Ihre Eltern? Ihre Großmutter? Ihre Brüder? Simone? Oh, nicht Simone. Niemals Simone. Und nicht Anna.* Namen schwirrten ihr durch den Kopf. *Wer? Wann? Wie? Wo?* Fragen prallten aufeinander. Sie schnappte nach Luft. Sie fragte sich, ob Claude das zu schnelle und zu laute Pochen ihres Herzens hörte. Er las vor, doch seine Worte gingen an ihr vorbei.

»Ich kann dich nicht hören«, rief sie, und ihre Fingernägel stachen in seinen Arm und hinterließen Blutstropfen auf seiner Haut, die ganz dünn geworden war und unter der sich seine Knochen abzeichneten. »Lauter! Lauter!«

Er wandte sich ihr zu, hielt sie fest und las noch einmal, diesmal direkt in ihr Ohr, jedes einzelne Wort deutlich aussprechend. Sie lauschte, lehnte sich an ihn, und ihr Atem ging immer leichter, während seine Stimme an Kraft zunahm. Auf wundersame Weise formte sich ein Lächeln auf ihren Lippen. Sie hatte nicht geglaubt, dass sie noch einmal Glück empfinden würde, aber jetzt war ihr Herz erfüllt von Freude.

Serge hatte geschrieben, dass ihre Familie, ihre Eltern, ihre Brüder, Simone und die Kinder und ihre Großmutter, alle am Leben waren, alle an sicheren Orten. Man hatte Nachricht von Robert Gamzon erhalten.

Die kleine Kindergruppe aus Lizignan-Corbière, *Madeleines* Kinder, die sie so sorgfältig trainiert hatte, hatten alle den Marsch über die Pyrenäen erfolgreich überstanden und befanden sich in seinem Feldlager in Algier, um demnächst nach Palästina zu segeln.

»Anna Hofberg, deine geliebte Anna, ist in Sicherheit«, hatte Serge geschrieben.

»Anna ist in Sicherheit«, wiederholte Madeleine.

Ein Bleigewicht fiel ihr vom Herzen. Die Worte ihrer Großmutter, so wahr, so machtvoll, kamen ihr in den Sinn, und sie erschienen ihr noch wahrer und machtvoller.

Dieses Leben ist sein Leid wert, hatte Lucie Dreyfus gesagt.

»Dieses Leben ist sein Leid wert«, wiederholte Madeleine.

Es war ein kalter Tag, aber die Sonne strahlte eigenartig warm. Sie hörte unerwartetes Lachen von den versammelten Kindern und beobachtete zwei sehr dünne, kleine Mädchen, wie sie einander bei den Händen nahmen und in spielerischem Tanz umeinander wirbelten. Ein Wunder, dass Kinder lachten, dass Kinder spielten.

»Kommt«, rief sie ihnen zu. »Ich zeige euch ein neues Spiel. Ein neues Lied.«

Sie rannten zu ihr.

»*Entends-tu le coucou, Malirette?* Hörst du den Kuckuck, Malirette?«, sang sie und hielt die Hand ans Ohr, so wie sie es von ihrem Großvater in Erinnerung hatte.

»*Entends-tu le coucou, Malirette?*«, sangen sie mit ihren süßen Stimmen, und ihre kleinen Hände flatterten zu ihren eigenen Ohren.

»Coucou«, sang Madeleine, drehte eine Pirouette, beugte sich vor und schwang hin und her.

»Coucou«, wiederholten sie und ahmten ihren Tanz nach.

Sie klatschte in die Hände und drehte sich zu Claude um.

»Siehst du«, sagte sie. »Meine Großmutter Lucie hatte recht. Dieses Leben ist sein Leid wert.«

»Ja«, erwiderte er und blickte zu den tanzenden Kindern. »Dieses Leben ist gewiss sein Leid wert.«

Als die melancholisch blassen Strahlen eines winterlichen Sonnenuntergangs den sich verdunkelnden Himmel streiften, folgten Claude und Madeleine den singenden Kindern zurück in die düstere Gefängnisfestung. Sie sprachen nicht. Ihre Gewissheit brauchte keine Worte. Sie wussten, ganz gleich, was kommen mochte, ihr Leben, ihre Liebe war das Leid wert gewesen.

EPILOG

Am 20. November 1943, zwei Tage nach Madeleine Levys fünfundzwanzigstem Geburtstag, befanden sie und Claude Lehmann sich im Konvoi Nummer 62, dem fünfzehnten, der Drancy verließ. Sie gehörten zu den 1200 jüdischen Gefangenen, die am Bahnhof von Bobigny in Güterwaggons gedrängt wurden. Der Zug erreichte Auschwitz am 23. November um zwei Uhr morgens, nach einer Fahrt unter unvorstellbaren Strapazen. Im Januar 1944 starb Madeleine Levy, die kaum noch dreißig Kilo wog, in Auschwitz-Birkenau an Typhus.

Claude Lehmann überlebte den Krieg, wie auch Madeleines Eltern, ihre Geschwister und ihre Großmutter Lucie Dreyfus. Simone und Serge Perl hatten sechs Kinder, die sie in Paris aufzogen. Ironischerweise kam Pierre Dreyfus 1946 bei einem Flugzeugabsturz in Irland ums Leben. Madeleine Levys sterbliche Überreste wurden nie gefunden. Ihr Name, Alter und die Worte »von den Deutschen nach Auschwitz deportiert« wurden in den Grabstein ihrer Großeltern Dreyfus auf dem Friedhof von Montparnasse eingraviert.

1950 verlieh die Vierte Französische Republik der Enkeltochter von Alfred und Lucie Dreyfus, Tochter von Jeanne und Pierre Paul Levy, die Tapferkeitsmedaille Croix de Guerre mit Palmenzweig und die Médaille de la Résistance.

Zichronah l'vracha. Möge ihr Andenken gesegnet sein. Ihr Leben war ganz sicher sein Leid wert.